Kate Chopin: Geschichte einer Stunde/The Awakening

„Als er sie nach einem kurzen Wiedersehen wieder verläßt, schwimmt sie, an ihrer Familie keinen Halt mehr findend, ins Meer hinaus. Der Romanheldin ist es nicht gelungen, jenseits aller konventionellen Beziehungen neue zu entwickeln, ihre Selbstbestimmung als Freiheit und nicht als Vereinzelung zu begreifen. Ein Weg, der nicht nur damals, sondern auch heute schwer zu gehen ist. Fast ein Jahrhundert nach seiner Entstehung hat damit Kate Chopins Roman auch in dieser Zeit noch seine aktuelle Aussage für die Frau von heute."

– Hessische/Niedersächsische Allgemeine

„Wie treffsicher Kate Chopin den Weiblichkeitskult, der die emotionalen Bedürfnisse der Frauen auf Gatten- und Kinderpflege reduziert, torpedierte, zeigt die zeitgenössische Kritik, die im Anhang dokumentiert ist. Diese fegte den Roman in schöner Einstimmigkeit als krank, dekadent, für die Jugend gefährlich unter den Tisch."

– Dt. Allg. Sonntagsblatt

„Die Kraft der Kate Chopin liegt in der Negation des Bestehenden, nicht in der Konstruktion des Neuen . . . eher einem individualistischen weiblichen Anarchismus wird hier Plädoyer gehalten als kollektiven, die subjektiven Leidenschaften einebnenden Bewegungen."

– Sender Freies Berlin

„Zudem steckt Kate Chopins Romanheldin in einer Ambivalenz zu ihren eigenen Befreiungsversuchen, die sie den Freitod als Ausweg wählen läßt. Warum also Kate Chopin?"

– Frankfurter Allgemeine

Kate Chopin

Geschichte einer Stunde

Erzählungen
und der Roman

The Awakening

herausgegeben und übersetzt
von
Barbara Becker, Petra Bräutigam, Josefine Carls
Miriam Hansen
Iris Klose, Sibylle Koch-Grünberg, Rita Maier
Heide Schlüpmann, Petra Stein

Verlag Roter Stern

Mai 1978 1. - 5. Tausend
2. Aufl. März 1979

CIP-Kurztitelaufnahme der Deutschen Bibliothek

Chopin, Kate
[Sammlung <dt.>]
Geschichte einer Stunde : Erzählungen u. d. Roman
„The Awakening" / hrsg. u. übers. von Barbara
Becker . . . – Frankfurt am Main :
Verlag Roter Stern, 1978.
ISBN 3–87877–100–2

Inhalt

Erzählungen

Geschichte einer Stunde

Alle wußten, daß Mrs. Mallard herzleidend war. Man bemühte sich deshalb, ihr die Nachricht vom Tod ihres Gatten so schonend wie möglich beizubringen.

Ihre Schwester Josephine sagte es ihr schließlich mit Halbsätzen, verschleierten, gerade dadurch offenen Anspielungen. Ein Freund ihres Mannes, Richards, war auch gekommen und setzte sich zu ihr. Er war in der Redaktion der Zeitung gewesen, als die Nachricht von der Eisenbahnkatastrophe eintraf, und Brently Mallards Name stand an der Spitze der Liste der Opfer. Er hatte nur noch ein zweites bestätigendes Telegramm abgewartet und war dann zu Mrs. Mallard geeilt, um zu verhindern, daß ein unvorsichtigerer, weniger einfühlsamer Freund die traurige Nachricht überbrächte.

Sie nahm die Geschichte nicht auf wie so viele Frauen, die gelähmt außerstande sind, ihre volle Bedeutung zu begreifen. Sie weinte sofort, in den Armen ihrer Schwester, mit plötzlicher wilder Hingabe. Als der erste Sturm von Schmerz verebbt war, ging sie allein auf ihr Zimmer. Sie wollte niemanden mitkommen lassen.

Vor dem offenen Fenster stand ein bequemer großer Lehnstuhl, in den sie sank, niedergezwungen von einer Erschöpfung, die ihren Körper ergriff und bis in ihre Seele zu dringen schien.

Draußen konnte sie die Baumwipfel vor ihrem Haus sehen, die vor neuem Frühlingsleben erzitterten. Der zarte Geruch von Regen lag in der Luft. Unten auf der Straße rief ein Händler seine Waren aus. Die Fetzen eines Liedes erreichten sie schwach von fern, und unzählige Spatzen zwitscherten auf den Dachrinnen.

Hier und da zeigten sich jetzt Flecken von blauem Himmel zwischen den Wolken, die sich im Westen, wohin sie aus ihrem Fenster schaute, gesammelt und aufeinandergetürmt hatten.

Den Kopf in die Kissen zurückgeworfen, lehnte sie reglos, wenn nicht ab und zu ein Schluchzen sie schüttelte; wie ein Kind, das sich in den Schlaf geweint hat im Traum weiterschluchzt.

Sie war jung, hatte ein klares ruhiges Gesicht, dessen Linien Gefühlsbeherrschung andeuteten, ja, eine gewisse Stärke. Doch jetzt war ein dumpfes Starren in ihren Augen, die auf einen weitentfernten Punkt, einen der Flecken von Blau geheftet waren. Es war kein nachdenklicher Blick, sondern einer, der eher das Fehlen von bewußtem Nachdenken verriet.

Etwas kam auf sie zu, und sie wartete ihm entgegen, voll Angst. Was war es? Sie wußte es nicht; es war zu flüchtig und unbestimmt. Doch sie fühlte es, wie es vom Himmel kriechend sich näherte, sie durch Geräusche, Düfte, die Farben, die die Luft erfüllten, hindurch erreichte.

Ihre Brust hob und senkte sich aufgeregt. Sie fing an zu erkennen, was von ihr Besitz zu ergreifen herannahte. Mit Willenskraft suchte sie es zurückzuschlagen – doch ihr Wille erwies sich als ebenso schwach, wie es ihre weißen schlanken Hände gewesen wären.

Als sie sich ergab, entschlüpfte ihren halbgeöffneten Lippen ein Wispern. Immer wieder formten sie die Worte: „Frei, frei, frei!" Das leere Starren und der darauffolgende erschrockene Blick ging aus ihren Augen. Sie wurden hell und klar. Ihr Puls schlug schnell, und das zirkulierende Blut wärmte und entspannte jede Faser ihres Körpers.

Sie hielt sich nicht mit der Frage auf, ob das was sie empfand übergroße Freude sei oder etwas anderes. Ihre klare gesteigerte Wahrnehmung erlaubte ihr, dies jetzt als unwichtig abzutun.

Sie wußte, sie würde wieder weinen, wenn sie die lieben zärtlichen Hände im Tod gefaltet sähe; das Gesicht, das sie nie anders als liebevoll angesehen hatte, starr und grau und tot. Doch jenseits dieses bitteren Augenblicks sah sie eine lange Reihe von Jahren, die uneingeschränkt ihr gehören würden. Und sie breitete die Arme aus, sie zu begrüßen.

In den kommenden Jahren würde sie niemanden ihr Leben für sie leben lassen; sie würde für sich selbst leben.

Kein machtvoller Wille würde den ihren beugen, mit jener blinden Hartnäckigkeit, mit der Männer und Frauen glauben, sie hätten das Recht, ihren persönlichen Willen einem Mitmenschen aufzuzwingen. Gute und böse Absicht schien solches Verhalten gleichermaßen zum Verbrechen zu machen – so schien es ihr, in diesem kurzen Augenblick von Einsicht.

Und doch hatte sie ihn geliebt – manchmal. Oft eher nicht. Was machte das aus! Was könnte Liebe, jenes ungelöste Geheimnis, noch bedeuten angesichts dieses Selbstbewußtseins, das sie plötzlich als den stärksten Antrieb ihres Seins erkannte.

„Frei! Körper und Seele – frei!", flüsterte sie immer wieder.

Josephine kniete vor der verschlossenen Tür, ihre Lippen am Schlüsselloch, um Einlaß bittend. „Louise, öffne die Tür! Ich bitte dich, mach' die Tür auf – du machst dich nur krank. Was tust du denn, Louise? Um Gottes willen, mach' auf."

„Laß' mich. Ich werde nicht krank." Nein, sie sog ein wahres Lebenselixier durch das offene Fenster ein.

Ihre Phantasie überschlug sich vor Schwelgen in der Zeit, die sie vor sich hatte. Frühlingstage und Sommertage und alle Arten von Tagen, die ihr allein gehören würden. Schnell betete sie um ein langes Leben. Noch gestern hatte sie der Gedanke an ein langes Leben schaudern lassen.

Nach einer ganzen Weile stand sie auf und öffnete ihrer drängenden Schwester die Tür. Ein fiebriger Triumph lag in ihren Augen, und unbewußt trat sie auf mit der Haltung einer Siegesgöttin. Sie legte ihren Arm um die Hüfte ihrer Schwester und gemeinsam gingen sie die Treppe hinunter. Richards stand unten und erwartete sie.

Jemand öffnete mit einem Schlüssel die Haustür. Brently Mallard trat ein, etwas mitgenommen von der Reise, wie gewohnt mit Tasche und Schirm. Vom Unfallort war er weit entfernt gewesen; er hatte auch nicht erfahren, was vorgefallen war. Überrascht hörte er Josephines grellen Schrei, sah er, wie Richards ihn mit einer schnellen Bewegung vor seiner Frau zu verstecken suchte.

Doch Richards hatte zu spät reagiert.

Die Ärzte kamen und sagten, sie sei an Herzversagen gestorben – vor Glück, das tötet.

La Belle Zoraïde

Die Sommernacht war heiß und still; nicht ein Luft-
hauch ging über den *marais*. Drüben, jenseits des Bayou St.
John leuchteten hier und da Lichter in der Dunkelheit und
oben am dunklen Himmel funkelten ein paar Sterne. Ein
Boot, das vom See her kam, bewegte sich langsam und träge
den Flußarm hinunter. Der Mann im Boot sang ein Lied.
Die Melodie erreichte von fern auch das Ohr der alten
Manna-Loulou, als sie, selbst schwarz wie die Nacht, auf die
Galerie hinaustrat, um die Läden weit zu öffnen.

Etwas an dem Refrain erinnerte sie an eine alte, halb-
vergessene kreolische Romanze, und sie fing an, sie leise vor
sich hin zu singen, während sie die Läden zurückklappte: –
> *Lisett' to kité la plaine,*
> *Mo perdi bonhair à moué;*
> *Ziès à moué semblé fontaine,*
> *Dépi mo pa miré toué.**

Und dieses alte Lied, die Klage eines Liebenden über
den Verlust seiner Geliebten, erinnerte sie an eine Geschichte, die sie Madame erzählen würde; Madame, die auf
dem prächtigen Mahagonibett lag und darauf wartete, gefä-
chelt und mit einer Geschichte von Manna-Loulou zum
Schlafen gebracht zu werden. Die alte Schwarze hatte ihrer
Herrin schon die hübschen weißen Füße gewaschen und
liebevoll geküßt – den einen, dann den anderen. Dann hatte
sie ihr das schöne Haar, so weich und glänzend wie Satin
und von derselben Farbe wie Madames Ehering, gebürstet.
Als sie jetzt wieder den Raum betrat, ging sie leise auf das
Bett zu, setzte sich und fing an, Madame Delisle behutsam
Luft zuzufächeln.

Manna-Loulou hatte sich ihre Geschichten nicht im-

---

* dt. etwa: *Lisette, Du hast die Ebene
verlassen,/ Ich habe mein Glück verloren;/
Meine Augen scheinen wie ein Brunnen,/
Seit ich dich nicht mehr sehen kann.*

mer schon zurechtgelegt, denn Madame wollte immer nur
wahre Geschichten hören, keine anderen. Doch heute abend
hatte sie die Geschichte ganz im Kopf – die Geschichte von
der schönen Zoraïde – und sie erzählte sie ihrer Herrin in
dem weichen kreolischen *patois*, dessen Zauber und Musik
keine andere Sprache vermitteln kann.

„Die schöne Zoraïde hatte Augen, die waren so dunkel,
so schön, daß jeder Mann, der zu lange in ihre Tiefen sah,
ganz sicher seinen Kopf verlor, ja manchmal auch sein Herz.
Ihre weiche, glatte Haut hatte die Farbe von *café-au-lait*.
Ihre eleganten Umgangsformen, ihre geschmeidige und gra-
ziöse Gestalt waren Gegenstand des Neides fast aller
Frauen, die ihre Herrin, Madame Delarivière, besuchten.

Herrin sondern auch ihre Patin war, sagte oft zu ihr: –

‚Denke daran, Zoraïde, wenn du eines Tages heiratest,
daß du deiner Erziehung Ehre erweisen mußt. Die Hochzeit
wird in der Kathedrale stattfinden. Dein Hochzeitskleid,
deine Mitgift – alles wird vom Besten sein; ich werde selbst
dafür sorgen. Du weißt, M'sieur Ambroise ist bereit, wann
immer du dein Ja-Wort gibst; und sein Herr ist willens, soviel für ihn zu tun, wie ich für dich. Das ist eine Verbindung,
die mir in jeder Hinsicht gefiele.' M'sieur Ambroise war damals der Leibsklave von Doktor Langlé. Die schöne Zoraïde
haßte den kleinen Mulatten, mit seinem glänzenden
Schnurrbart, wie ihn die Weißen tragen, und seinen kleinen
Augen, so grausam und falsch wie die einer Schlange. Sie
schlug ihre Augen, die selbst nicht so ohne waren, nieder
und sagte: –

‚Ah, Nénaine, ich bin so glücklich, so zufrieden bei
Ihnen, ganz wie es gerade ist. Ich möchte jetzt nicht heiraten: nächstes Jahr vielleicht, oder übernächstes.' Und dann
lächelte Madame wohl nachsichtig und mahnte Zoraïde, daß
der Zauber einer Frau nicht ewig währt.

Doch die Wahrheit war, daß Zoraïde den schönen Mézor gesehen hatte, wie er auf dem Congo Square die Bamboula tanzte. Dieser Anblick konnte einen atemlos machen.
Mézor war schlank und hochgewachsen wie eine Zypresse,
stolz wie ein König. Sein Körper, nackt bis zur Taille, glich
einer Säule aus Ebenholz und glänzte wie Öl.

Das Herz der armen Zoraïde verzehrte sich vor Liebe
nach dem schönen Mézor von dem Augenblick an, als sie das
wilde Strahlen seines vor Anstrengung der Bamboula
leuchtenden Blicks sah, seinen herrlichen Körper sah, der
durch die Figuren des Tanzes wiegte und zitterte.

Doch als sie ihn später kennenlernte und er zu ihr trat
und mir ihr sprach, war all die Wildheit aus seinen Augen
verschwunden, sie sah in ihnen nur Freundlichkeit und
hörte nur Sanftheit in seiner Stimme; denn auch ihn hatte die
Liebe ergriffen, und Zoraïde konnte nur noch an ihn denken. Wenn Mézor nicht auf dem Congo Square Bamboula
tanzte, schlug er Zuckerrohr, barfuß und halbnackt, auf dem
Feld seines Herrn vor der Stadt. Er und M'sieur Ambroise
hatten beide denselben Herrn, Doktor Langlé.

Eines Tages als Zoraïde vor ihrer Herrin kniete und ihr
Seidenstrümpfe von der besten Sorte anzog, sagte sie:

‚Nénaine, Sie haben oft mit mir übers Heiraten gesprochen. Jetzt habe ich endlich einen Gatten gewählt, aber es
ist nicht M'sieur Ambroise; es ist der schöne Mézor, den ich
will und keinen anderen.‘ Und Zoraïde versteckte ihr Gesicht in den Händen, als sie das gesagt hatte. Sie vermutete zu
recht, daß ihre Herrin böse sein würde. Und in der Tat war
Madame Delarivière zuerst sprachlos vor Zorn. Als sie endlich redete, brachte sie nur erbittert heraus: –

‚Diesen Neger! Diesen Neger! *Bon Dieu Seigneur,* das
ist wirklich zuviel!‘

‚Bin ich denn weiß, Nénaine?‘ wandte Zoraïde flehend
ein.

‚Du und weiß! *Malheureuse!* Du verdienst die Peitsche
wie jeder andere Sklave; du hast bewiesen, daß du keine Spur
besser als die Schlechteste von ihnen bist!‘

‚Ich bin nicht weiß‘, beharrte Zoraïde, bescheiden und
sanft. ‚Doktor Langlé gibt mir seinen Sklaven zum Mann,

aber er würde mir nicht seinen Sohn geben. So lassen Sie mich, da ich selber nicht weiß bin, einen Mann meiner Rasse haben, einen den mein Herz erwählt hat.'

Sie können mir jedoch glauben, daß Madame davon nichts hören wollte. Zoraïde wurde verboten, mit Mézor noch zu sprechen; und Mézor wurde gewarnt, Zoraïde weiter zu treffen. Doch Sie wissen ja, wie die Neger sind, Ma'zélle Titite", fügte Manna-Loulou ein bißchen traurig lächelnd hinzu. „Es gibt keine Herrin, keinen Herrn, keinen König oder Priester, der sie vom Lieben abhalten kann, wenn sie es wollen. Und die beiden fanden Mittel und Wege.

Nach einigen Monaten schien Zoraïde sich selbst immer fremder zu werden, verschlossen und geistesabwesend, und wieder sprach sie zu ihrer Herrin: –

,Nénaine, Sie wollten mich Mézor nicht zum Mann haben lassen; aber ich war Ihnen ungehorsam, ich habe gesündigt. Töten Sie mich, wenn Sie wollen, Nénaine; vergeben Sie mir, wenn Sie wollen – aber als ich den schönen Mézor zu mir sagen hörte „Zoraïde, mo l'aime toi", hätte ich eher sterben können, als daß ich ihn nicht geliebt hätte.'

Diesmal verwundete Zoraïdes Bekenntnis Madame Delarivière so sehr, daß kein Platz mehr für Zorn in ihrem Herzen war. Sie brachte nur noch wirre Vorwürfe heraus. Doch sie war eine Frau der Tat; ohne große Worte handelte sie sofort. Ihr erster Schritt war, Doktor Langlé zum Verkauf seines Sklaven zu veranlassen. Doktor Langlé, ein Witwer, hatte schon lange vor, Madame Delarivière zu heiraten, und wäre willig auf allen vieren am hellichten Tag über den Place d'Armes gekrochen, wenn sie es verlangt hätte. Selbstverständlich verlor er keine Zeit, den schönen Mézor loszuwerden; er wurde nach Georgia verkauft, oder nach Carolina, oder in eine weit entfernte Gegend, wo er weder seine kreolische Sprache hören, noch die Calinda tanzen, noch die schöne Zoraïde in den Armen halten konnte.

Dem armen Ding brach das Herz, als Mézor weggeschickt wurde, doch der Gedanke an das Kind, das sie bald an ihre Brust drücken könnte, gab ihr Trost und Hoffnung.

Der Leidensweg der schönen Zoraïde hatte nun ernstlich begonnen. Nicht nur Leid, sondern auch Schmerzen, und zu der Last der Schwangerschaft gesellte sich der Schatten des Todes. Doch es gibt keine Schmerzen, die eine Mutter nicht vergißt, wenn sie ihr Erstgeborenes ans Herz drückt und mit ihren Lippen den Körper des Kindes berührt, Fleisch von ihrem Fleisch, doch soviel kostbarer.

Als Zoraïde aus dem schrecklichen Dunkel erwachte, blickte sie instinktiv suchend um sich und tastete mit zitternden Händen umher. ‚*Où li, mo piti a moin?*‘ (Wo ist mein Kleines?) fragte und flehte sie. Madame und die Hebamme sagten ihr eine wie die andere, ‚*To piti à toi, li mouri*‘ (Dein Kleines ist tot), eine bösartige Lüge, die Grund genug gewesen sein muß, die Engel im Himmel weinen zu lassen. Denn das Baby lebte und war gesund und munter. Es war sofort von seiner Mutter weggenommen worden und sollte auf Madames Plantage weit oben an der Küste geschickt werden. Zoraïde konnte nur klagen, ‚*Li mouri, li mouri*‘, und sie drehte ihr Gesicht zur Wand.

Madame hatte gehofft, durch diesen Raub Zoraïde wieder so frei glücklich und schön wie zuvor an ihrer Seite zu haben. Doch es war ein stärkerer Wille als der ihre am Werk – der Wille des gütigen Gottes, der schon bestimmt hatte, daß Zoraïdes Leid in dieser Welt nie mehr aufhören sollte. La belle Zoraïde gab es nicht mehr. Stattdessen gab es eine Frau mit trauernden Augen, die Tag und Nacht um ihr Kind klagte. ‚*Li mouri, li mouri*‘, seufzte sie wieder und wieder vor den anderen, und auch allein, wenn die anderen ihr Jammern leid waren.

Doch trotz allem hatte M'sieur Ambroise immer noch vor, sie zu heiraten. Ob eine traurige oder eine fröhliche Frau war ihm einerlei, solange diese Frau nur Zoraïde war. Und sie schien in die Hochzeit einzuwilligen, oder eher sich zu fügen, als ob auf dieser Welt sowieso nichts mehr Bedeutung hätte.

Eines Tages betrat ein schwarzer Diener etwas geräuschvoll das Zimmer, in dem Zoraïde saß und nähte. Mit einem Ausdruck fremdartigen, leeren Glücks im Gesicht fuhr Zoraïde eilends auf. ‚Psst, psst, mach keinen Lärm‘, flüsterte sie mit erhobenem Zeigefinger, ‚meine Kleine schläft; du darfst sie nicht wecken.‘

Auf dem Bett lag ein lebloses Lumpenbündel, wie ein Kind in Windeln gewickelt. Über diese Puppe hatte sie den Moskitovorhang gezogen und saß zufrieden daneben. Von jenem Tag an war Zoraïde, um es kurz zu sagen, geisteskrank. Weder Tag noch Nacht ließ sie die Puppe aus den Augen, die in ihrem Bett oder in ihren Armen lag.

Und jetzt plagte Madame Kummer und Reue über diese schreckliche Krankheit, die ihre liebe Zoraïde befallen hatte. Sie beriet sich mit Doktor Langlé und sie beschlossen, der Mutter das eigene Kind aus Fleisch und Blut zurückzugeben, das jetzt schon auf dem staubigen Hof der Plantage herumkrabbelte.

Madame selbst führte das hübsche, winzig kleine Mulattenmädchen zu seiner Mutter. Zoraïde saß auf einer Steinbank im Hof, hörte dem zarten Plätschern des Springbrunnens zu und beobachtete die unruhigen Schatten der Palmblätter auf den großen weißen Fliesen.

‚Hier‘, sagte Madame, als sie näherkam, ‚hier, meine arme liebe Zoraïde, ist deine eigene kleine Tochter. Behalte sie, sie gehört dir. Niemand wird sie dir je wieder wegnehmen.‘

Zoraïde sah mit dumpfen Mißtrauen auf ihre Herrin und das Kind vor ihr. Mit einer Hand stieß sie das Mädchen argwöhnisch von sich. Mit der anderen Hand drückte sie das Lumpenbündel fest an ihr Herz, denn sie vermutete eine Verschwörung, es ihr wegzunehmen.

Sie konnte durch nichts dazu bewegt werden, ihr eigenes Kind an sich heranzulassen; schließlich wurde es auf die Plantage zurückgeschickt, wo es nie Mutter- oder Vaterliebe kennen sollte.

Und das ist das Ende von Zoraïdes Geschichte. Sie wurde nie wieder la belle Zoraïde genannt, sondern immer nur die verrückte Zoraïde, die niemand mehr heiraten wollte – nicht einmal M'sieur Ambroise. Sie lebte lange, wurde eine alte Frau, die manche Leute bemitleideten und andere auslachten – und immer umklammerte sie ihr Lumpenbündel – ihr *piti*.

Schlafen Sie, M'azélle Titite?"

„Nein, ich schlafe noch nicht; ich habe nachgedacht.

Oh, die arme Kleine, Man Loulou, die arme Kleine! Sie wäre besser gestorben!"

Doch so sprachen Madame Delisle und Manna-Loulou tatsächlich miteinander: –

„Vou pré droumi, Ma'zélle Titite?"

„Non, pa pré droumi; mo yapré zongler. Ah, la pauv' piti, Man Loulou. La pauv' piti! Mieux li mouri!"

Eine ehrbare Frau

Es verstimmte Mrs. Baroda etwas, zu erfahren, daß ihr Mann seinen Freund Gouvernail erwartete, der ein bis zwei Wochen auf der Plantage verbringen sollte.

Sie hatten im Winter viele Einladungen gegeben; einen Gutteil Zeit hatte man auch in New Orleans zu vielerlei Anlässen in angenehmer Unterhaltung verbracht. Sie freute sich auf eine Zeit ungestörter Ruhe und friedlichen Zusammenseins mit ihrem Mann, als er sie wissen ließ, daß Gouvernail käme, um ein bis zwei Wochen zu bleiben.

Sie hatte viel von ihm gehört, hatte ihn aber nie gesehen. Er war der Studienfreund ihres Mannes gewesen; war jetzt Journalist und keineswegs ein Gesellschaftslöwe oder eine ‚lokale Größe‘, was vielleicht einen der Gründe darstellte, weswegen sie ihn nie kennengelernt hatte. Doch sie hatte sich unbewußt im Geiste ein Bild von ihm gemacht. Sie stellte ihn sich groß, schlank und zynisch vor; mit Brille und den Händen in den Hosentaschen; und sie mochte ihn nicht. Gouvernail war schlank, doch weder sehr groß noch sehr zynisch; und er trug auch keine Brille oder die Hände in den Hosentaschen. Und als er ankam, mochte sie ihn anfangs ganz gern.

Doch warum sie ihn mochte, konnte sie sich nicht zu ihrer Zufriedenheit erklären, als sie das zu tun versuchte. Sie konnte in ihm die brillianten und vielversprechenden Züge nicht entdecken, die er angeblich besitzen sollte, wie Gaston, ihr Mann, versichert hatte. Im Gegenteil, er saß eher stumm und passiv ihrem gesprächigen Bemühen gegenüber, ihn sich heimisch fühlen zu lassen, und ebenso Gastons offener und wortreicher Gastfreundschaft. Sein Benehmen ihr gegenüber war so höflich wie es die anspruchsvollste Frau verlangen konnte; aber er warb nicht direkt um ihre Anerkennung oder selbst Hochachtung.

Einmal heimisch auf der Plantage saß er, allem Anschein nach, gerne auf dem weiten Portico im Schatten einer der großen korinthischen Säulen, rauchte träge eine Zigarre und hörte Gastons Erfahrungen als Zuckerpflanzer zu.

„Das nenne ich Leben", äußerte er mit tiefer Zufriedenheit, wenn die Luft, die über das Zuckerfeld strich, ihn mit ihrer warmen, duftenden und samtigen Berührung streichelte. Es gefiel ihm auch, sich mit den großen Hunden, die zu ihm kamen und sich vertraulich an seinen Beinen rieben, anzufreunden. Er machte sich nichts daraus Fische zu fangen und zeigte auch keinen Eifer, auf die Jagd nach Kernbeißern zu gehen, als Gaston dies zu tun vorschlug.

Für Mrs. Baroda war Gouvernails Persönlichkeit ein Rätsel, aber sie mochte ihn. In der Tat, er war ein liebenswerter, gutartiger Kerl. Nach ein paar Tagen, als sie ihn nicht besser verstehen konnte als zu Anfang, gab sie ihre Verwirrung auf, und was blieb war Verärgerung. Aus dieser Laune heraus ließ sie ihren Mann und ihren Gast die meiste Zeit zusammen allein. Als sie dann herausfand, daß Gouvernail ihr Benehmen nicht als außergewöhnlich empfand, drängte sie ihm ihre Gesellschaft auf, begleitete ihn auf seinen müßigen Spaziergängen zur Mühle und entlang der Sandbank. Sie suchte hartnäckig die Zurückhaltung zu durchbrechen, mit der er sich unbewußt umgeben hatte. „Wann fährt er ab – dein Freund?" fragte sie eines Tages ihren Mann. „Er ist schrecklich anstrengend für mich."

„Erst in einer Woche, Liebes. Ich verstehe nicht; er macht dir keine Arbeit."

„Nein. Ich hätte ihn lieber, wenn er das täte; wenn er mehr wie andere wäre, und ich für sein Wohlergehen und seine Unterhaltung zu sorgen hätte."

Gaston nahm das hübsche Gesicht seiner Frau in seine beiden Hände und sah zärtlich und belustigt in ihre sorgenvollen Augen. Sie waren gerade dabei, sich in trauter Zweisamkeit in Mrs. Barodas Ankleidezimmer umzuziehen.

„Du bist voller Überraschungen, *ma belle*", sagte er zu ihr. „Nicht einmal ich kann genau sagen, wie du dich unter bestimmten Umständen verhältst." Er küßte sie und wandte sich ab, um seine Krawatte vor dem Spiegel zu binden.

„So bist du", fuhr er fort, „den armen Gouvernail ernst

zu nehmen und Aufhebens um ihn zu machen, das letzte, was er wollte oder erwartete."

„Aufhebens!" reagierte sie gereizt. „Unsinn! Wie kannst du so etwas sagen? Aufhebens, in der Tat! Aber weißt du, du hast gesagt, er sei intelligent."

„Das ist er. Aber der arme Kerl ist vor Überarbeitung am Ende. Deshalb habe ich ihn hierher zum Ausruhen eingeladen."

„Du sagtest immer, er wäre ein Mann mit Ideen", gab sie unversöhnlich zurück. „Ich habe erwartet, daß er wenigstens interessant ist. Ich gehe morgen früh in die Stadt um meine Frühlingskleider ändern zu lassen. Laß es mich wissen, wenn Mr. Gouvernail weg ist; ich werde bei meiner Tante Octavie sein."

In dieser Nacht setzte sie sich allein auf die Bank, die unter einer Mooreiche am Rande des Kiesweges stand.

Sie hatte ihre Gedanken oder Absichten, Überlegungen nie so verwirrt gekannt. Sie konnte ihnen nichts entnehmen, nur das Gefühl, daß es nötig sei, am nächsten Morgen ihr Haus zu verlassen.

Mrs. Baroda hörte Schritte auf dem Kies knirschen, konnte aber in der Dunkelheit nur den roten Punkt einer brennenden Zigarre erkennen. Sie wußte, es war Gouvernail, denn ihr Mann rauchte nicht. Sie hoffte unbemerkt zu bleiben, doch ihr weißes Kleid verriet sie. Er warf seine Zigarre weg und setzte sich neben sie auf die Bank; ohne jede Bedenken, daß sie seiner Gegenwart abgeneigt sein könnte.

„Ihr Mann bat mich, Ihnen dies zu bringen, Mrs. Baroda", sagte er und gab ihr einen duftigen, weißen Schal, mit dem sie manchmal Kopf und Schultern einhüllte. Sie nahm den Schal mit einem gemurmelten Dank entgegen und ließ ihn in ihrem Schoß liegen.

Er machte eine banale Bemerkung über die schädliche Wirkung der Nachtluft zu dieser Jahreszeit. Dann, als er seinen Blick hinaus in die Dunkelheit schweifen ließ, murmelte er halb zu sich selbst:

„„*Night of south winds – night of the large few stars! Still nodding night –*""

Sie erwiderte nichts auf diese Anrufung der Nacht, die ja in der Tat auch nicht an sie gerichtet war.

Gouvernail war ein keineswegs schüchterner Mann, er war nicht unsicher. Seine Anwandlungen von Zurückhaltung waren nichts Grundsätzliches in seinem Wesen, sondern das Ergebnis seiner Launen. Als er neben Mrs. Baroda saß, schmolz sein Schweigen für eine Zeit dahin.

Er redete offen und vertraulich mit leiser, zögernder, gedehnter Sprechweise, die nicht unangenehm anzuhören war. Er sprach von den alten Collegetagen, als er und Gaston viel füreinander bedeuteten; von den Tagen eifrigen und blinden Ehrgeizes und großen Plänen. Jetzt blieb ihm zumindest ein philosophisches Sichfügen in die existierende Ordnung, und, von Zeit zu Zeit, ein kleiner Hauch von echtem Leben, wie er ihn gerade einsog.

Ihr Verstand erfaßte nur undeutlich, was er sagte. Ihr körperliches Empfinden war für den Augenblick vorherrschend. Sie dachte nicht über seine Worte nach, trank nur den Klang seiner Stimme in sich hinein. Sie wollte in der Dunkelheit ihre Hand ausstrecken und mit ihren Fingerspitzen sein Gesicht oder seine Lippen zart berühren. Sie wollte sich eng an ihn schmiegen und an seine Wange flüstern – ihr war gleich was – wie sie es getan hätte, wenn sie nicht eine ehrbare Frau gewesen wäre.

Je stärker der Impuls ihm näherzurücken wurde, desto weiter entfernte sie sich tatsächlich von ihm. Sie erhob sich, sobald sie das konnte, ohne den Eindruck zu großer Unhöflichkeit zu erwecken, und ließ ihn allein.

Bevor sie das Haus erreichte, hatte sich Gouvernail eine neue Zigarre angesteckt und seine Hymne an die Nacht beendet.

Mrs. Baroda war jene Nacht sehr versucht, ihrem Mann – der ihr Freund war – davon zu erzählen, von dieser Verrücktheit, die sie ergriffen hatte. Doch sie gab der Versuchung nicht nach. Sie war eine ehrbare Frau und dazu eine sehr vernünftige; und sie wußte, daß ein Mensch einige Kämpfe im Leben mit sich alleine austragen muß.

Als Gaston am Morgen aufstand, war seine Frau schon abgefahren. Sie hatte den frühen Morgenzug in die Stadt genommen. Sie kehrte nicht zurück, bis Gouvernail ihr Haus verlassen hatte.

Es war im Gespräch, daß man ihn im nächsten Sommer wieder dahaben werde. Das heißt, Gaston wünschte es sich sehr, doch dieser Wunsch konnte gegen den heftigen Widerspruch seiner Frau nichts ausrichten.

Noch bevor das Jahr zuende ging, schlug sie jedoch ganz von sich aus vor, Gouvernail wieder einzuladen. Ihr Mann war überrascht und erfreut, daß dieser Vorschlag von ihr ausging.

„Ich bin froh, *chère amie*, zu wissen, daß du endlich deine Abneigung gegen ihn überwunden hast; wirklich, er hat sie nicht verdient."

„Ja", sagte sie scherzhaft zu ihm, nachdem sie ihm einen langen zarten Kuß auf die Lippen gedrückt hatte, „alles habe ich überwunden! Du wirst schon sehen, diesmal werde ich sehr nett zu ihm sein."

Der Sturm*

I

Die Blätter waren so still, daß sogar Bibi dachte, es würde gleich regnen. Bobinôt, der es gewohnt war, mit seinem Sohn wie mit seinesgleichen zu sprechen, machte das Kind auf düstere Wolken aufmerksam, die von Westen mit unheilvoller Absicht, begleitet von einem dumpfen drohenden Donnergrollen, heranrollten. Sie waren gerade in Friedheimers Laden und beschlossen, dort den Sturm vorbeigehen zu lassen. Sie setzten sich auf zwei leere Kisten in der Tür. Bibi war vier Jahre alt und sah sehr klug aus.

„Mama wird ganz schön Angst haben", meinte er mit einem Augenzwinkern. „Sie wird das Haus gut verschließen. Vielleicht ist Sylvie heute abend da, um ihr zu helfen", erwiderte Bobinôt beruhigend.

„Nein; Sylvie kommt heute nicht. Sylvie hat ihr gestern geholfen", plapperte Bibi.

Bobinôt stand auf, ging zur Theke und kaufte Calixta eine Dose Krabben, die sie sehr mochte. Dann nahm er wieder seinen Platz auf der Kiste und beobachtete mit Gleichmut, die Dose Krabben unerschütterlich in der Hand, wie der Sturm losbrach. Er durchrüttelte das Holzhaus und

---

* Im Untertitel des Originals heißt es „Eine Fortsetzung zu *At the 'Cadian Ball*" (Der Ball der Akadier). In dieser Erzählung werden die Personen eingeführt und vor dem sozialen Hintergrund des Klassenunterschiedes zwischen Kreolen und Akadiern dargestellt.
Auf dem Ball amüsiert sich Alcée Laballière mit Calixta, einer jungen Frau kubanisch-spanischer Herkunft, die als attraktiv und etwas zu freizügig und temperamentvoll geschildert wird. Auch Bobinôt umwirbt sie. Aber Alcées ‚wahre Liebe' gehört seiner Cousine Clarisse, die, keusch und fromm, dem damaligen Idealbild der Frau entspricht. Durch seinen Ballbesuch provoziert, erhört sie ihn schließlich, und Alcée läßt Calixta sitzen. Gekränkt willigt Calixta in eine Ehe mit dem Tölpel Bobinôt ein.
Die Beziehungen zwischen den Geschlechtern, insbesondere die Aufspaltung von Liebe und Sexualität in der Figur des Alcée Laballière, werden in der Geschichte *At the 'Cadian Ball* deutlicher auf die kulturellen und sozialen Strukturen Louisianas bezogen als in der hier abgedruckten Fortsetzungsgeschichte.

zog gewaltige Furchen durch das weite Feld. Bibi legte seine kleine Hand auf das Knie seines Vaters und hatte keine Angst.

II

Calixta, zuhause, sorgte sich nicht um sie. Sie saß am Seitenfenster und nähte wie wild auf ihrer Nähmaschine. Sie war so sehr auf ihre Arbeit konzentriert, daß sie den aufziehenden Sturm nicht bemerkte. Doch wurde ihr sehr warm und sie hielt oft inne, um ihr Gesicht abzuwischen, auf dem sich der Schweiß in Tropfen sammelte. Sie öffnete ihr weißes Kleid am Hals. Der Himmel verdunkelte sich, und als ihr plötzlich die Situation bewußt wurde, stand sie eilig auf und schloß Fenster und Türen.

Auf die kleine Vorderveranda hatte sie Bobinôts Sonntagskleider zum Lüften gehängt und sie hastete hinaus, um sie abzunehmen, bevor der Regen anfing. Als sie hinaustrat, ritt Alcée Laballière durchs Tor. Sie hatte ihn seit ihrer Hochzeit nicht oft gesehen, und niemals allein. Sie stand mit Bobinôts Jacke in der Hand, und es fing an in großen Tropfen zu regnen. Alcée lenkte sein Pferd in den Schutz eines Seitendachs, wo sich die Hühner zusammendrängten und Pflüge und eine Egge in der Ecke aufgestapelt lagen.

„Kann ich auf der Veranda warten bis der Sturm vorbei ist, Calixta?" fragte er.

„Kommen Sie nur rein, M'sieur Alcée."

Seine und ihre eigene Stimme rüttelten sie auf wie aus einer Betäubung und sie ergriff Bobinôts Weste. Alcée, jetzt auf der Veranda, nahm die Hosen und schnappte Bibis mit Borten verzierte Jacke, die um ein Haar von einem plötzlichen Windstoß fortgerissen worden wäre. Er deutete an, draußen zu bleiben, aber es wurde bald klar, daß er genausogut ganz im Freien hätte stehen können: der Regen peitschte in Strömen gegen die Hauswand, er ging hinein und schloß die Tür hinter sich. Es war sogar nötig, etwas unter die Tür zu legen, um das Wasser abzuhalten.

„Ach je! Was für ein Regen! Es sind gute zwei Jahre, seit es so geregnet hat", rief Calixta, als sie ein Stück Leinwand zusammenrollte und Alcée ihr half, damit die Türritze zu stopfen.

Sie war etwas voller als vor fünf Jahren, doch sie hatte nichts von ihrer Lebhaftigkeit verloren. Ihre blauen Augen hatten immer noch denselben weichen Blick; und ihr gelbbraunes Haar, zerzaust von Wind und Regen, lockte sich hartnäckiger denn je über ihren Ohren und Schläfen.

Der Regen schlug mit einer Kraft und Lautstärke auf das niedrige Schindeldach, daß er eine Bresche zu schlagen drohte, um sie zu überfluten. Sie waren im Eßzimmer – dem Wohnzimmer – dem allgemeinen Aufenthaltsraum. Nebenan lag ihr Schlafzimmer, mit Bibis Couch neben ihrer eigenen. Die Tür stand offen, und der Raum mit seinem weißen, monumentalen Bett, seinen geschlossenen Läden, sah dunkel und geheimnisvoll aus.

Alcée warf sich in einen Schaukelstuhl und Calixta hob nervös ein Baumwolltuch, das sie genäht hatte, vom Boden auf.

„Wenn das so weitergeht, *Dieu sait*, ob die Dämme das aushalten!" rief sie aus.

„Was gehen dich die Dämme an?"

„Und ob sie mich angehen! Und Bobinôt ist mit Bibi draußen in diesem Sturm – wenn er nur im Laden geblieben ist!"

„Laß uns hoffen, Calixta, daß Bobinôt genug Verstand hat, sich vor einem Wirbelsturm in Sicherheit zu bringen."

Sie stellte sich mit einem zutiefst besorgten Gesichtsausdruck ans Fenster. Sie wischte über das Glas, das von Feuchtigkeit beschlagen war. Es war drückend heiß. Alcée stand auf und kam zu ihr ans Fenster, sah ihr über die Schulter. Der strömende Regen verwehrte die Sicht auf entfernter liegende Hütten und hüllte den fernen Wald in einen grauen Nebel. Das Spiel der Blitze war unaufhörlich. Sie erfüllten den ganzen sichtbaren Raum mit einem blendend grellen Licht und das Krachen schien den Boden, auf dem sie standen, zu durchdringen.

Calixta hielt die Hände vor die Augen und stolperte mit einem Schrei zurück. Alcées Arm umfaßte sie, und für einen Augenblick zog er sie eng und heftig an sich.

„*Bonté!*" rief sie, entwand sich seinem Arm und entfernte sich vom Fenster, „das Haus ist als nächstes dran. Wenn ich nur wüßte, wo Bibi ist!" Sie konnte sich nicht beruhigen, wollte sich nicht setzen. Alcée faßte sie an den Schultern und sah ihr ins Gesicht. Der Kontakt mit ihrem warmen, zitternden Körper, als er sie gedankenlos in seine Arme gezogen hatte, hatte all die alte Verliebtheit und das Verlangen nach ihrem Körper wieder aufleben lassen.

„Calixta", sagte er, „hab keine Angst. Es kann nichts passieren. Das Haus ist zu niedrig um getroffen zu werden, und ist von so vielen hohen Bäumen umgeben. Nun, willst du dich nicht beruhigen? Sag, willst du?" Er strich ihr das Haar aus dem warmen, feuchten Gesicht. Ihre Lippen waren so rot und feucht wie Granatapfelkerne. Ihr weißer Hals und ein flüchtiger Blick auf ihre volle, feste Brust brachten ihn völlig durcheinander. Als sie zu ihm aufsah, war die Angst in ihren feuchten, blauen Augen einem schwachen Glanz gewichen, der unbewußt sinnliches Verlangen verriet. Er sah in ihre Augen und er konnte nichts anderes tun als ihre Lippen mit einem Kuß zu schließen. Es erinnerte ihn an Assumption.

„Erinnerst du dich – damals in Assumption, Calixta?" fragte er mit leiser, von Leidenschaft gebrochener Stimme. Oh ja, sie erinnerte sich; denn in Assumption hatte er sie geküßt und geküßt; bis ihm fast die Sinne geschwunden waren und er, um sie zu schonen, verzweifelt die Flucht ergriffen hatte. Auch wenn sie in jenen Tagen kein unschuldiges Täubchen war, war sie doch noch unberührt; ein leidenschaftliches Wesen, dessen Schutzlosigkeit den Schutz ausmachte, gegen den sich durchzusetzen seine Ehre ihm verbot. Jetzt – ja, jetzt – schienen ihre Lippen freigegeben, ebenso wie ihr runder, weißer Hals und ihre noch weißeren Brüste.

Sie beachteten die niederflutenden Ströme nicht mehr, und das Donnern der Elemente ließ sie lachen, als sie in seinen Armen lag. Sie war eine Offenbarung in jener dunklen, geheimnisvollen Kammer; so weiß wie das Bett, auf dem sie lag. Ihr fest-weiches Fleisch, das zum ersten Mal sein angestammtes Recht erfuhr, war wie eine cremefarbene Lilie, die von der Sonne eingeladen war, ihren Atem und Duft dem unsterblichen Leben der Welt zu geben.

Ihre – ohne jede Berechnung – überschäumende Leidenschaft war wie eine weiße Flamme, die in die Tiefen seiner sinnlichen Natur eindrang und Erwiderung fand, in Tiefen, die bis dahin unerreicht waren.

Als er ihre Brüste berührte, gaben sie sich ihm in zitternder Ekstase, luden seine Lippen ein. Ihr Mund war eine Quelle des Glücks. Und als er sie besaß, schienen sie zusammen an der Grenze zum Geheimnis des Lebens fast ohnmächtig zu werden. Er blieb auf ihr liegen, atemlos, betäubt, geschwächt; wie sein Herz auf ihr hämmerte! Mit einer Hand ergriff sie seinen Kopf, berührte leicht mit den Lippen seine Stirn. Die andere Hand streichelte mit ruhigen Bewegungen seine kräftigen Schultern.

Das Donnergrollen wurde schwächer und entfernte sich allmählich. Der leichte Regen schlug verführerisch auf die Dachschindeln, machte sie müde und schläfrig. Doch sie wagten nicht, diesem Impuls nachzugeben.

Der Regen hörte auf; und die Sonne machte die glänzende, grüne Welt zu einem Palast aus Edelsteinen. Von der Veranda beobachtete Calixta, wie Alcée davonritt. Er wandte sich um und lächelte sie mit leuchtendem Gesicht an; und sie hob ihr hübsches Kinn und lachte laut.

III

Bobinôt und Bibi machten draußen an der Zisterne halt, um sich nach ihrem mühseligen Heimweg frisch zu machen.

„Oh je! Bibi, was wird deine Mama sagen! Du solltest dich schämen. Du hättest nicht die gute Hose anziehen sollen. Sieh dich an! Und der Dreck an deinem Kragen! Wie kommt der Dreck an deinen Kragen, Bibi? So einen Jungen gibt es nicht nochmal!" Bibi gab ein Bild von mitleiderregender Niedergeschlagenheit ab. Bobinôt war die Verkörperung ernster Sorge, als er versuchte, von sich und seinem Sohn die Zeichen ihrer Wanderung über schlammige Straßen und feuchte Felder zu entfernen; mit einem Stock kratzte er den Lehm von Bibis nackten Beinen ab und entfernte gewissenhaft alle Lehmspuren von den eigenen schweren Schuhen. Dann, vorbereitet aufs Schlimmste – das Zusammentreffen mit einer peniblen Hausfrau – betraten sie das Haus durch die Hintertür.

Calixta machte gerade das Abendessen. Sie hatte den Tisch gedeckt und brühte am Herd Kaffee auf. Sie sprang auf, als sie hereinkamen.

„Oh, Bobinôt! Zurück! Ach je! war ich besorgt. Wo wart ihr, als es regnete? Und Bibi? ist er nicht naß? oder verletzt?" Sie hatte Bibi ergriffen und küßte ihn ab. Bobinôts Erklärungen und Entschuldigungen, die er sich während des Weges zurechtgelegt hatte, erstarben auf seinen Lippen, als Calixta ihn betastete, um zu sehen, ob er trocken sei, und nichts außer Zufriedenheit über ihre sichere Heimkehr auszudrücken schien.

„Ich habe dir Krabben mitgebracht, Calixta", sagte Bobinôt, zog die Dose aus seiner großen Seitentasche und stellte sie auf den Tisch.

„Krabben! Oh, Bobinôt! du bist zu gut!" und sie gab ihm einen laut schmatzenden Kuß auf die Wange. „*J'vous répons*, wir werden heute abend feiern! hm!"

Bobinôt und Bibi machten es sich bequem und angenehm, und als die drei sich zu Tisch setzten, lachten sie soviel und so laut, daß jeder sie soweit entfernt wie die Laballières hätte hören können.

IV

Alcée Laballière schrieb in jener Nacht seiner Frau Clarisse. Es war ein liebevoller Brief, voll zärtlicher Sorge.

Er schrieb, sie solle sich nicht beeilen zurückzukommen, sondern, wenn es ihr und den Kindern in Biloxi gefiele, einen Monat länger bleiben. Er käme gut zurecht; und obwohl er sie alle vermisse, sei er bereit, die Trennung noch etwas länger zu ertragen – aus der Erkenntnis heraus, daß ihre Gesundheit und Erholung das wichtigste seien.

V

Und Clarisse – sie war entzückt über den Brief ihres Mannes. Ihr und den Kindern ging es gut. Sie hatte angenehme Gesellschaft; viele ihrer alten Freunde und Bekannten waren an der Bucht. Und der erste freie Atemzug seit ihrer Hochzeit schien ihr die angenehme Ungebundenheit ihrer Mädchentage wiederzugeben. Obwohl sie ihrem Mann sehr zugetan war – ihr inniges eheliches Leben war sie doch mehr als willens für eine Weile aufzugeben.

So ging der Sturm vorbei und alle waren glücklich.

Ein Paar Seidenstrümpfe

Die kleine Mrs. Sommers fand sich eines Tages unverhofft als Besitzerin von fünfzehn Dollar. Das schien ihr eine sehr große Summe und, wie die Geldscheine ihr angegriffenes Portemonnaie ausstopften und beutelten, gab ihr ein Gefühl von Wichtigkeit, wie sie es seit Jahren nicht mehr gehabt hatte.

Die Frage, wie sie das Geld anlegen könnte, beschäftigte sie sehr. Ein bis zwei Tage lief sie wie im Traum herum, aber in Wirklichkeit war sie in Nachdenken und Rechnungen vertieft. Sie wollte nicht voreilig handeln, nichts tun, was sie hinterher bereuen würde. Doch in den stillen Stunden der Nacht, wenn sie wach lag und Pläne in ihrem Kopf wälzte, schien sie den Weg zu einer angemessenen und gerechten Verwendung des Geldes klar zu sehen.

Ein bis zwei Dollar mehr als sonst sollten für Janies Schuhe ausgegeben werden, was deren Haltbarkeit beträchtlich verbessern würde. So und soviel Yard Baumwollstoff für neue Hemden für die Buben und Janie und Mag würde sie kaufen. Sie hatte eigentlich die alten durch geschicktes Flicken erhalten wollen. Mag sollte ein neues Kleid haben. Sie hatte einige schöne Schnittmuster in den Schaufenstern gesehen, echte Sonderangebote. Und auch dann wäre noch genug für neue Strümpfe übrig – zwei Paar pro Packung – welche Stopfarbeit würde das für eine Weile ersparen! Sie würde Mützen für die Buben und Matrosenhüte für die Mädchen besorgen. Die Vorstellung von ihrer jungen Brut, die einmal in ihrem Leben frisch und nett aussehen würde, erregte sie und machte sie unruhig und schlaflos vor Erwartung.

Die Nachbarn redeten manchmal von gewissen ‚besseren Tagen‘, die die kleine Mrs. Sommers früher gekannt hatte, bevor sie je daran gedacht hatte, Mrs. Sommers zu werden. Sie selbst beschäftigte sich nie mit solchen unangenehmen Rückblicken. Sie hatte keine Zeit – keine Sekunde

Zeit – für die Vergangenheit. Das Jetzt verbrauchte ihre ganze Kraft. Eine dunkle und schauerliche Vision der Zukunft erschreckte sie manchmal, aber zum Glück kommt das Morgen nie.

Mrs. Sommers kannte den Wert von Sonderangeboten; sie konnte stundenlang stehen und sich Stück für Stück an den gewünschten Gegenstand, der unter normalem Preis verkauft wurde, heranarbeiten. Sie konnte, wenn nötig, ihre Ellbogen gebrauchen; sie hatte es gelernt, eine Ware zu ergreifen, sie zu halten und ausdauernd und entschlossen daran festzuhalten bis sie bedient wurde, ganz egal wann das geschah.

Doch an jenem Tag war sie etwas müde und schwach. Sie hatte einen leichten Lunch gegessen – nein! wenn sie richtig nachdachte hatte sie vor lauter Füttern der Kinder, Aufräumen und ihrer eigenen Vorbereitung auf den Einkauf tatsächlich vergessen, überhaupt etwas zu essen!

Sie setzte sich auf den Drehstuhl vor einem Ladentisch, der verhältnismäßig verlassen war und versuchte, Kraft und Mut zu sammeln, um sich in eine ungeduldige Menge zu stürzen, die einen Haufen Hemden und bedruckten Batist belagerte. Ein Gefühl der Kraftlosigkeit hatte sie befallen und sie legte ihre Hand ziellos auf die Theke. Sie trug keine Handschuhe. Allmählich wurde ihr bewußt, daß ihre Hand etwas sehr Beruhigendes, sehr Angenehmes fühlte. Sie sah herab und bemerkte, daß ihre Hand auf einem Stapel Seidenstrümpfe lag. Ein Plakat daneben zeigte an, daß sie von zwei Dollar fünfzig Cents auf einen Dollar achtundneunzig Cents herabgesetzt waren, und ein junges Mädchen hinter der Theke fragte sie, ob sie ihr Angebot an Strumpfwaren zu sehen wünsche. Sie lächelte, geradeso als ob ihr angeboten worden wäre, eine diamantene Tiara anzusehen, die zu kaufen sie letztendlich vorhätte. Doch fuhr sie fort, die weichen, schimmernden luxuriösen Dinge zu befühlen – jetzt mit beiden Händen, sie hochzuhalten, um sie glänzen zu sehen und sie schlangengleich durch ihre Hände gleiten zu fühlen.

Zwei nervöse Flecken bildeten sich plötzlich auf ihren blassen Wangen. Sie sah das Mädchen an.

„Glauben Sie, es sind achteinhalber dabei?"

Es gab jede Menge achteinhalber. Tatsächlich gab es mehr von dieser als von jeder anderen Größe. Hier war ein hellblaues Paar; dort einige lavendelfarbene, einige ganz schwarze und verschiedene Schattierungen von Braun und Grau. Mrs. Sommers wählte ein Paar schwarze und besah sie sehr lang und genau. Sie gab vor, ihre Qualität zu prüfen, die ausgezeichnet sei, wie die Verkäuferin ihr versicherte.

„Ein Dollar achtundneunzig Cents", grübelte sie laut. „Gut, ich nehme dieses Paar." Sie gab dem Mädchen eine Fünf-Dollar-Note und wartete auf das Wechselgeld und ihr Päckchen. Wie klein das Päckchen war! Es schien sich in den Tiefen ihrer schäbigen alten Einkaufstasche zu verlieren.

Danach ging Mrs. Sommers nicht in Richtung der Sonderangebote. Sie nahm den Aufzug, der sie auf eine höhere Etage zur Damentoilette brachte. Hier, in einer abgelegenen Ecke, wechselte sie ihre Baumwollstrümpfe gegen die neuen seidenen, die sie gerade gekauft hatte. Weder machte sie sich große Gedanken über all das, noch versuchte sie die Motive ihres Handelns zu ihrer Zufriedenheit zu erklären. Sie dachte überhaupt nicht. Für den Augenblick schien sie sich von dieser anstrengenden und ermüdenden Tätigkeit auszuruhen und sich einfach einem Impuls, der ihr Tun leitete und sie von Verantwortung befreite, hingegeben zu haben.

Wie gut die Berührung der Rohseide ihrer Haut tat! Sie wollte sich in den gepolsterten Sessel zurücklegen und für eine Weile ganz in diesem Luxus schwelgen. Sie tat das eine kurze Zeit. Dann zog sie die Schuhe wieder an, rollte die Baumwollstrümpfe zusammen, warf sie in ihre Tasche und ging geradewegs hinüber zur Schuhabteilung. Dort nahm sie zum Anprobieren Platz.

Sie war sehr wählerisch; der Verkäufer konnte sich nicht klar über sie werden; er konnte ihre Schuhe nicht mit ihren Strümpfen in Einklang bringen, und sie war nicht ganz leicht zufriedenzustellen. Sie hob ihren Rock, drehte ihre Füße in die eine und den Kopf in die andere Richtung, als sie auf die polierten, spitzen Stiefel hinuntersah. Ihr Fuß und Knöchel sahen sehr hübsch aus. Sie konnte nicht glauben, daß sie ihr gehörten und ein Teil ihrer selbst waren. Sie wolle etwas Besonderes und Modernes, sagte sie dem jungen Mann, der sie bediente, und sie mache sich nichts aus einem oder zwei Dollar mehr, solange sie bekäme, was sie wolle.

Es war lange her, daß Mrs. Sommers Handschuhe angepaßt bekommen hatte. Wenn sie, selten genug, ein Paar gekauft hatte, waren es immer „Angebote", so billig, daß es anmaßend und unsinnig gewesen wäre zu erwarten, sie könnten auch noch passen.

Jetzt stützte sie ihren Ellbogen auf das Kissen des Handschuhtisches, und ein hübsches, freundliches junges Wesen, zart und mit flinken Händen, zog einen langen Glacéhandschuh über Mrs. Sommers Hand. Sie glättete ihn über dem Gelenk und knöpfte ihn sorgfältig, und beide verloren sich für einige Sekunden in bewundernder Betrachtung der kleinen, gleichmäßig behandschuhten Hände. Doch es gab noch andere Orte, wo man Geld ausgeben konnte.

Bücher und Zeitschriften waren einige Schritte die Straße hinunter im Fenster eines Lädchens aufgestapelt. Mrs. Sommers kaufte zwei teure Zeitschriften, solche, die sie in jenen Tagen zu lesen pflegte, als sie auch andere angenehme Dinge gewohnt war. Sie trug sie ohne Verpackung. So gut sie konnte, hob sie an den Straßenübergängen ihre Röcke. Ihre Strümpfe und Stiefel und gutsitzenden Handschuhe hatten Wunder auf ihre Haltung gewirkt – hatten ihr ein Gefühl der Sicherheit gegeben, das Gefühl zu den gutgekleideten Leuten zu gehören.

Sie war sehr hungrig. Sonst hätte sie vielleicht ihr Verlangen nach Nahrung unterdrückt, bis sie, zuhause angekommen, sich eine Tasse Tee gekocht und einen Imbiß von dem, was gerade da war, zubereitet hätte. Doch der Impuls, nach dem sie handelte, ließ sie diesmal nicht auf einen solchen Gedanken kommen.

An der Ecke war ein Restaurant. Sie hatte es niemals zuvor betreten; von draußen hatte sie manchmal einen flüchtigen Blick geworfen auf fleckenlosen Damast, glänzendes Kristall, geräuschlos hin- und hereilende Kellner, die modisch gekleidete Leute bedienten.

Als sie eintrat, rief ihr Erscheinen keine Verwunderung, kein Befremden hervor, wie sie es halb befürchtet hatte. Sie setzte sich allein an einen kleinen Tisch, und ein aufmerksamer Kellner kam sofort, ihre Bestellung entgegen zu nehmen. Sie wollte keine große Mahlzeit; sie hatte Lust auf einen feinen wohlschmeckenden Happen – ein halbes Dutzend Austern, ein einfaches Kotelett mit Kresse, etwas Süßes – eine Crème-frappé zum Beispiel; ein Glas Rheinwein und danach eine kleine Tasse schwarzen Kaffee.

Während sie auf das Bestellte wartete, zog sie sehr lässig ihre Handschuhe aus und legte sie neben sich. Dann nahm sie eine der Zeitschriften und blätterte sie durch, dabei schnitt sie die Seiten mit der stumpfen Seite ihres Messers auf. Alles war sehr angenehm. Der Damast war sogar noch weißer, als er ihr durchs Fenster vorgekommen war und das Kristall funkelte noch stärker. Gesetzte Damen und Herren nahmen ihre Mahlzeiten an Tischen ein, die aussahen wie ihr eigener. Leise angenehme Musik war zu hören, und eine leichte Brise kam durch das Fenster. Sie kostete einen Happen und las ein bißchen, nippte an dem bernsteinfarbenen Wein und spielte mit den Zehen in den Seidenstrümpfen. Der Preis dafür spielte keine Rolle. Sie zählte dem Ober das Geld hin und ließ eine zusätzliche Münze auf seinem Tablett, worauf er sich vor ihr wie vor einer blaublütigen Prinzessin verbeugte.

Es war immer noch Geld in ihrem Geldbeutel, und die nächste Versuchung bot sich ihr in Form eines Matinéeplakats dar.

Etwas später betrat sie das Theater, das Stück hatte gerade angefangen, das Haus schien zum Bersten voll. Doch hier und da gab es freie Plätze, einer davon wurde ihr zugewiesen, inmitten von prächtig gekleideten Damen, die gekommen waren, um sich die Zeit zu vertreiben, Süßigkeiten zu essen und ihren aufwendigen Putz zur Schau zu stellen. Viele andere waren nur wegen des Stücks und der Schauspieler da. Man kann sicher sagen, daß niemand die gleiche Einstellung wie Mrs. Sommers zu ihrer Umgebung hatte. Sie nahm das Ganze – Bühne, Schauspieler und die Menschen – in einem einzigen Eindruck wahr, nahm es in sich auf und freute sich daran. Sie lachte über die Komödie und weinte – sie und die aufgeputzte Dame neben ihr weinten über die

Tragödie. Sie redeten zusammen ein bißchen darüber. Und die aufgeputzte Frau wischte sich die Augen, schnüffelte in ein winziges Tüchlein aus zarter parfümierter Spitze und reichte Mrs. Sommers ihre Pralinenschachtel.

Das Stück war aus, die Musik hörte auf, die Leute gingen einzeln hinaus. Es war wie ein zuende gegangener Traum. Die Menge zerstreute sich in alle Richtungen. Mrs. Sommers ging an die Ecke und wartete auf die Straßenbahn.

Ein Mann mit wachen Augen, der ihr gegenüber saß, schien mit Interesse ihr kleines blasses Gesicht zu studieren. Es machte ihm Kopfzerbrechen, was er da sah. In Wahrheit sah er nichts – es sei denn, er wäre ein Zauberer gewesen, einen heftigen Wunsch zu entdecken, ein machtvolles Verlangen, daß die Straßenbahn nirgends und niemals anhalten, sondern immer weiter und weiter mit ihr fahren sollte, für immer und ewig.

The Awakening

I

Ein gelb-grün gefiederter Papagei, im Käfig vor der
Tür, krächzte pausenlos:

„*Allez vous-en!* Weg da! *Sapristi!* In Ordnung!"

Er konnte ein wenig Spanisch und eine andere Sprache,
die niemand verstand – außer vielleicht der Spottdrossel, die
mit quälender Ausdauer im Käfig gegenüber flötenartige
Töne in den Wind hinausschickte.

Mr. Pontellier war kaum in der Lage, seine Zeitung in
Ruhe zu lesen; er erhob sich, um seiner Empörung mit ent-
sprechendem Gesichtsausdruck und einem Ausruf der Ent-
rüstung Luft zu machen. Er ging die Galerie entlang und
über die schmalen Stege, die die Verbindung zwischen den
einzelnen Ferienhäusern der Familie Lebrun herstellten. Bis
zu diesem Augenblick hatte er vor dem Haupthaus gesessen.
Der Papagei und die Spottdrossel gehörten zu Madame Lebruns Besitz und hatten beide das Recht, soviel Lärm zu
machen, wie sie wollten; Mr. Pontellier hatte seinerseits das
Recht, sich ihrer Gesellschaft zu entziehen, wenn diese ihm
nicht mehr zur Unterhaltung gereichte.

Er blieb vor der Tür seines Ferienhauses stehen – das
vierte neben dem Haupthaus und das vorletzte der Reihe.
Er setzte sich in den Schaukelstuhl aus Rohrgeflecht und
machte sich von neuem an seine Zeitungslektüre. Es war
Sonntag, die Zeitung schon einen Tag alt. Sonntagszeitun-
gen waren noch nicht auf Grand Isle eingetroffen. Die Bör-
senberichte kannte er bereits, so überflog er ohne große
Aufmerksamkeit Kommentare und Nachrichten, die er am
Vortage in New Orleans noch nicht hatte lesen können.

Mr. Pontellier trug eine Brille. Er war ein Mann von
vierzig, mittelgroß und eher zierlich gebaut, seine Haltung
etwas gebeugt. Er trug sein braunes Haar glatt und auf der
Seite gescheitelt; sein Bart war ordentlich und tadellos ge-
stutzt.

Von Zeit zu Zeit wanderte sein Blick weg von der Zeitung. Vom „Haus" kam mehr Lärm als gewöhnlich. Alle nannten das Gebäude in der Mitte „das Haus", um es von den kleinen Ferienhäusern zu unterscheiden. Die Vögel schwatzten und pfiffen unaufhörlich, gleichzeitig spielten zwei junge Mädchen – die Zwillinge Farival – auf dem Klavier ein Duett aus *Zampa*. Madame Lebrun schwärmte geschäftig umher, erteilte abwechselnd dem für Haus und Hof zuständigen Diener Anordnungen, wenn sie gerade im Haus war, oder dem für den Speisesaal zuständigen, wann immer sie nach draußen kam, beides mit hoher, durchdringender Stimme. Sie war eine frisch und hübsch aussehende Frau und trug immer weiße Kleider mit halblangen Ärmeln. Ihre gestärkten Röcke raschelten bei jeder Bewegung. Etwas weiter entfernt, vor einem der Ferienhäuser, ging eine Dame in Schwarz gesetzten Schrittes auf und ab und betete dabei einen Rosenkranz. Einige Feriengäste waren in Beaudelets Boot nach Chênière Caminada zur Messe gefahren. Jugendliche spielten unter den Mooreichen Krocket. Mr. Pontelliers Kinder waren auch dort, zwei stämmige kleine Burschen von vier und fünf. Ihre Kinderfrau, eine *Quadroon*, folgte ihnen, abwesend und in Gedanken verloren.

Mr. Pontellier zündete sich schließlich eine Zigarre an und ließ dabei die Zeitung aus der Hand gleiten. Er heftete seinen Blick starr auf einen weißen Sonnenschirm, der sich im Schneckentempo vom Strand heranbewegte. Er konnte ihn klar erkennen zwischen den hageren Stämmen der Mooreichen und jenseits des Streifens gelbblühender Kamillen. Der Golf lag in weiter Ferne, schien mit dem diesigen Blau des Horizontes zu verschwimmen. Der Sonnenschirm kam langsam näher. Unter seinem rosa umrandeten, schützenden Dach gingen seine Frau, Mrs. Pontellier, und der junge Robert Lebrun. Als sie das Häuschen erreicht hatten, setzten sie sich, einander zugewandt, auf die oberste Stufe der Veranda, offenbar erschöpft, beide gegen einen Stützpfosten gelehnt.

„Welch ein Unsinn! Zu dieser Tageszeit und bei solcher Hitze zu baden!" rief Mr. Pontellier. Er selbst hatte bei

Tagesanbruch ein Bad genommen. Deshalb kam ihm der Morgen so lang vor.

„Dein Sonnenbrand spottet jeder Beschreibung", fügte er hinzu und sah seine Frau an, wie man ein wertvolles Stück persönlichen Besitzes ansieht, wenn es Schaden genommen hat. Sie hob ihre Hände – sie waren kräftig und wohlgeformt – und überprüfte sie kritisch, wobei sie ihre Musselin-Ärmel über die Handgelenke zurückschob. Sie erinnerte sich an ihre Ringe, die sie ihrem Mann vor dem Aufbruch zum Strand gegeben hatte. Schweigend streckte sie die Hand aus, und er, die Geste verstehend, nahm die Ringe aus der Westentasche und ließ sie in ihre offene Hand fallen. Sie steckte sie auf die Finger; dann, während sie ihre Knie umschlang, sah sie zu Robert hinüber und fing an zu lachen. Die Ringe glitzerten an ihren Fingern. Er schickte ein verständnisinniges Lächeln zurück.

„Was ist?" fragte Pontellier, träge und amüsiert von einem zum anderen schauend. Es handelte sich um eine wahre Nichtigkeit, irgendein kleines Abenteuer draußen im Wasser, und beide versuchten, es gleichzeitig zu erzählen. Doch jetzt schien es nicht einmal mehr halb so amüsant. Beide merkten das, Mr. Pontellier auch. Er gähnte und räkelte sich in seinem Sessel. Dann stand er auf und meinte, er hätte nicht schlecht Lust, hinüber in Kleins Hotel zu gehen auf eine Runde Billard.

„Kommen Sie doch mit, Lebrun", schlug er Robert vor. Aber dieser erwiderte offen, er zöge es vor zu bleiben wo er sei, um sich mit Mrs. Pontellier zu unterhalten.

„Nun ja, schick ihn weg, wenn er dich langweilt, Edna", wies ihr Gatte sie an, als er sich zum Gehen anschickte.

„Hier, nimm den Sonnenschirm", rief sie und hielt ihm den Schirm hin. Er nahm ihn, spannte ihn auf, ging die Treppe hinunter und entfernte sich.

„Kommst du zum Abendessen?" rief ihm seine Frau hinterher. Er hielt einen Moment inne und zuckte mit den Achseln. Er fühlte in seiner Westentasche nach und fand eine Zehndollarnote. Er wußte es nicht: vielleicht würde er zum Abendessen kommen, vielleicht auch nicht. Das hing von der Gesellschaft ab, die er bei Kleins antreffen würde, und vom Spiel. Das sagte er nicht, aber sie verstand, lachte und nickte ihm zum Abschied zu.

Beide Kinder wollten ihren Vater begleiten, als sie ihn weggehen sahen. Er küßte sie und versprach ihnen, Bonbons und Erdnüsse mitzubringen.

II

Mrs. Pontelliers Augen waren lebhaft und klar, von einem goldenen Braun, etwa so wie ihre Haarfarbe. Sie hatte eine bestimmte Art, sie schnell auf einen Gegenstand zu richten und auf ihm ruhen zu lassen, als ob sie sich in einem inneren Labyrinth von Betrachtungen und Gedanken verloren habe. Ihre Brauen waren eine Schattierung dunkler als ihr Haar. Dicht und beinahe waagerecht betonten sie die Tiefe ihrer Augen. Sie war eher hübsch als schön. Ihr Gesicht faszinierte durch seine Offenheit und ein subtiles Mienenspiel, das dazu im Widerspruch stand. Ihre Umgangsformen wirkten einnehmend.

Robert rollte sich eine Zigarette. Er rauchte Zigaretten, weil er sich keine Zigarren leisten konnte – das sagte er zumindest. Er hatte eine Zigarre in der Tasche, ein Geschenk von Mr. Pontellier, die er für nach dem Essen aufbewahren wollte.

Ihm schien das alles ganz richtig und natürlich. Seine Gesichtsfarbe war der seiner Begleiterin nicht unähnlich. Das glatt rasierte Gesicht machte diese Ähnlichkeit auffälliger als sie es sonst gewesen wäre. Nicht der Schatten einer Sorge lag auf seiner offenen Miene. Seine Augen versammelten in sich Licht und Lässigkeit des Sommertages und spiegelten sie zurück.

Mrs. Pontellier langte nach einem Palmzweigfächer auf dem Boden der Veranda und fing an, sich Luft zuzufächeln, während Robert kleine Rauchwölkchen zwischen den Lippen formte. Sie plauderten unaufhörlich, über Dinge um sie herum; über ihr amüsantes Erlebnis draußen im Wasser – es hatte seinen ursprünglichen Reiz wiedergewonnen; über den Wind, die Leute, die zur Chênière gefahren waren; über die Kinder, die unter den Eichen Krocket spielten, und die Zwillinge Farival, die jetzt die Ouvertüre zu *Der Dichter und der Bauer* zum besten gaben.

Robert sprach ziemlich viel über sich selbst. Er war sehr jung und wußte es nicht besser. Mrs. Pontellier sprach nur wenig über sich, aus dem gleichen Grunde. Beide waren interessiert an dem, was der andere sagte. Robert erzählte von seinem Plan, im Herbst nach Mexiko zu gehen, wo sein Glück auf ihn warte. Er hatte schon immer vorgehabt, nach Mexiko zu gehen, aber irgendwie war er nie hingekommen. Unterdessen hatte er an seiner bescheidenen Stellung in einem Handelshaus in New Orleans festgehalten, in der ihm seine gleichmäßige Vertrautheit mit der englischen, französischen und spanischen Sprache zu nicht geringer Wertschätzung als Sekretär und Korrespondent verhalf.

Er verbrachte seine Sommerferien wie immer bei seiner Mutter auf Grand Isle. Früher, an diese Zeit konnte sich Robert aber nicht mehr erinnern, war „das Haus" der Lebruns eine Luxusvilla nur für den Sommer gewesen. Jetzt war es flankiert von einem Dutzend oder mehr kleiner Holzhäuser, die ständig von exklusiven Gästen des *Quartier Français* aufgesucht wurden. Dies ermöglichte Madame Lebrun, die sorgenfreie und komfortable Existenz beizubehalten, die ihr angestammtes Recht zu sein schien.

Mrs. Pontellier erzählte von der Plantage ihres Vaters in Mississippi und dem Zuhause ihrer Kindheit im *bluegrass* Land des alten Kentucky. Sie war. Amerikanerin mit einem Schuß französischen Bluts, der im Laufe der Generationen verdünnt, fast verloren gegangen schien. Sie las einen Brief ihrer Schwester vor, die im Osten lebte, verlobt war und bald heiraten würde. Robert, interessiert, wollte wissen, was für eine Art Mädchen ihre Schwestern seien, was für ein Mensch ihr Vater, und wie lange ihre Mutter schon tot sei.

Als Mrs. Pontellier den Brief wieder zusammenfaltete, war es Zeit, sich für das Abendessen anzukleiden.

„Ich glaube, Leonce kommt nicht zurück", sagte sie

mit einem kurzen Blick in die Richtung, in die ihr Gatte entschwunden war. Robert vermutete das auch, weil er wußte, daß eine ganze Reihe Clubfreunde aus New Orleans drüben bei Kleins waren.

Als Mrs. Pontellier ihn allein gelassen hatte, um in ihr Zimmer zu gehen, begab sich der junge Mann die Treppe hinunter und schlenderte zu den Krocketspielern, wo er sich in der halben Stunde vor dem Essen mit den kleinen Pontellierkindern, die begeistert von ihm waren, amüsierte.

III

Es war elf Uhr nachts, als Mr. Pontellier von Kleins Hotel zurückkehrte. Er war glänzender Laune, in Hochstimmung und sehr gesprächig. Sein Eintreten weckte seine Frau, die schon ins Bett gegangen war und zu dieser Zeit bereits fest geschlafen hatte. Er sprach zu ihr, während er sich auszog, erzählte Anekdoten, kleine Neuigkeiten und Klatsch, den er im Lauf des Tages mitbekommen hatte. Aus seinen Hosentaschen nahm er eine Handvoll zerknüllter Banknoten und eine Anzahl Silbermünzen, die er auf die Kommode häufte, zusammen mit Schlüsseln, Messer, Taschentuch und sonstigen Dingen, die seine Taschen enthielten. Sie war schlaftrunken und antwortete ihm nur mit unzusammenhängenden Halbsätzen.

Er betrachtete es als sehr entmutigend, daß seine Frau – der einzige Bezugspunkt seines Daseins – so wenig Interesse für Dinge aufbrachte, die ihn betrafen, und das Gespräch mit ihm derart geringschätzte.

Mr. Pontellier hatte die Bonbons und Erdnüsse für die Kinder vergessen. Desungeachtet liebte er sie sehr und ging in das Nebenzimmer, wo sie schliefen, um einen Blick auf sie zu werfen und sich ihres Wohlbefindens zu vergewissern. Der Ausgang seiner Untersuchung war alles andere als zufriedenstellend. Er schob und drehte die Kleinen in ihren Betten herum. Einer begann zu strampeln und von einem Korb voll Krabben zu reden.

Mr. Pontellier kam mit der Mitteilung zu seiner Frau zurück, Raoul habe hohes Fieber, man müsse nach ihm sehen. Dann zündete er sich eine Zigarre an und setzte sich an die offene Tür, um zu rauchen.

Mrs. Pontellier war ziemlich sicher, daß Raoul kein Fieber habe. Er sei in bester Gesundheit zu Bett gegangen, sagte sie, und nichts habe ihn geplagt den ganzen Tag über. Mr. Pontellier hingegen war zu gut mit Fiebersymptomen vertraut, um sich zu irren. Er versicherte ihr, das Kind verzehre sich in diesem Moment im Nebenzimmer.

Er warf seiner Frau Unaufmerksamkeit und ständige Vernachlässigung der Kinder vor. Wenn es nicht die Aufgabe der Mutter sei, die Kinder zu versorgen, wessen Aufgabe war es um Himmels willen dann? Er selbst habe doch alle Hände voll zu tun mit seinem Börsenmaklergeschäft. Er könne nicht an zwei Orten zugleich sein: auf der Straße, um den Lebensunterhalt für die Familie herbeizuschaffen, und zuhause bleiben, um sicher zu gehen, daß sie keinen Schaden nähmen. Er sprach monoton und hartnäckig.

Mrs. Pontellier sprang aus dem Bett und ging in das Nebenzimmer. Kurz darauf kam sie zurück, setzte sich auf die Bettkante und legte ihren Kopf auf das Kissen nieder. Sie sagte gar nichts und verweigerte ihrem Mann jegliche Antwort auf seine Fragen. Als seine Zigarre zu Ende geraucht war, ging er zu Bett und war nach einer halben Minute fest eingeschlafen.

Mrs. Pontellier war mittlerweile hellwach. Sie weinte ein wenig und trocknete sich mit dem Ärmel ihres Morgenmantels die Augen. Sie blies die Kerze aus, die ihr Mann hatte brennen lassen, schlüpfte in ein Paar Satinpantoffeln am Fußende des Bettes und ging auf die Veranda, wo sie sich in den Korbsessel setzte und sanft hin und her zu schaukeln begann.

Es war jetzt nach Mitternacht. Die Ferienhäuser lagen alle im Dunkel. Ein einzelnes schwaches Licht kam vom Flur des Haupthauses. Kein Laut war weit und breit zu hören außer dem Schrei einer alten Eule im Wipfel einer Mooreiche und der ewigen Stimme des Meeres, die sich zu dieser ruhigen Stunde kaum erhob. Sie drang wie ein trauriges Schlaflied durch die Nacht.

Die Tränen stiegen so schnell in Mrs. Pontelliers Augen, daß der feuchte Ärmel des Morgenmantels zum Trocknen nicht ausreichte. Sie umfaßte die Rückenlehne ihres Sessels mit einer Hand; der weite Ärmel war fast bis zur Schulter an dem hochgestreckten Arm zurückgeglitten. Sich zur Seite wendend preßte sie ihr feuchtes, nasses Gesicht in ihre Armbeuge und weinte weiter in dieser Haltung, nicht mehr darauf bedacht, Gesicht, Augen und Arme zu trocknen. Sie hätte nicht sagen können, warum sie weinte. Erfahrungen wie die vorangegangene waren nichts Ungewöhnliches in ihrem ehelichen Leben. Sie schienen bisher nicht schwer zu wiegen im Verhältnis zu dem Überfluß an Freundlichkeit und der gleichbleibenden Zuneigung ihres Mannes, die stillschweigend und selbstverständlich geworden waren.

Ein unbeschreiblicher Kummer, der in einem unbekannten Bereich ihres Bewußtseins zu entstehen schien, erfüllte sie mit rätselhafter Angst. Es war wie ein Schatten, wie ein Nebel, der den Sommertag ihrer Seele durchquerte. Es war seltsam und fremd, es war eine vorübergehende Stimmung. Sie saß nicht da, innerlich aufgebracht gegen ihren Mann und in Klagen über das Schicksal, das ihre Schritte auf den Weg gelenkt hatte, den sie gegangen war. Sie weinte sich nur einmal richtig aus. Die Moskitos machten sich über sie her, bissen in ihre festen, runden Arme und stachen ihr in die nackten Fußgelenke.

Die kleinen stechenden, summenden Kobolde brachten es fertig, die Stimmung zu vertreiben, die sie sonst eine halbe Nacht lang dort in der Dunkelheit gehalten hätte.

Am folgenden Morgen war Mr. Pontellier schon frühzeitig auf, um die Kutsche zu nehmen, die ihn zum Dampfer am Landeplatz befördern sollte. Er begab sich zurück zu seinen Geschäften in der Stadt, und auf der Insel würde man ihn vor dem nächsten Wochenende nicht wiedersehen. Er hatte seine Fassung, die in der vergangenen Nacht etwas angeschlagen schien, wiedergewonnen. Er hatte es eilig wegzukommen, da er einer lebhaften Woche auf der Carondolet Street entgegensah.

Mr. Pontellier gab seiner Frau die Hälfte des Geldes, das er von Kleins Hotel am Abend zuvor mitgebracht hatte. Sie mochte Geld, wie die meisten Frauen, und nahm es mit nicht geringer Befriedigung entgegen.

„Das wird für ein hübsches Hochzeitsgeschenk für Janet langen!" rief sie aus, glättete dabei die Banknoten und zählte sie sorgfältig.

„O, wir werden deine Schwester besser beschenken, mein Liebes", lachte er und schickte sich an, sie zum Abschied zu küssen.

Die Kinder tollten herum, hängten sich an seine Beine, bettelten, daß er ihnen ja viel mitbringen solle. Mr. Pontellier war sehr beliebt, und Damen, Herren, die Kinder und sogar die Kinderfrauen ließen es sich nie nehmen, ihn zu verabschieden. Seine Frau stand da, lächelnd und winkend, die Söhne schrieen hinterher, als er in der alten Kutsche die sandige Straße hinunter verschwand.

Einige Tage später traf ein Päckchen aus New Orleans für Mrs. Pontellier ein. Es war von ihrem Gatten. Angefüllt mit *friandises*, mit köstlichen und schmackhaften Kleinigkeiten – das Feinste an Früchten, *patés*, ein paar erlesene Flaschen, delikater Sirup und Pralinen im Überfluß.

Mrs. Pontellier war mit dem Inhalt eines solchen Pakets immer sehr großzügig; war sie fern von zuhause, pflegte sie dergleichen so gut wie regelmäßig zu erhalten. Die *patés* und Früchte wurden in den Speisesaal gebracht, die Pralinen rundherum angeboten. Und die Damen, bei der Auswahl sehr geziert und wählerisch – und etwas gierig – erklärten alle, Mr. Pontellier sei der beste Ehemann der Welt. Mrs. Pontellier mußte zugeben, daß sie keinen besseren kenne.

IV

Es wäre eine schwierige Sache für Mr. Pontellier gewesen, zu seiner oder jemandes anderen Zufriedenheit zu definieren, worin seine Frau ihren Pflichten gegenüber den Kin-

dern nicht genügte. Es war etwas, das er eher fühlte als
verstand, und er äußerte dieses Gefühl nie ohne spätere Reue
und Versöhnungsversuche.

Wenn einer der kleinen Pontelliers beim Spielen hinfiel,
war seine erste Regung meistens nicht, heulend in die Arme
seiner Mutter zu stürzen, um Trost zu suchen. Eher raffte
er sich wieder auf, wischte sich die Tränen aus den Augen
und den Sand aus dem Mund und spielte weiter. So klein sie
waren, nahmen sie sich zusammen und behaupteten sich in
kindlichen Raufereien, mit geballten Fäusten und erhobe-
nen Stimmen, die gewöhnlich die anderer Muttersöhnchen
übertönten. Die Kinderfrau wurde als riesige Behinderung
angesehen. Sie war nur dazu gut, Knöpfe an Leibchen und
Hosen zuzumachen und Haar zu bürsten und zu scheiteln,
da es nun einmal ein unumstößliches Gesetz der Gesellschaft zu sein schien, daß Haar gescheitelt und gebürstet sein
sollte.

Kurz, Mrs. Pontellier war keine Mutter-Frau. Der
mütterliche Frauentyp schien diesen Sommer auf Grand Isle
vorzuherrschen. Es war leicht, diese Frauen zu erkennen,
wie sie umherflatterten mit ausgebreiteten, schützenden
Flügeln, wenn irgendeine Gefahr, wirklich oder eingebildet,
ihre kostbare Brut bedrohte. Sie waren Frauen, die ihre Kinder vergötterten, ihre Ehemänner anbeteten und es als heiliges Recht ansahen, sich als Individuen auszulöschen und wie
sorgende Engel Flügel anzusetzen.

Vielen von ihnen stand diese Rolle gut; eine von ihnen
war die Verkörperung weiblicher Anmut und weiblichen
Charmes schlechthin. Ein Ehemann, der sie nicht verehrte,
wäre ein Rohling und verdiente den Tod durch langsame
Folter. Ihr Name war Adèle Ratignolle. Es gibt keine Worte,
sie zu beschreiben, außer den alten, die so oft dazu dienten,
die romantische Heldin vergangener Zeiten oder die Ange-
betete unserer Träume darzustellen. Ihre Zauberkräfte waren weder raffiniert noch versteckt. Ihre Schönheit strahlte
frei heraus, allen offenbar: das goldgesponnene Haar, das
weder Kamm noch Klammer bändigen konnten; die blauen
Augen, die allein Saphiren vergleichbar waren; volle Lippen,

die so rot waren, daß man bei ihrem Anblick nur an Kirschen oder irgendeine köstliche karmesinrote Frucht denken konnte. Sie wurde gerade etwas rundlicher, aber das schien ihrer Anmut kein Jota zu rauben. Man hätte sich ihren weißen Hals nicht einen Deut weniger voll gewünscht oder ihre schönen Arme schlanker. Niemals gab es feinere Hände als die ihren, und es war eine Freude zuzusehen, wenn sie ihre Nadel auffädelte oder ihren goldenen Fingerhut auf ihren Mittelfinger zog, um an den Nachthöschen zu nähen, oder Leibchen oder Lätzchen anzufertigen.

Madame Ratignolle hatte Mrs. Pontellier sehr gerne, und oft nahm sie ihr Nähzeug und verbrachte mit ihr die Nachmittage. Auch an dem Nachmittag des Tages, als das Paket aus New Orleans angekommen war, saßen sie zusammen. Sie hatte den Schaukelstuhl in Beschlag genommen und war eifrig dabei, ein Paar winzige Nachthöschen zu nähen. Sie hatte Mrs. Pontellier das Schnittmuster der Hosen zum Ausschneiden gebracht – eine außerordentliche Erfindung, die dafür sorgte, daß ein Kind so rundherum eingehüllt wird, daß nur seine zwei kleinen Augen wie die eines Eskimos herausschauen. Sie waren für den Winter gedacht, wenn tückische Zugluft aus den Kaminen und hinterhältige Ströme eisiger Kälte ihren Weg durch die Schlüssellöcher fanden. Mrs. Pontellier war einigermaßen beruhigt, was die augenblicklichen materiellen Bedürfnisse ihrer Kinder anging und erachtete es nicht als notwendig, vorzugreifen und winterliche Nachtkleider zum Gegenstand ihrer sommerlichen Überlegungen zu machen. Aber sie wollte nicht unfreundlich und uninteressiert scheinen; deshalb hatte sie Zeitungen hervorgeholt, sie auf dem Boden der Galerie ausgebreitet und unter Madame Ratignolles Anleitung ein Muster für das undurchlässige Kleidungsstück zugeschnitten.

Robert war anwesend und saß da, wo er am Sonntag zuvor gesessen hatte. Auch Mrs. Pontellier nahm denselben Platz auf der obersten Stufe ein, matt gegen einen Pfosten gelehnt. Neben ihr stand die Pralinenschachtel, die sie von Zeit zu Zeit Madame Ratignolle hinhielt.

Diese schien in Verlegenheit, eine Auswahl zu treffen, entschied sich schließlich für eine Stange Nougat, zweifelte jedoch, ob sie nicht zu schwer und süß sei, ihr möglicherweise nicht bekäme. Madame Ratignolle war sieben Jahre verheiratet. Ungefähr alle zwei Jahre bekam sie ein Kind. Zu jener Zeit hatte sie drei Kinder und begann an ein viertes zu denken. Sie sprach immer von ihrem „Zustand". Ihr „Zustand" war keineswegs offensichtlich, niemand hätte etwas davon geahnt, hätte sie ihn nicht mit Beharrlichkeit zum Gesprächsthema gemacht.

Robert setzte an ihr zu versichern, daß er eine Dame gekannt habe, die nur von Nougat gelebt hätte während der ganzen –, aber als er die Röte in Mrs. Pontelliers Gesicht aufsteigen sah, hielt er ein und wechselte das Thema.

Obwohl mit einem Kreolen verheiratet, war Mrs. Pontellier nicht wirklich zuhause in der Gesellschaft von Kreolen; niemals zuvor hatte sie auf so vertrautem Fuße mit ihnen gelebt. In diesem Sommer waren nur Kreolen bei den Lebruns. Sie kannten sich alle und fühlten sich wie eine große Familie, in der die freundschaftlichsten Verhältnisse herrschen. Eine Eigenschaft, die sie auszeichnete und die Mrs. Pontellier am stärksten beeindruckte, war eine völlige Abwesenheit von Prüderie. Ihre freie Ausdrucksweise war ihr anfangs unverständlich, obwohl sie keine Schwierigkeiten hatte, diese mit der erhabenen Keuschheit in Einklang zu bringen, die der kreolischen Frau angeboren und ihr untrügliches Kennzeichen zu sein scheint.

Niemals würde Edna Pontellier vergessen, wie schockiert sie war, als sie Madame Ratignolle dem alten Monsieur Farival die herzzerreißende Geschichte einer ihrer Geburten erzählen hörte, ohne ein intimes Detail auszulassen. Sie gewöhnte sich langsam an ähnliche Schocks, konnte aber nie die in ihren Wangen aufsteigende Röte zurückhalten. Mehr als einmal hatte ihr Kommen eine der komischen Geschichten unterbrochen, mit der Robert einen amüsierten Kreis verheirateter Frauen unterhielt.

Ein Buch hatte in der Pension die Runde gemacht. Als es in ihre Hände kam, las sie es mit tiefem Erstaunen. Sie fühlte sich versucht, das Buch heimlich und für sich alleine zu lesen, es zu verstecken beim Geräusch nahender Schritte, obwohl das von den anderen keiner getan hatte. Es wurde offen kritisiert und frei bei Tisch diskutiert. Mrs. Pontellier gab auf, erstaunt zu sein und folgerte, daß der Wunder kein Ende sei.

V

Sie bildeten eine harmonische Gruppe, wie sie an jenem Sommertag zusammensaßen – Madame Ratignolle nähend, aber darin oft innehaltend, um eine Geschichte oder Begebenheit mit ausdrucksvollen Gesten ihrer wohlgeformten Hände zu verdeutlichen; Robert und Mrs. Pontellier, die untätig dabeisaßen, wechselten gelegentlich ein Wort, warfen sich Blicke oder ein Lächeln zu, die ein schon fortgeschrittenes Stadium der Intimität und *camaraderie* anzeigten.

Er war während des vergangenen Monats ihr ständiger Begleiter gewesen. Niemand dachte sich etwas dabei. Viele hatten bei Roberts Ankunft vorausgesagt, daß er sich Mrs. Pontellier widmen würde. Seit seinem fünfzehnten Lebensjahr – das lag elf Jahre zurück – hatte sich Robert jeden Sommer auf Grand Isle zum treuen Begleiter einer schönen Dame oder jungen Frau gemacht. Manchmal war es ein junges Mädchen, dann wieder eine Witwe; aber sehr oft war es eine interessante verheiratete Frau.

Zwei aufeinanderfolgende Sommer lebte er im Sonnenschein von Mademoiselle Duvignés Gegenwart. Sie starb jedoch zwischen zwei Sommern; damals gab sich Robert untröstlich, warf sich unterwürfig zu Füßen Madame Ratignolles, und war dankbar für jeden Brosamen Sympathie und Trost, den sie ihm zu gewähren geruhte.

Mrs. Pontellier saß gerne da und schaute ihre schöne Freundin an, gerade so, wie sie eine makellose Madonna betrachtet hätte.

„Könnte sich irgend jemand vorstellen, welche Grausamkeit sich hinter diesem schönen Äußeren verbirgt?" murmelte Robert. „Sie wußte damals, daß ich sie verehrte und ließ zu, daß ich sie verehrte. Immer hieß es ‚Robert, kommen Sie, gehen Sie, stehen Sie auf, setzen Sie sich hin, tun Sie dies, tun Sie jenes, sehen Sie nach, ob das Baby schläft, meinen Fingerhut bitte, den ich, Gott weiß wo, liegen gelassen habe. Kommen Sie und lesen Sie mir aus Daudet vor, während ich nähe‘."

„*Par example!* Ich mußte niemals fragen. Sie waren mir immer zwischen den Füßen wie eine lästige Katze."

„Sie meinen wie ein ergebener Hund. Und immer, wenn Ratignolle die Szene betrat, dann war ich der Hund. *‚Passez! Adieu! Allez vous-en!*‘"

„Vielleicht fürchtete ich, Alphonse eifersüchtig zu machen", warf sie dazwischen, mit übertriebener Naivität. Alle lachten. Die rechte Hand eifersüchtig auf die linke! Das Herz eifersüchtig auf die Seele! Doch was das betrifft, der kreolische Ehemann ist niemals eifersüchtig; bei ihm ist diese zehrende Leidenschaft durch Nichtausübung verkümmert.

Unterdessen fuhr Robert fort, Mrs. Pontellier zugewandt, von seiner einst hoffnungslosen Leidenschaft für Madame Ratignolle zu erzählen; von schlaflosen Nächten, von Flammen, so heiß, daß das Meer tatsächlich zischte, wenn er sein tägliches Bad nahm. Die Dame mit der Nadel gab dazu verächtliche Kommentare ab:

„*Blagueur – farceur – gros bête, va!*" Er sprach nie in diesem halb ernst-halb scherzenden Ton, wenn er alleine mit Mrs. Pontellier war. Sie wußte nie genau, was sie davon halten sollte; auch jetzt war es ihr unmöglich einzuschätzen, wieviel Scherz und wieviel Ernst in seiner Rede war. Man ging davon aus, daß er oft Liebeserklärungen an Madame Ratignolle gerichtet hatte, ohne die geringste Erwartung, ernst genommen zu werden. Mrs. Pontellier war froh, daß er ihr gegenüber nicht eine ähnliche Rolle angenommen hatte. Das hätte sie nicht dulden können, weil es sie in Verlegenheit gebracht hätte, und es wäre ihr lästig gewesen.

Mrs. Pontellier hatte ihr Zeichenzeug mitgebracht, mit dem sie sich, völlig unprofessionell, manchmal beschäftigte. Sie mochte dieses dilettantische Herumprobieren. Sie fühlte dabei eine Befriedigung, die ihr sonst keine Beschäftigung gab.

Sie hatte sich lange schon an Madame Ratignolle versuchen wollen. Nie war diese Dame als Modell verführerischer
erschienen als in diesem Augenblick, als sie dasaß wie eine
sinnliche Madonna im Schimmer des vergehenden Tages,
der ihre blühende Farbe noch verstärkte.

Robert ging hinüber und setzte sich auf die Stufe unter-
halb von Mrs. Pontellier, um ihr beim Arbeiten zuzusehen.
Die Pinsel handhabe sie mit einer Leichtigkeit und Freizügigkeit, die nicht von langer und enger Vertrautheit mit ihnen, sondern von einer natürlichen Begabung zeugten. Robert folgte ihrer Arbeit mit großer Aufmerksamkeit und
verlieh seiner Bewunderung zuweilen Ausdruck, indem er
sich mit kurzen Bemerkungen auf Französisch an Madame
Ratignolle wandte.

„*Mais ce n'est pas mal! Elle s'y connaît, elle a de la force,
oui.*"

In seiner selbstvergessenen Aufmerksamkeit lehnte er
einmal ganz leicht seinen Kopf gegen Mrs. Pontelliers Arm.
Ebenso sanft wies sie ihn zurück. Noch einmal wiederholte
er die Übertretung. Sie konnte dies nur für eine Gedanken-
losigkeit seinerseits halten; das war noch lange kein Grund
für sie, ihm nachzugeben. Sie machte ihm keinen Vorwurf,
nur schob sie ihn noch einmal ruhig aber bestimmt zurück.
Er entschuldigte sich nicht.

Das fertige Bild hatte keine Ähnlichkeit mit Madame
Ratignolle. Sie war sehr enttäuscht, daß es ihr nicht glich.
Aber es war ein gutes Stück Arbeit und in vieler Hinsicht
befriedigend.

Mrs. Pontellier dachte offensichtlich anders. Nachdem
sie die Skizze kritisch gemustert hatte, zog sie einen breiten
Pinselstrich quer darüber und zerknüllte das Papier mit beiden Händen.

Die Kleinen kamen die Treppe hochgestolpert, die
Quadroon folgte ihnen in respektvoller Entfernung, die
einzuhalten sie von ihr verlangten. Mrs. Pontellier hieß sie
ihre Farben und anderen Sachen ins Haus tragen. Sie versuchte sie noch mit einem Schwatz und einigen Scherzen
aufzuhalten. Aber die Kinder hatten eine sehr ernste Ab-

sicht. Sie waren nur gekommen, um den Inhalt der Pralinenschachtel zu untersuchen. Sie nahmen ohne Murren, was ihnen in ihre rundlichen Hände gegeben wurde, die sie
trichterförmig hinhielten, in der vergeblichen Hoffnung, sie
würden gefüllt; dann machten sie sich davon.

Die Sonne stand tief im Westen, die Brise von Süden
trug sanft und lau den verführerischen Duft des Meeres mit
sich. Die Kinder, in frischen Kleidern, sammelten sich unter
den Eichen zum Spielen. Ihre Stimmen waren hoch und
durchdringend.

Madame Ratignolle faltete ihr Nähzeug zusammen,
wickelte es zusammen mit Fingerhut, Schere und Faden ordentlich zu einer Rolle, die sie sorgsam mit einer Nadel ver-
schloß. Sie klagte über plötzliche Schwäche. Mrs. Pontellier
eilte nach Kölnisch Wasser und einem Fächer. Sie befeuch-
tete Madame Ratignolle das Gesicht mit Kölnisch Wasser,
während Robert ihr mit unnötiger Heftigkeit zufächelte.

Der Anfall ging schnell vorüber und Mrs. Pontellier
konnte sich des Eindrucks nicht erwehren, daß etwas Ein-
bildung mit im Spiel gewesen war, denn die rosige Farbe war
keinen Moment aus dem Gesicht ihrer Freundin gewichen.

Sie sah dieser schönen Frau nach, wie sie die langen Galerien entlangschritt mit einer Anmut und Majestät, die
manchmal Königinnen nachgesagt wird. Ihre Kinder kamen
ihr entgegengerannt. Zwei hängten sich an ihre weißen
Röcke, das dritte nahm sie der Kinderfrau ab und barg es mit
unzähligen Liebkosungen in ihren eigenen, liebevollen Armen. Obwohl, wie jeder wußte, der Arzt ihr verboten hatte,
auch nur eine Stecknadel zu heben!

„Gehen Sie baden?" fragte Robert Mrs. Pontellier. Es
war weniger eine Frage als eine Erinnerung.

„Ach nein", antwortete sie mit unentschlossener
Stimme. „Ich bin müde; ich glaube nicht." Ihr Blick wanderte von seinem Gesicht hinüber zum Golf, dessen leises,
klangvolles Rauschen sie wie ein liebevolles aber unnachgie-
biges Flehen erreichte.

„Ach, kommen Sie!" beharrte er. „Sie dürfen Ihr Bad
nicht versäumen. Kommen Sie. Das Wasser muß herrlich
sein; es wird Ihnen nicht schaden. Kommen Sie doch."

Er griff nach ihrem großen, einfachen Strohhut, der an einem Haken vor der Tür hing, und setzte ihn ihr auf den Kopf. Sie gingen die Treppe hinunter und schlugen den Weg zum Strand ein. Die Sonne stand tief im Westen, und der Wind war sanft und warm.

VI

Edna Pontellier hätte nicht sagen können, warum sie trotz des Wunsches, mit Robert zum Strand zu gehen, im ersten Augenblick abgelehnt hatte, um dann im nächsten Augenblick doch dem anderen der beiden widersprüchlichen Impulse in ihr zu gehorchen.

Ein Licht begann schwach in ihr zu dämmern – ein Licht, das einen Weg wies und ihn gleichzeitig verbat.

In dieser frühen Phase verwirrte es sie nur. Es ließ sie in Träume und Gedanken versinken und dieselbe schattenhafte Angst fühlen, die in jener Nacht über sie gekommen war, als sie sich den Tränen überlassen hatte.

Kurz, Mrs. Pontellier fing an, ihre Stellung als menschliches Wesen im Universum und ihrer Beziehungen als Individuum zur Welt in ihr und um sie herum gewahr zu werden. Dies mag wie eine gewaltige Last an Weisheit erscheinen, die sich da auf die Seele einer jungen Frau von achtundzwanzig senkte – vielleicht mehr Weisheit, als es dem Heiligen Geist gewöhnlich gefällt, einer Frau zu gewähren.

Aber der Anfang aller Dinge, wieviel mehr noch einer Welt, ist mit Notwendigkeit unbestimmt, verschlungen, chaotisch und aufs Äußerste verwirrend. Wie wenige von uns tauchen je wieder aus einem solchen Anfang auf! Wieviele Seelen gehen in diesem Aufruhr zugrunde!

Die Stimme des Meeres ist verführerisch; ohne Unterlaß flüsternd, tosend, leise raunend lädt sie die Seele ein, für eine Weile in Abgründen der Einsamkeit zu wandern, sich in Irrgärten der inneren Betrachtung zu verlieren.

Die Stimme des Meeres spricht zur Seele. Die Berührung des Meeres aber ist sinnlich, sie umschließt den Körper in sanfter, fester Umarmung.

VII

Mrs. Pontellier war keine Frau von Vertraulichkeiten; das war eine Eigenschaft, die bislang im Gegensatz zu ihrer Lebensart gestanden hatte. Schon als Kind hatte sie ihr eigenes kleines Leben ganz für sich allein gelebt. Sehr früh bereits hatte sie instinktiv das zweifache Leben begriffen – die äußere Existenz, die sich anpaßt, das innere Leben, welches fragt und zweifelt.

Diesen Sommer auf Grand Isle fing sie an, die Hülle der Zurückhaltung, die sie immer umgeben hatte, zu lösen. Es gab wohl – es muß sie gegeben haben – Einflüsse, verborgene und offensichtliche, die sie alle auf ihre Weise zu einer solchen Öffnung bewegten; doch der sichtbarste war der Einfluß von Adèle Ratignolle. Der außerordentliche körperliche Reiz der Kreolin hatte sie als erstes angezogen, denn Edna war empfänglich für Schönheit. Dazu kam die Offenheit ihres ganzen Daseins, in dem jeder wie in einem aufgeschlagenen Buch lesen konnte und die zu Ednas eigener gewohnheitsmäßiger Zurückhaltung in krassem Gegensatz stand – dies könnte ein Bindeglied gewesen sein. Wer kann sagen, welches Metall die Götter nehmen, um das zarte Band zu schmieden, das wir Sympathie nennen, das wir genausogut Liebe nennen könnten.

Die beiden Frauen gingen eines Morgens zum Strand, Arm in Arm, unter einem riesigen weißen Sonnenschirm. Edna hatte Madame Ratignolle dazu gebracht, die Kinder zurückzulassen, sie jedoch nicht überreden können, eine winzige Rolle Nähzeug preiszugeben, die Adèle bat in den Tiefen ihrer Tasche mitnehmen zu dürfen. Durch einen unerklärlichen Zufall waren sie Robert entgangen.

Der Weg zum Strand war nicht unbeträchtlich: ein lan-

ger, sandiger Pfad, hier und da begrenzt von wild wuchern-
dem Gesträuch, das oft und unvorhergesehen den Weg fast
versperrte. Auf beiden Seiten erstreckten sich große Felder
gelber Kamille. Noch weiter entfernt lagen üppige Gemüse-
gärten, dazwischen kleine Plantagen von Orangen- und Zi-
tronenbäumen. Wie dunkelgrüne Tupfen schimmerten sie
von ferne in der Sonne.

Die Frauen waren beide einigermaßen groß, Madame
Ratignolle besaß die weiblichere und eher mütterliche Figur.
Der Reiz von Edna Pontelliers Erscheinung ergriff einen
unmerklich. Die Umrisse ihres Körpers waren lang, klar
und ebenmäßig; es war ein Körper, der ab und zu in wun-
derbare Haltungen verfiel; nichts an ihr erinnerte an jene
aufgeputzten gängigen Modefiguren. Ein zufälliger Passant
würde im Vorübergehen vielleicht keinen zweiten Blick auf
ihre Gestalt werfen. Aber mit etwas mehr Gefühl und Un-
terscheidungsvermögen hätte er ihre edle Schönheit, die anmutige Strenge in Haltung und Gesten erkannt, die Edna
Pontellier von der Menge unterschieden.

Sie trug ein kühles Musselinkleid an diesem Morgen –
weiß, mit einem braunen Längsstreifen, der wellenför-
mig das Kleid durchzog; dazu einen weißen Leinenkragen
und den großen Strohhut, den sie vom Haken an der Haustür genommen hatte. Der Hut saß wie immer gut auf ihrem
goldbraunen Haar, das etwas gewellt, schwer und dicht um
ihren Kopf lag.

Madame Ratignolle, die mehr auf ihre Gesichtsfarbe
achtete, hatte sich einen Gazeschleier um den Kopf geschlungen. Sie trug hundslederne Handschuhe mit Stulpen,
die ihre Gelenke schützten. Sie war ganz in Weiß gekleidet,
mit lockeren Rüschen, die ihr gut standen. Falten und we-
hende Verzierungen kleideten ihre reiche, üppige Schönheit
besser als strengere Linien es getan hätten.

Am Strand standen mehrere Badehütten, grob, aber so-
lide gebaut, geschützt von kleinen, dem Meer zugewandten
Galerien. Jede Hütte bestand aus zwei Räumen, und jede
Familie bei den Lebruns besaß eine eigene Kabine, ausgestattet mit allen notwendigen Utensilien zum Baden und anderen Bequemlichkeiten nach den Wünschen ihrer Besitzer.

Die beiden Frauen hatten nicht vor zu baden; sie waren nur auf einen Spaziergang zum Meer geschlendert, um allein und nahe am Wasser zu sein. Die Kabinen der Pontelliers und der Ratignolles lagen nebeneinander unter ein und demselben Dach.

Mrs. Pontellier hatte aus schierer Gewohnheit ihren Schlüssel eingesteckt. Sie schloß die Tür ihrer Badekabine auf, ging hinein und tauchte bald wieder mit einer Decke auf, die sie auf dem Boden der Galerie ausbreitete, und zwei großen leinenbezogenen Roßhaarkissen, die sie gegen die Wand des Hauses lehnte.

Die beiden Frauen setzten sich in den Schatten der Veranda, Seite an Seite, mit dem Rücken an die Kissen gelehnt und die Beine ausgestreckt. Madame Ratignolle entfernte ihren Schleier, wischte ihr Gesicht mit einem recht zarten Taschentuch und fächelte sich mit einem Fächer, den sie immer an einem langen dünnen Band mit sich herumtrug. Edna befreite sich von ihrem Kragen und öffnete den Ausschnitt ihres Kleides. Sie nahm Madame Ratignolles Fächer und begann, sich selbst und ihrer Begleiterin Luft zuzufächeln. Es war sehr warm und eine Weile saßen sie untätig, wechselten nur einige Bemerkungen über die Hitze, die Sonne und das grelle Licht. Doch es kam ein Wind auf, ein starker böiger Wind, der auf dem Wasser Schaumkronen schlug. Er ließ die Röcke der beiden Frauen flattern und beschäftigte sie eine Weile damit, ihre Kleider festzuhalten, zurechtzuziehen und wieder in Ordnung zu bringen, sowie Haar- und Hutnadeln festzustecken. Ein paar Leute tummelten sich in einiger Entfernung im Wasser. Am Strand herrschte zu dieser Stunde eine Ruhe, die nur hin und wieder von menschlichen Stimmen unterbrochen wurde. Die Dame in Schwarz las auf der Veranda der Nachbarkabine ihr morgendliches Gebet. Ein junges Liebespaar tauschte seine Herzenswünsche im Schatten des Kinderzelts, welches sie unbesetzt gefunden hatten.

Edna Pontellier ließ ihren Blick schweifen und schließlich auf dem Meer ruhen. Der Tag war klar und eröffnete eine Sicht, soweit der blaue Himmer reichte; einige weiße Wölkchen hingen verstreut am Horizont. Ein Lateinsegel war in der Richtung von Cat Island zu erkennen, und andere weiter südlich schienen in der großen Entfernung fast bewegungslos.

„An wen – an was denken Sie?" fragte Adèle ihre Freundin, deren Miene sie mit leicht amüsierter Aufmerksamkeit beobachtet hatte, fasziniert von dem selbstvergessenen Ausdruck, der auf ihrem ganzen Gesicht lag und es in statuenhafte Ruhe gebannt zu haben schien.

„An nichts", erwiderte Mrs. Pontellier wie ertappt und fügte sofort hinzu: „Wie dumm! Aber mir scheint, daß wir eine solche Frage instinktiv so beantworten. Warten Sie", fuhr sie fort, warf den Kopf zurück und kniff ihre schönen Augen zusammen, so daß sie wie zwei lebhafte Lichtpunkte erschienen. „Lassen Sie mich überlegen. Ich war mir wirklich nicht bewußt, daß ich an irgendetwas dachte; aber vielleicht kann ich meinen Gedanken auf die Spur kommen."

„Schon gut!" lachte Madame Ratignolle. „Ganz so streng bin ich nicht. Ich erlasse Ihnen diesmal die Antwort. Es ist wirklich zu heiß zum Denken, vor allem über das Denken nachzudenken."

„Dennoch – des Spaßes halber", beharrte Edna. „Der Anblick des Wassers, so unendlich ausgedehnt, dazu die reglosen Segel gegen den blauen Himmel ergaben ein so herrliches Bild, daß ich einfach nur sitzen und hinschauen wollte. Der heiße Wind, der mir ins Gesicht schlug, ließ mich – ohne jeden erkennbaren Zusammenhang – an einen Sommertag in Kentucky denken, an eine Wiese, die dem kleinen Mädchen so groß wie der Ozean vorkam, als es das Gras durchquerte, das ihm bis zur Taille reichte. Beim Gehen warf sie ihre Arme wie beim Schwimmen vor, schlug das hohe Gras auseinander, wie man es im Wasser tut. Ja, jetzt sehe ich die Verbindung!"

„Wohin gingen Sie, als Sie an jenem Tag in Kentucky durch das Gras liefen?"

„Daran kann ich mich jetzt nicht erinnern. Ich ging einfach quer über ein großes Feld. Mein Sonnenhut versperrte mir die Sicht. Ich konnte nur das Stück Grün vor mir sehen und fühlte mich, als ob ich für immer weitergehen müßte, ohne ans Ende zu kommen. Ich weiß nicht mehr, ob

ich mich fürchtete oder freute. Ich muß es unterhaltsam gefunden haben."

„Wahrscheinlich war es ein Sonntag", lachte sie, „und
ich rannte vom Gebet weg, vom presbyterianischen Gottesdienst, der von meinem Vater so düster abgehalten wurde,
daß mich der bloße Gedanke daran noch jetzt erschauern
läßt."

„Und sind Sie von da an immer vom Gottesdienst weg-
gelaufen, *ma chère?*" fragte Madame Ratignolle amüsiert.

„Nein! O nein!" beeilte sich Edna zu sagen. „Ich war
damals ein unbedachtes kleines Kind, folgte zweifellos nur
einem irreführenden Impuls. Ganz im Gegenteil, es kam
eine Phase in meinem Leben, wo die Religion mich fest im
Griff hatte; von zwölf an und bis – bis – nun ja, ich glaube
bis jetzt, obwohl ich nie viel darüber nachgedacht habe –
mich nur so von der Gewohnheit treiben ließ. Aber wissen
Sie", sie unterbrach sich, richtete ihre lebendigen Augen auf
Madame Ratignolle und lehnte sich vor, um ihr Gesicht ganz
nah an das ihrer Freundin zu bringen, „diesen Sommer fühle
ich mich zuweilen, als ob ich wieder durch die grüne Wiese
ginge, untätig, ziellos, gedankenlos und ungelenkt."

Madame Ratignolle legte ihre Hand auf die von Mrs.
Pontellier neben ihr. Als sie sah, daß diese nicht zurückgezogen wurde, faßte sie sie fest und warm. Sie streichelte sie
sogar liebevoll mit der anderen Hand, wobei sie mit halber
Stimme sagte: *„Pauvre chérie".*

Diese Geste verwirrte Edna zuerst etwas, aber bald
überließ sie sich der sanften Zärtlichkeit der Kreolin. Sie war
äußerlich sichtbare oder offen ausgesprochene Beweise von
Zuneigung nicht gewohnt, weder an sich selbst noch von
anderen. Sie und ihre jüngere Schwester Janet hatten sich oft
aus unglücklicher Gewohnheit gestritten. Ihre ältere
Schwester Margaret war mütterlich und würdevoll, vielleicht, weil sie zu früh hausfrauliche Pflichten hatte übernehmen müssen, denn ihre Mutter starb, als sie noch sehr
jung waren. Margaret war nicht überschwenglich, sie war
praktisch. Edna hatte gelegentlich eine Freundin, aber ob
zufällig oder nicht, sie schienen alle vom selben Typ –
selbstbeherrscht und verschlossen. Sie erkannte nie, daß es

viel an der Verschlossenheit ihres eigenen Charakters lag, vielleicht überhaupt nur daran. Ihre engste Schulfreundin war intellektuell außergewöhnlich begabt; sie schrieb wohlklingende Aufsätze, die Edna bewunderte und nachzuahmen versuchte. Mit ihr sprach und glühte sie über den englischen Klassikern, und bisweilen führten sie miteinander religiöse und politische Auseinandersetzungen.

Edna fragte sich oft, was für eine Neigung das sei, die sie manchmal innerlich verwirrt hatte, ohne sich äußerlich sichtbar an ihrer Person bemerkbar zu machen. In sehr frühem Alter – vielleicht war es zu der Zeit, als sie den Ozean von wogendem Gras durchquerte – konnte sie sich erinnern, daß sie leidenschaftlich in einen würdevollen Kavallerieoffizier mit traurigem Blick verliebt war, der ihren Vater in Kentucky besuchte. Sie konnte weder weggehen, wenn er da war, noch ihre Augen von seinem Gesicht wenden, dem eine schwarze, in das Gesicht fallende Locke etwas Ähnlichkeit mit Napoleon verlieh. Doch der Kavallerieoffizier schwand fast unbemerkt aus ihrem Leben und ihrer Erinnerung.

Ein anderes Mal waren ihre Gefühle stark auf einen jungen Herren gerichtet, der eine Dame auf der Nachbarplantage zu besuchen pflegte. Das war als sie nach Mississippi umgezogen waren. Der junge Mann war mit der jungen Dame verlobt und die beiden kamen manchmal nachmittags in einer Kutsche herüber, um Margaret zu besuchen. Edna war ein junges Mädchen, gerade dem Kindesalter entwachsen; die Erkenntnis, daß sie nichts, nichts, rein gar nichts für den verlobten jungen Mann bedeutete, war bitterer Schmerz für sie. Aber auch dieser Mann ging den Weg aller Träume.

Sie war eine erwachsene junge Frau, als sie überkam, was sie für den Höhepunkt ihres Schicksals hielt. Das Gesicht und die Gestalt eines berühmten Schauspielers begann ihre Phantasie zu verfolgen und ihre Sinne aufzuwühlen. Die Hartnäckigkeit der Verliebtheit verlieh dieser ein Moment von Echtheit. Die Hoffnungslosigkeit färbte sie mit dem erhabenen Ton einer großen Leidenschaft.

Das Bild des Schauspielers stand eingerahmt auf ihrem Schreibtisch. Jeder konnte das Porträt eines Schauspielers besitzen, ohne Argwohn oder Kommentare befürchten zu müssen. An dieser Überlegung hatte sie ihr finsteres Vergnügen. Im Beisein anderer drückte sie Bewunderung für seine besonderen Talente aus, wenn sie die Photographie herumreichte und sich über die Genauigkeit des Abbildes ausließ. War sie allein, nahm sie es manchmal und küßte das kalte Glas mit Leidenschaft.

Ihre Heirat mit Léonce Pontellier war reiner Zufall, in dieser Beziehung vielen anderen Ehen ähnlich, die sich als Fügung des Schicksals maskieren. Auf dem Höhepunkt ihrer heimlichen Leidenschaft lernte sie ihn kennen. Er verliebte sich, wie Männer das zu tun pflegen, und verfolgte seine Werbung mit einer Ernsthaftigkeit und einem Eifer, die nichts zu wünschen übrig ließen. Er gefiel ihr; seine unbedingte Ergebenheit schmeichelte ihr. Sie bildete sich ein, es gebe zwischen ihnen eine Geistes- und Geschmacksverwandtschaft, eine Annahme, in der sie fehl ging. Stellen wir uns zudem noch den heftigen Widerstand ihres Vaters und ihrer Schwester Margaret gegen eine Ehe mit einem Katholiken vor, so brauchen wir nicht weiter nach Gründen zu suchen, die sie dazu brachten, Monsieur Pontellier als Ehemann zu akzeptieren.

Der Gipfel der Glückseligkeit, den eine Ehe mit dem Schauspieler bedeutet hätte, war ihr in dieser Welt nicht bestimmt. Als die ergebene Gattin eines Mannes, der sie anbetete, glaubte sie, daß sie ihren Platz in der Welt der Wirklichkeit mit einer gewissen Würde einnehmen könnte; die Türen des Reichs der Romanzen und Träume würde sie dann für immer hinter sich schließen.

Es dauerte nicht lange, bis der Schauspieler dem Kavallerieoffizier und dem verlobten jungen Mann und einigen anderen folgte; und Edna fand sich mit der Alltagswirklichkeit konfrontiert. Sie fing an, ihren Gatten gern zu haben, erkannte mit einer eigenartigen Befriedigung, daß sich keine Spur von Leidenschaft oder überschwenglicher und falscher Wärme in ihre Zuneigung mischte, die deren Auflösung hätten bewirken können.

Sie liebte ihre Kinder auf eine unausgeglichene, impulsive Weise. Manchmal drückte sie sie innig an ihr Herz;

manchmal pflegte sie sie zu vergessen. Im vergangenen Jahr hatten die Kinder einen Teil des Sommers mit der Groß- mutter Pontellier in Iberville verbracht. In der Gewißheit, daß sie glücklich und gut aufgehoben waren, vermißte Edna sie nicht, allenfalls verspürte sie gelegentlich eine starke Sehnsucht. Ihre Abwesenheit bedeutete eine Art Erleichte- rung, obwohl sie dies nicht einmal sich selbst zugab. Sie schien von einer Verantwortung befreit, die sie blind über- nommen und für die das Schicksal sie nicht geschaffen hatte.

Nicht all das offenbarte Edna Madame Ratignolle an jenem Sommertag, als sie den Blick aufs Meer gerichtet zu- sammensaßen. Aber ein beachtlicher Teil davon kam den- noch über ihre Lippen. Sie hatte ihren Kopf auf Madame Ratignolles Schulter gelehnt. Sie glühte und fühlte sich be- rauscht von ihrer eigenen Stimme und dem ungewohnten Genuß der Offenheit. Dies benebelte sie wie Wein oder wie der erste Atemzug der Freiheit.

Stimmen kamen näher. Es war Robert, umgeben von einem Trupp Kinder, auf der Suche nach ihnen. Die zwei kleinen Pontelliers waren bei ihm, und er trug Madame Ra- tignolles kleine Tochter auf dem Arm. Andere Kinder liefen nebenher und zwei Kinderfrauen folgten mit mißbilligen- der, aber resignierter Miene.

Die Frauen erhoben sich gleich und fingen an, ihre Kleider in Ordnung zu bringen und ihre Glieder zu lockern. Mrs. Pontellier warf Kissen und Decke zurück in die Bade- hütte. Die Kinder rannten alle zum Sommerzelt, blieben dort in einer Reihe stehen und starrten die Eindringlinge an, die Liebenden, die immer noch ihre Schwüre und Seufzer austauschten. Das Paar stand auf, nur stumm protestierend, und ging langsam woanders hin.

Die Kinder ergriffen Besitz von ihrem Zelt und Mrs. Pontellier ging zu ihnen hinüber.

Madame Ratignolle bat Robert, sie zum Haus zurück- zubegleiten; sie klagte über Gliederkrämpfe und steife Ge- lenke. Ermüdet stützte sie sich auf seinen Arm, als sie davon gingen.

VIII

„Tun Sie mir einen Gefallen, Robert", sprach die hübsche Frau an seiner Seite, gleich nachdem sie und Robert ihren langsamen Heimweg angetreten hatten. Sie blickte auf in sein Gesicht, lehnte sich auf seinen Arm unter dem kreisförmigen Schatten des Sonnenschirms, den er hielt.

„Soviele Sie wollen", erwiderte er, sah dabei hinunter in ihre Augen, die voll Nachdenklichkeit und Fragen waren.

„Ich bitte nur um einen; lassen Sie Mrs. Pontellier in Frieden."

„*Tiens!*" rief er mit einem plötzlichen jungenhaften Lachen aus. „*Voilà que Madame Ratignolle est jalouse!*"

„Unsinn! Ich meine es ernst; ich meine, was ich sage. Lassen Sie Mrs. Pontellier in Frieden."

„Warum?" fragte er, durch das dringliche Bitten seiner Begleiterin selber ernst geworden.

„Sie ist keine von uns; sie ist nicht so wie wir. Sie könnte den unglücklichen Irrtum begehen, Sie ernst zu nehmen."

Er errötete vor Ärger, nahm seinen weichen Hut vom Kopf und fing an, ihn ungeduldig beim Laufen gegen das Bein zu schlagen. „Warum sollte sie mich nicht ernst nehmen?" fragte er scharf. „Bin ich ein Komödiant, ein Clown, ein Stehaufmännchen? Ja, warum sollte sie nicht? Ihr Kreolen! Ich verliere die Geduld mit euch! Soll ich mich immer als Hauptattraktion eines amüsanten Unterhaltungsprogramms betrachten lassen? Ich hoffe doch sehr, daß Mrs. Pontellier mich ernst nimmt. Ich hoffe, sie hat genug Urteilsfähigkeit, um in mir nicht nur den *blageur* zu sehen. Wenn ich daran irgendeinen Zweifel hätte –."

„Oh genug, Robert!" unterbrach sie seinen hitzigen Ausbruch. „Sie meinen doch nicht, was Sie da sagen. Sie sprechen mit ungefähr soviel Überlegung, wie man es von einem der Kinder, die da unten im Sand spielen, erwarten könnte. Wenn Ihre Aufmerksamkeiten irgendeiner verheirateten Frau gegenüber jemals mit einer ernsthaften Absicht einhergingen, wären Sie nicht der Gentleman, als den wir Sie alle kennen, und auch nicht der rechte Umgang für die Ehefrauen und Töchter von Leuten, die Ihnen vertrauen."

Madame Ratignolle hatte ausgesprochen, was sie für Recht und Sitte hielt. Der junge Mann zuckte ungeduldig mit den Achseln.

„Oh nein! Das ist es nicht", heftig stülpte er seinen Hut auf den Kopf. „Sie sollten ein Gefühl dafür haben, daß es einem Mann nicht schmeichelt, solche Dinge gesagt zu bekommen."

„Sollte unser ganzer Umgang nur aus einem Austausch von Komplimenten bestehen? *Ma foi!*"

„Es ist nicht angenehm, sich von einer Frau sagen zu lassen –", fuhr er fort, ohne ihrem Einwand Beachtung zu schenken, brach aber plötzlich ab: „Nun, wenn ich wie Arobin wäre – Sie erinnern sich an Alcée Arobin und die Geschichte mit der Gattin des Konsuls in Biloxi?" und er erzählte die Geschichte über Alcée Arobin und die Gattin des Konsuls und eine andere über einen Tenor an der Französischen Oper, der Briefe erhielt, die nie hätten geschrieben werden dürfen, und noch mehr Geschichten, ernste und witzige, bis Mrs. Pontellier und ihre Neigung, junge Männer ernst zu nehmen, offenbar vergessen waren.

Madame Ratignolle begab sich, als sie ihr Ferienhaus erreicht hatten, hinein, um ihre Ruhestunde zu halten, auf die sie Wert legte. Bevor er sie verließ, bat Robert um Entschuldigung für die Ungeduld – er nannte es Grobheit – mit der er ihre gutgemeinte Warnung aufgenommen hatte.

„Nur einen Fehler haben sie gemacht, Adèle", sagte er mit einem kleinen Lächeln; „es besteht keine Möglichkeit auf Erden, daß Mrs. Pontellier mich je ernst nehmen würde. Sie hätten mich davor warnen sollen, mich selbst zu ernst zu nehmen. Dann hätte Ihr Rat einiges Gewicht gehabt und mir zu denken gegeben. *Au revoir.* Sie sehen müde aus", fügte er besorgt hinzu. „Möchten Sie eine Tasse Bouillon? Soll ich Ihnen einen Toddy mixen? Ich mache Ihnen einen Toddy mit einem Schuß Angostura."

Sie stimmte dem ersten Vorschlag zu; eine Bouillon war wohltuend und verträglich. Er ging selbst in die Küche, die in einem Gebäude abseits der Ferienhäuser hinter dem Haupthaus lag. Und er servierte ihr eigenhändig die goldbraune Bouillon in einer zierlichen Sèvres-Schale mit ein paar knusprigen Keksen auf der Untertasse.

Sie streckte ihren bloßen, weißen Arm hinter dem Vorhang, der die offene Tür verdeckte, hervor und nahm die Tasse aus seinen Händen. Sie nannte ihn einen *bon garçon* und meinte es auch so. Robert dankte ihr und wandte sich dem Haus zu.

Das Liebespaar betrat gerade das Grundstück der Pension. Sie lehnten aneinander wie vom Seewind gekrümmte Mooreichen. Kein Stückchen Erde war mehr unter ihren Füßen. Man hätte sie ohne weiteres auf den Kopf stellen können, so schwerelos schritten sie auf blauem Dunst. Die Dame in Schwarz, die hinter ihnen herschlich, wirkte ein wenig blasser und erschöpfter als gewöhnlich. Von Mrs. Pontellier und den Kindern war weit und breit keine Spur zu sehen. Robert suchte in der Ferne nach ihren Gestalten. Zweifellos würden sie bis zum Abendessen draußen bleiben. Der junge Mann stieg zum Zimmer seiner Mutter hinauf. Es befand sich ganz oben im Haus, hatte eigentümliche Winkel und eine merkwürdig abgeschrägte Decke. Zwei breite Giebelfenster öffneten den Blick auf den Golf soweit man sehen konnte. Das Mobiliar des Zimmers war leicht, schlicht und praktisch.

Madame Lebrun war eifrig an der Nähmaschine zugange. Ein kleines schwarzes Mädchen saß auf dem Boden und bediente mit den Händen das Pedal der Maschine. Die kreolische Frau geht, wenn sie es vermeiden kann, kein Risiko ein, sich zu verausgaben.

Robert setzte sich auf den breiten Sims eines der Giebelfenster. Er nahm ein Buch aus der Tasche und begann mit Eifer zu lesen, jedenfalls nach der Präzision und Häufigkeit zu urteilen, mit der er die Seiten umschlug. Das Rattern der Nähmaschine klang widerhallend durch den Raum; es war ein massives, veraltetes Modell. In den kurzen Pausen unterhielten sich Robert und seine Mutter in unzusammenhängenden Brocken.

„Wo ist Mrs. Pontellier?"

„Unten am Strand mit den Kindern."

„Ich versprach ihr den Goncourt zu leihen. Vergiß nicht, ihn mit hinunter zu nehmen, wenn du gehst; er liegt auf dem Bücherbrett über dem kleinen Tisch." Ratter, ratter, ratter, peng! für die nächsten fünf bis acht Minuten.

„Wo fährt Victor mit der Kutsche hin?"

„Mit der Kutsche? Victor?"

„Ja, unten vor dem Haus. Er scheint aufbrechen zu wollen."

„Ruf ihn!" ratter, ratter!

Robert gab einen durchdringenden schrillen Pfiff von sich, den man an der Landebrücke hätte hören können.

„Er denkt nicht daran aufzusehen."

Madame Lebrun stürzte zum Fenster und rief „Victor!". Sie winkte mit einem Taschentuch und rief noch einmal. Der junge Bursche unten bestieg das Gefährt und ließ das Pferd mit Galopp aufbrechen.

Madame Lebrun ging zurück an ihre Maschine, hochrot vor Ärger. Victor war der jüngere Sohn und Bruder – ein *tête montée*, mit einem Temperament, das Gewalt provozierte, und einem Willen, den keine Macht brechen konnte.

„Sag nur ein Wort und ich bin bereit, jede Menge Vernunft in ihn hineinzuprügeln, die er zu fassen fähig ist."

„Wenn dein Vater nur länger gelebt hätte!" Ratter, ratter, ratter, ratter, peng! Es war Madame Lebruns fester Glaube, daß der Lauf des Universums samt allem was dazu gehört eine sichtlich vernünftigere und höhere Ordnung angenommen hätte, wenn nicht Monsieur Lebrun während der ersten Jahre ihrer Ehe in andere Sphären abberufen worden wäre.

„Was hörst du von Montel?" Montel war ein Herr mittleren Alters, dessen Begehren und fruchtloser Ehrgeiz es seit zwanzig Jahren war, die leere Stelle, die Monsieur Lebruns Abschied vom Lebrunschen Haushalt hinterlassen hatte, zu füllen. Ratter, ratter, peng, ratter!

„Ich habe irgendwo einen Brief von ihm", sie sah in die Nähmaschinenschublade und fand den Brief unter ihrem Nähzeug. „Er läßt dir ausrichten, daß er Anfang nächsten Monats in Veracruz sein wird" – ratter, ratter! – „Und wenn du noch vor hättest, dich ihm anzuschließen" – peng! Ratter, ratter, peng!

„Warum hast du mir das nicht früher erzählt, Mutter? Du weißt, ich wollte" – Ratter, ratter, ratter!

„Siehst du, ob Mrs. Pontellier und die Kinder auf dem Heimweg sind? Sie wird wieder zu spät zum Essen kommen. Sie wird immer erst in der letzten Minute vor dem Essen fertig." Ratter, ratter! „Wo gehst du hin?"

„Wo, sagtest du, ist der Goncourt?"

IX

Alle Lichter in der Halle waren angezündet; jede Lampe war auf so starke Flamme gestellt, wie es anging, ohne die Lampenzylinder zu verrußen oder eine Explosion heraufzubeschwören. Die Lampen waren in Abständen an den Wänden angebracht und strahlten von allen Seiten in den Raum. Jemand hatte Orangen- und Zitronenzweige gesammelt und sie als festliche Girlanden dazwischen drapiert. Das Dunkelgrün der Zweige hob sich glänzend von den weißen Musselinvorhängen der Fenster ab, die sich bauschten, wogten und flatterten, je nach dem launenhaften Willen einer steifen Brise, die vom Golf herüberfegte.

Es war Samstag abend, einige Wochen nach dem vertraulichen Gespräch zwischen Robert und Madame Ratignolle auf dem Heimweg vom Strand.

Eine ungewöhnlich große Anzahl Ehemänner, Väter und Freunde war für den Sonntag herausgekommen, und sie wurden, mit der materiellen Unterstützung von Madame Lebrun, angemessen von ihren Familien unterhalten. Die Eßtische waren alle an ein Ende des Saales gerückt und die Stühle in Reihen und im Kreis arrangiert worden. Jede Familie hatte schon zu Beginn des Abends ihre Unterredung gehabt und den häuslichen Kleinkram ausgetauscht. Jetzt überwog offensichtlich der Hang zu entspannen, den Gesprächskreis zu erweitern und in die Unterhaltung einen allgemeineren Ton zu bringen.

Vielen Kindern war es erlaubt worden, länger als gewöhnlich aufzubleiben. Eine kleine Gruppe von ihnen lag bäuchlings auf dem Boden und betrachtete die bunten Seiten der Heftchen, die Mr. Pontellier mitgebracht hatte. Die kleinen Pontelliers gestatteten es und ließen auf diese Weise ihre Autorität spüren.

Musik, Tanz und eine oder zwei Rezitationen sollten zur Unterhaltung dargeboten oder besser angeboten werden. Es gab nichts Systematisches an dem Programm, keine Spur planmäßiger Vorbereitung, nicht einmal eine Vorüberlegung.

Früh am Abend wurden die Zwillinge Farival dazu gebracht Klavier zu spielen. Sie waren Mädchen von vierzehn, immer in den jungfräulichen Farben Blau und Weiß gekleidet, da sie schon bei ihrer Taufe der Heiligen Jungfrau geweiht worden waren. Sie spielten ein Duett aus *Zampa* und auf die dringende Bitte aller Anwesenden noch die Ouvertüre zu *Der Dichter und der Bauer.*

„Weg da! *Sapristi!"* kreischte der Papagei vor der Tür. Er war der einzige Anwesende, der genügend Aufrichtigkeit besaß zuzugeben, daß er diesen anmutigen Darbietungen nicht zum ersten Mal in diesem Sommer lauschte. Der alte Monsieur Farival, Großvater der Zwillinge, entrüstete sich über diese Störung und bestand darauf, den Vogel zu entfernen und in eine dunkle Ecke zu verbannen. Victor Lebrun lehnte ab; und seine Beschlüsse waren unverrückbar wie die des Schicksals. Glücklicherweise verursachte der Papagei keine weitere Unterbrechung der Unterhaltung; er hatte offenbar die ganze ihm eigene Gehässigkeit angestaut und in diesem einen heftigen Ausbruch gegen die Zwillinge herausgeschleudert.

Später bot ein junges Geschwisterpaar Rezitationen dar, die jeder der Anwesenden schon viele Male bei winterlichen Abendunterhaltungen in der Stadt gehört hatte.

Ein kleines Mädchen tanzte einen Serpentinentanz in der Mitte der Tanzfläche. Seine Mutter spielte zur Begleitung und beobachtete gleichzeitig die Tochter mit gieriger Bewunderung und nervöser Spannung. Sie hätte sich nicht aufzuregen brauchen. Das Kind war Herrin der Situation. Sie war der Gelegenheit entsprechend in schwarzen Tüll und schwarze Seidenstrümpfe gekleidet. Hals und Arme waren nackt, und ihre Haare, künstlich gelockt, standen wie schwarze Flaumfedern um ihren Kopf. Ihre Bewegungen waren voller Anmut und ihre kleinen schwarzbeschuhten Fußspitzen blinkten, wenn sie zur Seite und hoch schossen, so geschwind und so plötzlich, daß es verwirrend war.

Es gab keinen Grund, weshalb nicht alle tanzen sollten. Nur Madame Ratignolle konnte nicht, daher willigte sie freudig ein, für die anderen Klavier zu spielen. Sie spielte sehr gut, hielt den Walzertakt hervorragend und legte in die Melodien eine Ausdruckskraft, die wirklich mitriß. Sie pflegte die Musik wegen der Kinder, sagte sie; und sie und ihr Gatte betrachteten Musik beide als Mittel, das Heim aufzuheitern und anziehend zu machen.

Fast alle tanzten außer den Zwillingen, die nicht dazu gebracht werden konnten, sich auch nur solange voneinander zu trennen, wie die eine oder die andere in den Armen eines Mannes durch den Saal gewirbelt wäre. Sie hätten zusammen tanzen können, aber darauf kamen sie nicht.

Die Kinder wurden zu Bett geschickt. Einige gingen ohne zu widersprechen; andere wurden unter Geschrei und Protest aus dem Saal gezerrt. Es war ihnen erlaubt worden, noch die Eiskreme abzuwarten, womit schon die Grenze menschlicher Nachgiebigkeit erreicht war.

Das Eis wurde mit Torte gereicht – Gold- und Silbertorte auf Platten in abwechselnder Stückfolge serviert; es war nachmittags von zwei schwarzen Frauen unter Victors Aufsicht in der Küche gemacht und gefroren worden. Es wurde als großer Erfolg gefeiert – ausgezeichnet, wenn es nur etwas weniger Vanille oder etwas mehr Zucker enthalten hätte, wenn es einen Grad härter gefroren und das Salz teilweise weggelassen worden wäre. Victor war stolz auf sein Werk und ging umher, pries es an und drängte jeden, bis zum Übermaß davon zu essen.

Nachdem Mrs. Pontellier zweimal mit ihrem Mann, einmal mit Robert und einmal mit Monsieur Ratignolle getanzt hatte, der dünn und groß sich wie ein Schilfrohr im

Wind wiegte, ging sie auf die Galerie und setzte sich auf das niedrige Fensterbrett; von dort hatte sie eine Aussicht auf alles, was drinnen im Saal vor sich ging, und konnte hinaus auf den Golf sehen. Ein sanfter Glanz lag im Osten. Der Mond kam herauf, und sein geheimnisvoller Schimmer streute unzählige Lichter über das ferne, unruhige Wasser.

„Würden Sie gerne Mademoiselle Reisz spielen hören?" fragte Robert, der zu ihr auf die Veranda kam. Natürlich wollte Edna gern Mademoiselle Reisz spielen hören; aber sie befürchtete, daß es zwecklos sei, sie darum zu bitten.

„Ich werde sie fragen", meinte er. „Ich werde ihr sagen, daß Sie es gerne hätten. Sie hat etwas für Sie übrig. Sie wird kommen." Er wandte sich eilig in Richtung eines der weiter entfernt liegenden Ferienhäuser, wo Mademoiselle Reisz herumhantierte. Sie schleppte einen Sessel in ihr Zimmer hinein und wieder hinaus und regte sich zwischendurch über das Geschrei eines Säuglings auf, den eine Kinderfrau im Nebenhaus zum Schlafen zu bringen versuchte. Sie war eine wenig umgängliche kleine Frau, nicht mehr jung, die sich mit fast allen gestritten hatte, dank ihres überheblichen Auftretens und ihrer Neigung, die Rechte anderer mit Füßen zu treten. Robert fiel es nicht allzu schwer, sie zu überreden.

Während einer Tanzpause betrat sie den Saal mit ihm. Beim Hineingehen machte sie eine ungeschickte und knappe, arrogante Verbeugung. Sie war eine reizlose Frau, hatte ein kleines runzliges Gesicht, einen dürren Körper und glühende Augen. Sie hatte absolut keinen Geschmack für Kleidung und trug ein Stück schäbiger schwarzer Spitze mit einem Bund künstlicher Veilchen seitlich ins Haar gesteckt.

„Fragen Sie Mrs. Pontellier, was sie gern von mir gespielt haben möchte", forderte sie Robert auf. Sie saß ganz still vor dem Klavier, ohne die Tasten zu berühren, während Robert ihren Auftrag zu Edna ans Fenster trug. Allgemeine Überraschung und aufrichtige Genugtuung erfaßte alle, als sie die Pianistin hereinkommen sahen. Es kehrte Ruhe ein, und eine erwartungsvolle Spannung breitete sich aus. Edna war etwas verlegen, daß sie so durch die Gunst der herri-

schen kleinen Frau ausgezeichnet wurde. Sie wagte nicht,
einen Wunsch zu äußern und bat Mademoiselle Reisz, sie
solle nach eigenem Gutdünken auswählen.

Edna war, wie sie es selbst ausdrückte, der Musik sehr
zugetan. Musikstücke, gut vorgetragen, riefen Bilder in ihr
hervor. Manchmal blieb sie gerne morgens im Zimmer sitzen, wenn Mademoiselle Reisz spielte oder übte. Einem
Stück, das diese Dame spielte, hatte Edna den Titel „Einsamkeit" gegeben. Es war ein kurzes, wehmütiges Stück in
Moll. Es hieß eigentlich anders, aber sie nannte es „Einsamkeit". Wenn sie es hörte, trat vor ihr inneres Auge die Figur
eines Mannes, der neben einem verlassenen Felsen am Meer
stand. Er war nackt. Seine Haltung, wie er einem Vogel, der
seine Flügel in die Ferne schwang, nachblickte, drückte
hoffnungslose Resignation aus.

Ein anderes Stück brachte ihr eine zierliche junge Frau
in einem Empiregewand in den Sinn, die mit trippelnden,
tänzelnden Schritten einen langen von hohen Hecken um-
säumten Weg herunterkam. Wieder ein anderes erinnerte sie
an Kinder beim Spielen, und ein weiteres an nichts auf Erden
als eine gesetzte Dame, die eine Katze streichelte.

Als Mademoiselle Reisz die ersten Klänge am Klavier
anschlug, lief ein durchdringendes Zittern Mrs. Pontelliers
Rücken hinunter. Es war nicht das erste Mal, daß sie einen
Künstler am Klavier gehört hätte. Aber vielleicht war es das
erste Mal, daß sie bereit war, vielleicht das erste Mal, daß ihr
ganzes Wesen gestimmt war, einen Eindruck von bleibender
Wahrheit aufzunehmen.

Sie wartete darauf, daß die anschaulichen Bilder sich
wieder in ihre Phantasie drängen und darin aufblühen würden. Sie wartete vergebens. Sie sah keine Bilder von Einsamkeit, Hoffnung, Verlangen oder Verzweiflung. Aber diese
Leidenschaften selbst wurden in ihrer Seele wach, sie warfen
sie hin und her und schlugen sie, wie täglich die Wellen an
ihren schönen Körper schlugen. Sie zitterte, hatte einen
Kloß im Hals, und die Tränen machten sie blind.

Mademoiselle hatte aufgehört. Sie erhob sich und mit
einer ihrer steifen erhabenen Verbeugungen zog sie sich zurück, ohne Dankesworte oder Applaus abzuwarten. Als sie
die Galerie entlangkam, klopfte sie Edna auf die Schulter.

„Nun, wie hat Ihnen meine Musik gefallen?" fragte sie. Die junge Frau war nicht in der Lage zu antworten; krampfhaft drückte sie die Hand der Pianistin. Mademoiselle Reisz nahm ihre Erregung und sogar auch Tränen an ihr wahr. Sie klopfte ihr noch einmal auf die Schulter und sagte: „Sie sind die einzige, für die es wert ist zu spielen. Die anderen? Bah!" und sie ging schlurfend die Galerie entlang in ihr Zimmer.

Aber sie irrte sich hinsichtlich „der anderen". Ihr Spiel hatte einen Sturm der Begeisterung ausgelöst. „Welche Leidenschaft!" „Was für eine Künstlerin!" „Ich habe immer gesagt, daß niemand Chopin so spielen kann wie Mademoiselle Reisz!" „Dieses letzte Prelude! *Bon dieu*, das geht einem durch und durch!"

Es war spät geworden, und man war in allgemeiner Aufbruchsstimmung. Aber irgendjemandem, vielleicht war es Robert, fiel es ein, zu dieser geheimnisvollen Stunde und unter diesem geheimnisvollen Mond ein Bad zu nehmen.

X

Auf jeden Fall machte Robert den Vorschlag, und es gab keine Gegenstimme. Es gab niemanden, der nicht gefolgt wäre, als er den Weg zum Strand einschlug. Indes ging er nicht voran, er wies nur den Weg, er selbst trödelte hinterher mit dem Liebespaar, das dazu neigte, abseits von den anderen zu bummeln. Er ging zwischen ihnen, ob in böswilliger Absicht oder aus Unfug, war nicht ganz klar, auch ihm selbst nicht.

Die Pontelliers und Ratignolles gingen voran; die Frauen stützten sich auf die Arme ihrer Männer. Edna konnte Roberts Stimme hinter sich hören und manchmal auch verstehen, was er sagte. Sie fragte sich, warum er nicht mit ihnen ging. Es sah ihm nicht ähnlich. In letzter Zeit hatte er sich manchmal einen ganzen Tag von ihr ferngehalten, um dann am nächsten und übernächsten Tag seine Aufmerksamkeit zu verdoppeln, als ob er die verlorengegangenen Stunden nachholen wolle. Sie vermißte ihn an solchen Tagen, da irgendein Vorwand dazu herhielt, ihn ihr wegzunehmen, gerade wie man die Sonne an einem wolkigen Tag vermißt, ohne viel an sie gedacht zu haben, solange sie schien.

Die Gesellschaft spazierte in kleinen Gruppen an den Strand. Sie redeten und lachten; manche sangen. Eine Kapelle spielte drüben bei Kleins und Fetzen von Musik klangen schwach, durch die Entfernung gedämpft, zu ihnen. Seltsame, ungewöhnliche Gerüche lagen in der Luft – ein Durcheinander vom Geruch des Meeres, Gräsern und feuchter, frischgepflügter Erde, durchsetzt von dem schweren Duft eines weißen Blütenfeldes irgendwo in der Nähe. Die Nacht lag leicht auf Meer und Land. Die Dunkelheit erschien nicht als Last; es gab keine Schatten. Das weiße Licht des Mondes war auf die Erde gefallen wie der geheimnisvolle, sanfte Schleier des Schlafes.

Die meisten gingen ins Wasser wie in ein vertrautes Element. Das Meer hatte sich beruhigt und wogte langsam in breiten Wellen heran, die ineinander schmolzen und sich erst am Strand in dünnen Schaumrändern brachen, die zurückrollten wie träge weiße Schlangen.

Edna hatte den ganzen Sommer versucht schwimmen zu lernen. Sie hatte von Männern wie Frauen Anleitung bekommen; manchmal auch von den Kindern. Robert hatte ihr fast täglich systematischen Unterricht erteilt und er war fast an dem Punkt angelangt, den Mut zu verlieren, da er die Vergeblichkeit seiner Anstrengungen sah. Eine Angst, die sie nicht beherrschen konnte, überkam sie jedes Mal im Wasser, wenn nicht eine Hand in der Nähe war, um ihr Halt und Sicherheit zu geben.

Doch in dieser Nacht war sie wie ein kleines, torkelndes, stolperndes, herumtastendes Kind, das plötzlich seine Kräfte erkennt und zum ersten Mal allein läuft, mutig und mit übergroßem Selbstvertrauen. Sie hätte vor Freude laut schreien können. Und sie schrie vor Freude, als sie ihren Körper mit ein, zwei rudernden Bewegungen an die Wasseroberfläche hob.

Ein Gefühl höchster Beglückung überkam sie, als ob ihr eine Kraft von ungeheurer Bedeutung verliehen worden wäre, die Bewegungen ihres Körpers und ihrer Seele zu beherrschen. Sie wurde leichtsinnig und verwegen, sie überschätzte ihre Stärke. Sie wollte weit hinausschwimmen, so weit wie noch keine Frau zuvor geschwommen war.

Ihr unvorhergesehener Erfolg war Gegenstand von Verwunderung, Applaus und Begeisterung. Jeder gratulierte sich selbst dazu, daß gerade seine besondere Unterweisung den ersehnten Erfolg bewirkt hätte.

„Wie leicht es ist!" dachte sie. „Es ist gar nichts", sagte sie laut; „warum habe ich nicht früher entdeckt, daß es so einfach ist. Wenn ich an die Zeit denke, die ich verloren habe, wie ein kleines Kind herumzuplantschen." Sie hatte keine Lust, bei den Vergnügungen und Wettkämpfen der anderen mitzumachen, sondern, berauscht von ihrer neuerrungenen Kraft, schwamm sie alleine hinaus.

Sie wandte ihr Gesicht dem offenen Meer zu, nahm den Eindruck von Raum und Einsamkeit in sich auf, wie ihn die Weite des Wassers, das sich mit dem mondhellen Himmel traf und mit ihm verschmolz, ihrer erregten Phantasie vermittelte. Als sie schwamm, schien sie nach der Unendlichkeit zu greifen, sich in ihr zu verlieren.

Einmal drehte sie sich um, sah nach der Küste, nach den Menschen, die sie dort zurückgelassen hatte. Sie war nicht weit hinausgeschwommen – das heißt nicht weit für einen erfahrenen Schwimmer. Doch aus der ihr ungewohnten Sicht wirkte die Wasserfläche, die sie hinter sich gelassen hatte, wie ein Hindernis, das sie ohne Hilfe sich nicht imstande fühlte zu überwinden.

Eine blitzartige Todesvision traf ihre Seele, erschreckte und schwächte für eine Sekunde ihre Sinne. Doch in einer gewaltigen Anstrengung sammelte sie ihre schwindenden Kräfte, und es gelang ihr, wieder an Land zu kommen.

Sie ließ sich ihre Begegnung mit dem Tod und den Augenblick des Schreckens nicht anmerken, sagte nur zu ihrem Mann, „ich dachte, ich hätte dort draußen alleine untergehen können."

„Du warst nicht so weit draußen, mein Liebes; ich habe dich beobachtet", beruhigte er sie.

Edna ging sofort zur Badekabine; sie hatte ihre trockenen Kleider angezogen und war bereit, nach Hause zu gehen, bevor noch die anderen das Wasser verlassen hatten. Sie machte sich allein auf den Heimweg. Sie riefen und schrieen alle hinter ihr her. Sie winkte ab und ging weiter, ohne ihren erneuten Versuchen, sie zurückzurufen, Beachtung zu schenken.

„Manchmal bin ich versucht, Mrs. Pontellier für launenhaft zu halten", sagte Madame Lebrun, die sich ungemein amüsierte und befürchtete, Ednas plötzlicher Aufbruch könne dem Vergnügen ein Ende bereiten.

„Ich weiß, daß sie es ist", stimmte Mr. Pontellier zu; „manchmal, nicht oft."

Edna hatte kaum ein Viertel ihres Heimweges zurückgelegt, als sie von Robert eingeholt wurde.

„Dachten Sie, ich fürchte mich?" fragte sie ihn, ohne eine Spur Verärgerung.

„Nein; ich wußte, daß Sie sich nicht fürchten."

„Warum kamen Sie dann? Warum sind Sie nicht da draußen bei den anderen geblieben?"

„Ich dachte nicht im geringsten daran."

„Dachten woran?"

„An irgendetwas. Was macht das schon aus?"

„Ich bin sehr müde", sagte sie, etwas klagend.

„Ich weiß."

„Sie wissen gar nichts. Wie sollten Sie auch. Nie in meinem Leben war ich so erschöpft. Aber es ist nicht unangenehm. Tausend Gefühle haben mich heute nacht durchströmt. Ich verstehe nur die Hälfte davon. Machen Sie sich nichts aus dem, was ich sage; ich denke nur laut. Ich möchte wissen, ob mich je wieder etwas so ergreifen wird wie heute abend die Musik von Mademoiselle Reisz. Ich möchte wissen, ob eine solche Nacht auf Erden wiederkehren wird. Es ist wie eine Nacht in einem Traum. Die Menschen um mich herum sind wie unheimliche, halb menschliche Wesen. Es ist eine Nacht, in der Geister umgehen."

„Ganz gewiß", flüsterte Robert. „Wußten Sie nicht,

daß heute der achtundzwanzigste August ist?"

„Der achtundzwanzigste August?"

„Ja. Am achtundzwanzigsten August, um Mitternacht, wenn der Mond scheint – der Mond muß scheinen – steigt ein Geist, der diese Küste schon seit Urzeiten heimsucht, aus dem Golf. Mit dem ihm eigenen Scharfblick sucht er sich einen Sterblichen, der seiner Gesellschaft wert ist, wert ist, für einige Stunden in das Reich der Halbgötter erhoben zu werden. Seine Suche war bislang immer vergeblich geblieben, und entmutigt sank er wieder zurück ins Meer. Aber heute nacht hat er Mrs. Pontellier gefunden. Vielleicht wird er sie niemals wieder ganz aus dem Zauber entlassen. Vielleicht wird sie niemals mehr einen armen unwürdigen Erdenbewohner im Schatten ihrer göttlichen Gegenwart dulden."

„Machen Sie sich nicht über mich lustig", sagte sie, verletzt von dem, was sie für seine spöttische Oberflächlichkeit hielt. Er ging nicht auf ihre Ermahnung ein, aber er hatte aus ihrem leicht pathetischen Ton einen Vorwurf herausgehört. Er konnte es ihr nicht erklären; er konnte ihr nicht mitteilen, daß er ihre Stimmung wahrgenommen und verstanden hatte. Er sagte nichts, bot ihr nur seinen Arm, denn sie war, wie sie selbst zugegeben hatte, erschöpft. Als sie noch alleine ging, hatte sie die Arme schlaff herunterhängen und ihre weißen Röcke auf dem taufeuchten Weg hinter sich schleifen lassen. Sie nahm seinen Arm, stützte sich jedoch nicht darauf. Sie ließ ihre Hand teilnahmslos auf seinem Arm ruhen, als ob ihre Gedanken anderswo wären – ihrem Körper voraus, und sie sich mühte, sie einzuholen.

Robert half ihr in die Hängematte, die zwischen dem Pfosten vor der Tür und einem Baumstamm gespannt war.

„Werden Sie hier draußen bleiben und auf Mr. Pontellier warten?" fragte er.

„Ich werde hier draußen bleiben. Gute Nacht."

„Soll ich Ihnen ein Kissen holen?"

„Es muß eins hier sein", sagte sie und tastete um sich herum, denn sie befanden sich im Schatten.

„Es wird schmutzig sein; die Kinder haben damit gespielt."

„Macht nichts." Als sie das Kissen gefunden hatte,

stopfte sie es hinter ihren Kopf. Sie streckte sich mit einem tiefen Seufzer der Erleichterung in der Hängematte aus. Sie war keine affektierte oder übermäßig verwöhnte Frau. Sie lag nicht oft in der Hängematte, und wenn sie es tat, dann ohne die katzenhafte Gebärde lustvollen Behagens, dafür mit wohltuender Ruhe, die ihren ganzen Körper zu durchdringen schien.

„Soll ich bei Ihnen bleiben, bis Mr. Pontellier kommt?" fragte Robert, setzte sich auf den Rand einer Stufe und griff nach der Leine der Hängematte, die am Pfosten befestigt war.

„Wenn Sie wollen. Schaukeln Sie nicht an der Hängematte. Würden Sie mir den weißen Schal bringen, den ich drüben am Haus auf der Fensterbank liegen gelassen habe?"

„Ist Ihnen kühl?"

„Nein; aber sicher später."

„Später?" lachte er. „Wissen Sie wieviel Uhr es ist? Wie lange haben Sie vor, hier draußen zu bleiben?"

„Ich weiß nicht. Holen Sie mir den Schal?"

„Aber selbstverständlich", sagte er und stand auf. Er ging über den Rasen zum Haus. Sie verfolgte mit ihren Blikken, wie seine Gestalt die Streifen des Mondlichts durchquerte. Es war nach Mitternacht. Es war sehr still.

Als er mit dem Schal zurückkam, nahm sie ihn und behielt ihn in der Hand. Sie legte ihn nicht um.

„Sagten sie, ich solle hier bleiben, bis Mr. Pontellier zurückkommt?"

„Ich sagte, Sie können, wenn Sie wollen."

Er setzte sich wieder und drehte sich eine Zigarette, die er schweigend rauchte. Auch Mrs. Pontellier sprach nicht. Zahllose Worte hätten nicht bedeutungsvoller sein können als diese Minuten des Schweigens, hätten nicht mehr von dem ersten Gefühl bebenden Verlangens zum Ausdruck bringen können.

Als die Stimmen der Badenden nahten, wünschte er ihr eine gute Nacht. Sie antwortete nicht. Er dachte, sie schliefe. Wieder beobachtete sie, wie seine Gestalt die Streifen des Mondlichts durchquerte, als er sich entfernte.

XI

„Was machst du hier draußen, Edna? Ich dachte, dich schon im Bett zu finden", sagte ihr Mann, als er sie in der Hängematte entdeckte. Er war mit Madame Lebrun heraufgekommen und hatte sich am Haupthaus von ihr getrennt. Seine Frau antwortete nicht.

„Schläfst du?" fragte er, beugte sich zu ihr herunter und sah ihr ins Gesicht.

„Nein." Ihre Augen glänzten hell und lebendig, ohne einen Schatten von Schläfrigkeit, als sie in die seinen sahen.

„Weißt du, daß es schon ein Uhr vorbei ist? Komm", und er stieg die Treppe hinauf ins Zimmer.

„Edna!" rief Mr. Pontellier von drinnen, als einige Minuten verstrichen waren.

„Warte nicht auf mich", antwortete sie. Er streckte seinen Kopf aus der Tür.

„Du wirst dich da draußen verkühlen", meinte er gereizt. „Was soll der Unsinn? Warum kommst du nicht herein?"

„Es ist nicht kalt; außerdem habe ich meinen Schal."

„Die Moskitos werden dich auffressen."

„Hier sind keine Moskitos."

Sie hörte ihn im Zimmer hantieren; jedes Geräusch verriet Ungeduld und Gereiztheit. Ein andermal wäre sie auf seine Bitte hin hineingegangen. Sie wäre aus Gewohnheit seiner Aufforderung nachgekommen, nicht aus Unterwerfung oder Gehorsam seinen gebieterischen Ansprüchen gegenüber, vielmehr gedankenlos, wie wir gehen, uns bewegen, sitzen, stehen, durch die tägliche Tretmühle eines Lebens laufen, das uns zuerteilt wurde.

„Edna, Liebes, kommst du nicht bald herein?" fragte er wieder, diesmal liebenswürdig, mit dem Hauch eines Flehens.

„Nein; ich werde hier draußen bleiben."

„Das ist doch mehr als Unsinn", platzte er heraus. „Ich

kann dir nicht erlauben, die ganze Nacht draußen zu bleiben. Du kommst sofort ins Haus."

Sie räkelte sich und richtete sich nur noch fester in der Hängematte ein. Sie spürte, daß ihr Wille entbrannt war, hartnäckig und widerstandsfähig. Sie hätte in diesem Augenblick nur nein sagen und sich weigern können. Sie fragte sich, ob ihr Mann je zuvor in einem solchen Ton zu ihr gesprochen hatte, und ob sie dann seinem Befehl gefolgt war. Natürlich hatte sie gehorcht; daran konnte sie sich erinnern. Aber sie konnte nicht verstehen, warum oder wie sie in einem Gefühlszustand wie ihrem augenblicklichen hätte nachgeben können.

„Léonce, geh ins Bett", sagte sie. „Ich will hier draußen bleiben. Ich habe keine Lust hineinzugehen und habe auch nicht die Absicht. Sprich nicht noch einmal so mit mir; ich werde dir nicht antworten."

Mr. Pontellier hatte sich schon zum Zubettgehen zurechtgemacht, doch zog er sich noch einmal etwas über. Er öffnete eine Flasche Wein, die er dem kleinen, erlesenen Vorrat in seinem Büffet entnahm. Er trank ein Glas Wein, ging dann hinaus auf die Galerie und bot seiner Frau auch ein Glas an. Sie wollte keines. Er zog sich den Schaukelstuhl heran, legte die Beine aufs Geländer und begann eine Zigarre zu rauchen. Er rauchte zwei Zigarren; dann ging er hinein und trank noch ein Glas Wein. Mrs. Pontellier lehnte wieder ab, ein Glas zu trinken, das er ihr anbot. Mr. Pontellier setzte sich noch einmal hin, legte die Beine hoch, und rauchte noch ein paar Zigarren.

Edna fühlte sich jetzt, als ob sie Stück für Stück aus einem schönen, grotesken, unmöglichen Traum erwache, und spürte, wie die Alltagswirklichkeit wieder in ihre Seele drang. Das körperliche Bedürfnis nach Schlaf überkam sie allmählich; die überschwengliche Stimmung, die sie aufrecht gehalten und erhoben hatte, ließ sie nun hilflos und in die Verhältnisse, die sich ihr aufdrängten, ergeben zurück.

Die ruhigste Stunde der Nacht war gekommen, die Stunde vor dem Morgengrauen, in der die Welt den Atem anzuhalten scheint. Der Mond stand tief und hatte sich am schlafenden Himmel von Silber zu Kupfer verfärbt. Die alte

Eule schrie nicht mehr, und die Mooreichen hatten aufgehört, mit neigenden Häuptern zu klagen.

Edna erhob sich, steif vom langen Stilliegen in der Hängematte. Sie taumelte die Treppe hinauf, griff geschwächt nach einem Pfosten, bevor sie ins Haus ging.

„Kommst du herein, Léonce?" fragte sie, ihrem Mann zugewandt.

„Ja, Liebes", antwortete er und blickte einer Rauchwolke hinterher. „Sobald ich meine Zigarre zu Ende geraucht habe."

XII

Sie schlief nur ein paar Stunden. Es waren unruhige und fiebrige Stunden; flüchtige Träume störten sie, die ihr entgingen und nur den Eindruck von etwas Unerreichbarem in ihren halbwachen Sinnen hinterließen. Sie war aufgestanden und hatte sich in der Kühle des frühen Morgens angezogen. Die Luft war belebend und frischte ihre Kräfte wenigstens etwas auf. Doch suchte sie keine Stärkung oder Hilfe, sei es von außen oder in ihr selbst. Sie folgte blind jedem Impuls, der sie trieb, als ob sie ihre Lenkung fremden Händen anheim gegeben und alle Verantwortung abgelegt hätte.

Die meisten Feriengäste waren zu dieser frühen Stunde noch im Bett und schliefen. Einige, die zur Messe hinüber nach Chênière fahren wollten, waren bereits auf den Beinen. Das Liebespaar, das seine Pläne in der Nacht zuvor gemacht hatte, schlenderte schon auf die Landebrücke zu. Die Dame in Schwarz mit ihrem Sonntagsgebetbuch, das in Samt gebunden und goldumrandet war, und ihrem Sonntagsrosenkranz aus Silber folgte ihnen in nicht allzu großer Entfernung. Der alte Monsieur Farival war auch schon auf und zu fast allem bereit, was sich zu tun anbot. Er setzte seinen großen Strohhut auf, nahm seinen Schirm aus dem Ständer in der Halle und folgte der Dame in Schwarz, ohne sie zu überholen.

Das kleine schwarze Mädchen, das Madame Lebruns Nähmaschine bedient hatte, fegte die Galerien mit weit ausholenden, unkonzentrierten Besenstrichen. Edna schickte sie hinauf ins Haus, Robert zu wecken.

„Sag ihm, ich fahre nach Chênière. Das Boot ist abfahrbereit; sag ihm, er solle sich beeilen."

Es dauerte nicht lange, so war er bei ihr. Sie hatte nie zuvor nach ihm schicken lassen. Sie hatte nie nach ihm gefragt. Sie schien nie zuvor von sich aus seine Gegenwart gewünscht zu haben. Es war ihr offensichtlich nicht bewußt, etwas Ungewöhnliches getan zu haben, als sie nach seiner Anwesenheit verlangte. Auch ihm schien nichts Außergewöhnliches an dieser Situation zu Bewußtsein zu kommen. Nur der Anflug von Röte auf seinem Gesicht verriet eine leichte Erregung, als er vor ihr stand.

Sie gingen zusammen zur Küche hinüber, um Kaffee zu trinken. Die Zeit reichte nicht für ein angenehm serviertes Frühstück. Sie standen draußen vor dem Fenster, und der Koch reichte ihnen Kaffee und Brötchen hinaus, die sie am Fensterbrett zu sich nahmen. Edna sagte, es schmecke ihr. Sie hatte weder an Kaffee noch sonst etwas gedacht. Er meinte dazu, daß er schon oft bemerkt habe, daß ihr eine gewisse Vorsorglichkeit fehle.

„Reicht es nicht, daß ich mir überlegt habe, nach Chênière zu fahren und Sie zu wecken?" lachte sie. „Muß ich an alles denken? – wie Léonce sagt, wenn er schlecht gelaunt ist. Ich kann es ihm nicht verübeln; er wäre nie schlechter Laune, wenn es mich nicht gäbe."

Sie gingen eine Abkürzung über den Sand. In einiger Entfernung konnten sie sehen, wie sich eine eigenartige Prozession auf die Landebrücke zubewegte – das Liebespaar, das Arm in Arm einherschlenderte; die Dame in Schwarz, die ihnen stetig näherrückte; der alte Monsieur Farival, der entsprechend an Boden verlor; den Abschluß bildete ein junges, barfüßiges Mädchen spanischer Herkunft mit einem roten Tuch auf dem Kopf und einem Korb am Arm.

Robert kannte das Mädchen und unterhielt sich im Boot ein wenig mit ihr. Keiner der Anwesenden verstand, was sie sprachen. Sie hieß Mariequita. Sie hatte ein rundes, verschmitztes, anziehendes Gesicht und hübsche schwarze Augen. Sie hielt ihre zierlichen Hände um den Henkel ihres Korbes gefaltet. Ihre Füße waren breit und derb. Sie gab sich keine Mühe, sie zu verbergen. Edna betrachtete ihre Füße und bemerkte Sand und Schlamm zwischen den braunen Zehen.

Beaudelet murrte, weil Mariequita mitfuhr und soviel Platz wegnähme. In Wirklichkeit war er verärgert, daß der alte Monsieur Farival dabei war, der sich für den besseren Seemann von ihnen beiden hielt. Aber er würde sich nie mit einem so alten Mann wie Monsieur Farival zanken, so tat er es stattdessen mit Mariequita. Das Mädchen schaute zunächst einmal mißbilligend drein und erwartete von Robert Unterstützung, gleich darauf war sie frech, nickte mit dem Kopf, machte Robert schöne Augen und schnitt Beaudelet Grimassen.

Das Liebespaar war ganz allein. Sie sahen nichts und hörten nichts. Die Dame in Schwarz betete ihren Rosenkranz zum dritten Mal. Der alte Monsieur Farival gab unaufhörlich zum besten, was er über die Handhabung eines Bootes wußte und was Beaudelet in dieser Hinsicht alles nicht wisse.

Edna fand an alledem Gefallen. Sie musterte Mariequita von oben nach unten und zurück, von ihren häßlichen braunen Zehen bis zu ihren schönen schwarzen Augen.

„Warum sieht sie mich so an?" fragte das Mädchen Robert.

„Vielleicht findet sie dich hübsch. Soll ich sie fragen?"

„Nein. Ist sie deine Geliebte?"

„Sie ist eine verheiratete Dame und hat zwei Kinder."

„Na wenn schon! Francisco rannte mit Silvanos Frau davon; die hatte vier Kinder. Sie nahmen sein ganzes Geld und ein Kind und stahlen sein Boot."

„Halt den Mund!"

„Versteht sie uns denn?"

„Sei still!"

„Sind die zwei dort drüben miteinander verheiratet – die, die sich so aneinander lehnen?"

„Natürlich nicht", lachte Robert.

„Natürlich nicht", wiederholte Mariequita mit einem ernsten, zustimmenden Kopfnicken.

Die Sonne stand schon hoch und fing zu stechen an. Edna hatte das Gefühl, als ob die starke Brise die Sonnenstrahlen wie Stacheln unter die Haut ihres Gesichts und ihrer Hände triebe. Robert hielt seinen Schirm über sie.

Als die seitwärts durch die Wellen schnitten, blähten sich die Segel und der Wind füllte und überdehnte sie nahezu. Der alte Monsieur Farival lachte schadenfroh vor sich hin, als er die Segel ansah, und Beaudelet stieß im Flüsterton Flüche gegen den alten Mann aus.

Als sie so quer durch die Bucht auf Chênière Caminada zusegelten, fühlte sich Edna wie aus einer Verankerung gehoben, die sie festgehalten hatte. Die Ketten hatten sich allmählich gelockert – und schließlich in der Nacht zuvor, als der geheimnisvolle Geist umging, waren sie gesprungen und hatten sie freigelassen, dorthin zu treiben, wohin sie ihre Segel setzen wollte. Robert redete jetzt ununterbrochen mit ihr; er schenkte Mariequita keine weitere Beachtung. Das Mädchen hatte Krabben in ihrem Bambuskorb. Sie waren mit Spanischem Moos bedeckt. Sie schlug das Moos ungeduldig nieder und murmelte verdrießlich in sich hinein.

„Sollen wir morgen nach Grande Terre fahren?" fragte Robert mit leiser Stimme.

„Was werden wir dort machen?"

„Den Hügel zum alten Fort hinaufklettern und den kleinen, sich ringelnden Goldschlangen zuschauen und die Eidechsen beim Sonnenbaden beobachten."

Sie starrte in Richtung Grande Terre und stellte sich vor, dort alleine mit Robert zu sein, in der Sonne dem Tosen des Ozeans zuzuhören und die glitschigen Eidechsen zu beobachten, wie sie sich zwischen den Ruinen des alten Forts hin und her schlängelten.

„Und am nächsten Tag oder dem übernächsten können wir zum Bayou Brulow segeln", fuhr er fort.

„Was werden wir dort machen?"

„Irgendetwas – den Fischen Köder auswerfen."

„Nein; wir werden zurück nach Grande Terre fahren.

Lassen Sie die Fische in Ruhe."

„Wir fahren wohin Sie wollen", sagte er. „Ich werde Tonie herüberkommen lassen, um mir dabei zu helfen, mein Boot auszubessern und in Ordnung zu bringen. Wir werden weder Beaudelet noch sonst jemanden brauchen. Haben Sie Angst, mit einer Piroge zu fahren?"

„Ganz und gar nicht."

„Dann werde ich einmal mit ihnen nachts in der Piroge ausfahren, wenn der Mond scheint. Vielleicht wird Ihnen Ihr Meergeist zuflüstern, auf welcher Insel die Schätze versteckt sind – womöglich Ihnen sogar genau die Stelle zeigen."

„Und von einem Tag auf den anderen wären wir reich!" sie lachte. „Ich würde Ihnen alles geben – das Piratengold und jedes Schmuckstück, das wir ausgraben könnten. Ich glaube, Sie wüßten wie man es ausgibt. Piratengold ist nicht da, um gehortet oder nützlich angelegt zu werden. Man muß es verschwenden und in alle vier Winde werfen, um des Vergnügens willen, die Goldstücke im Fluge glitzern zu sehen."

„Wir würden es teilen und gemeinsam verschleudern", sagte er. Eine leichte Röte stieg in seinem Gesicht auf.

Sie gingen alle hinauf zu Notre Dame de Lourdes, einer altertümlichen kleinen Kirche im gotischen Stil, deren braun und gelber Anstrich in der Sonne strahlte.

Nur Beaudelet blieb zurück, um an seinem Boot herumzuflicken; und Mariequita ging mit ihrem Korb Krabben davon, nicht ohne einen kindisch mißlaunigen und vorwurfsvollen Blick aus dem Augenwinkel auf Robert zurückzuwerfen.

XIII

Ein Gefühl der Bedrückung und Schläfrigkeit überkam Edna während des Gottesdienstes. Ihr Kopf begann zu schmerzen und die Lichter auf dem Altar schwankten vor

ihren Augen. Ein anderes Mal hätte sie den Versuch gemacht, ihre Fassung wiederzugewinnen; aber jetzt war ihr
einziger Gedanke, die lähmende Atmosphäre der Kirche zu
verlassen und an die frische Luft zu kommen. Sie stand auf
und stieg mit einer gemurmelten Entschuldigung über Roberts Füße hinweg. Der alte Monsieur Farival, unruhig und
neugierig, erhob sich ebenfalls, ließ sich jedoch sofort wieder auf seinen Stuhl sinken, als er sah, daß Robert Mrs. Pontellier folgte. Flüsternd richtete er eine besorgte Anfrage an
die Dame in Schwarz, doch diese hörte ihn weder, noch antwortete sie, sie hielt ihre Augen auf die Seiten ihres samtenen
Gebetbuches geheftet.

„Ich fühlte mich schwindlig und fast ohnmächtig",
sagte Edna, hob ihre Hände instinktiv an den Kopf und
schob sich den Strohhut aus der Stirn.

„Ich hätte es nicht bis zum Ende des Gottesdienstes
ausgehalten." Sie standen draußen im Schatten der Kirche.
Robert war voll Besorgnis.

„Es war unsinnig überhaupt hierher zu kommen, erst
recht hier zu bleiben. Kommen Sie mit zu Madame Antoine;
dort können Sie sich etwas ausruhen." Er nahm sie am Arm
und führte sie weg; er sah sie dabei fortwährend besorgt an.

Wie still es war; nur die Stimme des Meeres flüsterte in
den Schilfgräsern, die in den Salzwassertümpeln wuchsen.
Eine lange Reihe kleiner grauer verwitterter Häuser lag
friedlich zwischen den Orangenbäumen gekauert. Jeder Tag
auf dieser flachen schläfrigen Insel muß ein Tag des Herrn
sein, dachte Edna. Sie blieben stehen, lehnten sich über einen
bizarren, aus Treibholz gefertigten Zaun und baten um etwas Wasser. Ein junger Mann, ein sanft aussehender Akadier, schöpfte Wasser aus einer Zisterne, vielmehr aus einer
rostigen Boje mit einem Loch auf der einen Seite, die in den
Boden eingelassen war. Das Wasser, das ihnen der junge
Mann in einem Blecheimer reichte, war nicht kalt genug
zum Trinken, aber kühl auf Ednas erhitztem Gesicht, und
es belebte und erfrischte sie sehr.

Madame Antoines Hütte befand sich am äußersten
Ende des Dorfes. Sie hieß sie mit der ganzen einheimischen
Gastfreundschaft willkommen – als ob sie die Türe geöffnet

hätte, um das Sonnenlicht herein zu lassen. Sie war dick und schlurfte behäbig und umständlich über den Boden. Sie sprach kein Englisch, aber als Robert ihr verständlich gemacht hatte, daß die Dame in seiner Begleitung krank sei und der Ruhe bedürfe, war sie eifrig darauf bedacht, daß Edna sich wie zu Hause fühle, und machte es ihr so bequem wie möglich.

Das ganze Haus war peinlich sauber, und das große, vierpfostige Bett lud, schneeweiß, zum Ausruhen ein. Es stand in einem kleinen Nebenzimmer, dessen Fenster auf ein schmales Rasenstück vor dem Schuppen blickte, wo ein seeuntüchtiges Boot mit dem Kiel nach oben lag.

Madame Antoine war nicht zur Messe gegangen, ihr Sohn Tonie aber. Sie nahm an, daß er bald zurückkommen werde und lud Robert ein, Platz zu nehmen und auf ihn zu warten. Er ging jedoch hinaus, setzte sich vor die Tür und rauchte. Madame Antoine war im großen Vorderraum mit der Zubereitung des Mittagessens beschäftigt. Sie grillte Seebarben über ein paar rotglühenden Kohlen auf der riesigen Feuerstelle.

Alleingelassen in dem kleinen Nebenraum, öffnete Edna ihre Kleider und zog sie zum größten Teil aus. Sie wusch sich Gesicht, Hals und Arme in der Waschschüssel, die zwischen den Fenstern stand. Sie schlüpfte aus Schuhen und Strümpfen und streckte sich mitten auf dem hohen, weißen Bett aus. Welch ein Genuß, in einem fremden, altertümlichen Bett zu ruhen, aus dessen Laken und Matratzen ein süßlicher, ländlicher Geruch von Lorbeer strömte. Sie reckte ihre kräftigen Glieder, die etwas schmerzten. Eine Zeitlang strich sie mit den Fingern durch ihr offenes Haar. Sie sah ihre runden Arme an, als sie sie hochhielt und einen nach dem anderen rieb, betrachtete sich genau das feine, feste Gewebe ihrer Haut, als hätte sie es noch nie zuvor gesehen. Sie faltete ihre Hände locker über dem Kopf, und in dieser Haltung schlief sie ein.

Zuerst schlief sie nur leicht und nahm im Halbschlaf wahr, was um sie herum vor sich ging. Sie konnte Madame Antoine mit schwerem, schlurfendem Schritt auf dem Sandboden hin und her gehen hören. Einige Hühner glucksten draußen vor den Fenstern, wo sie im Gras nach Körnern scharrten. Später hörte sie schwach die Stimmen von Robert und Tonie, die sich unter dem Schuppendach unterhielten. Sie bewegte sich nicht. Sogar ihre Augenlider ruhten matt und schwer auf ihren schläfrigen Augen. Die Stimmen waren noch da – Tonies gedehnter acadischer Dialekt, Roberts schnelles, weiches, flüssiges Französisch. Sie verstand Französisch nur unvollständig, außer wenn sie direkt angesprochen wurde, und die Stimmen waren nur Teil der anderen diffusen, gedämpften Geräusche, die ihre Sinne einschläferten.

Als Edna aufwachte, wußte sie, daß sie lang und fest geschlafen hatte. Die Stimmen unter dem Schuppendach waren verstummt. Madame Antoines Schritte waren nicht mehr nebenan zu hören. Sogar die Hühner waren woanders hin gegangen, um zu scharren und zu glucksen. Der Moskitovorhang war über ihr zugezogen; während sie schlief war die alte Frau hereingekommen und hatte ihn heruntergelassen. Edna erhob sich bedächtig vom Bett und sah, an den Sonnenstrahlen, die schräg durch die Gardinen fielen, daß der Nachmittag schon weit vorgeschritten war. Robert saß draußen im Schatten des Schuppendachs gegen den geschwungenen Kiel eines umgedrehten Bootes gelehnt. Er las in einem Buch. Tonie war nicht mehr bei ihm. Sie fragte sich, was mit dem Rest der Gesellschaft geschehen sei. Beim Waschen in der kleinen Schüssel zwischen den Fenstern schaute sie zwei-, dreimal hinaus zu Robert.

Madame Antoine hatte einige derbe, saubere Handtücher auf den Stuhl gelegt und eine Dose *poudre de riz* in Reichweite gestellt. Edna tupfte Puder auf Nase und Wangen und betrachtete sich dabei genau in dem kleinen halbblinden Spiegel, der über der Waschstelle an der Wand hing. Ihre Augen leuchteten hellwach, und ihr Gesicht glühte.

Als sie ihre Toilette beendet hatte, ging sie in das Nebenzimmer. Sie hatte großen Hunger. Niemand war da. Aber über den Tisch an der Wand war ein Tuch gebreitet und ein Gedeck für eine Person aufgelegt, neben dem Teller ein krustiger brauner Laib Brot und eine Flasche Wein. Edna riß mit ihren kräftigen, weißen Zähnen ein Stück von dem braunen Laib ab. Sie schenkte sich etwas Wein ein und trank ihn hinunter. Dann ging sie auf Zehenspitzen nach draußen, pflückte eine Orange von dem tiefhängenden Ast eines Baumes und warf damit nach Robert, der nicht gemerkt hatte, daß sie aufgewacht und aufgestanden war.

Ein Leuchten breitete sich über seinem ganzen Gesicht aus, als er sie sah und zu ihr unter den Orangenbaum trat.

„Wieviele Jahre habe ich geschlafen?" wollte sie wissen. „Die ganze Insel scheint verändert. Eine neue Art von Lebewesen muß entstanden sein, nur Sie und ich sind als Zeugen der Vergangenheit übrig geblieben. Vor wieviel Jahrhunderten sind Madame Antoine und Tonie gestorben? Und wann verschwand unsere Gesellschaft von Grand Isle von der Erde?"

Vertraulich zupfte er eine Rüsche auf ihrer Schulter zurecht.

„Sie haben genau einhundert Jahre geschlafen. Ich wurde hier zurückgelassen, um Ihren Schlaf zu bewachen; und einhundert Jahre lang habe ich hier draußen unter dem Schuppendach verbracht und ein Buch gelesen. Das einzige Übel, das ich nicht abwenden konnte, war, daß das Huhn auf dem Feuer schließlich verbrutzelt ist."

„Auch wenn es zu Stein geworden ist, so will ich es doch essen", sagte Edna, als sie mit ihm ins Haus ging. „Aber im Ernst, was ist aus Monsieur Farival und den anderen geworden?"

„Sie sind schon seit Stunden weg. Als sie sahen, daß Sie schliefen, wollten sie Sie lieber nicht wecken. Ich hätte es sowieso nicht zugelassen. Wozu war ich denn hier?"

„Ich frage mich, ob Léonce sich beunruhigt!" überlegte sie, als sie sich an den Tisch setzte.

„Natürlich nicht; er weiß ja, daß Sie bei mir sind", erwiderte Robert. Er fing an, mit Pfannen und abgedeckten Schüsseln, die auf dem Herd stehen gelassen waren, zu hantieren.

„Wo sind Madame Antoine und ihr Sohn?" fragte Edna.

„Zur Vesper gegangen und danach Freunde besuchen, glaube ich. Ich soll Sie in Tonies Boot zurückbringen, wann immer Sie bereit sind."

Er schürte die schwelende Asche, bis das gebratene Huhn wieder zu schmoren anfing. Er servierte ihr ein anständiges Mahl, machte sogar frischen Kaffee und trank eine Tasse mit. Madame Antoine hatte kaum mehr als die Seebarben gekocht, doch während Edna schlief, hatte Robert die Insel nach Nahrungsmitteln abgesucht. Er freute sich wie ein Kind, als er sah, daß sie Appetit hatte und mit welchem Genuß sie das Essen verspeiste, das er für sie herbeigeschafft hatte.

„Sollen wir gleich aufbrechen?" fragte sie, nachdem sie ihr Glas geleert und die Krümel des knusprigen Brots zusammengefegt hatte.

„Die Sonne steht jetzt noch nicht so tief wie in zwei Stunden", antwortete er.

„Die Sonne wird in zwei Stunden untergegangen sein."

„Gut, lassen Sie sie untergehen; wen stört's?"

Sie warteten eine ganze Weile unter den Orangenbäumen, bis Madame Antoine zurückkam, keuchend, watschelnd, mit tausend Entschuldigungen für ihre Abwesenheit. Tonie traute sich nicht zurückzukommen. Er war schüchtern und würde freiwillig keiner anderen Frau als seiner Mutter unter die Augen treten.

Es war sehr angenehm unter den Orangenbäumen zu sitzen, während die Sonne tiefer und tiefer sank und den westlichen Himmel in flammendes Kupfer und Gold verwandelte. Die Schatten wurden länger und länger und krochen wie verstohlene, groteske Untiere über das Gras.

Edna und Robert saßen beide auf der Erde – das heißt, er lag auf dem Boden neben ihr und zupfte gelegentlich am Saum ihres Musselinkleides.

Madame Antoine ließ sich mit ihrem schweren Körper, dick und untersetzt, auf einer Bank vor der Tür nieder. Sie hatte den ganzen Nachmittag geredet und hatte sich in eine Erzähllaune hineingesteigert.

Und was für Geschichten sie ihnen erzählte! Nur zweimal in ihrem Leben hatte sie Chênière Caminada verlassen, und dann auch nur für äußerst kurze Zeit. Ihr ganzes Leben lang hatte sie auf der Insel gehockt und war herumgewat-

schelt, hatte Geschichten von den Baratariern und dem Meer
gesammelt. Die Nacht brach ein und mit ihr kam der helle
Mond. Edna konnte die flüsternden Stimmen der Toten und
das Klimpern eingesäckelten Goldes hören.

Als sie und Robert in Tonies Boot mit dem roten Lateinsegel stiegen, strichen neblige geisterhafte Gestalten im
Schatten zwischen dem Schilf herum, und auf dem Wasser
schwammen Gespensterschiffe, die in Windeseile wieder
Deckung suchten.

XIV

Etienne, der jüngere Sohn, sei sehr ungezogen gewesen,
meinte Madame Ratignolle, als sie ihn seiner Mutter über-
gab. Er habe nicht zu Bett gehen wollen und eine Szene gemacht, worauf sie sich ihn vorgenommen und ihn besänftigt
habe, so gut sie nur konnte. Raoul war schon lange im Bett
und schlief seit zwei Stunden.

Der Junge steckte in seinem langen, weißen Nacht-
hemd und stolperte fortwährend darüber, als Madame Ratignolle ihn an der Hand herbeiführte. Mit seiner anderen
rundlichen Faust rieb er sich die Augen, die schwer vor Müdigkeit und schlechter Laune waren. Edna nahm ihn in die
Arme, setzte sich in den Schaukelstuhl und fing an, ihn zu
hätscheln und mit allen möglichen zärtlichen Kosenamen zu
verwöhnen, um ihn zum Schlafen zu bringen.

Es war erst neun Uhr. Außer den Kindern war noch
niemand zu Bett gegangen.

Léonce habe sich zunächst sehr beunruhigt, sagte Madame Ratignolle, und habe sofort nach Chênière aufbrechen
wollen. Aber Monsieur Farival hatte ihm versichert, daß
seine Frau lediglich von Müdigkeit und Erschöpfung überwältigt worden sei und daß Tonie sie zu einer späteren
Stunde sicher zurück bringen würde. So war er davon abge-
bracht worden, die Bucht zu überqueren. Er war zu Kleins
hinübergegangen, um einen Baumwollhändler zu treffen

und mit ihm über Schuldverschreibungen, Wechsel, Aktien, Wertpapiere oder dergleichen zu sprechen – Madame Ratignolle hatte nicht behalten, worum es sich handelte. Er habe nicht vorgehabt, lange wegzubleiben. Sie selbst litt unter der Hitze und der Schwüle, wie sie sagte. Sie hatte eine Riechsalzflasche und einen großen Fächer dabei. Sie entschuldigte sich bei Edna, daß sie nicht bliebe, aber Monsieur Ratignolle war allein, und wenn er etwas haßte, dann war es alleine gelassen zu werden.

Als Etienne eingeschlafen war, trug Edna ihn in das hintere Zimmer, und Robert half ihr, indem er den Moskitovorhang hochhielt, damit sie das Kind bequem ins Bett legen konnte. Die Quadroon war schon verschwunden. Als sie wieder vor das Haus traten, wünschte Robert Edna eine gute Nacht.

„Wissen Sie, daß wir den ganzen lieben langen Tag zusammen waren, Robert – seit heute früh?" sagte sie beim Abschied.

„Ja, bis auf die hundert Jahre, die Sie geschlafen haben. Gute Nacht."

Er drückte ihre Hand und schlug den Weg zum Strand ein. Er hielt sich von den andern fern und ging alleine hinunter zum Golf.

Edna blieb draußen und wartete auf die Rückkehr ihres Mannes. Sie hatte nicht den Wunsch zu schlafen oder sich zurückzuziehen; sie hatte auch keine Lust, mit den Ratignolles herumzusitzen, oder bei Madame Lebrun und einer Gruppe von Gästen, deren lebhafte Stimmen zu ihr drangen, denn sie unterhielten sich draußen vor dem Haus. Sie ließ in Gedanken die Zeit auf Grand Isle an sich vorüberziehen; sie versuchte herauszufinden, worin sich dieser Sommer von anderen, ja jedem anderen Sommer ihres Lebens unterschied. Sie begriff nur, daß sie selbst – ihr gegenwärtiges Selbst – anders war als bisher. Daß sie anfing, mit anderen Augen zu sehen und neue Eigenschaften in sich selbst zu entdecken, die ihr die Umwelt in einem anderen Licht erscheinen ließen, ahnte sie noch nicht.

Sie fragte sich, warum Robert weggegangen war und sie allein gelassen hatte. Der Gedanke, daß er ihrer Gesellschaft nach einem so langen Tag hätte müde sein können, kam ihr nicht in den Kopf. Sie war des Zusammenseins nicht müde und sie fühlte, daß auch er es nicht war. Sie bedauerte, daß er weggegangen war. Es wäre soviel natürlicher, wenn er bliebe, sofern ihn nicht etwas unbedingt nötigte, sie zu verlassen.

Als Edna auf ihren Mann wartete, sang sie leise ein kleines Lied, das Robert gesungen hatte als sie die Bucht überquerten. Es fing an mit „*Ah! Si tu savais*", und jede Strophe endete mit „*Si tu savais*".

Roberts Stimme war nicht gekünstelt. Sie klang melodisch und rein. Die Stimme, die Melodie, der ganze Refrain gingen ihr nicht aus dem Kopf.

XV

Als Edna eines Abends etwas verspätet, wie es ihre Gewohnheit war, den Speisesaal betrat, schien eine ungewöhnlich lebhafte Unterhaltung im Gange. Mehrere Leute redeten gleichzeitig, und Victors Stimme übertönte alle, sogar die seiner Mutter. Edna war spät vom Baden zurückgekommen, hatte sich hastig umgezogen, und ihr Gesicht war leicht gerötet. Ihr Kopf, der sich abhob gegen ihr zartes, weißes Gewand, erinnerte an eine üppige, seltene Blüte. Sie nahm ihren Platz zwischen dem alten Monsieur Farival und Madame Ratignolle ein.

Als sie sich gesetzt hatte und gerade anfing, ihre Suppe zu essen, die schon vor ihrem Eintreten aufgetragen worden war, überfielen sie mehrere Personen auf einmal mit der Nachricht, daß Robert nach Mexiko ginge. Sie legte ihren Löffel nieder und sah verwirrt um sich. Er war mit ihr zusammen gewesen, hatte ihr den ganzen Morgen vorgelesen und nie auch nur ein Wort von Mexiko fallen lassen. Sie hatte ihn den Nachmittag über nicht gesehen; sie hatte jemanden sagen hören, er sei im Haus, oben bei seiner Mutter. Dabei hatte sie sich nichts gedacht, obwohl es sie überraschte, daß er sie am späten Nachmittag nicht begleitete, als sie zum Strand hinunterging.

Sie sah zu ihm hinüber; er saß neben Madame Lebrun am Kopfende der Tafel. Ednas Gesicht spiegelte blanke Verwirrung, die sie nicht zu verbergen suchte. Er zog die Augenbrauen hoch und beantwortete ihren Blick mit einem ausweichenden Lächeln. Er wirkte verlegen und verkrampft.

„Wann geht er?" fragte sie die Anwesenden, als ob Robert nicht für sich selber sprechen könnte.

„Heute Abend!" „Noch zu dieser Stunde!" „Hat man sowas schon gehört!" „Was hat ihn bloß gepackt!" waren einige Antworten, die sie auf Französisch und Englisch gleichzeitig erhielt.

„Unmöglich!" rief sie aus. „Wie kann ein Mensch von Grand Isle nach Mexiko aufbrechen, von einem Moment auf den anderen, als ob er zu Kleins oder zur Landebrücke oder an den Strand ginge?"

„Ich habe die ganze Zeit schon davon gesprochen, daß ich nach Mexiko möchte; schon jahrelang rede ich davon!" rief Robert mit erregter, gereizter Stimme und einer Miene, als ob er sich gegen einen Schwarm von Stechmücken verteidige.

Madame Lebrun klopfte mit dem Griff ihres Messers auf den Tisch.

„Bitte, lassen Sie Robert erklären, warum er geht und warum er noch heute nacht geht", rief sie aus. „Wahrlich, dieser Tisch ähnelt mit jedem Tag mehr einem Tollhaus, wenn alle auf einmal reden. Manchmal – Gott möge mir vergeben – aber manchmal wünsche ich wirklich, daß Victor die Sprache verlöre."

Victor lachte sarkastisch, dankte seiner Mutter für ihren frommen Wunsch, dessen einzigen Nutzen er darin erblicken könne, daß sie selber mehr Gelegenheit und Recht zu sprechen bekäme.

Monsieur Farival war der Meinung, daß man gut daran getan hätte, mit Victor in frühester Kindheit mitten auf den Ozean hinauszufahren und ihn dort zu ertränken. Victor hingegen fand diese Methode geeigneter, um alte Leute los-

zuwerden, deren notorischer Anspruch es sei, jedermann
lästig zu fallen. Madame Lebrun verfiel in leichte Hysterie;
Robert warf seinem Bruder ein paar spitze und harte Worte
an den Kopf.

„Es gibt nicht viel zu erklären, Mutter", sagte er; doch
er erklärte trotzdem – seinen Blick auf Edna gerichtet – daß
er den Herrn, dem er sich in Veracruz anschließen wolle, nur
treffen könne, wenn er den und den Dampfer, der New Orleans an dem und dem Tag verließe, nähme; daß Beaudelet
mit seiner Bootsladung Gemüse heute nacht hinausführe,
was ihm die Gelegenheit gebe, rechtzeitig die Stadt und sein
Schiff zu erreichen.

„Aber wann haben Sie sich zu alledem entschlossen?"
fragte Monsieur Farival.

„Heute Nachmittag", erwiderte Robert, leicht verärgert.

„Um welche Zeit heute Nachmittag?" beharrte der alte
Herr mit hartnäckiger Entschlossenheit, als ob er einen Ver-
brecher vor Gericht ins Kreuzverhör nehme.

„Um vier Uhr heute Nachmittag, Monsieur Farival",
antwortete Robert mit erhobener Stimme und erhabener
Miene, die Edna an einen gewissen Herrn vom Theater erinnerten.

Sie hatte sich gezwungen, ihre Suppe fast aufzuessen
und stocherte nun mit der Gabel in den Brocken einer *court
bouillon* herum.

Das Liebespaar machte sich die allgemeine Unterhaltung über Mexiko zunutze, um im Flüsterton über Dinge zu
sprechen, die es zu Recht nur für sich selbst als interessant
ansah. Die Dame in Schwarz hatte einmal ein paar merkwürdig gearbeitete Rosenkränze aus Mexiko bekommen,
die mit einer besonderen Art Ablaß ausgestattet waren, aber
sie hatte nie Sicherheit darüber gewinnen können, ob dieser
Ablaß über die Grenzen Mexikos hinaus gültig war. Vater
Fochel von der Kathedrale hatte versucht, es ihr zu erklären,
aber es war ihm nicht zu ihrer vollen Befriedigung gelungen.
Und sie bat Robert, er solle sich umtun und, wenn möglich,
herausfinden, ob ihr der Ablaß zustünde, den sie mit den
auffallend merkwürdigen Rosenkränzen aus Mexiko erworben hatte.

Madame Ratignolle äußerte die Hoffnung, daß Robert im Umgang mit den Mexikanern ganz besondere Vorsicht walten lassen würde, da sie, ihrer Meinung nach, ein hinterhältiges Volk, gewissenlos und rachsüchtig seien. Sie glaubte nicht, daß sie ihnen Unrecht täte, wenn sie sie so als ganzes Volk verurteile. Persönlich hatte sie nur einen Mexikaner gekannt, der hervorragende Tamales machte und verkaufte und dem sie uneingeschränkt vertraut hätte, so sanftmütig schien er. Eines Tages wurde er verhaftet, weil er seine Frau erstochen hatte. Sie wußte bis heute nicht, ob man ihn dafür gehenkt hatte oder nicht.

Victor war in ausgelassene Stimmung geraten und versuchte, eine Anekdote über ein mexikanisches Mädchen zu erzählen, das einen Winter lang heiße Schokolade in einem Restaurant auf der Dauphine Street serviert hatte. Niemand hörte ihm zu außer dem alten Farival, der sich bei der komischen Geschichte schier ausschütten wollte vor Lachen.

Edna fragte sich, ob denn alle verrückt geworden seien, wie sie so daherschwatzten und lärmten. Ihr selbst fiel nichts ein, was sie über Mexiko oder die Mexikaner hätte sagen können.

„Um wieviel Uhr fahren Sie ab?" fragte sie Robert.

„Um zehn", antwortete er ihr. „Beaudelet will warten, bis der Mond aufgegangen ist."

„Sind Sie schon ganz reisefertig?"

„So ziemlich. Ich werde von hier nur eine Reisetasche mitnehmen und meinen Koffer in der Stadt packen."

Er wandte sich seiner Mutter zu, die ihn etwas gefragt hatte. Als Edna ihren schwarzen Kaffee ausgetrunken hatte, verließ sie die Tafel.

Sie ging geradewegs in ihr Zimmer. In dem kleinen Ferienhaus war es drückend und schwül, wenn man von draußen hineinkam. Aber das kümmerte sie nicht; es gab drinnen hundert verschiedene Dinge, die ihre Aufmerksamkeit zu beanspruchen schienen. Sie fing an, ihren Toilettentisch aufzuräumen, schimpfte über die Nachlässigkeit der Quadroon, die im Nebenzimmer die Kinder ins Bett brachte. Sie sammelte ein paar Kleidungsstücke, die verstreut über den

Stuhllehnen hingen, und räumte alle an ihren Platz in Schrank oder Kommode. Sie legte ihr Kleid ab und zog stattdessen einen bequemeren, weiten Morgenmantel an. Sie brachte ihr Haar in Ordnung, kämmte und bürstete es ungewöhnlich heftig. Dann ging sie ins Nebenzimmer und half der Quadroon, die Kinder ins Bett zu bringen.

Sie waren in Spiel- und Erzähllaune – wollten alles andere als still liegen und schlafen. Edna entließ die Quadroon zum Abendessen und sagte ihr, sie brauche nicht zurückzukommen. Dann setzte sie sich hin und erzählte den Kindern eine Geschichte. Anstatt sie zu beruhigen, regte die Geschichte sie auf und machte sie nur noch wacher. Edna ließ sie in hitziger Diskussion zurück, in Vermutungen über den Schluß der Geschichte, den die Mutter versprochen hatte, am nächsten Abend zu erzählen.

Das kleine schwarze Mädchen kam herein und bestellte, daß Madame Lebrun sich freuen würde, wenn Mrs. Pontellier hinüber ins Haus käme und die Zeit bis zu Mr. Roberts Abreise mit ihnen verbringen würde. Edna ließ antworten, daß sie bereits ausgezogen sei, sich nicht wohl fühle, aber vielleicht später doch noch einmal hinüberkäme. Sie begann sich wieder anzuziehen und kam soweit, ihren Morgenmantel abzulegen. Dann änderte sie ihren Entschluß aber nochmals, zog den *peignoir* wieder an und setzte sich draußen vor die Tür. Sie war überhitzt und gereizt und fächelte sich eine Zeitlang heftig. Madame Ratignolle kam herüber und wollte wissen, was los sei.

„Der ganze Lärm und das Durcheinander bei Tisch müssen mich erregt haben", antwortete Edna, „und außerdem hasse ich Schocks und Überraschungen. Der Gedanke, daß Robert auf so lächerlich überstürzte und dramatische Art aufbrechen würde! Als ob es um Leben oder Tod ginge! Und dann den ganzen Morgen, als er bei mir war, kein Wort davon zu sagen."

„Ja", pflichtete ihr Madame Ratignolle bei. „Ich finde, es war uns allen gegenüber – besonders aber gegen Sie – sehr rücksichtslos. Bei irgendeinem anderen hätte es mich nicht überrascht; diese Lebruns neigen alle zu Heldentaten. Aber ich muß sagen, daß ich von Robert so etwas nie erwartet hätte. Kommen Sie nicht mit hinüber? Kommen Sie, meine Liebe; es sieht sonst nicht besonders freundlich aus."

„Nein", sagte Edna etwas verdrossen. „Ich kann mich jetzt nicht noch einmal anziehen; ich bin nicht in der Stimmung dazu."

„Sie brauchen sich nicht noch mal anzuziehen; Sie sehen gut aus; binden Sie vielleicht noch einen Gürtel um die Taille. Sehen Sie doch mich an!"

„Nein", beharrte Edna; „aber Sie sollten zurückgehen. Madame Lebrun könnte gekränkt sein, wenn wir beide wegbleiben."

Madame Ratignolle küßte Edna, als sie ihr Gute Nacht wünschte, und eilte davon, da sie im Grunde recht begierig war, zu der allgemeinen und lebhaften Unterhaltung zurückzukommen, die immer noch über Mexiko und die Mexikaner im Gange war.

Einige Zeit später kam Robert herüber, seine Reisetasche in der Hand.

„Geht es Ihnen nicht gut?" fragte er.

„Danke, danke. – Brechen Sie jetzt sofort auf?"

Er zündete ein Streichholz an und sah auf die Uhr. „In zwanzig Minuten", sagte er. Das plötzliche und kurze Aufflammen des Streichholzes verstärkte die Dunkelheit für eine Weile. Er setzte sich auf einen Hocker, den die Kinder draußen auf der Veranda hatten stehen lassen.

„Holen Sie sich doch einen Sessel", sagte Edna.

„Der tut's auch", antwortete er. Er setzte seinen weichen Hut auf, nahm ihn nervös wieder ab und während er sich mit dem Taschentuch über das Gesicht wischte, beklagte er sich über die Hitze.

„Nehmen Sie den Fächer", sagte Edna und reichte ihn ihm hin.

„Nein danke. Das hilft auch nichts; irgendwann muß man aufhören mit dem Fächeln und man fühlt sich dann umso unwohler."

„Das ist so eine lächerliche Behauptung, wie sie Männer immer von sich geben. Ich kenne keinen, der anders über das Fächeln reden würde. Wie lange werden Sie wegbleiben?"

„Vielleicht für immer. Ich weiß es nicht. Es hängt von einer Menge verschiedener Umstände ab."

„Und für den Fall, daß es nicht für immer ist, wie lange dann?"

„Ich weiß es nicht."

„Mir kommt dies alles vollkommen widersinnig vor und durch nichts zu rechtfertigen. Es gefällt mir ganz und gar nicht. Ich verstehe nicht, was Sie zum Verschweigen und Verheimlichen bewogen hat, warum Sie mir heute morgen kein Wort davon gesagt haben."

Er schwieg und versuchte sich nicht zu verteidigen. Nach einer Weile sagte er nur:

„Lassen Sie uns nicht im Bösen voneinander scheiden. Ich habe noch nie erlebt, daß Sie aufgebracht gegen mich waren."

„Ich will mich nicht im Bösen von Ihnen trennen", sagte sie. „Aber verstehen Sie denn nicht? Ich habe mich daran gewöhnt, Sie zu treffen, Sie die ganze Zeit um mich zu haben, und ich finde Ihr Handeln unfreundlich, wenn nicht rücksichtslos. Sie haben noch nicht einmal eine Entschuldigung dafür. Ja, ich dachte daran, mit Ihnen zusammen zu sein, stellte mir vor, wie schön es wäre, Sie im nächsten Winter in der Stadt zu sehen."

„Ich doch auch", brach es aus ihm heraus. „Vielleicht ist das der –." Er stand plötzlich auf und streckte seine Hand aus. „Auf Wiedersehen, meine liebe Mrs. Pontellier; auf Wiedersehen. Sie werden – ich hoffe, Sie werden mich nicht ganz vergessen." Sie hielt seine Hand fest und versuchte ihn zurückzuhalten.

„Schreiben Sie mir, wenn Sie ankommen, ja, Robert?" bat sie.

„Gewiß, danke schön. Auf Wiedersehen."

Wie wenig ähnlich war dies Robert. Der flüchtigste Bekannte hätte auf eine solche Bitte etwas Verbindlicheres zu sagen gewußt als: „Gewiß, danke schön. Auf Wiedersehen."

Er hatte sich offensichtlich schon von den Gästen drüben im Haus verabschiedet, denn er ging die Treppe hinunter zu Beaudelet, der mit einem Ruder auf der Schulter auf ihn wartete. Sie verschwanden in der Dunkelheit. Sie konnte nur Beaudelets Stimme hören; Robert hatte anscheinend noch nicht einmal ein Wort des Grußes an seinen Begleiter gerichtet.

Edna biß krampfhaft in ihr Taschentuch, kämpfte darum, ihre Gefühle zurückzuhalten und zu verbergen; nicht nur vor den anderen, sogar vor sich selber wollte sie diese Gefühle verbergen, die sie quälten, die sie zerrissen. Ihre Augen waren mit Tränen gefüllt.

Zum ersten Mal spürte sie wieder die Zeichen der Verliebtheit, die sie ansatzweise als Kind, als junges Mädchen und später als junge Frau gefühlt hatte. Die Erinnerung daran vermochte in keiner Weise die Bedeutung der augenblicklichen Erfahrung zu mindern; der Offenbarung wurde nichts von ihrer Kraft genommen dadurch, daß gleichzeitig die Unbeständigkeit solcher Gefühle ins Bewußtsein trat. Die Vergangenheit bedeutete ihr nichts, bot keine Lehre, die sie willens war zu befolgen. Die Zukunft war ihr ein Geheimnis, das sie niemals zu durchdringen versuchte. Die Gegenwart allein zählte; erfüllte sie mit Qualen, wie jetzt mit der schneidenden Erkenntnis, daß sie das verloren hatte, was sie besessen, daß ihr versagt wurde, was ihr leidenschaftliches, neu erwachtes Wesen forderte.

XVI

„Vermissen Sie Ihren Freund sehr?" fragte Mademoiselle Reisz eines Morgens, als sie Edna einholte, die gerade ihr Haus verlassen hatte, um zum Strand zu gehen. Sie verbrachte viel Zeit im Wasser, nachdem sie endlich die Kunst des Schwimmens erlernt hatte. Da sich ihr Aufenthalt auf Grand Isle dem Ende zuneigte, hatte sie das Gefühl, sie könne nicht genug Zeit auf eine Beschäftigung wenden, der sie die einzigen wirklich beglückenden Augenblicke verdankte. Als Mademoiselle Reisz ihr auf die Schulter tippte und sie ansprach, schien die Frau nur einen Gedanken nachzusprechen, der immer in Ednas Kopf herumging, oder besser, ein Gefühl auszudrücken, das sie fortwährend beherrschte.

Roberts Abreise hatte allen Dingen den Glanz, die Farbe und die Bedeutung genommen. Nichts an den äußeren Bedingungen ihres Lebens hatte sich geändert, jedoch ihr ganzes Dasein war stumpf geworden, verblaßt wie ein Kleid, das man nicht mehr tragen zu können glaubt. Sie suchte ihn überall – bei den anderen, die sie dazu verleitete, über ihn zu sprechen. An den Vormittagen ging sie hinauf in Madame Lebruns Zimmer, nahm sogar das Rattern der Nähmaschine in Kauf. Sie saß da und plauderte mit Unterbrechungen, wie Robert es getan hatte. Sie schaute neugierig im ganzen Zimmer umher, auf die Bilder und Photographien an der Wand, und entdeckte in einer Ecke ein altes Familienalbum, das sie mit allergrößter Aufmerksamkeit studierte; sie bat Madame Lebrun, ihr Aufklärung über die vielen Gestalten und Gesichter zu geben, die sie auf seinen Seiten entdeckte.

Ein Bild zeigte Madame Lebrun mit dem kleinen Robert auf dem Schoß, ein Kind mit rundem Gesicht, den Daumen im Mund. Nur die Augen des Kindes erinnerten sie an den erwachsenen Mann. Und da war wieder er – im Kilt, fünf Jahre alt, mit langen Locken und einer Peitsche in der Hand. Edna mußte darüber lachen; und sie lachte auch über ein Porträt von ihm in seinen ersten langen Hosen, während ein anderes sie fesselte: es war aufgenommen, als er aufs College ging, es zeigte ihn dünn, mit schmalem Gesicht, die Augen voll von Feuer, Ehrgeiz und großen Plänen. Aber es war kein neueres Bild dabei, keines, was sie an den Robert erinnerte, der vor fünf Tagen von ihr gegangen war und Leere und Verwirrung hinterlassen hatte.

„Robert hörte auf, Bilder von sich machen zu lassen, als er selber dafür bezahlen mußte! Er könne sein Geld vernünftiger anlegen, sagt er", erklärte Madame Lebrun. Sie hatte einen Brief von ihm bekommen, den er vor seiner Abreise aus New Orleans geschrieben hatte. Edna wollte den Brief gerne sehen, und Madame Lebrun bat sie, entweder auf dem Tisch oder der Kommode nachzusehen – vielleicht war er auch auf dem Kaminsims.

Der Brief lag auf dem Bücherbord. Er übte auf Edna größte Anziehungskraft aus und fesselte ihr Interesse – der Umschlag, seine Größe und Form, der Poststempel, die Handschrift. Sie untersuchte jedes Detail des Umschlags, bevor sie ihn öffnete. Es waren nur ein paar Zeilen, in denen er schrieb, daß er die Stadt am selben Nachmittag zu verlassen gedenke, daß er seinen Koffer bestens gepackt habe, daß es ihm gut gehe, er versichere sie seiner Zuneigung und bitte sie, allen herzliche Grüße zu übermitteln. Eine besondere Nachricht für Edna war nicht enthalten, außer einer Nachschrift, die besagte, daß, falls Mrs. Pontellier das Buch, aus dem er ihr vorgelesen hatte, zu Ende lesen wolle, seine Mutter es in seinem Zimmer unter den anderen Büchern auf dem Tisch finden würde. Edna fühlte wie die Eifersucht ihr einen Stich gab, weil er an seine Mutter und nicht an sie geschrieben hatte.

Jeder betrachtete es als selbstverständlich, daß sie ihn vermißte. Als ihr Mann am Samstag nach Roberts Abreise ankam, drückte sogar er sein Bedauern darüber aus, daß er fortgegangen war.

„Wie kommst du ohne ihn zurecht, Edna?“ fragte er.

„Es ist sehr langweilig ohne ihn“, gab sie zu. Mr. Pontellier hatte ihn in der Stadt getroffen und Edna stellte ihm ein Dutzend oder mehr Fragen. Wo hatten sie sich getroffen? Auf der Carondolet Street, morgens. Sie waren eingekehrt und hatten bei einem Drink und einer Zigarre zusammengesessen. Worüber hatten sie gesprochen? Hauptsächlich über seine Aussichten in Mexiko, die Mr. Pontellier für vielversprechend hielt. Wie sah er aus? Wie wirkte er – schwermütig, oder heiter, oder wie sonst? Recht fröhlich und ganz und gar vom Gedanken an seine Reise eingenommen, was Mr. Pontellier völlig natürlich für einen jungen Mann fand, der dabei war, sein Glück und Abenteuer in einem fremden, seltsamen Land zu suchen.

Edna klopfte ungeduldig mit dem Fuß auf den Boden und fragte sich, warum die Kinder darauf bestünden, in der Sonne zu spielen, wenn sie es genausogut unter den Bäumen tun könnten. Sie ging hinunter und holte sie aus der Sonne, schimpfte dabei mit der Quadroon wegen ihrer Nachlässigkeit.

Es berührte sie nicht im geringsten sonderbar, daß sie Robert zum Gegenstand der Unterhaltung machte und ihren Ehemann dazu veranlaßte, von ihm zu sprechen. Die Empfindungen, die sie für Robert hegte, ähnelten in keiner Weise denen, die sie ihrem Ehemann entgegenbrachte, je für ihn gehabt hatte, noch in Zukunft erwartete. Sie war ihr ganzes Leben lang gewohnt gewesen, Gedanken und Gefühle zu hegen, die nie zur Sprache kamen. Sie hatten nie die Form von Kämpfen angenommen. Sie gehörten ihr und waren ihr eigen, und sie war überzeugt, daß sie ein Recht auf sie hatte und sie niemanden außer sie selbst etwas angingen. Edna hatte einmal zu Madame Ratignolle gesagt, daß sie sich niemals für ihre Kinder opfern würde, geschweige denn für irgend jemanden sonst. Damals hatte sich aus dieser Äußerung eine ziemlich hitzige Auseinandersetzung entwickelt; die beiden Frauen schienen sich nicht zu verstehen und nicht dieselbe Sprache zu sprechen. Edna versuchte ihre Freundin zu besänftigen, sich ihr verständlich zu machen.

„Ich würde das Unwesentliche aufgeben; ich würde mein Geld, mein Leben für meine Kinder geben; aber nicht mich selbst. Ich kann es nicht klarer fassen; es ist etwas, das ich gerade erst anfange zu verstehen, das sich mir langsam offenbart."

„Ich weiß nicht, was Sie das Wesentliche nennen würden oder was Sie mit unwesentlich meinen", sagte Madame Ratignolle mit gleichbleibender Freundlichkeit; „aber eine Frau, die ihr Leben für ihre Kinder gäbe, könnte nichts Höheres tun – so steht es schon in der Bibel. Ich bin sicher, ich könnte nichts Höheres tun."

„Doch, Sie könnten schon!" lachte Edna.

Als an jenem Morgen auf dem Weg zum Strand Mademoiselle Reisz ihr auf die Schulter tippte und meinte, ob sie ihren jungen Freund nicht sehr vermisse, war sie von dieser Frage nicht überrascht.

„Ach Sie sind es, Mademoiselle; guten Morgen, natürlich vermisse ich Robert. Gehen Sie auch hinunter zum Baden?"

„Warum sollte ich jetzt baden gehen, am Ende der Saison, wenn ich den ganzen Sommer nicht im Wasser war", antwortete die Frau verstimmt.

„Ich bitte um Entschuldigung", beeilte sich Edna zu sagen; sie war etwas verlegen, denn sie hätte daran denken sollen, daß die Wasserscheu von Mademoiselle Reisz zu vielen Scherzen Anlaß gegeben hatte. Einige vermuteten, es sei wegen des falschen Haares oder aus Angst, daß die Veilchen naß werden könnten, während es andere wieder der natürlichen Abneigung gegen Wasser zuschrieben, die dem Künstlertemperament manchmal nachgesagt wird. Mademoiselle bot Edna Schokolade aus einer Papiertüte an, die sie aus ihrer Tasche nahm, um zu zeigen, daß sie nicht verstimmt war. Sie aß Schokolade regelmäßig, wegen ihrer nahrhaften Substanz; sie sagte, Schokolade enthalte viele Nährwerte in kleinster Form. Sie bewahre sie vor dem Verhungern, da Madame Lebruns Küche ganz unmöglich sei; und niemand außer einer so unverschämten Person wie Madame Lebrun könne sich erdreisten, den Leuten ein solches Essen anzubieten und es sich auch noch bezahlen zu lassen.

„Sie muß sich sehr einsam ohne ihren Sohn fühlen", sagte Edna, die das Thema wechseln wollte. „Ihr Lieblingssohn dazu. Es muß recht schwer gewesen sein, ihn ziehen zu lassen."

Mademoiselle lachte boshaft.

„Ihr Lieblingssohn! Was denken Sie, meine Liebe! Aline Lebrun lebt für Victor, und für Victor allein. Hätte sie ihn nicht so verwöhnt, dann wäre er nicht so ein wertloses Geschöpf geworden. Sie verehrt ihn und noch den Boden, auf dem er geht. Robert ist ihr gut genug, das ganze Geld, das er verdient, seiner Familie zu geben und nur den kleinsten Teil für sich zu behalten. Ihr Lieblingssohn, in der Tat! Ich vermisse den armen Jungen selbst, meine Liebe. Ich sah ihn gerne und freute mich, ihn in der Nähe zu wissen – der einzige Lebrun, der einen Schuß Pulver wert ist. In der Stadt kommt er mich oft besuchen. Ich spiele gern für ihn. Dieser Victor! Der Strick wäre zu schade für ihn. Es ist ein Wunder, daß Robert ihn nicht schon längst totgeschlagen hat."

„Ich war immer der Meinung, er habe große Geduld mit seinem Bruder", bemerkte Edna, die froh war über Robert zu sprechen, gleichgültig worum es sich handelte.

„O, er hat ihn ganz schön verprügelt vor ein oder zwei Jahren", sagte Mademoiselle. „Es ging um ein spanisches Mädchen, auf das Victor Anspruch zu haben glaubte. Eines Tages begegnete er Robert, wie dieser mit dem Mädchen sprach oder mit ihr spazieren ging, oder mit ihr badete, oder ihren Korb trug – ich weiß nicht mehr, was es war – und er wurde so frech und ausfällig, daß ihm Robert auf der Stelle eine Tracht Prügel verpaßte, die ihn für eine ganze Weile verhältnismäßig im Zaum hielt. Es wäre höchste Zeit, daß er wieder eine bekäme."

„Hieß sie Mariequita?" fragte Edna.

„Mariequita – ja, so hieß sie; Mariequita. Ich hatte es vergessen. O, sie ist durchtrieben und schlecht, diese Mariequita!"

Edna sah Mademoiselle Reisz an und fragte sich, wie sie solange ihren Gehässigkeiten hatte zuhören können. Aus irgendeinem Grunde fühlte sie sich deprimiert, beinahe unglücklich. Sie hatte nicht vorgehabt ins Wasser zu gehen; doch jetzt zog sie ihren Badeanzug an und ließ Mademoiselle alleine unter dem Dach des Kinderzeltes sitzen. Das Wasser war mit der fortschreitenden Jahreszeit kühler geworden. Edna tauchte und schwamm mit einer Hingabe, die sie begeisterte und belebte. Sie blieb lange im Wasser, halb in der Hoffnung, daß Mademoiselle Reisz nicht auf sie warten würde.

Doch Mademoiselle wartete. Sie war sehr liebenswürdig beim Rückweg und schwärmte von Ednas Erscheinung im Badeanzug. Sie sprach über Musik. Sie äußerte die Hoffnung, daß Edna sie in der Stadt besuchen würde und schrieb ihre Adresse mit einem Bleistiftstummel auf ein Stückchen Papier, das sie in ihrer Tasche fand.

„Wann reisen Sie ab?" fragte Edna.

„Nächsten Montag; und Sie?"

„Die Woche darauf", antwortete Edna und fügte hinzu: „Es war ein schöner Sommer, nicht wahr, Mademoiselle?"

„Na ja", pflichtete ihr Mademoiselle Reisz mit einem Achselzucken bei, „einigermaßen schön, wenn nicht die Moskitos und die Zwillinge Farival gewesen wären."

XVII

Die Pontelliers besaßen ein bezauberndes Heim auf der Esplanade Street in New Orleans. Es war ein großes Doppelhaus mit einer breiten Vorderveranda, deren runde, kanellierte Säulen das schräge Dach abstützten. Das Haus war blendend weiß gestrichen; die Außenläden, oder Jalousien, waren grün. Im Hof, der gewissenhaft sauber gehalten wurde, wuchsen Blumen und Pflanzen aller Arten, die es in Süd-Louisiana gibt. Drinnen war traditionellem Stil entsprechend alles tadellos eingerichtet. Die weichsten Teppiche und Läufer bedeckten die Böden; üppige und geschmackvolle Vorhänge hingen vor Türen und Fenstern. Gemälde, mit Urteilsvermögen und Feinsinn ausgewählt, schmückten die Wände. Das Kristall, das Silber, der schwere Damast, die täglich die Tafel zierten, erregten den Neid vieler Frauen, deren Männer weniger großzügig waren als Mr. Pontellier.

Mr. Pontellier ging gern prüfend in seinem Haus herum und sah nach, ob an der Einrichtung und den vielfältigen Details nichts fehlte. Er schätzte seine Besitztümer sehr, vor allen Dingen weil sie sein waren, und es bereitete ihm echtes Vergnügen, ein Gemälde, eine Statuette oder einen seltenen Spitzenvorhang zu betrachten – oder was sonst auch immer er gekauft und zwischen seine Hausgötter plaziert hatte.

An Dienstagnachmittagen – Dienstag war Mrs. Pontelliers Empfangstag – strömten unablässig Besucher herbei – Frauen, die in Kutschen oder Straßenbahnen kamen oder gar zu Fuß, wenn die Luft mild genug war und die Entfernung es gestattete. Ein hellhäutiger Mulatte, im Frack und ein winziges Silbertablett für die Visitenkarten in der Hand, ließ sie ein. Ein Hausmädchen in weißer Faltenhaube bot den Besuchern Likör, Kaffee oder Schokolade an, was immer sie wünschten. Mrs. Pontellier, in einem hübschen Empfangskleid, hielt sich den ganzen Nachmittag im Salon auf, um ihre Besucher zu empfangen. Die Männer kamen manchmal am Abend zusammen mit ihren Frauen.

Dies war das Programm, dem Mrs. Pontellier seit ihrer Heirat vor sechs Jahren gewissenhaft gefolgt war. An bestimmten Abenden in der Woche besuchten sie und ihr Mann die Oper, manchmal auch das Theater.

Mr. Pontellier verließ sein Haus morgens zwischen neun und zehn Uhr und kehrte selten vor halb sieben oder sieben abends zurück – das Abendessen wurde um halb acht serviert.

Es war an einem Dienstagabend, einige Wochen nach ihrer Rückkehr von Grand Isle, als er sich mit seiner Frau zu Tisch setzte. Sie waren alleine. Die Kinder wurden gerade ins Bett gebracht; man konnte gelegentlich das Trappeln ihrer nackten Füße hören, wenn sie versuchten zu entwischen, ebenso die Stimme der Quadroon, in mildem Protest und flehend erhoben, da sie versuchte die beiden einzufangen. Mrs. Pontellier trug nicht wie sonst an Dienstagen ihr Empfangskleid; sie war in einfacher Hauskleidung. Mr. Pontellier, der für solche Dinge ein Auge hatte, bemerkte es, als er die Suppe austeilte und dem wartenden Boy die Schüssel zurückgab.

„Müde, Edna? Wer war hier? Viele Besucher?" fragte er.

Er schmeckte seine Suppe und fing an, sie nachzuwürzen, mit Pfeffer, Salz, Essig, Senf – allem, was in Reichweite stand.

„Ziemlich viele waren da", erwiderte Edna, die ihre Suppe mit sichtlicher Befriedigung aß. „Ich fand ihre Karten vor, als ich nach Hause kam; ich war ausgegangen."

„Ausgegangen!" rief ihr Mann mit einem Anflug echter Bestürzung in der Stimme, als er das Essigfläschchen hinstellte und sie durch seine Brille hindurch ansah. „Nanu, was hat dich denn veranlaßt, dienstags auszugehen? Was hattest du zu tun?"

„Nichts. Ich hatte einfach das Bedürfnis auszugehen, und da bin ich eben gegangen."

„Nun, ich hoffe, du hast eine passende Entschuldigung hinterlassen", sagte ihr Mann, etwas besänftigt, als er eine Prise Cayennepfeffer in seine Suppe schüttete.

„Nein, ich habe keine Entschuldigung hinterlassen. Ich wies Joe an, zu sagen, daß ich ausgegangen sei; das war alles."

„Aber, meine Liebe, ich hatte gedacht, daß du mittlerweile begriffen hättest, daß man so etwas nicht macht; wir müssen *les convenances* beachten, wenn wir je vorankommen und Schritt halten wollen mit der Zeit. Wenn du schon das dringende Bedürfnis hattest, heute nachmittag auszugehen, dann hättest du wenigstens eine passende Entschuldigung für deine Abwesenheit hinterlassen sollen.

Diese Suppe ist wirklich unmöglich; es ist seltsam, daß diese Frau immer noch nicht gelernt hat, eine anständige Suppe zu kochen. Jede Essensbude in der Stadt verkauft eine bessere. War Mrs. Belthrop hier?"

„Bring das Tablett mit den Karten, Joe. Ich erinnere mich nicht, wer da war."

Der Boy verschwand und kehrte einen Augenblick später mit dem winzigen Silbertablett zurück, das ganz bedeckt war von den Visitenkarten der Damen. Er reichte es Mrs. Pontellier.

„Gib es Mr. Pontellier", sagte sie.

Joe gab das Tablett Mr. Pontellier und räumte die Suppe ab. Mr. Pontellier überflog die Namen der Besucherinnen seiner Frau, las einige laut vor und gab beim Vorlesen seine Kommentare ab.

„‚Die Damen Delasidas'. Ich habe heute morgen einen großen Handel in Lieferungskäufen für ihren Vater abgeschlossen; nette Mädchen – es wird Zeit, daß sie heiraten. ‚Mrs. Belthrop'. Ich sage dir frei heraus, Edna: du kannst dir nicht leisten, Mrs. Belthrop zu versetzen. Belthrop könnte uns zehnmal kaufen und verkaufen. Sein Geschäft ist nach meiner Schätzung eine gute, runde Summe wert. Du schreibst ihr besser eine Karte. ‚Mrs. James Highcamp'. Na! Je weniger du mit Mrs. Highcamp zu tun hast desto besser. ‚Madame Laforcé'! Machte den ganzen Weg von Carrolton, auch das noch, die arme alte Seele. ‚Miss Wiggs', ‚Mrs. Eleanor Boltons'." Er schob die Karten beiseite.

„Erbarmen!" rief Edna, die vor Erregung kochte. „Warum nimmst du das alles so ernst und machst so ein Aufhebens davon?"

„Ich mache kein Aufhebens davon. Aber es sind gerade diese scheinbaren Kleinigkeiten, die wir ernst nehmen müssen; solche Dinge zählen."

Der Fisch war angebrannt. Mr. Pontellier rührte ihn nicht an. Edna sagte, ihr mache ein leichter Geschmack von Angebranntem nichts aus. Der Braten entsprach auch nicht gerade seiner Vorstellung, und er hatte etwas gegen die Art, auf die das Gemüse angerichtet war.

„Mir scheint", sagte er, „daß wir in diesem Hause genug Geld ausgeben, daß uns zumindest einmal am Tag eine Mahlzeit geliefert wird, die ein Mann essen kann, ohne seine Selbstachtung zu verlieren."

„Du warst doch immer der Meinung, die Köchin sei eine Perle", erwiderte Edna gleichgültig.

„Vielleicht war sie es am Anfang; aber Köche sind auch nur Menschen. Man muß ihnen auf die Finger sehen, wie jeder anderen Sorte Menschen, die man angestellt hat. Stell dir vor, ich würde die Sekretäre in meinem Büro nicht beaufsichtigen, sie gerade so machen lassen, wie sie wollen; sie würden bald ein schönes Durcheinander mit mir und meinem Geschäft anrichten."

„Wo gehst du hin?" fragte Edna, als ihr Mann vom Tisch aufstand, ohne etwas gegessen zu haben außer einem Löffel der stark gewürzten Suppe.

„Ich werde mein Abendessen im Club einnehmen. Gute Nacht." Er ging hinaus in die Halle, nahm Hut und Stock von der Garderobe und verließ das Haus.

Szenen wie diese waren ihr vertraut. Sie hatten sie oft sehr unglücklich gemacht. Bei einigen früheren Begebenheiten dieser Art war ihr völlig die Lust vergangen, ihr Abendessen zu beenden. Manchmal war sie in die Küche gegangen, um der Köchin eine verspätete Zurechtweisung zu erteilen. Einmal war sie auf ihr Zimmer gegangen, hatte einen Abend lang das Kochbuch studiert und dann schließlich einen Essensplan für die ganze Woche aufgestellt. Nichtsdestotrotz hatte sie nachher nur das quälende Gefühl, nichts wirklich Vernünftiges geleistet zu haben.

Doch an diesem Abend beendete Edna ihr Abendessen alleine, mit betonter Bedachtsamkeit. Ihr Gesicht war gerötet und ihre Augen glühten, als ob ein inneres Feuer sie erleuchtete. Nach dem Essen ging sie auf ihr Zimmer, nachdem sie den Boy angewiesen hatte, allen weiteren Besuchern zu sagen, sie sei unpäßlich.

Es war ein großer, schöner Raum, der üppig und malerisch wirkte in dem weichen, schwachen Licht, das das Hausmädchen niedrig gestellt hatte. Sie ging an ein offenes Fenster und sah auf das dichte Gewirr des Gartens hinunter. Alle Geheimnisse und aller Zauber der Nacht schienen ihr dort zugegen zwischen den Düften und den dunklen und verschlungenen Umrissen der Blumen und Blätter. Sie suchte sich selbst und fand sich selbst gerade in diesem süßen Halbdunkel, das ihrer Stimmung entgegenkam. Aber die Stimmen, die aus der Dunkelheit, vom Himmel und von den Sternen zu ihr drangen, beruhigten sie nicht. Sie spotteten und tönten in wehmütigen Weisen ohne Versprechen, bar selbst der Hoffnung. Sie wandte sich zurück ins Zimmer und fing an, seine ganze Länge auf und ab zu schreiten, ohne stehen zu bleiben, ohne auszuruhen. In ihren Händen trug sie ein dünnes Taschentuch, das sie in Streifen riß, zu einem Knäuel zusammenrollte und von sich warf. Einmal blieb sie stehen, nahm ihren Ehering ab und schleuderte ihn auf den Teppich. Als sie ihn dort liegen sah, stampfte sie mit der Ferse darauf herum, wollte ihn zertreten. Doch ihr dünner Stiefelabsatz hinterließ keine Delle, keinerlei Spur auf dem kleinen schimmernden Reif.

In einem Anfall von Zorn griff sie eine Glasvase vom Tisch und schleuderte sie gegen die Kacheln des Kamins. Sie wollte etwas zerstören. Das Krachen und Klirren wollte sie hören.

Ein Hausmädchen, aufgeschreckt durch das Klirren zerbrechenden Glases, betrat das Zimmer, um zu sehen, was los sei.

„Eine Vase ist auf den Fuß des Kamins gefallen", sagte

Edna. „Schon gut; laß sie liegen bis morgen früh."

„Aber nein! Sie könnten sich einen Glassplitter in den Fuß treten, Ma'am", beharrte die junge Frau, und sammelte die Splitter der zerbrochenen Vase, die auf dem Teppich verstreut lagen, auf. „Und hier ist Ihr Ring, Ma'am, unter dem Stuhl."

Edna streckte ihre Hand aus, nahm den Ring und streifte ihn auf den Finger.

XVIII

Am nächsten Morgen fragte Mr. Pontellier, bevor er ins Büro ging, ob Edna sich in der Stadt mit ihm treffen würde, um eine neue Einrichtung für die Bibliothek anzusehen.

„Ich glaube kaum, daß wir eine neue Einrichtung brauchen, Léonce. Laß uns nichts Neues kaufen; du bist zu extravagant. Ich glaube, du denkst nie daran zu sparen oder etwas zurückzulegen."

„Der Weg, reich zu werden, ist Geld zu machen, meine liebe Edna, nicht es zu sparen", sagte er. Er bedauerte, daß sie keine Lust hatte, mit ihm zu kommen und neue Möbel auszusuchen. Er gab ihr einen Kuß zum Abschied und sagte ihr, sie sehe nicht gut aus und solle sich schonen. Sie war ungewöhnlich blaß und sehr still.

Sie stand auf der vorderen Veranda, als er das Haus verließ, und pflückte geistesabwesend einige Jasminblüten, die an dem Gatter nebenan wuchsen. Sie sog den Duft der Blüten ein und steckte sie in den Ausschnitt ihres weißen Morgenmantels. Die Buben zogen einen kleinen „Expresswaggon", den sie mit Klötzen und Stöcken beladen hatten, das Trottoir entlang. Die Quadroon hatte sich zu einer affektierten Lebhaftigkeit und Munterkeit aufgerafft und folgte ihnen mit tippelnden Schritten. Ein Obstverkäufer rief auf der Straße seine Waren aus.

Edna starrte mit selbstvergessenem Gesichtsausdruck vor sich hin. Sie nahm keinen Anteil an dem, was um sie herum vor sich ging. Die Straße, die Kinder, der Obstverkäufer, die Blumen, die vor ihren Augen wuchsen, waren allesamt Teil einer fremden Welt, die ihr plötzlich feindselig vorkam.

Sie ging zurück ins Haus. Sie hatte vorgehabt, mit der Köchin über deren Mißgeschick vom Vorabend zu sprechen; aber Mr. Pontellier hatte ihr diese unerfreuliche Aufgabe, für die sie sich so schlecht eignete, abgenommen. Mr. Pontelliers Argumente wirkten normalerweise auf seine Angestellten überzeugend. Er verließ das Haus in dem festen Glauben, daß er und Edna an diesem Abend und möglicherweise auch noch an einigen weiteren zu einem Abendessen kommen würden, das zu Recht so genannt werden könnte.

Edna verbrachte ein bis zwei Stunden damit, einige ihrer alten Skizzen durchzusehen. Sie konnte ihre Schwächen und Fehler erkennen, sie stachen ihr förmlich in die Augen. Sie versuchte ein bißchen zu arbeiten, merkte aber bald, daß sie nicht in der Stimmung war. Schließlich suchte sie ein paar Skizzen zusammen – solche, die sie für am wenigsten mißlungen hielt – und nahm sie mit, als sie sich etwas später anzog und das Haus verließ. Sie sah hübsch und elegant aus in ihrem Straßenkleid. Ihr Gesicht hatte die Bräune der Meeressonne verloren; ihre Stirn wölbte sich sanft, weiß und glatt unter dem schweren, goldbraunen Haar. Sie hatte einige Sommersprossen im Gesicht und einen kleinen dunklen Leberfleck in der Nähe der Unterlippe und einen an der Schläfe, halb verdeckt von ihrem Haar.

Als Edna die Straße entlang ging, dachte sie an Robert. Sie stand immer noch unter dem Bann ihrer Verliebtheit. Sie hatte versucht, ihn zu vergessen, als sie merkte, wie sinnlos die Erinnerung war. Aber der Gedanke an ihn war wie eine Zwangsvorstellung, die sich ihr immer wieder aufdrängte. Nicht, daß sie sich bei Einzelheiten ihrer Bekanntschaft aufhielte, oder daß sie sich seine Persönlichkeit in besonderen, eigenartigen Zügen ins Gedächtnis rief; es war sein Wesen, sein Dasein, das ihre Gedanken beherrschte; manchmal verblaßte es, als ob es sich im Nebel der Vergessenheit auflösen würde, dann wieder lebte es mit solcher Macht auf, daß sie von unfaßbarer Sehnsucht erfüllt war.

Edna war auf dem Weg zu Madame Ratignolle. Ihre enge Freundschaft, auf Grand Isle angefangen, hatte nicht nachgelassen, und sie hatten sich seit ihrer Rückkehr in die Stadt ziemlich häufig getroffen. Die Ratignolles wohnten nicht weit entfernt von Edna, an der Ecke einer Seitenstraße, wo Monsieur Ratignolle eine Apotheke gehörte, die er mit stetigem Gewinn betrieb. Schon sein Vater war in derselben Branche tätig, und Monsieur Ratignolle war in der Stadt wohlangesehen und genoß den beneidenswerten Ruf, Integrität und einen klaren Kopf zu besitzen. Seine Familie lebte in einer geräumigen Wohnung über dem Laden, die ihren Eingang seitlich unter der *porte cochère* hatte. Ihre ganze Lebensart mutete Edna sehr französisch, sehr ausländisch an. In dem großen, freundlichen Salon, der die ganze Breite des Hauses einnahm, unterhielten die Ratignolles alle zwei Wochen ihre Freunde mit einer *soirée musicale*, die gelegentlich durch Kartenspiel aufgelockert wurde. Einer ihrer Freunde spielte Cello. Einer brachte seine Flöte mit, ein anderer seine Geige, einige sangen und eine Reihe von ihnen spielten Klavier – mit unterschiedlichem Geschmack und Geschick. Die *soirés musicales* der Ratignolles waren weithin bekannt, und es wurde als Privileg angesehen, dazu eingeladen zu werden.

Edna fand ihre Freundin damit beschäftigt, Kleidungsstücke einzuräumen, die am Morgen von der Wäscherei zurückgekommen waren. Sie ließ ihre Tätigkeit sofort im Stich, als sie Edna sah, die ohne förmliche Anmeldung eingelassen worden war.

„Cité kann das genausogut wie ich; eigentlich ist es ihre Aufgabe", erklärte sie Edna, die sich dafür entschuldigte, daß sie so hereingeplatzt war. Und sie rief eine junge schwarze Frau herbei, der sie auf französisch einschärfte, die Liste, die sie ihr gab, mit großer Sorgfalt abzuhaken. Sie solle besonders darauf achten, ob das feine Leinentaschentuch von Monsieur Ratignolle, das letzte Woche gefehlt hatte, jetzt zurückgebracht worden sei; und sie solle ja darauf sehen, diejenigen Stücke beiseite zu legen, die geflickt und gestopft werden müßten.

Dann legte sie einen Arm um Ednas Taille und führte sie in den vorderen Teil des Hauses, in den Salon, wo es kühl war und süß nach den großen Rosen duftete, die in Vasen auf dem Kaminsims standen.

Madame Ratignolle sah schöner denn je aus, hier in ihrem Heim, in einem dünnen Hauskleid, das ihre Arme kaum bedeckte und die vollen, weichen Linien ihres weißen Halses freigab.

„Vielleicht werde ich Sie eines Tages malen können", sagte Edna lächelnd, als sie sich gesetzt hatte. Sie holte die Rolle mit ihren Skizzen hervor und begann sie aufzublättern. „Ich glaube, ich sollte wieder anfangen zu arbeiten. Ich habe das Bedürfnis, etwas zu tun. Was halten Sie davon? Meinen Sie, daß es sich lohnt, wenn ich das Zeichnen wieder aufnehme und noch etwas dazuzulernen versuche? Ich könnte vielleicht eine Weile bei Laidpore Unterricht nehmen."

Sie wußte, daß Madame Ratignolles Meinung in dieser Angelegenheit kaum noch ins Gewicht fallen würde, da sie sich selbst nicht nur entschieden hatte, sondern fest dazu entschlossen war; aber sie brauchte Worte der Anerkennung und Ermutigung, die ihr helfen würden, sich unverzagt in das Unternehmen zu stürzen.

„Sie haben großes Talent, meine Liebe!"

„Unsinn!" protestierte Edna, angenehm berührt.

„Großes Talent, sage ich Ihnen", beharrte Madame Ratignolle, sah sich die Skizzen eine nach der anderen an, zunächst aus der Nähe, dann hielt sie sie in Armlänge von sich weg, kniff die Augen zusammen und neigte den Kopf zur Seite. „Ganz bestimmt. Dieser bayrische Bauer verdiente gerahmt zu werden; und dieser Korb mit Äpfeln! Niemals habe ich etwas Lebensechteres gesehen. Man ist fast versucht, die Hand auszustrecken und einen zu nehmen."

Edna konnte ein Gefühl, das an Selbstzufriedenheit grenzte, kaum unterdrücken, obwohl sie sich über den wahren Wert des Lobs ihrer Freundin im klaren war. Sie behielt einige Skizzen und gab die übrigen Madame Ratignolle, die das Geschenk weit über seinen Wert schätzte und die Bilder stolz ihrem Mann zeigte, als dieser etwas später aus dem Laden hochkam, um sein Mittagessen einzunehmen.

Monsieur Ratignolle war einer der Männer, die man das Salz der Erde nennt. Seine gute Laune war unerschütterlich; dazu besaß er Herzensgüte, große Nächstenliebe und einen gesunden Menschenverstand. Er und seine Frau sprachen Englisch mit einem Akzent, der sich nur in der unenglischen Betonung und einer gewissen Vorsicht und Bedachtsamkeit beim Sprechen zeigte. Ednas Mann sprach Englisch ohne jeglichen Akzent. Die Ratignolles verstanden einander vollkommen. Wenn jemals die Verschmelzung zweier Wesen zu einem in dieser Welt erreicht worden war, dann sicherlich in ihrer Beziehung.

Als Edna sich mit ihnen zu Tisch setzte, dachte sie, „besser ein Gericht Gemüse", doch sie fand bald heraus, daß es sich nicht um Gemüse, sondern um eine köstliche Mahlzeit handelte, einfach, vorzüglich und in jeder Hinsicht zufriedenstellend.

Monsieur Ratignolle war erfreut sie zu sehen, obwohl er fand, daß sie nicht so wohl aussehe wie auf Grand Isle, und ihr ein Stärkungsmittel empfahl. Er sprach ausgiebig über verschiedene Themen – ein bißchen Politik, ein paar Neuigkeiten aus der Stadt und etwas Nachbarschaftsklatsch. Er sprach mit einer Lebhaftigkeit und einem Ernst, die jeder Silbe, die er aussprach, übertriebenes Gewicht verliehen. Seine Frau war an allem, was er sagte, überaus interessiert und legte zuweilen ihre Gabel nieder, um besser zuzuhören, stimmte in seine Rede ein, nahm ihm die Worte aus dem Mund.

Edna fühlte sich eher niedergedrückt als beruhigt, als sie die beiden verlassen hatte. Der kurze Blick auf häusliche Harmonie, der sich ihr geboten hatte, erzeugte in ihr keine Reue, kein Verlangen. Es war keine Lebensform, die zu ihr paßte, und sie konnte darin nur abstoßende, hoffnungslose Langeweile erblicken. Sie empfand so etwas wie Mitgefühl für Madame Ratignolle, Mitleid für diese farblose Existenz, die ihren Träger nie über die Sphäre blinder Zufriedenheit emporheben würde, in der nie ein Moment der Qual die Seele heimsuchen und sie niemals den Taumel des Lebens kosten lassen würde. Edna fragte sich, was sie mit „Taumel

des Lebens" wohl meine. Diese Vorstellung war ihr unge-
wollt, wie von außen, in den Sinn gekommen.

XIX

Edna konnte sich des Gedankens nicht erwehren, daß
es sehr dumm und sehr kindisch gewesen war, auf ihrem
Ehering herumzutreten und die Kristallvase gegen die Kacheln zu schmettern. Sie wurde von derartigen Ausbrüchen
nicht mehr heimgesucht und ließ sich auch nicht zu weiteren
sinnlosen Reaktionen hinreißen. Sie fing an zu tun, was sie
wollte, und zu fühlen, was sie wollte. Sie gab ihre Dienstagsempfänge zuhause vollkommen auf und erwiderte auch
nicht die Besuche derer, die zu ihr gekommen waren. Sie
unternahm keine nutzlosen Anstrengungen mehr, ihren
Haushalt *en bonne ménagère* zu führen, sondern kam und
ging, wie es ihr gerade einfiel, und gab sich, soweit sie
konnte, jeder flüchtigen Laune hin.

Mr. Pontellier war solange ein recht liebenswürdiger
Ehemann, als er mit einer gewissen stillschweigenden Unterwürfigkeit von seiten seiner Frau rechnen konnte. Aber
ihre neuartigen und unerwarteten Verhaltensweisen brachten ihn völlig durcheinander. Es erschütterte ihn. Darüberhinaus ärgerte ihn, daß sie ihre Pflichten als Hausfrau ganz
und gar vernachlässigte. Wurde Mr. Pontellier grob, so
wurde Edna aufsässig. Sie hatte sich vorgenommen, nie wieder auch nur einen Schritt zurückzuweichen.

„Es erscheint mir äußerst töricht, wenn eine Hausfrau
und Mutter ganze Tage in einem Atelier zubringt, statt für
das Wohl ihrer Familie zu sorgen."

„Ich habe Lust zu malen", antwortete Edna. „Vielleicht habe ich nicht immer Lust dazu."

„Dann male in Gottes Namen, aber laß die Familie
nicht zum Teufel gehen. Nimm dir ein Beispiel an Madame
Ratignolle: weil sie sich ihrer Musik widmet, läßt sie noch
lange nicht alles andere im Chaos versinken. Und sie ist eine

bessere Musikerin als du eine Malerin bist."

„Sie ist keine Musikerin und ich bin keine Malerin. Es ist auch nicht wegen der Malerei, daß ich alles so gehen lasse."

„Weswegen dann?"

„Ach, ich weiß nicht. Laß mich in Ruhe; du gehst mir auf die Nerven."

Manchmal stellte sich Mr. Pontellier die Frage, ob seine Frau nicht im Begriff sei, ihr seelisches Gleichgewicht zu verlieren. Er konnte deutlich sehen, daß sie nicht sie selber war. Das heißt, er konnte nicht sehen, daß sie zu sich selbst fand und Tag für Tag jenes scheinhafte Selbst, das wir wie ein Kleidungsstück anlegen, um vor die Welt zu treten, abwarf.

Ihr Mann ließ sie in Ruhe, wie sie gebeten hatte, und ging in sein Büro. Edna ging hinauf in ihr Atelier – ein heller Raum ganz oben im Haus. Sie arbeitete mit großer Kraft und Aufmerksamkeit, jedoch ohne etwas zustande zu bringen, das sie auch nur im geringsten befriedigt hätte. Eine Zeitlang hatte sie den ganzen Haushalt in den Dienst der Kunst gestellt. Die Kinder standen für sie Modell. Zuerst fanden sie daran Vergnügen, aber bald verlor die Beschäftigung ihren Reiz, als sie merkten, daß es sich dabei nicht um ein eigens zu ihrer Unterhaltung veranstaltetes Spiel handelte. Die Quadroon saß stundenlang vor Ednas Staffelei, geduldig wie eine Wilde, während sich das Hausmädchen der Kinder annahm und der Staub im Salon liegen blieb. Aber auch das Hausmädchen hatte ihre Zeit als Modell abzuleisten, als Edna bemerkte, daß Rücken und Schultern der jungen Frau in klassischen Linien geformt waren und daß ihr Haar, von der Haube befreit, auf sie geradezu inspirierend wirkte. Beim Arbeiten sang Edna manchmal leise die kleine Melodie *„Ah, si tu savais!"*.

Sie weckte Erinnerungen in ihr. Sie konnte wieder das Plätschern des Wassers und das Flattern der Segel hören. Sie konnte den Schimmer des Mondes auf der Bucht sehen und die zärtlichen, ungestümen Stöße des heißen Südwindes fühlen. Ein leiser Strom des Verlangens durchlief ihren Körper; ihre Hand um den Pinsel lockerte sich und ihre Augen fingen zu leuchten an.

Es gab Tage, an denen sie sehr glücklich war, ohne zu wissen warum. Sie war glücklich, daß sie lebte und atmete, wenn ihr ganzes Wesen im Einklang schien mit dem Sonnenlicht, der Farbe, den Düften, der wohligen Wärme eines Tages, wie ihn nur der Süden kennt. Sie liebte es dann, in fremden und unvertrauten Gegenden spazieren zu gehen. Sie entdeckte so manchen sonnenbeschienenen verschlafenen Winkel, zum Träumen wie geschaffen. Und es tat ihr gut, zu träumen und allein und ungestört zu sein.

Es gab Tage, an denen sie unglücklich war, ohne zu wissen warum – dann schien es keine Rolle zu spielen, froh oder traurig, lebendig oder tot zu sein; dann erschien ihr das Leben wie ein groteskes Pandämonium und die Menschheit wie Würmer, die sich blind auf ihre unabwendbare Vernichtung zubewegen. An einem solchen Tag konnte sie weder arbeiten noch sich in Phantasien einspinnen, die ihr den Puls beschleunigt und das Blut erwärmt hätten.

XX

In einer solchen Stimmung war Edna, als sie Mademoiselle Reisz aufsuchte. Sie hatte den eher unangenehmen Eindruck, den ihre letzte Begegnung mit ihr hinterlassen hatte, nicht vergessen; desungeachtet spürte sie ein Verlangen sie zu sehen – vor allem ihr zuzuhören, wenn sie Klavier spielte. Am frühen Nachmittag machte sie sich auf die Suche nach der Pianistin. Unglücklicherweise hatte sie Mademoiselle Reisz' Adresse verlegt, und als sie diese im städtischen Anschriftenverzeichnis nachschlug, fand sie heraus, daß die Frau in der Bienville Street, ziemlich weit weg von ihr wohnte. Doch das Verzeichnis, das ihr in die Hände fiel, war vom vorigen Jahr oder älter, und als Edna die angegebene Hausnummer erreicht hatte, erfuhr sie, daß das Haus von einer angesehenen Mulattenfamilie bewohnt war, die *chambres garnies* vermietete. Sie wohnten schon sechs Monate darin und wußten rein gar nichts von einer Mademoiselle Reisz. Eigentlich wußten sie überhaupt nichts über irgendwelche Nachbarn; ihre Mieter waren alle wohlangesehene Leute, wie sie Edna versicherten. Diese ließ sich nicht darauf ein, die Frage von Rang und Ansehen mit Madame Pouponne zu diskutieren, sondern eilte in den Lebensmittelladen an der Ecke, in der sicheren Annahme, daß Mademoiselle ihre Adresse bei dem Besitzer hinterlassen habe.

Er kannte Mademoiselle Reisz besser als ihm lieb war, ließ er sie wissen. Um ehrlich zu sein, er wünschte, er würde sie überhaupt nicht kennen noch irgendetwas über sie wissen – bei weitem die unfreundlichste und unbeliebteste Frau, die je auf der Bienville Street gewohnt habe. Er danke dem Himmel, daß sie dieses Viertel verlassen hatte, und war ebenso dankbar dafür, daß er nicht wußte, wohin sie gezogen war.

Ednas Wunsch, Mademoiselle Reisz zu sehen, war zehnmal stärker geworden, seit sich diese unvorhergesehenen Hindernisse ihr in den Weg stellten. Als sie sich fragte, wer ihr mit der fraglichen Auskunft weiterhelfen könne, fiel ihr plötzlich ein, daß Madame Lebrun am ehesten dazu in der Lage sein dürfte. Sie wußte, daß es zwecklos sei, Madame Ratignolle zu fragen, da diese auf höchst distanziertem Fuße mit der Musikerin stand und es vorzog, nichts über sie zu wissen. Sie hatte sich einmal geradeso heftig zu diesem Thema ausgelassen wie der Lebensmittelhändler an der Ecke.

Edna wußte, daß Madame Lebrun in die Stadt zurückgekehrt war, denn es war Mitte November. Und sie wußte auch, wo die Lebruns auf der Chartres Street wohnten.

Ihr Haus wirkte von außen wie ein Gefängnis, mit Eisengittern vor der Tür und den Fenstern des Erdgeschosses. Die Eisengitter waren ein Überbleibsel des alten *régime*, und niemand hatte je daran gedacht, sie zu entfernen. Auf der Seite war ein hoher Zaun, der den Garten umgab. Das Tor oder die Tür, die auf die Straße führte, war verschlossen. Edna klingelte an diesem seitlichen Gartentor und wartete auf dem Trottoir darauf, eingelassen zu werden.

Victor öffnete ihr das Tor. Eine schwarze Frau, die sich

ihre Hände an der Schürze trocknete, war ihm dicht auf den
Fersen. Bevor sie sie sehen konnte, hörte Edna sie in hefti-
gem Streit. Die Frau bestand – ganz gegen die Regel – auf
dem Recht, ihre Pflichten zu erfüllen, zu denen es gehöre,
die Klingel zu beantworten.

Victor war überrascht und erfreut, Mrs. Pontellier zu
sehen, und er machte weder den Versuch, sein Erstaunen
noch seine Freude zu verbergen. Er war ein dunkelhaariger,
gutaussehender junger Mann von neunzehn Jahren, der seiner Mutter sehr ähnlich sah, aber noch zehnmal mehr Unge-
stüm hatte. Er wies die schwarze Frau an, sofort Madame
Lebrun davon in Kenntnis zu setzen, daß Mrs. Pontellier sie
zu sehen wünsche. Die Frau weigerte sich grollend, einen
Teil ihrer Pflicht zu tun, wenn es ihr nicht gestattet sei, sie
ganz wahrzunehmen, und ging zurück in den Garten, wo sie
das Unkrautjäten wieder aufnahm. Victor wies sie darauf
mit einer Schimpftirade zurecht, die er so schnell und zu-
sammenhanglos vorbrachte, daß sie Edna gänzlich unverständlich blieb. Was auch immer ihr Inhalt, die Zurechtweisung tat ihre Wirkung, denn die Frau ließ ihre Hacke fallen
und ging brummelnd ins Haus.

Edna wollte nicht nach drinnen gehen. Es war sehr angenehm draußen auf der Seitenveranda, wo Stühle, eine
Korbliege und ein kleiner Tisch standen. Sie setzte sich,
denn sie war von ihrem langen Fußweg müde; sie begann
leicht zu wippen und die Falten ihres seidenen Sonnenschir-
mes glatt zu streichen. Victor rückte seinen Stuhl neben sie.
Sofort erklärte er ihr, daß das unerhörte Benehmen der
schwarzen Frau mangelnder Führung zuzuschreiben sei; er
sei nun einmal nicht zur Stelle, diese selbst in die Hand zu
nehmen. Erst am Morgen zuvor war er von der Insel gekommen und wollte schon am nächsten Tag dorthin zu-
rückkehren. Er verbrachte den ganzen Winter auf der Insel;
er wohnte dort, hielt die Ferienkolonie in Ordnung und bereitete alles für die Sommergäste vor.

Aber ein Mann brauche gelegentlich auch Entspan-
nung, ließ er Mrs. Pontellier wissen, und hin und wieder
fände sich ein Vorwand, um in die Stadt zu fahren. Meine
Güte! hatte er gestern abend seinen Spaß gehabt! Er wollte

nicht, daß seine Mutter etwas davon erführe und fing mit flüsternder Stimme zu erzählen an. Er sprudelte über vor Erinnerungen. Natürlich könne er nicht daran denken, Mrs. Pontellier alles zu erzählen, ihr als Frau, die solche Dinge nicht verstehe. Aber jedenfalls fing alles mit einem Mädchen an, das neugierig durch die Jalousie blickte und ihm zulächelte, als er vorbeikam. Was war sie für eine Schönheit! Selbstverständlich lächelte er zurück, trat näher und redete mit ihr. Mrs. Pontellier kenne ihn schlecht, wenn sie annähme, er ließe sich eine Gelegenheit wie diese durch die Lappen gehen. Gegen ihren Willen amüsierte sie der junge Mann. Ihrer Miene mußte zu entnehmen gewesen sein, daß es sie zu einem gewissen Grad interessierte oder unterhielt. Der junge Mann wurde immer verwegener, und Mrs. Pontellier hätte vermutlich nach einer Weile eine höchst bunte Geschichte zu hören bekommen, wenn nicht Madame Lebrun rechtzeitig erschienen wäre.

Die Dame war immer noch in Weiß gekleidet, wie es im Sommer ihre Gewohnheit gewesen war. Ihre Augen strahlten ein überschwengliches Willkommen aus. Wollte Mrs. Pontellier nicht hereinkommen? Würde sie vielleicht eine Erfrischung zu sich nehmen wollen? Warum war sie nicht schon früher einmal gekommen? Wie ging es dem lieben Mr. Pontellier und den süßen Kindern? Hatte Mrs. Pontellier je einen so warmen November erlebt?

Victor legte sich auf die Korbliege hinter dem Stuhl seiner Mutter nieder, so daß er Ednas Gesicht sehen konnte. Er hatte ihr den Sonnenschirm aus der Hand genommen, während er mit ihr sprach, und jetzt, wo er auf dem Rücken lag, hielt er ihn in die Luft und wirbelte ihn herum. Madame Lebrun beklagte sich, daß es *so* langweilig sei, in die Stadt zurückzukommen; daß sie jetzt *so* wenig Leute zu Gesicht bekäme; daß sogar Victor, wenn er für ein bis zwei Tage von der Insel herkäme, *so* viel zu tun habe, was seine Zeit in Anspruch nehme – bei dieser Bemerkung wand sich der junge Mann auf der Liege vor unterdrücktem Lachen und blinzelte Edna schelmisch zu. Sie fühlte sich wie eine Art Komplizin und versuchte ernsthaft und tadelnd dreinzublicken.

Zwei Briefe waren von Robert gekommen, ohne besondere Neuigkeiten, erzählten sie ihr. Victor meinte, es sei wirklich nicht der Mühe wert, wegen dieser Briefe hineinzugehen, als seine Mutter ihn bat sie zu suchen. Er hatte ihren Inhalt im Kopf und konnte ihn, auf die Probe gestellt, tatsächlich sehr zungenfertig herunterrasseln.

Ein Brief war in Veracruz und der andere in Mexiko City geschrieben. Er hatte Montel getroffen, der alles für sein Fortkommen tat. Bis jetzt hatte sich seine finanzielle Situation gegenüber der, die er in New Orleans aufgegeben hatte, nicht verbessert, aber natürlich waren die Aussichten hier weitaus besser. Er beschrieb die Hauptstadt von Mexiko, ihre Gebäude, die Menschen und ihre Gewohnheiten, die Lebensbedingungen, die er dort vorfand. Er schickte herzliche Grüße an seine Familie. Er legte einen Scheck für seine Mutter bei und bat sie, seinen Freunden die wärmsten Empfehlungen zu übermitteln. Das war im großen und ganzen der Inhalt der beiden Briefe. Edna war sich sicher, daß, wenn eine Botschaft an sie dabei gewesen wäre, sie diese erhalten hätte. Der verzagte Gemütszustand, in dem sie ihr Haus verlassen hatte, bemächtigte sich ihrer von neuem, und es fiel ihr wieder ein, daß sie eigentlich Mademoiselle Reisz hatte ausfindig machen wollen. Madame Lebrun wußte, wo Mademoiselle Reisz wohnte. Sie gab Edna die Adresse, bedauerte, daß sie nicht dableiben und den Rest des Nachmittages mit ihr verbringen wolle; sie könne ja Mademoiselle Reisz an einem anderen Tag besuchen. Der Nachmittag war sowieso schon weit fortgeschritten.

Victor begleitete sie hinaus auf die Straße, öffnete ihren Sonnenschirm und hielt ihn über sie, während er sie zur Straßenbahn brachte. Er beschwor sie, daran zu denken, daß die Enthüllungen des Nachmittags streng vertraulich waren. Sie lachte und neckte ihn ein bißchen und erinnerte sich zu spät daran, daß sie eigentlich würdevoll und zurückhaltend hätte sein sollen.

„Wie hübsch Mrs. Pontellier aussah!" sagte Madame Lebrun zu ihrem Sohn.

„Hinreißend!" stimmte er zu. „Die Stadtluft bekommt ihr entschieden besser. Irgendwie scheint sie nicht mehr dieselbe Frau zu sein."

XXI

Einige Leute behaupteten, der Grund dafür, daß Mademoiselle Reisz immer ihre Wohnung unter dem Dach wähle, sei, Bettler, Hausierer und Besucher von sich fern zu halten. Das kleine Zimmer nach vorn hatte viele Fenster. Sie waren zum größten Teil schmutzig, aber da sie fast immer offen standen, machte das nicht soviel aus. Oft ließen sie eine Menge Rauch und Ruß ins Zimmer; doch gleichzeitig kam alles Licht und alle Luft, die es gab, durch sie herein. Von den Fenstern aus konnte man die Biegung des Flusses, die Schiffsmasten und die großen Schornsteine der Mississippidampfer sehen. Ein prächtiger Flügel beherrschte die Wohnung. In dem anderen Zimmer schlief sie, und im dritten und letzten hatte sie einen Petroleumkocher stehen, auf dem sie ihre Mahlzeiten zubereitete, wenn sie nicht in der Stimmung war, zum benachbarten Restaurant hinunter zu gehen. In diesem Zimmer aß sie auch und verwahrte dort ihre Habseligkeiten in einem seltenen alten Büffet, verschmutzt und abgestoßen von hundertjähriger Benutzung.

Als Edna an Mademoiselle Reisz' Wohnungstür klopfte und eintrat, fand sie diese am Fenster stehen, damit beschäftigt eine alte Stoffgamasche zu stopfen oder zu flikken. Alles an der kleinen Musikerin lachte, als sie Edna sah. Ihr Lachen bestand darin, daß sich ihr Gesicht verzog und sich alle Muskeln ihres Körpers spannten. Sie wirkte auffallend bieder, wie sie so im Nachmittagslicht dastand. Sie trug immer noch die schäbige Spitze und den Bund künstlicher Veilchen seitlich im Haar.

„So haben Sie sich zuguterletzt an mich erinnert", sagte Mademoiselle. „Ich sagte mir immer wieder, ‚Ach was! Sie wird niemals kommen.'"

„Wollten Sie denn, daß ich komme?" fragte Edna mit einem Lächeln.

„Ich habe nicht viel darüber nachgedacht", antwortete

Mademoiselle. Beide hatten sich auf einem kleinen ausge-
sessenen Sofa niedergelassen, das an der Wand stand. „Ich
bin jedenfalls froh, daß Sie gekommen sind. Ich habe ko-
chendes Wasser dahinten, ich war gerade dabei, Kaffee zu
machen. Sie werden doch eine Tasse mit mir trinken. Und
wie geht es *la belle dame*? Immer hübsch! Immer gesund!
Immer zufrieden!" Sie nahm Ednas Hand zwischen ihre
starken, sehnigen Finger, hielt sie locker und ohne Wärme
und führte auf Handrücken und Innenfläche eine Art Stück
zu zwei Händen auf.

„Ja", fuhr sie fort; „manchmal dachte ich: ,sie wird
niemals kommen. Sie hat es versprochen, so wie jene Frauen
der Gesellschaft es zu tun pflegen, nämlich ohne es wirklich
zu meinen. Sie wird nicht kommen.' Ich glaube nicht, daß
Sie mich mögen, Mrs. Pontellier."

„Ich weiß nicht, ob ich Sie mag oder nicht", erwiderte
Edna und sah mit einem merkwürdigen Blick an der kleinen
Frau herab.

Die Offenheit in Mrs. Pontelliers Eingeständnis gefiel
Mademoiselle Reisz ausnehmend. Sie drückte ihre Zufriedenheit aus, indem sie sich in die Umgebung des Petroleum-
kochers zurückzog und ihren Gast mit der versprochenen
Tasse Kaffee belohnte. Der Kaffee und die dazu gereichten
Biskuits waren Edna sehr willkommen, da sie bei Madame
Lebrun eine Erfrischung ausgeschlagen hatte und nun langsam Hunger bekam. Mademoiselle stellte das hereinge-
brachte Tablett auf einen kleinen Tisch und setzte sich
selbst wieder auf das bucklige Sofa daneben.

„Ich habe einen Brief von Ihrem Freund bekommen",
bemerkte sie, als sie ein wenig Milch in Ednas Tasse goß und
sie ihr reichte.

„Mein Freund?"

„Ja, Ihr Freund Robert. Er schrieb mir aus Mexiko
City."

„Schrieb Ihnen?" wiederholte Edna erstaunt und
rührte geistesabwesend in ihrem Kaffee.

„Ja, mir. Warum nicht? Rühren Sie nicht die ganze
Wärme aus Ihrem Kaffee; trinken Sie ihn lieber. Obwohl der
Brief genausogut an Sie hätte geschickt sein können; er han-

delte von Anfang bis Ende von nichts als Mrs. Pontellier."

„Lassen Sie mich ihn sehen", bat die junge Frau dringlich.

„Nein; ein Brief geht niemanden etwas an außer der Person, die ihn schreibt, und die, an die er geschrieben ist."

„Haben Sie nicht gesagt, daß er von Anfang bis Ende mich beträfe?"

„Es ist ein Brief über Sie, nicht an Sie. ‚Haben Sie Mrs. Pontellier getroffen? Wie sieht sie aus?‘ fragt er. ‚Wie Mrs. Pontellier zu sagen pflegt‘, oder ‚Wie Mrs. Pontellier einmal sagte.‘ ‚Falls Mrs. Pontellier Sie einmal besucht, spielen Sie ihr doch das Impromptu von Chopin, mein Lieblingsstück. Ich hörte es hier vor ein paar Tagen, aber nicht so wie Sie es spielen. Ich wüßte gerne, wie es auf sie wirkt‘, und so fort, als ob er annähme, daß wir dauernd zusammen wären."

„Lassen Sie mich den Brief sehen."

„Oh nein."

„Haben Sie ihn schon beantwortet?"

„Nein."

„Lassen Sie mich den Brief sehen."

„Nein, und nochmals nein."

„Dann spielen Sie das Impromptu für mich."

„Es wird spät; wann müssen Sie zuhause sein?"

„Die Zeit spielt keine Rolle. Ihre Frage scheint mir etwas unhöflich. Spielen Sie das Impromptu."

„Aber Sie haben mir nichts von sich erzählt. Was machen Sie?"

„Malen", lachte Edna. „Ich werde Künstlerin, denken Sie nur."

„Ah! Künstlerin! Sie haben Ambitionen, Madame."

„Wieso Ambitionen? Meinen Sie, aus mir würde keine Künstlerin werden?"

„Ich kenne Sie nicht gut genug, um das beurteilen zu können. Ich kenne weder Ihr Talent noch Ihr Temperament. Künstler zu sein bedeutet viel; man muß viele Gaben besitzen, angeborene Gaben, die nicht durch eigene Anstrengungen erworben werden können. Und darüber hinaus muß der Künstler, um etwas zu erreichen, ein mutiges Herz besitzen."

„Was meinen Sie mit einem mutigen Herzen?"

„Mutig, *ma foi*! Ein unerschrockenes Herz. Ein Herz, das wagt und trotzt."

„Zeigen Sie mir den Brief und spielen Sie das Impromptu für mich. Sie sehen, daß ich Ausdauer habe. Gilt diese Eigenschaft etwas in der Kunst?"

„Sie gilt bei einer dummen alten Frau, die sich von Ihnen hat fangen lassen", erwiderte Mademoiselle mit ihrem nervösen Lachen.

Der Brief war gleich zur Hand in der Schublade des kleinen Tisches, auf dem Edna gerade ihre Kaffeetasse abgesetzt hatte. Mademoiselle öffnete die Schublade und zog den Brief, der zuoberst lag, heraus. Sie legte ihn in Ednas Hände und stand ohne weiteren Kommentar auf und ging ans Klavier.

Mademoiselle spielte ein sanftes Zwischenspiel. Es war eine Improvisation. Sie saß gebeugt vor dem Instrument, und die Linien ihres Körpers fielen in ungraziöse Kurven und Winkel, so daß sie fast verkrüppelt wirkte. Allmählich und unmerklich glitt das Zwischenspiel über in die weichen Mollakkorde, die das Chopin-Impromptu eröffnen.

Edna wußte nicht, wann das Impromptu begann und wann es endete. Sie saß in der Sofaecke und las Roberts Brief im Dämmerlicht. Mademoiselle war von Chopin zu den bebenden Klängen aus Isoldes *Liebestod* übergegangen und dann wieder zurück zu dem Impromptu mit seinem seelenvollen und ergreifenden Verlangen.

Die Schatten in dem kleinen Raum wurden dunkler. Die Musik wurde seltsam und phantastisch – aufwühlend, beharrlich, wehmütig und flehend weich. Die Schatten wurden noch dunkler. Die Musik füllte den Raum. Sie strömte hinaus in die Nacht, über die Dächer, die Flußbiegung, um sich im Schweigen des hohen Himmels zu verlieren.

Edna schluchzte, so wie sie zu jener Mitternacht auf Grand Isle geweint hatte, als seltsame, neue Stimmen in ihr erwachten. Tiefbewegt stand sie auf, um sich zu verabschieden. „Darf ich wiederkommen, Mademoiselle?" fragte sie auf der Schwelle. „Kommen Sie, wann immer Ihnen danach zumute ist. Seien Sie vorsichtig; auf den Stufen und Treppenabsätzen ist kein Licht; stolpern Sie nicht."

Mademoiselle betrat ihr Zimmer wieder und zündete eine Kerze an. Roberts Brief lag auf dem Boden. Sie bückte sich und hob ihn auf. Er war zerknittert und feucht von Tränen. Mademoiselle glättete den Brief, steckte ihn zurück in den Umschlag und legte ihn wieder in die Tischschublade.

XXII

Eines Morgens machte Mr. Pontellier auf dem Weg in die Stadt am Hause seines alten Freundes und Hausarztes Dr. Mandelet halt. Der Doktor hatte sich schon halb in den Ruhestand zurückgezogen, er ruhte sich, wie man so sagt, auf seinen Lorbeeren aus. Er war berühmt weniger aufgrund seines praktischen Geschicks als für seine Menschenkenntnis – die Ausübung der medizinischen Praxis überließ er seinen Assistenten und jüngeren Zeitgenossen – und er wurde in vielfältigen Angelegenheiten um Rat gebeten. Ein paar Familien, die ihm in Freundschaft verbunden waren, versorgte er noch, wenn sie seinen Dienst als Arzt benötigten. Die Pontelliers gehörten dazu.

Mr. Pontellier fand den Doktor am offenen Fenster seines Studierzimmers, lesend. Sein Haus lag ziemlich weit ab von der Straße, inmitten eines herrlichen Gartens. So genoß der alte Herr am Fenster seines Studierzimmers Ruhe und Frieden. Er las sehr viel. Er blickte mißbilligend über die Ränder seiner Brille, als Mr. Pontellier eintrat, und wunderte sich, wer die Kühnheit besäße, ihn zu dieser Morgenstunde zu stören.

„Ah, Pontellier! Nicht krank, hoffe ich. Kommen Sie, setzen Sie sich. Welche Neuigkeiten bringen Sie so früh am Morgen?" Er war recht stattlich, hatte volles, graues Haar und kleine blaue Augen, denen das Alter viel von ihrem Glanz, aber nichts von ihrer Schärfe geraubt hatte.

„Ich bin doch niemals krank, Doktor. Wie Sie wissen bin ich von zähem Schlage: die alte Kreolensippe der Pontelliers wird nicht krank; sie trocknen aus und werden schließlich vom Wind hinweggetragen. Ich wollte mir bei Ihnen Rat holen – nein, genaugenommen keinen Rat – ich wollte mit Ihnen über Edna sprechen. Ich weiß nicht, was ihr fehlt."

„Mrs. Pontellier geht es nicht gut?" fragte der Doktor verwundert. „Ich sah sie doch – ich glaube vor einer Woche – die Canal Street entlanggehen, das blühende Leben, wie es mir schien."

„Ja, ja; sie scheint ganz in Ordnung", sagte Mr. Pontellier, beugte sich vor und wirbelte seinen Stock zwischen beiden Händen; „aber sie verhält sich nicht entsprechend. Sie ist sonderbar, sie ist nicht sie selbst. Ich werde nicht schlau aus ihr und ich dachte, daß Sie mir vielleicht weiter helfen könnten."

„Wie verhält sie sich denn?" erkundigte sich der Doktor.

„Nun, es ist nicht leicht zu erklären", sagte Mr. Pontellier und lehnte sich in den Sessel zurück. „Sie läßt den Haushalt zum Teufel gehen."

„Nun ja, Frauen sind nicht alle gleich, mein lieber Pontellier. Wir müssen bedenken –"

„Das weiß ich; ich sagte Ihnen bereits, ich könnte es nicht erklären. Ihre ganze Einstellung – mir gegenüber und zu allem und jedem – hat sich verändert. Wie Sie wissen, bin ich leicht reizbar, aber ich will mich mit einer Frau nicht streiten oder grob zu ihr sein, besonders nicht zu meiner Frau; doch es treibt mich dazu und ich fühle mich wie der Teufel selber, wenn ich mich mal wieder zum Narren gemacht habe. Sie macht es mir teuflisch ungemütlich", fuhr er nervös fort. „Sie hat solche Ideen im Kopf wie die ewigen Rechte der Frau; und – Sie verstehen – wir begegnen uns morgens am Frühstückstisch."

Der alte Herr zog seine struppigen Augenbrauen hoch, schob seine dicke Unterlippe vor und trommelte mit seinen wulstigen Fingerspitzen auf den Armlehnen seines Sessels.

„Was haben Sie ihr denn getan, Pontellier?"

„Getan! *Parbleu!*"

„Hat sie vielleicht", fragte der Doktor mit einem Lä-

cheln, „hat sie in letzter Zeit mit gewissen Kreisen pseudo-
intellektueller Frauen verkehrt – durch und durch vergei-
stigte, höhere Wesen? Meine Frau hat mir von ihnen
erzählt."

„Das ist es ja, was mir Kopfzerbrechen bereitet", fuhr
Mr. Pontellier auf, „sie hat mit niemandem verkehrt. Sie hat
ihre Dienstagsempfänge zuhause aufgegeben, hat all ihre
Bekannten links liegen lassen und läuft ganz allein durch die
Gegend, hängt in der Straßenbahn herum und kommt nicht
vor Einbruch der Dunkelheit nach Hause. Ich sage Ihnen,
sie ist sonderbar. Es gefällt mir nicht; ich mache mir Sorgen
um sie."

Diese Seite der Angelegenheit war dem Doktor neu.
„Könnte es etwas Erbliches sein", fragte er ernsthaft. „Sind
in ihrer Familie schon irgendwelche Besonderheiten vorgekommen?"

„Aber nein, bestimmt nicht! Sie entstammt einer gesunden alten presbyterianischen Familie aus Kentucky. Der
alte Herr, ihr Vater, so habe ich gehört, pflegte für seine All-
tagssünden mit Sonntagsgebeten zu büßen. Tatsache ist, daß
seine Rennpferde buchstäblich mit dem schönsten Stück
Ackerland in Kentucky, das ich je gesehen habe, davonga-
loppierten. Margaret – sie kennen Margaret – sie hat den
ganzen Presbyterianismus unverwässert in sich. Und die
Jüngste ist ein kleiner Drachen. Übrigens heiratet sie in einigen Wochen."

„Schicken Sie ihre Frau doch zur Hochzeit", rief der
Doktor aus, eine glückliche Lösung vor Augen. „Lassen Sie
sie eine Weile bei ihren Leuten bleiben; es wird ihr gut tun."

„Genau das habe ich ihr ja vorgeschlagen. Aber sie will
nicht an der Hochzeit teilnehmen. Sie sagt, eine Hochzeit
sei eins der jämmerlichsten Schauspiele auf der Welt. Nett
von einer Frau, so etwas zu ihrem Mann zu sagen!" rief Mr.
Pontellier aus und empörte sich in der Erinnerung von
neuem.

„Pontellier", meinte der Doktor, nachdem er einen
Moment nachgedacht hatte, „lassen Sie Ihre Frau eine Weile
in Ruhe. Regen Sie sie nicht auf, und lassen Sie sich auch von
ihr nicht aufregen. Die Frau, mein lieber Freund, ist ein

höchst eigentümlicher und empfindlicher Organismus – und eine so sensible und intelligente Frau wie Mrs. Pontellier ist erst recht eigentümlich. Man müßte ein begabter Psychologe sein, um richtig mit ihnen umgehen zu können. Und wenn normale Männer wie Sie und ich versuchen, es mit ihren Eigenheiten aufzunehmen, kann das nur schiefgehen. Die meisten Frauen sind launisch und wunderlich. Dies ist eine vorübergehende Laune Ihrer Frau und hat einen Grund oder Gründe, die zu ermessen Sie und ich gar nicht erst zu versuchen brauchen. Es wird alles glücklich vorübergehen, besonders wenn Sie Ihre Frau in Ruhe lassen. Schicken Sie sie einmal zu mir.“

„Nein! Das könnte ich nicht; dafür gäbe es keinen Grund“, wehrte Mr. Pontellier ab.

„Dann werde ich sie besuchen gehen“, sagte der Doktor. „Ich werde an irgendeinem Abend zum Essen hereinschauen. *En bon ami.*“

„Tun Sie das! Auf jeden Fall“, drängte Mr. Pontellier. „An welchem Abend wollen Sie kommen? Sagen wir Donnerstag. Paßt es Ihnen am Donnerstag?“ fragte er und stand auf, um sich zu verabschieden.

„Sehr gut; Donnerstag. Meine Frau hat vielleicht eine anderweitige Verabredung für mich am Donnerstag. Wenn das der Fall ist, lasse ich Sie es wissen. Sonst können Sie mit mir rechnen.“

Bevor er ging, drehte sich Mr. Pontellier noch einmal um und sagte:

„Ich werde bald in Geschäften nach New York reisen. Ich habe einen großen Plan vorbereitet und will an Ort und Stelle sein, um die Fäden zu spinnen und die Zügel in die Hand zu nehmen. Wir werden Sie einweihen, wenn Sie Wert darauf legen, Doktor“, lachte er.

„Nein danke, mein lieber Herr“, erwiderte der Doktor. „Ich überlasse solche Abenteuer jüngeren Männern wie Ihnen, denen das Blut noch feurig durch die Adern strömt.“

„Was ich noch sagen wollte“, fuhr Mr. Pontellier fort, die Hand am Türknopf; „ich muß wahrscheinlich längere Zeit abwesend sein. Würden Sie mir raten, Edna mitzunehmen?“

„Auf jeden Fall, wenn sie mitkommen möchte. Wenn nicht, lassen Sie sie hier. Widersprechen Sie ihr nicht. Die Laune wird sich geben, ich versichere es Ihnen. Sie mag einen Monat, zwei oder drei dauern – vielleicht auch länger, aber sie wird vorübergehen; haben Sie nur Geduld."

„Also gut, auf Wiedersehen, *à jeudi*", sagte Mr. Pontellier, als er schließlich ging.

Der Doktor hätte im Laufe der Unterhaltung gern die Frage gestellt, „Ist ein anderer Mann im Spiel?" Doch er kannte den Kreolen zu gut, um sich einen solchen Mißgriff zu leisten.

Er nahm sich sein Buch nicht sofort wieder vor, sondern saß eine Weile da und grübelte, den Blick auf den Garten gerichtet.

XXIII

Ednas Vater war in der Stadt und hatte schon einige Tage bei ihnen verbracht. Sie hatte keine besonders warme oder tiefe Bindung zu ihm, aber sie teilte bestimmte Geschmacksurteile mit ihm, und die beiden gingen freundschaftlich miteinander um, wenn sie zusammen waren. Sein Besuch war eine Art willkommene Abwechslung; er schien ihren Gefühlen eine neue Richtung zu eröffnen.

Er war gekommen, um ein Hochzeitsgeschenk für seine Tochter Janet zu kaufen und einen neuen Anzug für sich selbst, in dem er bei ihrer Hochzeit eine ehrenwerte Erscheinung abgeben würde. Mr. Pontellier hatte das Brautgeschenk ausgesucht, da jeder in seiner näheren Umgebung sich in solchen Dingen seinem Geschmack unterwarf. Und seine Vorschläge, was Kleidung anbetraf – eine Frage, die sich allzuoft zum Problem auswächst – waren von unschätzbarem Wert für seinen Schwiegervater. Doch während der letzten paar Tage war Edna für den alten Herrn zuständig, und in seiner Gesellschaft begann sich ihr ein ganz neuer Bereich ihres Empfindungsvermögens zu erschließen.

Er war Colonel der Armee der Südstaaten gewesen und hatte, außer dem Titel, das militärische Gebaren beibehalten, das mit diesem schon immer einherging. Sein Haar und Schnurrbart waren weiß und seidig und betonten dadurch die Bronzefarbe seines durchfurchten Gesichts. Er war groß und dünn und trug wattierte Jacken, die die Breite seiner Schultern und den Umfang seines Oberkörpers gewaltiger erscheinen ließen als sie tatsächlich waren. Edna und ihr Vater sahen zusammen sehr elegant aus und erregten auf ihren Spaziergängen kein geringes Aufsehen. Bei seiner Ankunft zeigte sie ihm gleich ihr Atelier und fertigte eine Skizze von ihm an. Er nahm die ganze Sache sehr ernst. Wenn ihr Talent noch zehnmal größer gewesen wäre, es hätte ihn nicht überrascht – so überzeugt war er davon, daß er all seinen Töchtern die Anlagen zur Meisterschaft vererbt habe; es hing nur von ihren eigenen Anstrengungen ab, sie in erfolgreiche Leistungen umzusetzen.

Er saß vor ihrem Zeichenstift, kerzengerade und ohne zu wanken, geradeso wie er in vergangenen Zeiten dem Kanonenrohr ins Auge geblickt hatte. Er nahm es übel, wenn die Kinder ihre Ruhe störten und ihn mit großen Augen anstarrten wie er so steif im freundlich-hellen Atelier ihrer Mutter dasaß. Wenn sie näher kamen, scheuchte er sie mit einer heftigen Fußbewegung fort, um nur nicht die starren Züge seines Gesichts, die Haltung seiner Arme oder seiner unbeweglichen Schultern zu verlieren.

Edna lud Mademoiselle Reisz ein, ihn kennenzulernen: um seine Unterhaltung bemüht, hatte sie ihm eine Probe ihres Klavierspiels in Aussicht gestellt; doch Mademoiselle schlug die Einladung aus. So nahmen sie gemeinsam an einer *soirée musicale* bei den Ratignolles teil. Monsieur und Madame Ratignolle machten viel Aufhebens um den Colonel, behandelten ihn als Ehrengast und verpflichteten ihn sofort auf eine Einladung zum Essen am nächsten Sonntag oder irgendeinem anderen Tag, der ihm paßte. Madame flirtete mit ihm in der reizendsten und unbefangensten Weise, unter dem Einsatz von Blicken, Gesten und einem Schwall von Komplimenten, bis des Colonels alter Kopf sich dreißig Jahre jünger auf seinen wattierten Schultern fühlte. Edna wunderte sich, verstand nicht, was vor sich ging. Sie selbst hatte so gut wie gar keinen Hang zum Flirten.

Es gab einen oder zwei Männer, die ihr bei der *soirée musicale* auffielen; doch niemals hätte sie das Bedürfnis gehabt, sich spielerisch zur Schau zu stellen, um ihre Aufmerksamkeit zu erregen – sich durch irgendwelche katzenhaften oder weiblichen Tricks ihnen gegenüber in Szene zu setzen. Ihre Erscheinung wirkte auf Edna angenehm und anziehend. Ihre Phantasie verweilte bei ihnen, und sie war froh, als eine Pause in der Musik ihnen die Gelegenheit bot, sich ihr vorzustellen und mit ihr zu sprechen. Auf der Straße senkte sich oft der Blick fremder Augen in ihr Gedächtnis und zuweilen verstörte er sie.

Mr. Pontellier ging nicht zu diesen *soirée musicales*. Er hielt sie für *bourgeois* und fand mehr Zerstreuung im Club. Zu Madame Ratignolle sagte er, daß die bei ihren *soirées* vorgetragene Musik ihm zu „schwer" sei, viel zu hoch für sein ungeübtes Gehör. Diese Entschuldigung schmeichelte ihr. Doch sie hatte etwas gegen Mr. Pontelliers Club und machte daraus Edna gegenüber kein Hehl.

„Es ist traurig, daß Mr. Pontellier nicht öfter abends zuhause bleibt. Ich glaube, Sie wären – nehmen Sie es mir nicht übel, daß ich das sage – enger verbunden, wenn er das täte."

„Ganz und gar nicht, meine Liebe!" sagte Edna mit leerem Blick. „Was sollte ich denn tun, wenn er zuhause bliebe? Wir hätten einander nichts zu sagen."

Was das anging, so hatte sie sich auch mit ihrem Vater nicht viel zu sagen; doch er reizte sie nicht zum Widerstand. Sie merkte, daß sie Interesse an ihm fand, obwohl ihr klar war, daß dies Interesse vielleicht nicht lange anhalten würde; zum ersten Mal in ihrem Leben fühlte sie sich ganz mit ihm vertraut. Er hielt sie beschäftigt damit, ihn zu bedienen und seinen Wünschen zu entsprechen. Das bereitete ihr Vergnügen. Sie erlaubte keinem Hausangestellten und keinem der Kinder, irgendetwas für ihn zu tun, was sie selbst tun konnte. Ihr Mann nahm dies zur Kenntnis und hielt es für den Ausdruck einer tiefen töchterlichen Zuneigung, von der er nie etwas geahnt hatte.

Der Colonel trank etliche „Toddys" im Verlauf eines Tages, die ihn jedoch nicht aus dem Gleichgewicht brachten. Er war Experte im Mixen von starken Drinks. Er hatte sogar einige erfunden, denen er phantastische Namen gegeben hatte und zu deren Herstellung er diverse Zutaten benötigte – Ednas Aufgabe war es, diese für ihn zu beschaffen.

Als Doktor Mandelet am Donnerstagabend zu den Pontelliers zum Essen kam, konnte er an Mrs. Pontellier keine Spur der krankhaften Verfassung, von der ihr Mann ihm berichtet hatte, feststellen. Sie war lebhaft und strahlte gewissermaßen. Sie und ihr Vater waren beim Pferderennen gewesen, und als sie sich zu Tisch setzten, waren sie in Gedanken noch bei den Ereignissen des Nachmittags, und ihr Gespräch drehte sich immer noch um die Rennbahn. Der Doktor war über das, was auf der Rennbahn passierte, nicht auf dem Laufenden. Er hatte gewisse Erinnerungen an die Pferderennen in der, wie er zu sagen pflegte, „guten alten Zeit", als die Ställe der Lecompte einen großen Namen hatten; und er griff auf den Schatz dieser Erinnerungen zurück, um nicht abseits zu stehen und als gänzlich unmodern zu gelten. Doch er konnte dem Colonel nicht imponieren und war sogar weit davon entfernt, ihn mit aus den Fingern gesogenen Kenntnissen vergangener Zeiten zu beeindrucken. Edna hatte ihren Vater bei seiner letzten Wette unterstützt – mit einem äußerst gewinnreichen Erfolg für beide. Außerdem hatten sie einige sehr nette Leute kennengelernt, wie der Colonel fand. Mrs. Mortimer Merriman und Mrs. James Highcamp, die mit Alcée Arobin da waren, hatten sich ihnen angeschlossen und die Zeit in einer Weise verkürzt, daß ihn noch der Gedanke daran erwärmte.

Mr. Pontellier selbst hatte kein besonderes Interesse am Pferderennen, war sogar eher geneigt, es als Zeitvertreib abzulehnen, besonders, wenn er an das Schicksal jener Farm in Kentucky dachte. Er bemühte sich, in allgemein gehaltenen Worten eine besondere Mißbilligung zum Ausdruck zu bringen, aber beschwor damit nur den Zorn und den Widerspruch seines Schwiegervaters herauf. Es folgte eine heftige Auseinandersetzung, in der Edna für ihren Vater

Partei ergriff, während der Doktor sich neutral verhielt.
Er beobachtete unter seinen struppigen Augenbrauen
hervor aufmerksam seine Gastgeberin und bemerkte, daß
sich eine feine Veränderung vollzogen hatte; aus der farblo-
sen Frau, die er gekannt hatte, war ein Wesen geworden, das
zumindest im Augenblick von Lebenskraft sprühte. Aus ihren Worten sprach Wärme und Tatkraft. Ihre Blicke und
Gesten waren frei von Zwang. Sie erinnerte ihn an ein schönes, schlankes Tier, das in der Sonne aufwacht.

Das Essen war ausgezeichnet. Der Bordeaux war gut
temperiert und der Champagner kalt, und unter ihrem wohl-
tuenden Einfluß schmolz die drohende Unstimmigkeit dahin und löste sich im Dunst des Weines auf.

Mr. Pontellier taute auf und schwelgte in Erinnerungen. Er erzählte einige unterhaltsame Plantagenerlebnisse,
Erinnerungen an das alte Iberville und an seine Jugend, als
er mit einem befreundeten Schwarzen Beutelratten jagte, die
Pekannußbäume schüttelte, Kernbeißer schoß und in aus-
gelassenem Müßiggang Wälder und Felder unsicher machte.

Der Colonel, mit wenig Sinn für Humor und die Ver-
hältnismäßigkeit der Dinge, erzählte eine finstere Episode
aus jenen dunklen, bitteren Tagen, als er eine aufsehenerre-
gende Rolle gespielt hatte und immer im Mittelpunkt stand.
Auch der Doktor hatte keine glücklichere Hand, als er die
alte, immer wieder neue und merkwürdige Geschichte von
der schwindenden Liebe einer Frau erzählte, die fremde,
neuartige Wege suchte, nur um nach Tagen heftiger Kämpfe
wieder zu ihrem rechtmäßigen Ausgangspunkt zurückzu-
kehren. Es war eines der vielen kleinen menschlichen Do-
kumente, die ihm während seiner langen Arztlaufbahn eröffnet worden waren. Die Geschichte schien Edna nicht
besonders zu beeindrucken. Sie hatte selber eine zu erzählen, und zwar von einer Frau, die eines Nachts mit ihrem
Geliebten in einer Piroge davonruderte und niemals zurückkehrte. Sie waren irgendwo zwischen den Baratarischen
Inseln verschwunden, und niemand hörte oder fand je eine
Spur von ihnen bis zum heutigen Tag. Die Geschichte war
eine reine Erfindung. Sie sagte, Madame Antoine habe sie ihr
erzählt. Auch das war eine Erfindung. Vielleicht war es ein

Traum, den sie gehabt hatte. Doch jede Einzelheit, die sie mit glühenden Worten schilderte, schien denen, die zuhörten, wirklich zu sein. Sie konnten den heißen Atem der südlichen Nacht spüren, sie konnten die Piroge auf dem glänzenden mondbeschienenen Wasser entlanggleiten hören, den Flügelschlag der Vögel, die aufgeschreckt aus dem Schilf der Salzwassertümpel emporflatterten; sie konnten die Gesichter der Liebenden sehen, blaß, nahe beieinander, versunken in blinde Vergessenheit trieben sie ins Unbekannte hinaus.

Der Champagner war kalt und sein Geist spielte Ednas Gedächtnis in jener Nacht phantastische Streiche.

Draußen, ohne den Schein des Feuers und das sanfte Lampenlicht, war die Nacht kalt und düster. Der Doktor zog seinen altmodischen Umhang fester über der Brust zusammen, als er durch die Dunkelheit nach Hause schritt. Er kannte seine Mitmenschen besser als die meisten Leute; er kannte das innere Leben, das sich uneingeweihten Augen so selten eröffnet. Er bereute, Pontelliers Einladung angenommen zu haben. Er wurde alt und fing an, nach Ruhe und Seelenfrieden zu verlangen. Er wollte nicht mit den Geheimnissen im Leben anderer belastet werden.

„Ich bete, daß es nicht Arobin ist", murmelte er im Gehen in sich hinein. „Ich bete zum Himmel, daß es nicht Alcée Arobin ist."

XXIV

Edna und ihr Vater hatten eine hitzige und fast tätliche Auseinandersetzung über ihre Weigerung, an der Hochzeit ihrer Schwester teilzunehmen. Mr. Pontellier lehnte es ab einzugreifen, seinen Einfluß oder seine Autorität geltend zu machen. Er folgte Dr. Mandelets Rat und ließ sie tun, was sie wollte. Der Colonel warf seiner Tochter Mangel an kindlicher Liebe und Respekt vor, das Fehlen schwesterlicher Zuneigung und weiblicher Rücksichtnahme. Seine Ar-

gumente waren umständlich und wenig überzeugend. Er
bezweifelte, daß Janet irgendeine Entschuldigung gelten
lassen würde und vergaß dabei, daß Edna gar keine vorge-
bracht hatte. Er bezweifelte, daß Janet jemals wieder mit ihr
sprechen würde, und er war sicher, daß Margaret es auf keinen Fall tun würde.

Edna war froh, ihren Vater los zu sein, als er sich
schließlich davonmachte mit seinen Hochzeitskleidern und
Brautgeschenken, seinen wattierten Schultern, seiner Bibel-
lektüre, seinen „Toddys" und donnernden Flüchen.

Mr. Pontellier folgte ihm bald nach. Er hatte vor, seine
Reise nach New York für die Hochzeit zu unterbrechen,
und wollte versuchen, mit allen Mitteln, die Geld und Liebe
ersinnen lassen, Ednas unverständliches Verhalten ein
wenig wiedergutzumachen.

„Du bist zu nachsichtig, viel zu nachsichtig, Léonce",
erklärte der Colonel. „Autorität und Zwang – das ist es, was
sie braucht. Energisches und hartes Auftreten sind die einzige Art, mit einer Frau umzugehen. Mein Wort darauf."

Der Colonel war sich vielleicht nicht darüber im klaren,
daß er seine eigene Frau ins Grab gezwungen hatte. Mr.
Pontellier vermutete etwas ähnliches, hielt es aber für nutzlos, dies noch so spät zu erwähnen.

Edna war nicht so bewußt erleichtert über die Abreise
ihres Mannes, wie sie es über die ihres Vaters gewesen war.
Als der Tag nahte, an dem er für eine verhältnismäßig lange
Zeit verreisen sollte, wurde sie auf einmal weich und zärtlich, erinnerte sich seiner vielen rücksichtsvollen Handlun-
gen und seiner wiederholten Beteuerungen glühender Zuneigung. Sie war besorgt um seine Gesundheit und sein
Wohlergehen. Sie hantierte herum, sah nach seiner Kleidung, dachte an warme Unterwäsche, ganz so wie Madame
Ratignolle es unter ähnlichen Umständen getan hätte. Sie
weinte, als er abfuhr, nannte ihn ihren lieben guten Freund,
und sie war ganz sicher, daß sie sich bald einsam fühlen und
ihm nach New York folgen würde.

Aber nichtsdestotrotz breitete sich ein strahlender
Friede in ihr aus, als sie sich endlich alleine fand. Sogar die
Kinder waren verreist. Die alte Madame Pontellier war

selbst gekommen und hatte sie samt ihrer Quadroon nach Iberville geschafft. Die alte Dame wagte nicht zu sagen, daß sie fürchtete, die Kinder würden während Léonces Abwesenheit vernachlässigt; das wagte sie kaum zu denken. Sie hungerte nach ihnen – etwas fanatisch sogar in ihrer Zuneigung. Sie wollte nicht, daß sie ganz und gar „Straßenkinder" seien, sagte sie immer, wenn sie darum bat, sie für eine Weile bei sich zu haben. Sie wünschte, daß sie das Land kennenlernten, mit seinen Flüssen, Feldern und Wäldern, seiner für die Jugend so herrlichen Freiheit. Sie wollte, daß sie von dem Leben kosteten, das ihr Vater gelebt, gekannt und geliebt hatte, als auch er noch ein kleines Kind war.

Als Edna endlich alleine war, stieß sie einen tiefen, echten Seufzer der Erleichterung aus. Ein Gefühl, das ihr fremd, doch sehr angenehm war, überkam sie. Sie ging durch das ganze Haus, von einem Zimmer zum anderen, als ob sie es zum ersten Mal genau betrachten würde. Sie probierte die verschiedenen Sessel und Liegen aus, als ob sie nie zuvor auf ihnen gesessen oder gelegen hätte. Und sie ging prüfend um das Haus herum und sah nach, ob Fenster und Läden sicher und in Ordnung wären. Die Blumen waren wie neue Bekannte; sie näherte sich ihnen vertraulich und fühlte sich unter ihnen zuhause. Die Gartenwege waren feucht, und Edna rief dem Hausmädchen zu, sie solle ihr die Gummisandalen herausbringen. Und sie blieb wo sie war, bückte sich, lockerte den Boden um die Pflanzen herum, beschnitt sie, entfernte die abgestorbenen, vertrockneten Blätter. Der kleine Hund der Kinder kam heraus und störte sie, weil er ihr im Weg herumsprang. Sie schimpfte mit ihm, lachte über ihn und spielte mit ihm. Der Garten duftete so gut und sah so schön aus im Licht der Nachmittagssonne. Edna pflückte alle leuchtenden Blumen, die sie finden konnte und nahm sie mit ins Haus, als sie und der kleine Hund hineingingen.

Sogar die Küche zeigte plötzlich interessante Seiten, die sie niemals zuvor an ihr wahrgenommen hatte. Sie ging hinein, um der Köchin Anweisungen zu geben – daß der Metzger viel weniger Fleisch zu bringen brauche und daß nur die Hälfte der gewohnten Menge an Brot, Milch und Lebensmitteln erforderlich sei. Sie sagte der Köchin, daß sie während Mr. Pontelliers Abwesenheit sehr beschäftigt sein würde, und bat sie, die ganze Verantwortung und Planung für die Speisekammer auf ihre eigenen Schultern zu nehmen. An diesem Abend aß Edna alleine. Der Leuchter mit den wenigen Kerzen in der Mitte des Tisches spendete alles Licht, was sie brauchte. Außerhalb des Lichtkreises, in dem sie saß, wirkte das große Eßzimmer feierlich und düster. Die Köchin, zur Aufbietung all ihrer Kräfte angespornt, servierte eine köstliche Mahlzeit – ein saftiges Tenderloinsteak *à point* gebraten. Der Wein schmeckte gut; die *marron glacée* war genau das, worauf sie Lust hatte. Außerdem war es so angenehm wohltuend, in einem bequemen Hauskleid zu speisen.

Etwas sentimental dachte sie an Léonce und die Kinder und fragte sich, was sie wohl machten. Als sie dem kleinen Hund einen oder zwei winzige Bissen gab, redete sie vertraulich mit ihm über Raoul und Etienne. Er war außer sich vor Erstaunen und Freude über diese freundschaftlichen Annäherungen und zeigte seine Dankbarkeit mit kurzem, forschem Gebell und einer lebhaften Erregung.

Dann setzte sich Edna nach dem Essen in die Bibliothek und las Emerson, bis sie schläfrig wurde. Sie merkte, daß sie das Lesen vernachlässigt hatte und beschloß, noch einmal einen Anlauf zu machen, ihre Studien zu intensivieren, jetzt, da ihre Zeit völlig ihr gehörte, und sie damit anfangen konnte, was sie wollte. Nach einem erfrischenden Bad ging Edna zu Bett. Und als sie sich bequem unter ihre Daunendecke kuschelte, durchdrang sie ein Gefühl der Ruhe, wie sie es zuvor nicht gekannt hatte.

XXV

Wenn der Himmel trübe und bewölkt war, konnte Edna nicht arbeiten. Sie brauchte die Sonne, um warm zu werden und sich einzustimmen, so daß sie bei der Sache blieb. Sie hatte eine Stufe erreicht, wo sie nicht länger tastend ihren Weg suchte, sondern sie arbeitete, wenn sie in Laune war, mit Sicherheit und Leichtigkeit. Und da sie frei von Ehrgeiz war und keine vollendeten Leistungen anstrebte, schöpfte sie aus der Arbeit selbst Befriedigung.

An regnerischen oder melancholischen Tagen ging Edna aus und suchte die Gesellschaft der Freunde, die sie auf Grand Isle kennengelernt hatte. Oder sie blieb zuhause und pflegte eine Stimmung, die sie jetzt immer häufiger befiel – häufiger als ihr um ihres Wohlbefindens und Seelenfriedens willen lieb war. Es war keine Verzweiflung; doch es schien ihr, als ob das Leben an ihr vorbei ginge, ohne sein Versprechen einzuhalten und zu erfüllen. Doch es gab auch Tage an denen sie Stimmen lauschte, die sie lockten und irreführten mit neuen Versprechungen, die ihre Jugend ihr machte.

Sie ging noch einmal zum Pferderennen und danach immer wieder. Alcée Arobin und Mrs. Highcamp holten sie eines sonnigen Nachmittags in Arobins Kutsche ab. Mrs. Highcamp war eine Frau von Welt, doch nicht affektiert; sie war intelligent, groß und schlank, blond, eine Vierzigerin mit einer gleichgültigen Art und blauen, stierenden Augen. Sie hatte eine Tochter, die ihr als Vorwand diente, gesellschaftlichen Umgang mit jungen Männern von Lebensart zu pflegen. Einer von ihnen war Alcée Arobin. Er war eine bekannte Figur auf der Rennbahn, in der Oper und in den modischen Clubs. Von seinen Augen ging ein Lächeln aus, das nicht verfehlte, bei allen die ihn anschauten und seiner gutgelaunten Stimme zuhörten, eine entsprechende Heiterkeit hervorzurufen. Sein Benehmen war unauffällig, wenn auch bisweilen etwas anmaßend. Er hatte eine gute Figur und ein gefälliges Gesicht, unbelastet von jeglicher Tiefe der Gedanken und Gefühle; seine Kleidung war die eines Mannes, der mit der Mode geht.

Seine Bewunderung für Edna war grenzenlos, seit er sie mit ihrem Vater beim Rennen kennengelernt hatte. Er hatte sie vorher bei verschiedenen anderen Gelegenheiten getroffen, doch war sie ihm bis zu jenem Tag unnahbar erschienen. Auf sein Betreiben hin lud Mrs. Highcamp sie ein, mit ihnen zum Jockeyclub zu fahren, um dem Rennbahnereignis der Saison beizuwohnen.

Es mag da draußen einige Experten gegeben haben, die von Rennpferden genauso viel verstanden wie Edna, aber es gab sicherlich niemanden, der mehr als sie davon verstand. Sie saß zwischen ihren beiden Begleitern mit dem Bewußtsein, die einzig Kompetente in diesen Dingen zu sein. Sie lachte über Arobins Anmaßungen und bedauerte Mrs. Highcamp wegen ihrer Unwissenheit. Das Rennpferd war ihr aus der Kindheit ein Freund und treuer Gefährte. Die Atmosphäre des Stalls und der Geruch der Koppel lebten von neuem in ihrer Erinnerung auf und hingen ihr in der Nase. Sie bemerkte nicht, daß sie wie ihr Vater redete, sobald die glänzenden Wallache vor ihren Augen tänzelten. Sie schloß sehr hohe Wetten ab, und das Glück war auf ihrer Seite. Das Wettfieber glühte in ihren Wangen und Augen, stieg ihr ins Blut und in den Kopf wie ein Rauschmittel. Die Leute drehten sich nach ihr um, und mehr als einer verfolgte ihre Äußerungen mit aufmerksamen Ohren, in der Hoffnung, endlich des so schwer erreichbaren doch lange herbeigesehnten „Tip" habhaft zu werden. Arobin wurde von der Erregung angesteckt und fühlte sich von Edna angezogen wie von einem Magneten. Mrs. Highcamp blieb wie gewöhnlich ungerührt, stierte desinteressiert und mit hochgezogenen Augenbrauen.

Edna ließ sich überreden, mit Mrs. Highcamp das Abendessen einzunehmen. Arobin blieb ebenfalls und schickte seine Kutsche fort. Das Essen verlief ruhig und uninteressant, abgesehen von den Aufheiterungsversuchen Arobins. Mrs. Highcamp bedauerte, daß ihre Tochter nicht am Rennen teilgenommen hatte, und versuchte ihr zu vermitteln, was sie versäumt habe indem sie, statt mit ihnen zu kommen, zu einer „Dantelesung" gegangen war. Das Mädchen hielt sich ein Geranienblatt unter die Nase und sagte nichts, machte jedoch einen wissenden und unverbindlichen Gesichtsausdruck. Mr. Highcamp war ein farbloser, glatzköpfiger Mann, der nur sprach, wenn er dazu gezwungen wurde. Er saß teilnahmslos dabei. Mrs. Highcamp war voll feinfühliger Höflichkeit und Aufmerksamkeit gegenüber ihrem Mann. Bei Tisch richtete sie fast all ihre Worte an ihn. Nach dem Essen saßen sie in der Bibliothek und lasen gemeinsam im Licht der Hängelampe die Abendzeitung. Die jungen Leute gingen in den benachbarten Salon und unterhielten sich. Miss Highcamp spielte einige Stücke von Grieg auf dem Klavier. Sie schien die ganze Kälte des Komponisten erfaßt zu haben, aber nichts von seiner Poesie. Während Edna zuhörte, konnte sie nicht umhin sich zu fragen, ob sie vielleicht ihr Empfinden für die Musik verloren habe.

Als sie sich anschickte, nach Hause zu gehen, grunzte Mr. Highcamp ein halbherziges Angebot, sie zu begleiten, und sah dabei mit taktloser Eindeutigkeit auf seine Hausschuhe. Es fiel Arobin zu, sie nach Hause zu bringen. Die Fahrt dauerte lange, und es war spät, als sie die Esplanade Street erreichten. Arobin bat um Erlaubnis, für einen Augenblick hereinzukommen, um sich eine Zigarette anzuzünden – seine Streichholzschachtel war leer. Er füllte sie wieder auf, zündete aber seine Zigarette erst an, als er Edna verließ und sie ihre Bereitschaft ausgedrückt hatte, wieder mit ihm zum Rennen zu gehen.

Edna war weder müde noch schläfrig. Sie verspürte wieder Hunger, denn das Essen bei Highcamps, obwohl exquisit zubereitet, war nicht besonders reichlich gewesen. Sie durchstöberte die Speisekammer und förderte eine Scheibe Gruyère und einige Kekse zutage. Sie öffnete eine Flasche Bier, die sie im Eisschrank fand. Edna fühlte sich zutiefst unruhig und nervös. Geistesabwesend summte sie eine phantasierte Melodie, während sie in der Holzkohle des Herdes herumstocherte und an einem Keks knabberte.

Sie wollte, daß etwas geschähe – etwas, irgendetwas; sie wußte nicht was. Sie bedauerte, daß sie Arobin nicht dazu gebracht hatte, eine halbe Stunde länger zu bleiben und mit ihr über die Pferde zu sprechen. Sie zählte das Geld, das sie gewonnen hatte. Doch sonst gab es nichts, was sie hätte tun können, und so ging sie ins Bett und wälzte sich stundenlang in eintöniger Rastlosigkeit hin und her.

Mitten in der Nacht fiel ihr ein, daß sie vergessen hatte, ihrem Mann den gewohnten Brief zu schreiben, und sie beschloß, das am nächsten Tag nachzuholen und ihm von dem Nachmittag im Jockeyclub zu berichten. Hellwach lag sie da und setzte im Kopf einen Brief auf, der völlig anders ausfiel als der, den sie tatsächlich am nächsten Tag schrieb. Als das Mädchen Edna am nächsten Morgen weckte, träumte sie gerade von Mr. Highcamp, der am Eingang eines Musikgeschäftes auf der Canal Street Klavier spielte, während seine Frau mit Alcée Arobin eine Straßenbahn in Richtung Esplanade Street bestieg und zu ihm sagte:

„Welch eine Schande, daß eine solche Begabung vernachlässigt wurde! Aber ich muß jetzt gehen."

Als einige Tage später Alcée Arobin wieder in seiner Kutsche bei Edna vorfuhr, war Mrs. Highcamp nicht dabei. Er sagte, sie würden sie abholen. Aber da die Dame von diesem Vorhaben nicht in Kenntnis gesetzt worden war, war sie auch nicht zuhause. Ihre Tochter verließ gerade das Haus, um zu einem Ortsgruppentreffen der Folklore Society zu gehen, und bedauerte, daß sie sie nicht begleiten könne. Arobin schien untröstlich und fragte Edna, ob sie noch jemanden wüßte, den sie gerne mitnehmen wolle.

Sie legte keinen Wert darauf, auf die Suche nach irgendeinem Bekannten zu gehen, der eben der guten Gesellschaft angehörte, von der sie sich zurückgezogen hatte. Sie dachte an Madame Ratignolle, wußte aber, daß ihre schöne Freundin das Haus nicht mehr verließ, es sei denn für einen gemächlichen Spaziergang mit ihrem Mann nach Einbruch der Dunkelheit. Mademoiselle Reisz hätte Edna ausgelacht, wenn sie ein solches Ansinnen an sie gestellt hätte. Madame Lebrun hätte wahrscheinlich mit Vergnügen in den Ausflug eingewilligt, aber aus irgendeinem Grund wollte Edna sie nicht dabei haben. So fuhren sie denn alleine, sie und Arobin.

Der Nachmittag hinterließ einen starken Eindruck bei ihr. Die Erregung überkam sie erneut wie ein ständig aufflackerndes Fieber. Sie verfiel in einen ungezwungenen, vertraulichen Ton, je mehr sie sprach. Es war keine große Mühe, mit Arobin vertraut zu werden. Er war jederzeit bereit, die Vorstufen des Sich-Kennenlernens zu überspringen, wenn es sich um eine hübsche, reizvolle Frau handelte.

Er blieb bei Edna und aß mit ihr zu Abend. Er blieb und setzte sich vor das Holzfeuer. Sie lachten und redeten; und noch bevor der Abend seinem Ende zuging, war er dabei,

ihr zu erzählen, wie anders das Leben verlaufen wäre, wenn
er sie einige Jahre früher kennengelernt hätte. Mit geschickter Offenheit sprach er davon, was für ein schlechter, disziplinloser junger Mensch er gewesen sei, und zog dabei
spontan seine Manschette hoch, um eine Narbe an seinem
Handgelenk zu entblößen, die er sich mit neunzehn bei einem Säbelduell in der Nähe von Paris zugezogen hatte. Sie
berührte seine Hand, als sie die rote Narbe auf der Innenseite seines weißen Handgelenks näher ansah. Ein plötzlicher krampfartiger Impuls ließ sie ihre Finger eng um seine
Hand klammern. Er spürte den Druck ihrer spitzen Nägel
im Fleisch seiner Handfläche.

Sie erhob sich hastig und ging hinüber zum Kamin.

„Der Anblick einer Wunde oder Narbe erregt mich
immer und verursacht mir Übelkeit", sagte sie. „Ich hätte
nicht hinsehen sollen."

„Ich bitte um Verzeihung", sagte er, ihr nachfolgend;
„es kam mir nie in den Sinn, daß es abstoßend sein könnte."

Er stand nun nahe bei ihr, und die Unverfrorenheit in
seinen Augen stieß das alte schwindende Selbst in ihr ab, zog
jedoch ihre ganze erwachende Sinnlichkeit an. Er sah genug
in ihrem Gesicht, was ihn dazu bewog, ihre Hand zu nehmen und zu halten, während er ihr sein zögerndes Gute
Nacht sagte.

„Werden Sie wieder zum Rennen gehen?" fragte er.

„Nein", meinte sie, „ich habe genug vom Rennen. Ich
möchte nicht all das Geld wieder verlieren, was ich gewonnen habe, und ich muß arbeiten, wenn das Wetter schön ist,
anstatt –."

„Ja; arbeiten; gewiß doch. Sie versprachen, mir ihre
Arbeiten zu zeigen. An welchem Vormittag darf ich Sie in
ihrem Atelier besuchen? Morgen?"

„Nein!"

„Übermorgen?"

„Nein, nein."

„Bitte weisen Sie mich nicht ab! Ich verstehe etwas von
solchen Dingen. Ich könnte Ihnen vielleicht mit einigen Anregungen helfen."

„Nein. Gute Nacht. Warum gehen Sie nicht, wenn Sie

sich schon verabschiedet haben? Ich mag Sie nicht", fuhr sie mit schriller, erregter Stimme fort und versuchte ihm ihre Hand zu entziehen. Sie merkte, daß ihren Worten Würde und Glaubhaftigkeit fehlten, und sie wußte, daß er es auch merkte.

„Es tut mir leid, daß Sie mich nicht mögen. Es tut mir leid, wenn ich Ihnen zu nahe getreten bin. Womit habe ich Sie nur gekränkt? Was habe ich getan? Können Sie mir nicht vergeben? Und er beugte sich über ihre Hand und preßte seine Lippen darauf, als ob er sie nie wieder davon lösen wolle.

„Mr. Arobin", klagte sie, „ich bin sehr verwirrt von der Aufregung des Nachmittags; ich bin nicht ganz bei mir. Mein Benehmen muß Sie auf irgendeine Weise irregeführt haben. Ich wünsche, daß Sie gehen, bitte." Sie sprach mit eintöniger, matter Stimme. Er nahm seinen Hut vom Tisch und blieb noch einmal stehen, die Augen von ihr abgewandt und in das verglimmende Feuer gerichtet. Für einen Augenblick oder etwas länger verharrte er in eindrucksvollem Schweigen.

„Ihr Benehmen hat mich nicht irregeführt, Mrs. Pontellier", sagte er schließlich. „Meine eigenen Gefühle haben das getan. Ich konnte nicht anders. Wenn ich mit Ihnen zusammen bin, wie könnte ich anders? Machen Sie sich nichts daraus, ärgern Sie sich bitte nicht. Sehen Sie, ich gehe, wenn Sie es verlangen. Wenn Sie wünschen, daß ich fernbleibe, werde ich es tun. Wenn Sie mich wiederkommen lassen werde ich – Oh! Sie werden mich doch wiederkommen lassen?"

Er warf ihr einen flehenden Blick zu, den sie nicht erwiderte. Alcée Arobins Benehmen war so echt, daß es oft sogar ihn selber täuschte.

Edna war es gleich und sie dachte nicht darüber nach, ob es echt sei oder nicht. Als sie alleine war, betrachtete sie mechanisch ihren Handrücken, den er so warm geküßt hatte. Dann legte sie ihren Kopf auf den Kaminsims. Sie fühlte sich ein bißchen wie eine Frau, die sich in einem Augenblick der Leidenschaft zur Untreue hat hinreißen lassen und nun die wahre Bedeutung des Geschehens erfaßt, ohne ganz aus seinem Bann erwacht zu sein. Ein einziger Gedanke streifte ihr Bewußtsein. „Was würde er denken?"

Sie meinte nicht ihren Mann; sie dachte an Robert Lebrun. Ihr Mann erschien ihr jetzt wie jemand, den sie geheiratet hatte, ohne auch nur den Vorwand der Liebe gehabt zu haben.

Sie zündete eine Kerze an und ging hinauf in ihr Zimmer. Alcée Arobin bedeutete ihr rein gar nichts. Doch seine Gegenwart, sein Benehmen, seine warmen Blicke und vor allem die Berührung seiner Lippen auf ihrer Hand hatten wie ein Betäubungsmittel auf sie gewirkt.

Sie schlief den Schlaf der Ermattung, flüchtige Träume durchkreuzten ihn.

XXVI

Alcée Arobin schrieb Edna einen ausführlichen, vor Aufrichtigkeit überfließenden Brief, in dem er nochmals um Verzeihung bat. Dies verwirrte sie; denn in einem nüchternen, ruhigeren Augenblick erschien es ihr absurd, daß sie sein Benehmen so ernst, so tragisch genommen hatte. Sie wußte genau, daß die Bedeutung des ganzen Vorfalls in ihrer eigenen Unsicherheit zu suchen war. Wenn sie seinen Brief nicht beachtete, würde dies einer läppischen Angelegenheit ungebührliche Wichtigkeit verleihen. Wenn sie sich auf eine ernsthafte Antwort einließe, so würde dies dennoch in ihm den Eindruck erwecken, sie habe sich in einem schwachen Moment seinem Einfluß ergeben. Außerdem war es ja keine große Sache, sich die Hand küssen zu lassen. Sie fühlte sich durch seine Entschuldigung provoziert. Sie antwortete so locker und scherzhaft, wie es ihrer Meinung nach die Sache verdiente und schrieb, er könne ihr gerne einmal bei der Arbeit zuschauen, wann immer er Lust dazu habe und seine Geschäfte es ihm erlaubten.

Er antwortete sofort, indem er persönlich bei ihr zu Hause erschien – mit all seiner entwaffnenden Naivität. Und von da an gab es kaum einen Tag, an dem sie ihn nicht sah oder an ihn erinnert wurde. Er war erfindungsreich an Vorwänden. Seine Haltung ihr gegenüber nahm die Form gutmütiger Unterwürfigkeit und stiller Verehrung an. Er war jederzeit bereit, sich ihren Stimmungen zu unterwerfen, die ebensooft freundlich wie unterkühlt waren. Sie gewöhnte sich an ihn.

Sie wurden zunächst in kaum wahrnehmbaren Schritten miteinander vertraut und herzlicher, dann in großen Sprüngen. Er hatte zuweilen eine Art zu sprechen, die sie zuerst erstaunte und erröten ließ; eine Art, an der sie schließlich Gefallen fand, weil sie an die Sinnlichkeit rührte, die sich in ihr selber ungeduldig regte.

Es gab nichts, was Ednas in Aufruhr gebrachte Sinne so beruhigte wie ein Besuch bei Mademoiselle Reisz. Diese Frau, deren Persönlichkeit ihr eigentlich zuwider war, schien mit ihrer göttlichen Kunst Ednas Geist zu erreichen und ihn freizusetzen.

Es war neblig, die Luft war schwer und drückend, als Edna eines Nachmittags die Stufen zur Dachwohnung der Pianistin hinaufstieg. Ihre Kleider tropften vor Feuchtigkeit. Verkühlt und durchgefroren betrat Edna das Zimmer. Mademoiselle stocherte in einem rostigen Ofen, der etwas qualmte und den Raum mäßig wärmte. Sie war gerade dabei, eine Kanne Schokolade auf dem Ofen zu erhitzen. Das Zimmer schien Edna trostlos und schäbig, als sie eintrat. Eine Beethovenbüste, von einer Staubschicht bedeckt, blickte sie finster vom Kaminsims her an.

„Ah! Hier kommt der Sonnenschein!" rief Mademoiselle und erhob sich, da sie vor dem Ofen gekniet hatte. „Jetzt wird es von alleine warm und hell, und ich kann das Feuer in Ruhe lassen."

Mit einem Knall schloß sie die Ofenklappe, ging auf Edna zu und half ihr, den tropfnassen Regenmantel auszuziehen.

„Sie frieren; Sie sehen elend aus. Die Schokolade wird bald heiß sein. Oder möchten Sie lieber einen Schluck Brandy? Ich habe die Flasche kaum angerührt, die Sie mir gegen meine Erkältung mitgebracht haben." Ein Stück roten

Flanells war um Mademoiselles Hals geschlungen; ein steifes Genick zwang sie, ihren Kopf nach einer Seite geneigt zu halten.

„Ich werde etwas Brandy trinken", sagte Edna, die zitterte, als sie ihre Handschuhe und Überschuhe auszog. Sie trank den Schnaps aus dem Glas wie ein Mann. Dann warf sie sich auf das unbequeme Sofa und sagte: „Mademoiselle, ich werde aus dem Haus auf der Esplanade Street ausziehen."

„Aha", war alles, was die Musikerin hervorbrachte, weder überrascht, noch besonders interessiert. Nichts schien sie je übermäßig zu erstaunen. Sie war damit beschäftigt, den Veilchenbund, der sich aus seiner Befestigung im Haar gelockert hatte, wiederanzubringen. Edna zog sie zu sich hinunter aufs Sofa, nahm eine Nadel aus ihrem eigenen Haar und befestigte die schäbigen, künstlichen Blumen an der gewohnten Stelle.

„Sind Sie nicht überrascht?"

„Mittelmäßig. Wo ziehen Sie hin? Nach New York? Nach Iberville? Zu Ihrem Vater nach Mississippi? Wohin?"

„Nur ein paar Schritte weiter", lachte Edna, „in ein kleines Vierzimmerhaus um die Ecke. Es sieht so gemütlich aus, so einladend und ruhig, wann immer ich vorbeikomme; und es ist zu mieten. Ich bin es leid, laufend in einem so großen Haus nach dem Rechten sehen zu müssen. Es schien nie mir zu gehören, oder – ich empfand es nie als Zuhause. Es macht mir zuviel Mühe. Ich muß zu viele Angestellte halten. Ich bin es leid, mich mit ihnen herumzuärgern."

„Das ist nicht der wahre Grund, *ma belle*. Es hat keinen Sinn, mir etwas vorzulügen. Ich kenne Ihren Grund nicht, aber die Wahrheit haben Sie mir nicht erzählt."

Edna protestierte nicht und versuchte auch nicht, sich zu rechtfertigen. „Das Haus, das Geld, das es unterhält, gehören nicht mir. Ist das nicht Grund genug?"

„Es gehört alles Ihrem Mann", erwiderte Mademoiselle mit einem Achselzucken und einem boshaften Hochziehen der Augenbrauen.

„Nun gut! Ich sehe ein, daß ich Sie nicht täuschen kann. Dann lassen Sie es mich Ihnen erklären: es ist eine Laune.

Ich habe etwas eigenes Geld vom Nachlaß meiner Mutter, das mein Vater mir in kleinen Summen zukommen läßt. Ich habe diesen Winter eine größere Summe beim Pferderennen gewonnen, und ich fange an, meine Skizzen zu verkaufen. Laidpore gefallen meine Arbeiten immer besser. Er sagt, sie gewinnen an Stärke und Individualität. Ich kann das selbst nicht so recht beurteilen, aber ich merke, daß ich mehr Leichtigkeit und Selbstvertrauen gefunden habe. Wie auch immer, wie ich schon sagte, habe ich eine ganze Menge durch Laidpore verkauft. Ich habe in dem winzigen Haus wenig oder gar keinen Aufwand, ich käme mit einer Angestellten aus. Die alte Celestine, die gelegentlich für mich arbeitet, sagt, sie würde bei mir wohnen und mir die Hausarbeit machen. Ich weiß, daß es mir gefallen wird, das Gefühl von Freiheit und Unabhängigkeit."

„Was meint Ihr Mann dazu?"

„Ich habe es ihm noch nicht geschrieben. Es kam mir erst heute morgen in den Kopf. Er wird denken, ich sei wahnsinnig geworden, ohne Zweifel. Vielleicht denken Sie das auch."

Mademoiselle schüttelte bedächtig den Kopf. „Ihr Grund ist mir immer noch nicht recht klar", sagte sie.

Noch war er Edna selbst nicht ganz klar; aber er entfaltete sich ihr, als sie eine Weile schweigend dasaß. Ihr Instinkt trieb sie dazu, auf Geld und Gut ihres Mannes zu verzichten, ihre Verpflichtungen abzuwerfen. Sie wußte nicht, was geschehen würde, wenn er zurückkäme. Es mußte zu einer Verständigung kommen, es würde schon eine Erklärung geben. Die Verhältnisse würden sich irgendwie von selbst regeln, fühlte sie; aber, was auch immer kommen mochte, sie hatte entschieden, nie mehr einem anderen als sich selbst zu gehören.

„Ich werde ein großes Essen geben, bevor ich das alte Haus verlasse!" rief Edna aus. „Sie müssen auch kommen, Mademoiselle. Ich werde Ihnen alles zu essen und zu trinken geben, was Sie mögen. Wir werden singen und lachen und einmal richtig fröhlich sein." Und sie stieß einen Seufzer aus, der aus den Tiefen ihrer Seele kam.

Wenn Mademoiselle zwischen Ednas Besuchen einen

Brief von Robert erhalten hatte, gab sie ihr diesen unaufgefordert. Sie pflegte sich ans Klavier zu setzen und zu spielen, was ihr in den Sinn kam, während die junge Frau den Brief las.

Der kleine Ofen bullerte; er war glühend heiß, und die Schokolade in dem Töpfchen zischte und sprudelte. Edna ging und öffnete die Ofenklappe; Mademoiselle erhob sich, holte einen Brief unter der Beethovenbüste hervor und gab ihn Edna.

„Wieder einer! Schon so bald!" rief sie aus, und ihre Augen strahlten vor Freude.

„Sagen Sie, Mademoiselle, weiß er, daß ich seine Briefe zu sehen bekomme?"

„Nie, um alles in der Welt! Er wäre böse und würde mir niemals mehr schreiben, wenn er es wüßte. Schreibt er Ihnen? Nie eine Zeile. Schickt er Ihnen eine Botschaft? Nie ein Wort. Weil er Sie liebt, der arme Narr, und versucht Sie zu vergessen; denn Sie sind nicht frei, ihn anzuhören oder gar ihm anzugehören."

„Warum zeigen Sie mir dann seine Briefe?"

„Haben Sie nicht darum gebettelt? Kann ich Ihnen etwas abschlagen? O nein! So können Sie mich nicht hineinlegen", und Mademoiselle ging zu ihrem geliebten Instrument und fing an zu spielen. Edna las den Brief nicht sofort. Sie saß und hielt ihn in der Hand, während die Musik wie ein Strahl ihr ganzes Wesen durchdrang, die dunklen Bereiche ihrer Seele erwärmte und erhellte. Sie war auf Freude und Triumph vorbereitet.

„Oh!" rief sie aus und ließ den Brief zu Boden fallen. „Warum haben Sie mir das nicht gesagt?" Sie ging zu Mademoiselle und nahm ihre Hände von den Tasten. „O! Wie unhöflich! Wie boshaft! Warum haben Sie mir das nicht gesagt?"

„Daß er zurückkommt? Das ist keine große Neuigkeit, *ma foi.* Ich frage mich, warum er nicht schon viel früher gekommen ist."

„Aber wann, wann?" rief Edna ungeduldig. „Er schreibt nicht wann."

„Er schreibt ‚sehr bald'. Sie wissen genausoviel darüber wie ich; es steht alles im Brief."

„Aber warum? Warum kommt er? Oh, wenn ich dächte –", sie hob den Brief vom Boden auf, wendete und drehte seine Seiten, um nach einem Grund zu suchen, der ihr entgangen sein könnte.

„Wenn ich jung wäre und in einen Mann verliebt", sagte Mademoiselle, drehte sich auf dem Hocker herum und preßte ihre sehnigen Hände zwischen den Knien, als sie zu Edna herunterschaute, die auf dem Boden saß und den Brief in der Hand hielt, „so will ich meinen, müßte er ein *grand esprit* sein, ein Mann mit erhabenen Zielen und der Fähigkeit, sie zu erreichen; einer, der hoch genug stünde, um die Aufmerksamkeit seiner Mitmenschen zu erregen. Ich glaube, wenn ich jung und verliebt wäre, würde ich niemals einen Mann gewöhnlichen Zuschnitts meiner Liebe für wert erachten."

„Jetzt sind Sie es, die Lügen erzählt und versucht, mich hineinzulegen, Mademoiselle; oder aber Sie sind nie verliebt gewesen und haben keine Ahnung davon. Wie!" fuhr Edna fort, umschlang ihre Knie und blickte auf in Mademoiselles verzerrtes Gesicht, „glauben Sie, eine Frau weiß, warum sie liebt? Wählt sie denn aus? Sagt sie sich denn: ‚Los! Da ist ein angesehener Staatsmann mit Aussichten Präsident zu werden; ich werde es in Angriff nehmen, mich in ihn zu verlieben.' Oder, ‚ich werde mein Herz diesem Musiker zuwenden, dessen Name in aller Munde ist?' oder, ‚diesem Finanzmann, der die internationalen Devisenmärkte kontrolliert?' "

„Sie mißverstehen mich absichtlich, *ma reine*. Sind Sie in Robert verliebt?"

„Ja", sagte Edna. Sie hatte es zum ersten Mal zugegeben und eine fleckige Röte stieg ihr ins Gesicht.

„Warum?" fragte ihre Freundin. „Warum lieben Sie ihn, wenn Sie es nicht sollten?"

Mit ein zwei Bewegungen zog sich Edna auf den Knien hin zu Mademoiselle Reisz, die ihr glühendes Gesicht zwischen ihre beiden Hände nahm.

„Warum? Weil sein Haar braun ist und sich von den Schläfen aus nach hinten wellt; weil er seine Augen öffnet

und schließt und seine Nase nicht ganz gerade ist; weil er
zwei Lippen hat und ein kantiges Kinn und einen kleinen
Finger, den er nicht strecken kann, weil er als Junge zu un-
gestüm Baseball gespielt hat; weil –"

„Weil Sie ihn lieben, kurzum", lachte Mademoiselle.

„Was werden Sie tun, wenn er zurückkommt?" fragte sie.

„Tun? Nichts, außer mich froh und glücklich zu fühlen, daß ich lebe."

Sie war schon froh und glücklich beim bloßen Gedanken an seine Rückkehr. Der düstere, drückende Himmel,
der sie ein paar Stunden zuvor deprimiert hatte, schien er-
frischend und kräftigend, als sie sich einen Weg durch Pfüt-
zen nach Hause bahnte.

Sie machte an einem Konfektladen halt und gab eine
riesige Schachtel Süßigkeiten für die Kinder in Iberville in
Auftrag. Sie steckte eine Karte in die Schachtel, auf der sie
einen zärtlichen Gruß kritzelte und tausend Küsse schickte.

Vor dem Abendessen schrieb Edna einen liebenswür-
digen Brief an ihren Mann, erzählte ihm von ihrem Plan, für
eine Weile in das kleine Haus um die Ecke zu ziehen; vor
ihrem Auszug wolle sie ein Abschiedsessen geben; sie be-
daure, daß er nicht daran teilnehmen könne, ihr bei der Zu-
sammenstellung des Menüs zu helfen und ihr in der Unterhaltung der Gäste zur Seite zu stehen. Ihr Brief war
geistreich und floß über vor Munterkeit.

XXVII

„Was ist los mit Ihnen?" fragte Arobin an diesem
Abend, „ich habe Sie noch nie so glücklich erlebt." Edna
war inzwischen müde geworden und legte sich auf die Liege
vor dem Feuer.

„Wissen Sie nicht, daß der Wetterprophet uns gesagt
hat, daß die Sonne bald wieder scheinen wird?"

„Gut, das sollte ein ausreichender Grund sein", gab er
sich zufrieden. „Sie würden mir sowieso keinen anderen

nennen, auch wenn ich die ganze Nacht hier sitzen und Sie inständig darum bitten würde." Er saß dicht neben ihr auf einem niedrigen Hocker, und als er sprach, berührten seine Finger sanft das Haar, das ihr ein wenig in die Stirn fiel. Sie hatte die Berührung seiner Finger in ihrem Haar gern und schloß empfindsam die Augen.

„Dieser Tage", sagte sie, „werde ich mich einmal zusammennehmen und nachdenken – um herauszufinden, was für eine Art von Frau ich bin; denn, offen gesagt, ich weiß es nicht. Nach all den Regeln, die mir bekannt sind, bin ich ein teuflisch schlechtes Exemplar meines Geschlechts. Aber irgendwie kann ich mich nicht dazu bringen, es zu glauben. Ich muß darüber nachdenken."

„Tun Sie das nicht. Wozu sollte es gut sein? Warum sollten Sie sich den Kopf darüber zerbrechen, wenn ich Ihnen doch sagen kann, was für eine Art Frau Sie sind." Seine Finger glitten ab und zu hinunter auf ihre warmen, weichen Wangen und ihr festes Kinn, das sich schon ein wenig zum Doppelkinn rundete.

„Oh, ja! Sie werden mir erzählen, ich sei anbetungswürdig; in jeder Hinsicht faszinierend. Sparen Sie sich die Mühe."

„Nein; ich werde Ihnen nichts dergleichen erzählen, obwohl ich nicht lügen würde, wenn ich es täte."

„Kennen Sie Mademoiselle Reisz?" fragte sie beiläufig.

„Die Pianistin? Ich kenne sie vom Sehen. Ich habe sie spielen gehört."

„Manchmal sagt sie auf scherzhafte Art merkwürdige Dinge, die einem nicht gleich auffallen, später aber zum Nachdenken anregen."

„Zum Beispiel?"

„Nun, zum Beispiel, als ich sie heute verließ, legte sie ihre Arme um mich und fühlte meine Schulterblätter, um zu sehen, ob meine Flügel stark seien, wie sie sagte. ,Der Vogel, der sich über Tradition und Vorurteil erheben will, muß starke Flügel haben. Es ist ein trauriges Schauspiel, die Schwachen zerschlagen und erschöpft zur Erde zurückflattern zu sehen.'"

„Wohin würden Sie denn fliegen?"

„Ich denke nicht an irgendwelche Höhenflüge. Ich verstehe auch erst halb, was sie sagen wollte."

„Ich habe gehört, daß sie teilweise nicht ganz richtig im Kopf sei", sagte Arobin.

„Auf mich macht ihr Kopf einen wunderbar gesunden Eindruck", erwiderte Edna.

„Ich habe gehört, daß sie wenig umgänglich und äußerst unfreundlich sei. Warum haben Sie von ihr angefangen in einem Augenblick, da ich von Ihnen sprechen wollte?"

„Ach! Reden Sie doch über mich, wenn Sie wollen", rief Edna, verschränkte ihre Hände hinter dem Kopf; „aber lassen Sie mich derweilen an etwas anderes denken."

„Ich bin heute abend eifersüchtig auf Ihre Gedanken. Sie machen Sie offenbar etwas freundlicher als gewöhnlich; aber irgendwie habe ich das Gefühl, als ob sie umherschweiften, als ob sie nicht hier bei mir seien."

Sie sah ihn nur an und lächelte. Seine Augen waren sehr nah. Den Arm über sie hinweggestreckt, stützte er sich auf die Liege, während seine andere Hand noch auf ihrem Haar ruhte. Sie schwiegen und sahen sich einander in die Augen. Als er sich vorbeugte und sie küßte, nahm sie seinen Kopf und drückte seine Lippen auf die ihren.

Es war der erste Kuß ihres Lebens, auf den ihre Natur wirklich ansprach. Er war eine brennende Fackel, die ihre Begierde entflammte.

XXVIII

Edna weinte diese Nacht ein wenig, als Arobin sie verlassen hatte. Es war nur eines der vielfältigen Gefühle, die über sie hereinbrachen. Da war ein überwältigendes Gefühl von Verantwortungslosigkeit. Da war der Schock des Unerwarteten und Ungewohnten. Da war der Vorwurf ihres Mannes, der aus allen Dingen um sie herum sprach, mit denen er für ihr äußeres Dasein gesorgt hatte. Da war Roberts Vorwurf, den sie in der lebendigeren, heftigeren und über-

wältigenderen Liebe spürte, die ihm gegenüber in ihr erwacht war. Vor allem aber hatte sie verstanden. Sie hatte das
Gefühl, als ob sich ein Nebelschleier von ihren Augen gehoben hätte, so daß sie nun die Bedeutung des Lebens sehen
und begreifen konnte, jene ungeheuerliche Mischung aus
Schönheit und Brutalität. Unter den widerstreitenden Gefühlen, die sie bedrängten, waren weder Scham noch Reue.
Sie empfand nur dumpf einen Stich des Bedauerns, weil
nicht der Kuß der Liebe sie entflammt, weil nicht Liebe diesen Kelch des Lebens an ihre Lippen gehalten hatte.

XXIX

Ohne auch nur die Antwort ihres Mannes bezüglich
seiner Meinung oder seiner Wünsche in der Sache abzuwarten, beschleunigte Edna die Vorbereitungen für den Umzug
aus dem Haus an der Esplanade Street in das kleine Haus um
die Ecke. Eine fieberhafte Unruhe begleitete jeden ihrer
Schritte in dieser Richtung. Es gab keinen Augenblick des
Nachdenkens, keine Ruhepause zwischen dem Gedanken
und seiner Ausführung. Früh an dem Morgen, der den mit
Arobin verbrachten Stunden folgte, ging Edna los, ihre neue
Bleibe zu mieten und die Vorbereitungen für den Einzug eilig in Gang zu setzen. Unter dem Dach ihres bisherigen
Heims fühlte sie sich wie jemand, der einen verbotenen
Tempel betreten hat, obwohl er auf der Schwelle zögerte,
weil tausend verhüllte Stimmen ihn zurückzuhalten ver-
suchten.

Was ihr eigen war in diesem Hause, alles, was sie unabhängig von ihres Mannes Vermögen erworben hatte, ließ sie
ins andere Haus bringen und ergänzte, was fehlte, mit einfachen und bescheidenen Mitteln aus eigenen Ersparnissen.

Arobin fand sie, die Ärmel hochgekrempelt, mit dem
Hausmädchen bei der Arbeit, als er am Nachmittag herein-
schaute. Sie sah glänzend aus und schien ihm hübscher denn
je in ihrem alten blauen Kleid, mit einem roten Seidentuch,

das sie, um ihr Haar vor Staub zu schützen, locker um den Kopf geschlungen hatte. Sie stand auf einer hohen Trittleiter und nahm gerade ein Bild von der Wand, als er eintrat. Er hatte die Haustür offen gefunden und war nach dem Klingeln ohne Anmeldung hereingekommen.

„Kommen Sie herunter!" sagte er. „Oder wollen Sie sich zu Tode stürzen?" Sie begrüßte ihn mit gespielter Unbekümmertheit und schien ganz in ihre Beschäftigung vertieft.

Wenn er erwartet hatte, sie sehnsuchtsvoll, vorwurfsvoll oder in sentimentalen Tränen aufgelöst anzutreffen, dann mußte er jetzt aufs Äußerste überrascht sein.

Auf jede dieser denkbaren Verfassungen hätte er reagieren können, gerade so locker und selbstverständlich, wie er sich auch jetzt in die gegebene Situation hineinfand.

„Bitte kommen Sie herunter", beharrte er, hielt die Leiter fest und sah zu ihr hinauf.

„Nein", antwortete sie; „Ellen hat Angst, auf die Leiter zu steigen. Joe arbeitet drüben im ‚Taubenhaus‘; den Namen hat Ellen ihm gegeben, weil es so klein ist und aussieht wie ein Taubenhaus – und irgendwer muß das hier ja schließlich tun."

Arobin zog seine Jacke aus und erklärte sich bereit und willens, statt ihrer das Schicksal herauszufordern. Ellen brachte ihm eine ihrer Hauben gegen den Staub und konnte sich vor Lachen kaum noch beherrschen, als sie sah, wie er sie vor dem Spiegel so komisch wie möglich aufsetzte. Edna selbst konnte ein Lächeln nicht unterdrücken, als sie auf seine Bitte die Haube befestigte. So stieg er nun seinerseits auf die Leiter, nahm die Bilder und Vorhänge ab und entfernte den Zierrat nach Ednas Anweisungen. Als er fertig war, nahm er die Haube vom Kopf und ging hinaus, um sich die Hände zu waschen.

Edna saß auf dem Hocker und strich mit den Federspitzen des Staubwedels spielerisch über den Teppich, als er wieder hereinkam.

„Haben Sie noch etwas für mich zu tun?" fragte er.

„Das war alles", antwortete sie. „Den Rest kann Ellen erledigen." Sie hielt die junge Frau im Salon beschäftigt, da sie nicht mit Arobin allein gelassen werden wollte.

„Was ist mit dem Festessen?" fragte er, „das große Ereignis, der *coup d'état*?"

„Das soll übermorgen stattfinden. Warum nennen Sie es einen *coup d'état*? Es wird ganz vorzüglich werden; von allem nur das Beste – Kristall, Silber und Gold, Sèvres, Blumen, Musik und soviel Champagner, daß man darin schwimmen kann. Ich werde Léonce die Rechnungen bezahlen lassen. Ich bin gespannt was er sagen wird, wenn er die Rechnungen sieht."

„Und Sie fragen noch, warum ich es einen *coup d'état* nenne?" Arobin hatte seine Jacke wieder angezogen, stellte sich vor sie hin und fragte, ob seine Krawatte richtig sitze. Sie sei in Ordnung, sagte sie und blickte dabei nicht höher als bis zu seinem Kragenrand.

„Wann ziehen Sie in das ‚Taubenhaus'? – mit der gebührenden Verbeugung vor Ellen."

„Übermorgen nach dem großen Essen. Ich werde dann dort schlafen."

„Ellen, wären Sie so freundlich, mir ein Glas Wasser zu bringen?" bat Arobin. „Der Staub von den Vorhängen, wenn Sie mir verzeihen, daß ich so etwas erwähne, hat meine Kehle völlig ausgetrocknet."

„Während Ellen das Wasser holen geht", sagte Edna und erhob sich, „will ich mich von Ihnen verabschieden und Sie alleine lassen. Ich muß mich von diesem Schmutz befreien und habe noch tausend Dinge zu tun und zu bedenken."

„Wann werde ich Sie wiedersehen?" fragte Arobin und versuchte, sie aufzuhalten, als das Mädchen aus dem Zimmer gegangen war.

„Bei dem Essen natürlich. Sie sind eingeladen."

„Nicht vorher? – Nicht heute abend oder morgen früh oder morgen mittag oder abend? Oder übermorgen früh oder mittag? Können Sie nicht selber sehen, ohne daß ich davon sprechen muß, was für eine Ewigkeit das ist?"

Er war ihr in die Halle gefolgt bis zum Fuß des Treppenaufgangs und schaute hinauf zu ihr; sie stand schon auf der Treppe und hatte ihr Gesicht noch immer ihm zugewandt.

„Nicht einen Augenblick früher", sagte sie. Aber sie lachte und sah ihn mit Augen an, die ihm noch einmal Mut zum Warten gaben und gleichzeitig das Warten zu einer Qual machten.

XXX

Obwohl Edna von dem Essen als einer großartigen Angelegenheit gesprochen hatte, war es in Wirklichkeit eine sehr kleine Angelegenheit und sehr exklusiv, denn es kamen nur wenig Gäste und diese waren mit Sorgfalt ausgewählt. Sie hatte mit genau einem Dutzend gerechnet, die sich um ihren runden Mahagonitisch setzen würden, hatte aber vergessen, daß Madame Ratignolle, im höchsten Grad *souffrante*, nicht mehr unter die Leute ging, und hatte nicht vorausgesehen, daß Madame Lebrun in der letzten Minute mit tausend Worten des Bedauerns absagen würde. So waren es nur zehn, zuguterletzt, was eine gemütliche und angenehme Runde ergab.

Es kamen Mr. und Mrs. Merriman, eine hübsche, lebhafte kleine Frau in den Dreißigern, ihr Gatte, jovial, etwas oberflächlich, der viel über anderer Leute Witze lachte und sich dadurch sehr beliebt gemacht hatte. Sie brachten Mrs. Highcamp mit. Natürlich war Alcée Arobin da; und Mademoiselle Reisz hatte eingewilligt zu kommen. Edna hatte ihr einen frischen Bund Veilchen mit schwarzen Spitzen für ihr Haar geschickt. Monsieur Ratignolle brachte sich selbst und die Entschuldigungen seiner Frau. Victor Lebrun, der zufällig in der Stadt war, auf Zerstreuung aus, hatte die Einladung mit Begeisterung angenommen. Außerdem war eine Miss Mayblunt da, nicht mehr ganz jung, die die Welt durch eine Lorgnette und mit heftigstem Interesse betrachtete. Man dachte und sagte, daß sie eine Intellektuelle sei; man vermutete, daß sie unter einem *nom de guerre* schrieb. Sie kam mit einem Herrn namens Gouvernail, einem Zeitungsmenschen, von dem nichts Besonderes zu sagen war, außer daß er alles aufmerksam beobachtete und dabei ruhig und unaufdringlich schien. Edna selbst war die Zehnte, und um halb neun setzten sie sich zu Tisch, Arobin und Monsieur Ratignolle zu beiden Seiten der Gastgeberin.

Mrs. Highcamp saß zwischen Arobin und Victor Lebrun. Dann kamen Mrs. Merriman, Mr. Gouvernail, Miss Mayblunt, Mr. Merriman und Mademoiselle Reisz neben Monsieur Ratignolle.

Eine ungemein prachtvolle Wirkung ging von der gedeckten Tafel aus, eine Art Glanz erstrahlte von der mattgelben, mit Spitzen verzierten Satindecke. Wachskerzen in massiven Messingleuchtern verbreiteten ein sanftes Licht unter gelben Seidenschirmen; es gab volle duftende Rosen im Überfluß, gelb und rot. Silber und Gold waren aufgedeckt, wie sie es gesagt hatte, und Kristall, das funkelte wie die Juwelen, die die Frauen trugen.

Die gewöhnlichen steifen Eßzimmerstühle waren weggeschafft und für diese Gelegenheit durch die bequemsten und besten Sessel, die sich im Haus finden ließen, ersetzt worden. Mademoiselle Reisz, die ausgesprochen klein war, saß durch Kissen erhöht, wie kleine Kinder manchmal bei Tisch durch dicke Wälzer auf die entsprechende Höhe gebracht werden.

„Ist das neu, Edna?" rief Miss Mayblunt aus, die Lorgnette auf einen herrlichen Diamantschmuck gerichtet, der in Ednas Haar funkelte, fast sprühte, genau über der Mitte ihrer Stirn.

„Ganz neu; in der Tat brandneu; ein Geschenk meines Mannes. Es kam heute morgen aus New York an. Ich kann es jetzt ja sagen, daß heute mein Geburtstag ist und ich neunundzwanzig geworden bin. Zu gegebener Zeit erwarte ich, daß Sie auf mein Wohl trinken. Unterdessen möchte ich Sie bitten, mit diesem Cocktail anzufangen, komponiert – würden Sie sagen ‚komponiert'?" mit einem Blick auf Miss Mayblunt – „komponiert von meinem Vater zu Ehren der Hochzeit meiner Schwester Janet."

Vor jedem Gast stand ein winziges Glas, das wie ein Edelstein aussah und funkelte.

„Dann, alles in allem", hub Arobin an, „mag es nicht fehl am Platz sein, wenn wir mit dem Cocktail, den er komponiert hat, zunächst auf das Wohl des Colonels trinken – am Geburtstag der charmantesten aller Frauen, seiner Tochter, die er erfunden hat."

Mr. Merrimans Gelächter über diese geistreiche Bemerkung war ein so unvermittelter Ausbruch und wirkte so ansteckend, daß es dem Essen einen angenehmen Auftakt gab, dessen Schwung auch später nicht nachließ.

Miss Mayblunt bat, den Cocktail unberührt vor sich stehen lassen zu dürfen, um ihn nur anzusehen. Die Farbe war wunderbar! Sie konnte sie mit nichts, das sie je gesehen, vergleichen; ein Granatgefunkel ging von ihm aus, das sie für einmalig erklärte. Sie nannte den Colonel einen Künstler und stand zu ihrem Wort. Monsieur Ratignolle war darauf eingestellt, die Dinge ernst zu nehmen: die *mets*, die *entre mets*, die Bedienung, die Dekoration, sogar die Leute. Er sah von seinem Pompanofisch auf und wollte von Arobin wissen, ob er mit dem Herrn desselben Namens verwandt sei, ein Kompagnon der Firma Laitner und Arobin, Rechtsanwälte. Der junge Mann gab zu, daß Laitner ein enger, persönlicher Freund von ihm sei, der ihm den Gefallen tat, den Namen Arobin auf seinem Briefkopf und auf einem Schild, das die Perdido Street zierte, erscheinen zu lassen.

„Es gibt soviele neugierige Menschen und Institutionen", sagte Arobin, „daß man heutzutage wirklich gezwungen ist, um der Bequemlichkeit willen sich mit der Tugend eines Berufs zu schmücken, selbst wenn man keinen hat."

Monsieur Ratignolle schaute ein wenig verdutzt und wandte sich dann Mademoiselle Reisz zu, um sie zu fragen, ob sie der Meinung sei, daß die Symphoniekonzerte immer noch das gleiche Niveau hätten wie im letzten Winter. Mademoiselle antwortete Monsieur Ratignolle auf Französisch, was Edna unter den gegebenen Umständen für ein wenig unhöflich hielt, aber gleichzeitig für charakteristisch. Mademoiselle hatte nur Schlechtes über die Symphoniekonzerte zu sagen und machte beleidigende Bemerkungen über alle Musiker in New Orleans, einzeln und zusammen. Weit mehr interessierte sie sich für die Köstlichkeiten, die vor ihr standen.

Mr. Merriman sagte, daß Mr. Arobins Bemerkung über neugierige Leute ihn an einen Mann aus Waco erinnere, den er vor ein paar Tagen im St. Charles Hotel kennengelernt hatte – aber da Mr. Merrimans Geschichten immer langweilig und ohne Pointe waren, erlaubte ihm seine Frau selten, sie zu Ende zu führen. Sie unterbrach ihn, um zu fragen, ob er sich an den Namen des Autors erinnere, von dem sie vergangene Woche ein Buch gekauft hatte, um es einer Freundin nach Genf zu schicken. Sie unterhielt sich mit Mr. Gouvernail über Bücher und versuchte, ihm seine Meinung zu aktuellen literarischen Themen aus der Nase zu ziehen. Ihr Mann setzte die Geschichte über den Mann aus Waco in privatem Gespräch mit Miss Mayblunt fort, die vorgab, sie äußerst unterhaltsam und ausgesprochen geistreich zu finden. Mrs. Highcamp folgte mit müdem, aber ungespieltem Interesse dem hitzigen und energischen Redeschwall ihres linken Nachbarn Victor Lebrun. Ihre Aufmerksamkeit für ihn hatte keinen Augenblick nachgelassen, seit sie sich zu Tisch gesetzt hatte; und als er sich Mrs. Merriman zuwandte, die hübscher und lebhafter war als Mrs. Highcamp, wartete sie mit gelassener Gleichgültigkeit auf eine Gelegenheit, seine Beachtung wiederzuerlangen. Gelegentlich ertönte Musik von Mandolinen, weit genug entfernt, um eher eine angenehme Begleitung der Unterhaltung als eine Unterbrechung abzugeben. Von draußen konnte man das leichte, gleichförmige Plätschern eines Springbrunnens hören; das Geräusch drang zusammen mit dem schweren Duft von Jasmin durch die offenen Fenster in den Raum.

Das goldschimmernde Satinkleid Ednas fiel in reichen Falten an ihr herab. Eine zarte Spitzenstola lag um ihre Schulter. Sie hatte die Farbe ihrer Haut, aber ohne ihr Leuchten, ohne die Myriaden lebendiger Farbtöne, die man manchmal auf der pulsierenden Haut entdecken kann. Etwas in ihrer Haltung, in ihrer ganzen Erscheinung, als sie den Kopf in die hohe Lehne ihres Sessels zurücklegte und ihre Arme ausstreckte, erweckte die Vorstellung einer königlichen Frau, einer Herrscherin, die auf alles sieht und alleine steht.

Doch als sie da mitten unter ihren Gästen saß, spürte sie wieder, wie der alte Überdruß sie ergriff, die Hoffnungslosigkeit, die sie so oft überfiel, die sie zwanghaft überkam wie etwas von außen, etwas von ihrem Willen Unabhängiges. Es war etwas, das sich ankündigte; ein kühler Hauch schien von einer unermeßlich weiten Höhle auszugehen, in der klagende Mißtöne hallten. Es überkam sie die plötzliche Sehnsucht, die ihr immer den Geliebten vor ihr geistiges Auge führte, und überwältigte sie alsbald mit dem Gefühl des Unerreichbaren.

Die Zeit glitt dahin, eine freundschaftliche Atmosphäre durchzog den Kreis wie ein geheimes Band, das diese Menschen in Scherz und Gelächter zusammenschloß. Monsieur Ratignolle war der erste, der diesen angenehmen Zauber durchbrach. Um zehn Uhr entschuldigte er sich. Madame Ratignolle wartete zuhause auf ihn. Sie war *bien souffrante* und voll unbestimmter Furcht, die nur durch die Gegenwart ihres Mannes gemildert wurde.

Mademoiselle Reisz erhob sich mit Monsieur Ratignolle, der anbot, sie zur Straßenbahn zu bringen. Sie hatte gut gegessen; sie hatte die guten schweren Weine probiert, und die mochten ihr den Kopf verdreht haben, denn sie verbeugte sich liebenswürdig vor allen, als sie sich von der Tafel zurückzog. Sie küßte Edna auf die Schulter und flüsterte: *„Bonne nuit, ma reine; soyez sage."* Ihr war ein wenig schwindlig, weil sie so plötzlich aufgestanden oder vielmehr von den aufgetürmten Kissen heruntergestiegen war. Monsieur Ratignolle nahm galant ihren Arm und führte sie hinaus.

Mrs. Highcamp flocht einen Kranz von Rosen, gelben und roten. Als sie den Kranz fertig hatte, setzte sie ihn behutsam auf Victors schwarze Locken. Er hatte sich weit in seinen bequemen Sessel zurückgelehnt und hielt ein Glas Champagner gegen das Licht.

Als ob ihn ein Zauberstab berührt hätte, verwandelte ihn das Rosengebinde in das Bild einer orientalischen Schönheit. Seine Wangen hatten die Farbe ausgepreßter Trauben, und in seinen dunklen Augen glühte ein schwaches Feuer.

„Sapristi!" rief Arobin aus.

Doch Mrs. Highcamp wußte dem Bild noch einen letzten Schliff zu geben. Von ihrer Sessellehne nahm sie einen weißen, seidenen Schal, mit dem sie zu Beginn des Abends ihre Schultern bedeckt hatte. Sie drapierte ihn in anmutigen Falten um die Figur des jungen Mannes, so daß er den schwarzen, konventionellen Abendanzug verdeckte. Er ließ sich gefallen, was sie mit ihm anstellte, lächelte nur, wobei seine schimmernden weißen Zähne zum Vorschein kamen, und hörte nicht auf, mit zusammengekniffenen Augen durch sein Champagnerglas das Licht anzustarren.

„Oh, könnte ich doch auch mit Farben malen statt mit Worten!" rief Miss Mayblunt aus und verlor sich in einer träumerischen Rhapsodie, als sie ihn anschaute.

„*There was a graven image of Desire*
Painted with red blood on a ground of gold"
murmelte Gouvernail, kaum hörbar.

Die Wirkung des Weines zeigte sich bei Victor darin, daß seine gewohnte Redseligkeit einem Schweigen wich. Er schien in einer Träumerei verloren und versunken in den Anblick angenehmer Visionen, die den bernsteinfarbenen Champagnerperlen entstiegen.

„Singen Sie etwas", bat Mrs. Highcamp. „Wollen Sie nicht für uns singen?"

„Lassen Sie ihn in Ruhe", sagte Arobin.

„Er posiert für uns", meinte Mr. Merriman; „lassen Sie es ihn auskosten."

„Ich glaube, er ist gelähmt", lachte Mrs. Merriman. Und über den Sessel des jungen Mannes gelehnt nahm sie ihm das Glas aus der Hand und hielt es an seine Lippen. Er trank den Wein bedächtig, und als er das Glas geleert hatte, stellte sie es auf den Tisch zurück und wischte ihm mit ihrem kleinen, duftigen Taschentuch über die Lippen.

„Ja, ich werde für Sie singen", sagte er, im Sessel zu Mrs. Highcamp gewandt. Er verschränkte die Hände hinter dem Kopf, richtete seinen Blick zur Decke und fing an zu summen, probierte seine Stimme aus, wie ein Musiker sein Instrument stimmt. Dann sah er Edna an und fing an zu singen:

„*Ah! Si tu savais!*"

„Halt!" rief sie, „singen Sie das nicht. Ich möchte nicht, daß Sie dieses Lied singen", und sie stellte ihr Glas so heftig und blindlings auf den Tisch, daß es gegen eine Karaffe klirrte. Der Wein ergoß sich über Arobins Beine, und etwas tröpfelte hinunter auf Mrs. Highcamps schwarzes Gazekleid. Victor hatte jegliche Spur von Höflichkeit verloren, oder er mußte gedacht haben, seine Gastgeberin meine es nicht ernst, denn er lachte und fuhr fort:

> *„Ah! Si tu savais*
> *Ce que tes yeux me disent"* –

„Nein! Sie dürfen das nicht singen! Sie dürfen nicht", rief Edna und, ihren Stuhl zurückstoßend, stand sie auf, trat hinter ihn und legte ihre Hand auf seinen Mund. Er küßte die weiche Handfläche, die sie auf seine Lippen preßte.

„Schon gut, ich höre auf, Mrs. Pontellier. Ich wußte nicht, daß Sie es so ernst gemeint haben", er sah sie mit zärtlichen Augen an. Die Berührung seiner Lippen spürte sie wie einen angenehmen Stich in ihrer Hand. Sie nahm das Rosengebinde von seinem Kopf und warf es quer durch den Raum.

„Komm, Victor; du hast lange genug posiert. Gib Mrs. Highcamp ihren Schal zurück."

Mrs. Highcamp wickelte ihn eigenhändig aus dem Schal. Miss Mayblunt und Mr. Gouvernail hatten plötzlich den Eindruck, es sei an der Zeit, Gute Nacht zu sagen. Und Mr. und Mrs. Merriman fragten sich, wie es so spät geworden sein könne.

Bevor sie sich von Victor verabschiedete, lud Mrs. Highcamp ihn ein, ihre Tochter zu besuchen, die, dessen war sie sicher, erfreut wäre, ihn kennenzulernen und mit ihm Französisch zu sprechen und französische Lieder zu singen. Victor äußerte den Wunsch und die Absicht, Miss Highcamp bei der ersten sich bietenden Gelegenheit zu besuchen. Er fragte Arobin, ob dieser ihn ein Stück des Weges begleite. Arobin verneinte.

Die Mandolinenspieler hatten sich schon lange davongestohlen. Eine tiefe Ruhe hatte sich auf die breite, schöne Straße gesenkt. Ednas Gäste machten sich in verschiedene Richtungen auf den Heimweg; ihre Stimmen brachen wie dissonante Töne in die stille Harmonie der Nacht.

XXXI

„Und nun?" fragte Arobin, der bei Edna geblieben war, als die anderen sich schon verabschiedet hatten.

„Nun", wiederholte sie, stand dann auf und reckte ihre Arme; sie hatte das Bedürfnis nach dem langen Sitzen ihre Muskeln zu entspannen.

„Was nun?" fragte er.

„Die Hausangestellten sind alle weg. Sie sind gleichzeitig mit den Musikern gegangen. Ich habe sie weggeschickt. Das Haus muß verschlossen und verriegelt werden; dann werde ich hinüber zum Taubenhaus gehen und morgen früh Celestine hierher schicken, um alles in Ordnung zu bringen."

Er sah sich um und fing an, einige der Lichter auszulöschen.

„Wie steht es mit der oberen Etage?" wollte er wissen.

„Ich glaube, da ist alles in Ordnung; aber ein paar Fenster sind vielleicht nicht geschlossen. Man sollte das lieber überprüfen; Sie könnten eine Kerze nehmen und nachsehen. Am Fußende des Bettes im mittleren Zimmer liegen mein Umhang und mein Hut; bringen Sie mir beides bitte mit herunter."

Er ging mit dem Licht hinauf, und Edna fing an, Türen und Fenster zu schließen. Es widerstrebte ihr allerdings, auf diese Weise den Rauch und den Weindunst mit einzuschließen. Arobin fand Cape und Hut, brachte sie hinunter und war ihr beim Anziehen behilflich.

Als alles gesichert und die Lichter gelöscht waren, verließen sie das Haus durch die Vordertür, Arobin schloß ab und steckte den Schlüssel ein. Er half Edna die Treppen hinunter.

„Möchten Sie einen Jasminzweig?" fragte er, einige Blüten im Vorübergehen abbrechend.

„Nein; ich möchte gar nichts."

Sie schien bedrückt und wußte nichts zu sagen. Sie nahm den ihr dargebotenen Arm, mit der anderen Hand

hatte sie ihre Satinschleppe gerafft. Sie hielt den Blick gesenkt und beobachtete die schwarzen Umrisse seines Ho-
senbeines dicht an dem gelben Schimmer ihres Kleides in
rhythmischer Bewegung hervortreten und wieder ver-
schwinden. Ein Eisenbahnzug pfiff irgendwo in der Ferne,
und die Mitternachtsglocken läuteten. Sie begegneten niemanden auf ihrem kurzen Weg.

Hinter einem verriegelten Gartentor und einem niedrigen, etwas verwilderten Vorgarten stand das „Taubenhaus".
An seiner Vorderseite gab es eine kleine Veranda, auf die ein
breites Fenster und die Eingangstür führten. Die Tür ging
direkt in den Salon; es gab keinen Seiteneingang. Hinten im
Hof war ein kleiner Raum für die Hausangestellten, in dem
die alte Celestine untergebracht worden war.

Edna hatte die Lampe auf dem Tisch mit schwacher
Flamme brennen lassen. Es war ihr gelungen, dem Raum ein
wohnliches und anheimelndes Aussehen zu geben. Einige
Bücher lagen auf dem Tisch, und nahe dabei stand eine
Liege. Der Boden war frisch hergerichtet, einige Teppiche
lagen ausgebreitet, und an den Wänden hingen ein paar geschmackvolle Bilder. Doch der Raum war voll von Blumen.
Das war eine Überraschung für sie. Arobin hatte sie geschickt und Celestine veranlaßt, sie während Ednas Abwesenheit zu verteilen. Ihr Schlafzimmer lag nebenan, und
durch einen schmalen Flur gelangte man ins Eßzimmer und
in die Küche.

Edna setzte sich; allem Anschein nach fühlte sie sich
unwohl.

„Sind Sie müde?" fragte er.

„Ja, und verkühlt und elend. Ich fühle mich überdreht
und so als ob in mir etwas zersprungen sei." Sie hatte den
Kopf auf ihren nackten Arm gegen den Tisch sinken lassen.

„Sie möchten sich hinlegen", sagte er, „und Ihre Ruhe
haben. Ich werde gehen; ich verlasse Sie, dann können Sie
zu Bett gehen."

„Ja", antwortete sie.

Er stand neben ihr und glättete ihr Haar mit seiner zärtlichen, magnetischen Hand. Seine Berührung vermittelte ihr

ein körperliches Wohlgefühl. Sie hätte ohne weiteres einschlafen können, während er seine Hand weiter über ihr
Haar gleiten ließ. Er strich das Haar vom Nacken her auf-
wärts.

„Ich hoffe, Sie fühlen sich morgen früh besser und
glücklicher", sagte er. „Sie haben sich in den letzten Tagen
zuviel vorgenommen. Das Essen hatte gerade noch gefehlt;
Sie hätten sich das sparen können."

„Ja", gab sie zu; „es war dumm von mir."

„Nein, es war herrlich; aber es hat Ihnen die letzte
Kraft genommen."

Seine Hand war auf ihre schönen Schultern geglitten,
und er konnte spüren, wie ihr Körper seine Berührung erwiderte. Er setzte sich neben sie und küßte sie leicht auf die
Schulter.

„Ich dachte, Sie wollten gehen", sagte sie mit un-
sicherer Stimme.

„Ich gehe, wenn ich Gute Nacht gesagt habe."

„Gute Nacht", murmelte sie.

Er antwortete nicht, fuhr nur fort, sie zu streicheln. Er
sagte nicht eher Gute Nacht, als bis sie seinen sanften verführerischen Bitten nachgegeben hatte.

XXXII

Als Mr. Pontellier von dem Vorhaben seiner Frau erfuhr, ihr gemeinsames Heim zu verlassen und sich eine andere Wohnung zu nehmen, schrieb er ihr sofort einen Brief,
in dem er ihr Verhalten rundum mißbilligte und dagegen
Protest einlegte. Sie habe Gründe angegeben, die er nicht für
angemessen halten könne. Er hoffe, sie habe nicht aus einem
voreiligen Impuls heraus gehandelt; und er bat sie, doch erst
einmal zu bedenken, zuallererst und vor allem, was wohl die
Leute sagen würden. Er dachte nicht im Traum an einen
Skandal, als er diese Warnung äußerte; so etwas wäre ihm

nie in den Sinn gekommen in Verbindung mit dem Namen seiner Frau oder seinem eigenen. Er dachte ganz einfach an seine finanzielle Integrität. Es könnte herumgeredet werden, daß die Pontelliers geschäftliche Rückschläge erlebt hätten und deshalb gezwungen seien, ihre *menage* auf bescheidenerem Niveau zu führen als bisher. Das könnte seiner geschäftlichen Zukunft unberechenbaren Schaden zufügen.

Aber als er sich Ednas launenhaften Gemütszustand in der letzten Zeit vergegenwärtigte, sah er es als wahrscheinlicher an, daß sie ihren impulsiven Entschluß unmittelbar in die Tat umgesetzt haben würde. Wie immer erfaßte er die Situation geistesgegenwärtig und begegnete ihr mit dem in seinen Geschäften so bewährten Takt und Einfallsreichtum.

Mit derselben Post, die Edna seine briefliche Mißbilligung brachte, kamen auch Instruktionen – äußerst detaillierte Instruktionen für einen bekannten Architekten, der die Renovierung seines Hauses in Angriff nehmen solle, Veränderungen, die er seit langem geplant habe, und die er nun während seiner zeitweiligen Abwesenheit gerne ausgeführt hätte.

Erfahrene und zuverlässige Packer und Spediteure wurden bestellt, um die Möbel, Teppiche, Bilder – kurz alles Bewegliche – an einen sicheren Ort zu transportieren. Und innerhalb unglaublich kurzer Zeit war das Haus der Pontelliers in den Händen der Handwerker. Ein Anbau sollte gemacht werden – ein kleines behagliches Zimmer; einige Wände sollten mit Fresken bemalt und Hartholzböden in jenen Räumen gelegt werden, die dieser Aufbesserung noch nicht unterzogen worden waren.

Überdies erschien in einer der Tageszeitungen eine kurze Notiz darüber, daß Mr. und Mrs. Pontellier für den Sommer eine Überseereise planten, daß weiter ihr hübscher Wohnsitz auf der Esplanade Street großzügigen Veränderungen unterzogen würde und deshalb erst nach ihrer Rückkehr wieder bezogen werden könne. Mr. Pontellier hatte den Schein gewahrt.

Edna bewunderte die Geschicklichkeit seines Manövers und unternahm nichts, was seinen Plan hätte vereiteln können. Wurde die Version, mit der Mr. Pontellier die Situation dargeboten hatte, von der Öffentlichkeit als selbstverständlich hingenommen, so hatte Edna offensichtlich nichts dagegen einzuwenden.

Das Taubenhaus gefiel ihr. Es nahm sofort den vertrauten Charakter eines Zuhauses an, denn den Liebreiz, der von ihr selber ausging, strahlte es wie ein warmes Glühen zurück. Sie hatte das Gefühl, in der sozialen Ordnung abgestiegen zu sein, gleichzeitig aber das Empfinden, in der geistigen nun höher zu stehen. Jeder Schritt, den sie unternahm, um sich von Verpflichtungen zu befreien, trug zu ihrer Stärke und ihrer Entfaltung als Individuum bei. Sie fing an, mit eigenen Augen zu sehen, die tieferen Strömungen des Lebens zu erkennen und zu begreifen. Sie gab sich nicht länger damit zufrieden, von anderer Leute Meinungen zu leben, wenn ihre eigene Seele zu ihr sprach.

Nach einer Weile, es war in der Tat wenige Tage später, fuhr Edna nach Iberville, um dort eine Woche mit ihren Kindern zu verbringen. Es waren herrliche Februartage, und das ganze Versprechen des Sommers lag bereits in der Luft.

Wie froh sie war, die Kinder wiederzusehen! Sie weinte vor Freude, als sie spürte, wie ihre kleinen Arme sie umfaßten, wie sich ihre festen, rundlichen Wangen an ihre eigenen glühenden Wangen drückten. Mit gierigen Augen, die sich nicht satt sehen konnten, sah sie in ihre Gesichter. Und was für Geschichten sie ihrer Mutter zu erzählen hatten! Über die Schweine, die Kühe, die Maultiere! Sie erzählten, wie sie mit Gluglu zur Mühle geritten waren, wie sie mit ihrem Onkel Jasper hinten im See fischen gingen, wie sie mit dem Kinderschwarm der schwarzen Lidie Pekannüsse pflückten und in ihrem Expresswaggon Holzstücke transportierten. Es machte tausendmal mehr Spaß, richtige Holzstücke für das richtige Feuer der alten, gelähmten Susie herbeizuschaffen, als bemalte Klötze über das Trottoir der Esplanade Street zu karren!

Sie zog dann selbst mit ihnen los, um die Schweine und Kühe zu betrachten, den Schwarzen beim Zuckerrohrhauen zuzusehen, Pekanbäume zu schütteln und hinten im See Fische zu fangen. Sie lebte mit ihnen eine ganze Woche lang, gab ihnen alles von sich und nahm ihr ganzes junges Dasein in sich auf. Sie lauschten ihr mit offenem Mund, als sie ihnen erzählte, daß es in dem Haus an der Esplanade Street nur so wimmele von Arbeitern, die hämmerten, nagelten, sägten und unsäglichen Lärm veranstalteten. Sie wollten wissen, wo ihr Bett jetzt stehe, was mit ihrem Schaukelpferd geschehen sei und wo Joe nun schliefe und wohin Ellen gegangen sei, ebenso die Köchin. Doch vor allem brannten sie vor Neugier, das kleine Haus um die Ecke zu sehen. Gab es dort Platz zum Spielen? Wohnten nebenan Jungen? Raoul war in pessimistischer Vorahnung davon überzeugt, daß es nebenan nur Mädchen gäbe. Wo würden sie schlafen, und wo Papa? Sie antwortete ihnen, daß die Feen schon alles regeln würden.

Die alte Dame war von Ednas Besuch entzückt und überschüttete sie mit allen möglichen wohlersonnenen Aufmerksamkeiten. Sie war erfreut zu hören, daß das Haus auf der Esplanade Street sich in einem Zustand der Auflösung befand. Sie entnahm daraus für sich das Versprechen und den Vorwand, die Kinder auf unabsehbare Zeit bei sich zu behalten.

Bei ihrer Abreise konnte sich Edna nur schweren Herzens von den Kindern trennen. Sie trug den Klang ihrer Stimmen und die Berührung ihrer Wangen mit sich fort. Auf der ganzen Heimreise waren sie ihr gegenwärtig wie die Erinnerung an ein schönes Lied. Doch sobald sie die Stadt wieder erreicht hatte, war das Lied in ihrer Seele verklungen. Sie war wieder allein.

XXXIII

Manchmal, wenn Edna Mademoiselle Reisz besuchen wollte, war die kleine Musikerin nicht zuhause, weil sie entweder Unterricht gab oder irgendwelche kleineren Besorgungen für den Haushalt machte. Der Schlüssel lag immer in einem geheimen Versteck am Eingang, das Edna kannte. Wenn Mademoiselle gerade nicht da war, trat Edna für gewöhnlich ein und wartete auf ihre Rückkehr.

Als sie eines Nachmittags an Mademoiselle Reisz' Tür klopfte, bekam sie wieder einmal keine Antwort; so schloß sie wie gewohnt die Tür auf, trat ein und fand die Wohnung verlassen, so wie sie es erwartet hatte. Sie hatte einen ziemlich lebhaften Tag hinter sich und suchte nun ihre Freundin auf, um Ruhe und Zuflucht zu finden und um mit ihr über Robert zu reden.

Sie hatte den ganzen Morgen an der Staffelei gestanden und gearbeitet – an der Charakterstudie eines jungen Italieners, an die sie noch ohne Modell letzte Hand anlegen mußte; aber es hatte viele Unterbrechungen gegeben, irgendeinen Zwischenfall in ihrem kleinen Haushalt und ein paar weitere Störungen von außen.

Madame Ratignolle hatte sich zu ihr herübergeschleppt; auf ihrem Weg hatte sie allzu belebte Straßen und Plätze gemieden, wie sie sagte. Sie beklagte sich, daß Edna sie in letzter Zeit sehr vernachlässigt habe. Dazu verzehrte sie sich vor Neugier, das kleine Haus zu besichtigen und zu sehen, wie es geführt wurde. Sie wollte alles über das Festessen hören; Monsieur Ratignolle war ja *so* früh gegangen. Was geschah noch alles, nachdem er gegangen war? Der Champagner und die Trauben, die Edna ihr mitgeschickt hatte, waren *zu* köstlich. Sie hatten ihren Magen erfrischt und beruhigt, wo sie doch zur Zeit so wenig Appetit hatte. Wo in aller Welt würde sie Mr. Pontellier in dem kleinen Haus unterbringen, und die Kinder? Und dann nahm sie Edna das Versprechen ab, ihr beizustehen, sobald ihre schwere Stunde gekommen sei.

„Jederzeit – zu jeder Tages- und Nachtzeit, meine Liebe", versicherte ihr Edna.

Bevor sie ging, sagte Madame Ratignolle noch:

„Irgendwie kommen Sie mir wie ein Kind vor, Edna. Sie scheinen ohne das Maß an Überlegung zu handeln, das für dieses Leben unabdingbar ist. Darum möchte ich Sie bitten, es mir nicht übel zu nehmen, wenn ich Ihnen den Rat

gebe, ein wenig vorsichtiger zu sein, solange sie alleine leben. Warum laden sie nicht jemanden ein, bei Ihnen zu
wohnen? Würde Mademoiselle Reisz vielleicht kommen?"

„Nein; sie würde bestimmt nicht kommen, und ich
wollte sie auch nicht immer um mich herum haben."

„Nun ja, der Anlaß für meinen Rat – Sie wissen ja, wie
schlecht gesinnt die Welt ist – jemand erzählte, daß Alcée
Arobin Sie häufiger besuchen käme. Das würde natürlich
nichts ausmachen, wenn nur Mr. Arobin nicht einen so
schrecklich schlechten Ruf hätte. Wie Monsieur Ratignolle
mir erzählte, bieten schon seine Aufmerksamkeiten einen
ausreichenden Anlaß, um den Namen einer Frau zu ruinie-
ren."

„Prahlt er mit seinen Erfolgen?" fragte Edna scheinbar
unbeteiligt, auf ihre Malerei konzentriert.

„Nein, das glaube ich nicht. Ich halte ihn für einen an-
ständigen Kerl, was das betrifft. Aber sein Charakter ist unter Männern wohlbekannt. Ich werde es nicht schaffen, Sie
noch einmal zu besuchen; es war schon heute sehr, sehr un-
vorsichtig von mir."

„Passen Sie auf die Stufe auf!" rief Edna.

„Lassen Sie mich nicht im Stich", bat Madame Ratignolle eindringlich; „und machen Sie sich nichts aus dem,
was ich über Arobin gesagt habe oder darüber, daß sie jemanden bei sich haben sollten."

„Natürlich nicht", lachte Edna. „Sie können zu mir sagen, was immer sie möchten." Sie küßten sich zum Abschied. Madame Ratignolle hatte nicht weit zu gehen, und
Edna stand eine Weile auf der Veranda und blickte ihr nach,
als sie die Straße hinunterging.

Dann kamen am Nachmittag Mrs. Merriman und Mrs.
Highcamp, um sich für das Fest zu bedanken. Edna dachte
bei sich, daß sie sich diese Formalität hätten schenken können. Sie waren auch gekommen, um sie für einen Abend
zum *vingt-et-un* bei Mrs. Merriman einzuladen. Sie wurde
gebeten, früh zu kommen, schon zum Essen, und Mr. Merriman oder Mr. Arobin würden sie nach Hause bringen.
Edna sagte halbherzig zu. Manchmal empfand sie starken
Überdruß an Mrs. Highcamp und Mrs. Merriman.

Spät am Nachmittag suchte sie dann Zuflucht bei Mademoiselle Reisz, und als sie jetzt alleine dasaß und auf sie wartete, fühlte sie, wie mit der Atmosphäre der schäbigen, anspruchslosen kleinen Wohnung eine Art Ruhe über sie kam.

Edna saß am Fenster, von dem aus man auf die Dächer und über den Fluß hinausblicken konnte. Das Fensterbrett stand voll von Blumentöpfen, und sie saß und pflückte trockene Blätter von einer rosa Geranie. Es war ein warmer Tag, und eine angenehme Brise kam vom Fluß herauf. Sie nahm ihren Hut ab und legte ihn auf das Klavier. Sie fuhr fort, trockene Blätter abzupflücken und die Erde um die Pflanzen herum mit ihrer Hutnadel aufzulockern. Einmal glaubte sie, Mademoiselle Reisz kommen zu hören. Doch es war ein junges schwarzes Mädchen, das mit einem kleinen Bündel Wäsche hereinkam, es ins Nebenzimmer brachte und wieder verschwand.

Edna setzte sich ans Klavier und suchte auf den Tasten vorsichtig mit einer Hand die Töne eines Musikstücks, dessen Noten aufgeschlagen vor ihr lagen. Eine halbe Stunde verging. Hin und wieder hörte sie Geräusche von Leuten, die im unteren Stockwerk kamen und gingen. Sie fand allmählich Interesse an ihren Versuchen, die Arie vom Blatt zu spielen, als es zum zweiten Mal an der Tür klopfte. Sie fragte sich beiläufig, was diese Leute täten, wenn sie Mademoiselles Tür verschlossen fänden.

„Herein", rief sie und wandte ihr Gesicht zur Tür. Und diesmal war es Robert Lebrun, der eintrat. Sie versuchte aufzustehen; das hätte sie nicht tun sollen, wenn sie die Erregung hätte verbergen wollen, die sie bei seinem Anblick übermannte. So sank sie zurück auf den Hocker und brachte nur heraus, „Sie, Robert!"

Er ging zu ihr und ergriff ihre Hand, anscheinend ohne zu wissen, was er sagte oder tat.

„Mrs. Pontellier! Wie kommt es – oh! wie gut Sie aussehen! Ist Mademoiselle Reisz nicht hier? Ich hätte nie erwartet, Sie hier zu sehen."

„Wann sind Sie zurückgekommen?" fragte Edna mit schwankender Stimme, wischte sich mit ihrem Taschentuch übers Gesicht. Ihr schien nicht wohl zu sein, wie sie da auf dem Klavierhocker saß, und er schlug ihr vor, sich in den Sessel am Fenster zu setzen. Das tat sie denn auch, mechanisch, während er sich auf den Hocker setzte.

„Ich bin vorgestern zurückgekehrt", antwortete er und legte seinen Arm so auf die Tasten, daß ein mißtönender Akkord erscholl.

„Vorgestern!" wiederholte sie laut; und für sich selbst wiederholte sie in Gedanken, „vorgestern", als ob sie den Sinn des Wortes nicht verstünde. Sie hatte sich ausgemalt, wie er sie in der ersten Stunde nach seiner Rückkehr aufsuchen würde. Und nun lebte er schon seit zwei Tagen unter demselben Himmel, war auch jetzt nur aus Zufall auf sie gestoßen. Mademoiselle mußte gelogen haben, als sie sagte, „Der Dummkopf, er liebt Sie."

„Vorgestern", wiederholte sie, einen Zweig von Mademoiselles Geranien abbrechend. „Wenn Sie mich heute nicht zufällig hier getroffen hätten, wären Sie dann nicht – wann – das heißt, hatten Sie nicht vor, mich zu besuchen?"

„Natürlich wäre ich Sie besuchen gekommen. Es gab soviel zu tun –" Er blätterte nervös in Mademoiselles Noten. „Ich habe schon gestern wieder in der alten Firma angefangen. Schließlich bieten sich mir hier die gleichen Möglichkeiten wie dort – das heißt, es könnte sich mir eines Tages auszahlen. Die Mexikaner waren mir nicht sehr sympathisch."

So war er zurückgekommen, weil die Mexikaner ihm nicht sympathisch waren, weil die Geschäfte hier genausogut gehen wie dort – aus irgendwelchen Gründen und nicht deshalb, weil er ihr nahe sein wollte. Sie erinnerte sich an den Tag, als sie auf dem Boden saß, die Seiten seines Briefes durchblätterte und nach einem Grund suchte, der ungenannt blieb.

Sie hatte noch gar nicht wahrgenommen, wie er aussah – seine Gegenwart nur gefühlt; doch jetzt drehte sie sich bewußt um und betrachtete ihn. Nun denn, er war nur wenige Monate weggewesen und hatte sich nicht verändert. Seine Haare – von derselben Farbe wie die ihren – wellten sich von den Schläfen aus nach hinten, genauso wie zuvor. Seine

Haut war nicht gebräunter als auf Grand Isle. Sie fand in seinen Augen, als er sie für einen Augenblick schweigend ansah, dieselbe zärtliche Liebkosung, nur noch wärmer und bittender als zuvor – derselbe Blick, der in die schlafenden Bereiche ihrer Seele eingedrungen war und sie geweckt hatte.

Hundertmal hatte sich Edna Roberts Rückkehr, ihr erstes Zusammentreffen ausgemalt. Meistens fand dies bei ihr zuhause statt, wo er sie umgehend aufgesucht hatte. Sie hatte sich immer wieder vorgestellt, wie er seine Liebe zu ihr ausdrücken oder offenbaren würde. Und jetzt, in Wirklichkeit, saßen sie zehn Fuß voneinander entfernt, sie am Fenster, Geranienblätter zerkrümelnd und daran riechend, und er auf dem Klavierhocker, mit dem er sich im Kreise herumdrehte und sagte:

„Ich war sehr überrascht, von Mr. Pontelliers Abwesenheit zu hören; es wunderte mich, daß Mademoiselle Reisz mir nichts davon geschrieben hat; und Ihr Umzug – Mutter erzählte mir gestern davon. Ich hätte gedacht, Sie würden eher mit ihm nach New York fahren oder nach Iberville mit den Kindern, als hier mit dem Haushalt beschäftigt zu sein. Und Sie planen eine Überseereise, wie ich gehört habe. Wir werden Sie auf Grand Isle nächsten Sommer vermissen; es wird nicht – sehen Sie Mademoiselle Reisz heute? Sie sprach viel von Ihnen in den wenigen Briefen, die sie mir schrieb.“

„Erinnern Sie sich, daß Sie versprachen mir zu schreiben, als Sie weggingen?“ Ein plötzlicher Anflug von Röte überzog sein ganzes Gesicht.

„Ich konnte mir nicht vorstellen, daß meine Briefe Sie im geringsten interessieren würden.“

„Das ist eine Ausrede; das ist nicht die Wahrheit.“ Edna griff nach ihrem Hut auf dem Klavier. Sie setzte ihn auf und steckte mit einiger Entschlossenheit die Hutnadel durch ihren schweren Haarkranz.

„Wollen Sie nicht auf Mademoiselle Reisz warten?“ fragte Robert.

„Nein; ich habe die Erfahrung gemacht, daß sie, wenn sie schon solange weg ist, wahrscheinlich auch erst sehr spät nach Hause kommt." Sie zog ihre Handschuhe an, und Robert nahm seinen Hut.

„Wollen Sie nicht auf sie warten?" fragte Edna.

„Nicht, wenn Sie der Meinung sind, daß sie erst sehr spät zurückkommen wird", und, als ob er sich plötzlich einer gewissen Unhöflichkeit in seiner Rede bewußt würde, fügte er hinzu, „außerdem würde ich das Vergnügen versäumen, Sie nach Hause zu begleiten." Edna schloß die Tür ab und legte den Schlüssel in sein Versteck zurück.

Sie machten sich zusammen auf den Weg durch schlammige Straßen und über Gehwege, die halb versperrt waren von den billigen Auslagen kleiner Händler. Nachdem sie einen Teil des Weges mit der Straßenbahn zurückgelegt hatten, kamen sie an der Villa der Pontelliers vorbei, die wie abgerissen und in ihre Einzelteile zerlegt aussah. Robert hatte das Haus nie gesehen und betrachtete es mit Interesse.

„Ich habe Sie nie in Ihrem Haus erlebt", bemerkte er.

„Darüber bin ich froh."

„Warum?" Sie antwortete nicht. Sie gingen weiter, um die Ecke, und es schien, als ob ihre Träume zuguterletzt doch Wirklichkeit würden, als er mit ihr das kleine Haus betrat.

„Sie müssen hierbleiben und mit mir zu Abend essen, Robert. Wie Sie sehen, bin ich ganz alleine, und es ist so lange her, daß ich Sie gesehen habe. Es gibt so viel, was ich Sie fragen möchte."

Sie legte ihren Hut und die Handschuhe ab. Er stand unentschlossen da, machte eine Bemerkung über seine Mutter, die ihn erwarte; er murmelte sogar etwas von einer Verabredung. Sie zündete mit einem Streichholz die Lampe auf dem Tisch an; die Dämmerung war schon hereingebrochen. Als er im Licht der Lampe einen gequälten Ausdruck auf ihrem Gesicht bemerkte, aus dem alle weichen Linien verschwunden waren, warf er seinen Hut beiseite und ließ sich nieder.

„Sie wissen doch, daß ich gerne bleibe, wenn Sie mich nur lassen!" rief er aus. All seine Sanftheit kehrte zurück. Sie lachte, kam zu ihm, legte die Hand auf seine Schulter.

„Das ist der erste Augenblick, in dem Sie mir wieder

wie der alte Robert vorkommen. Ich gehe und sage Celestine Bescheid." Sie eilte davon, um Celestine zu sagen, sie solle ein zusätzliches Gedeck auflegen. Sie schickte sie sogar noch einmal aus dem Haus, um zusätzlich noch irgendeine Delikatesse zu besorgen, an die sie für sich selbst nicht gedacht hätte. Und sie empfahl größte Sorgfalt beim Aufbrühen des Kaffees und bei der Zubereitung des Omelettes.

Als sie zurück ins Zimmer kam, überflog Robert gerade Zeitschriften, Skizzen und andere Dinge, die in großer Unordnung auf dem Tisch herumlagen. Er nahm eine Photographie in die Hand und rief aus:

„Alcée Arobin! Was in aller Welt hat dieses Bild hier zu suchen?"

„Ich habe einmal versucht, ein Porträt von ihm zu zeichnen", antwortete Edna, „und er meinte, eine Photographie könnte mir dabei von Nutzen sein. Das war noch im anderen Haus. Ich dachte, ich hätte sie dort gelassen. Ich muß sie mit meinem Zeichenzeug zusammengepackt haben."

„Ich hätte mir gedacht, daß Sie sie ihm zurückgeben, wenn Sie damit fertig sind."

„Ach was! Ich habe eine Menge solcher Photographien. Ich denke nie daran, sie zurückzugeben. Sie sind nicht weiter von Bedeutung." Robert nahm seinen Blick nicht von dem Bild.

„Es scheint mir – halten Sie denn seinen Kopf für wert, gezeichnet zu werden? Ist er ein Freund von Mr. Pontellier? Sie haben nie davon gesprochen, daß Sie ihn kennen."

„Er ist nicht ein Freund von Mr. Pontellier; er ist ein Freund von mir. Ich kenne ihn schon lange – das heißt, erst seit kurzem kenne ich ihn eigentlich näher. Aber ich würde viel lieber von Ihnen sprechen, ich möchte wissen, was Sie gesehen, getan und gefühlt haben, dort in Mexiko." Robert warf das Bild beiseite.

„Ich habe die Wellen und den weißen Strand von Grand Isle gesehen, die stille grasbewachsene Straße auf der Chênière, das alte Fort auf Grande Terre. Ich habe gearbeitet wie eine Maschine und mich wie eine verlorene Seele gefühlt. Es gab nichts, was mich interessiert hätte."

Sie stützte den Kopf in ihre Hand, um ihre Augen vor dem Licht zu schützen.

„Und was haben Sie gesehen, getan und gefühlt die ganze Zeit?" fragte er.

„Ich habe die Wellen und den weißen Strand von Grand Isle gesehen, die stille, grasbewachsene Straße auf der Chênière Caminada, das alte, sonnige Fort auf Grande Terre. Ich habe mit etwas mehr Verstand als eine Maschine gearbeitet und mich dennoch wie eine verlorene Seele gefühlt. Es gab nichts, was mich interessiert hätte."

„Mrs. Pontellier, Sie sind grausam", sagte er voll Gefühl, schloß die Augen und legte den Kopf zurück in den Sessel. Sie verharrten in Schweigen, bis die alte Celestine kam und das Abendessen ansagte.

XXXIV

Das Eßzimmer war sehr klein. Ednas runder Mahagonitisch hätte es fast ausgefüllt. Aber auch ohne ihn waren es nur ein oder zwei Schritte von dem kleinen Tisch bis zur Küche, zum Kaminsims, dem kleinen Büffet und der Seitentür, die auf den schmalen, gepflasterten Hof hinausführte.

Eine gewisse Förmlichkeit war mit der Ankündigung des Essens über sie gekommen. Man kam nicht mehr auf Persönliches zu sprechen. Robert berichtete von Begebenheiten während seines Aufenthalts in Mexiko, und Edna sprach von Ereignissen, die sich während seiner Abwesenheit zugetragen hatten, soweit sie ihn möglicherweise interessierten. Das Essen war von durchschnittlicher Qualität, mit Ausnahme der Delikatessen, die sie hatte besorgen lassen. Die alte Celestine, das Haar mit einem bunten Tuch um ihren Kopf gewunden, humpelte hin und her, zeigte an allem persönliches Interesse und blieb gelegentlich stehen, um mit Robert, den sie als Jungen gekannt hatte, *patois* zu sprechen.

Er ging hinaus zu einem nahegelegenen Tabakhändler, um Zigarettenpapier zu kaufen, und als er zurückkam, hatte

Celestine inzwischen den schwarzen Kaffee im Salon serviert.

„Vielleicht hätte ich nicht zurückkommen sollen",
sagte er. „Wenn Sie meiner müde sind, sagen Sie mir, daß
ich gehen soll."

„Sie ermüden mich doch nie. Sie müssen die unzähligen
Stunden auf Grand Isle vergessen haben, in denen wir uns
aneinander gewöhnten und schließlich immer zusammen
waren."

„Ich habe nichts von Grand Isle vergessen", sagte er,
sah sie dabei nicht an, sondern rollte eine Zigarette. Sein Tabaksbeutel, den er auf den Tisch legte, war ein phantasti-
sches, besticktes Ding aus Seide, offensichtlich die Handar-
beit einer Frau.

„Sie hatten doch sonst Ihren Tabak immer in einem
Gummibeutel", sagte Edna, nahm den Beutel und betrachtete die Stickerei genauer.

„Ja; den habe ich verloren."

„Wo haben Sie diesen hier gekauft? In Mexiko?"

„Ein Mädchen aus Veracruz hat ihn mir geschenkt; sie
sind dort sehr großzügig", antwortete er, zündete mit einem
Streichholz seine Zigarette an.

„Sie sind vermutlich sehr hübsch, die mexikanischen
Frauen; sehr malerisch mit ihren schwarzen Augen und ihren Spitzenschals."

„Einige schon; manche sind auch sehr häßlich. Geradeso wie an jedem anderen Ort der Welt."

„Wie war sie – die, die Ihnen den Beutel schenkte? Sie
müssen sie sehr gut gekannt haben."

„Sie war sehr gewöhnlich. Es war nicht im geringsten
etwas Bedeutendes an ihr. Ich kannte sie ganz gut."

„Haben Sie sie zuhause besucht? War sie interessant?
Ich würde gerne etwas über die Leute erfahren, die Sie getroffen haben, von dem Eindruck, den sie auf Sie machten."

„Es gibt Leute, die noch nicht einmal solange einen
Eindruck hinterlassen wie ein Ruder auf dem Wasser."

„War sie eine von denen?"

„Es wäre undankbar von mir zu sagen, daß sie von dieser Sorte gewesen sei." Er steckte den Tabaksbeutel wieder

in seine Hosentasche, als ob er das Thema zusammen mit dem unbedeutenden Gegenstand, der es aufgebracht hatte, vom Tisch schaffen wolle.

Arobin kam vorbei und brachte die Nachricht von Mrs. Merriman, daß die Kartenpartie wegen der Krankheit eines ihrer Kinder verschoben werden müsse.

„Wie geht es Ihnen, Arobin?" sagte Robert aus dem Dunkel auftauchend.

„Oh! Lebrun. Ja sicher. Ich hörte gestern, daß Sie zurück sind. Wie ist es Ihnen denn ergangen, drunten in Mexiko?"

„Ganz gut."

„Aber nicht gut genug, um Sie dort zu halten. Tolle Mädchen, immerhin, in Mexiko. Ich dachte, ich käme niemals aus Veracruz weg, als ich vor einigen Jahren da unten war."

„Haben Sie auch Pantoffeln und Tabaksbeutel und Hutbänder und dergleichen Dinge für Sie gestickt?" fragte Edna.

„Du meine Güte! Nein! Ich stand nicht so hoch in ihrer Gunst. Ich fürchte, sie haben mehr Eindruck auf mich gemacht als ich auf sie."

„Dann waren Sie weniger erfolgreich als Robert."

„Ich bin immer weniger erfolgreich als Robert. Hat er Ihnen süße Geheimnisse enthüllt?"

„Ich habe Sie lange genug mit meiner Gesellschaft belästigt", sagte Robert, erhob sich und reichte Edna die Hand zum Abschied. „Bitte richten Sie Mr. Pontellier Grüße von mir aus, wenn Sie ihm schreiben."

Er gab Arobin die Hand und ging.

„Feiner Kerl, dieser Lebrun", sagte Arobin, als Robert gegangen war. „Ich habe dich nie von ihm reden hören."

„Ich lernte ihn letzten Sommer auf Grand Isle kennen", antwortete sie. „Hier ist deine Photographie. Willst du sie zurück?"

„Was soll ich damit? Wirf sie weg." Sie legte sie zurück auf den Tisch.

„Ich gehe nicht zu Mrs. Merriman", meinte sie. „Wenn du sie siehst, richte ihr das aus. Aber vielleicht sollte ich lieber schreiben. Ich denke, ich werde ihr gleich schreiben, daß es mir leid tut, daß ihr Kind krank ist, und daß sie nicht mit mir rechnen soll."

„Das nenne ich einen guten Plan", stimmte Arobin zu. „Ich kann es dir nicht verdenken: ein blödes Volk!"

Edna öffnete ihre Schreibmappe, und nachdem sie sich Papier und Feder besorgt hatte, fing sie an, den Brief zu schreiben.

Arobin zündete sich eine Zigarre an und las die Abendzeitung, die er in seiner Tasche hatte.

„Welches Datum haben wir?" fragte sie. Er sagte es ihr. „Willst du den Brief für mich einwerfen, wenn du gehst?"

„Selbstverständlich." Er las ihr kurze Nachrichten aus der Zeitung vor, während sie den Tisch aufräumte.

„Was hast du jetzt vor?" fragte er, warf die Zeitung beiseite. „Möchtest du spazieren gehen oder fahren? Es wäre ein schöner Abend für eine Spazierfahrt."

„Nein; ich möchte gar nichts, nur meine Ruhe. Aber geh du und amüsiere dich. Bleib nicht hier."

„Ich werde weggehen, wenn ich muß; aber ich werde mich nicht amüsieren. Du weißt, daß ich nur lebe, wenn ich in deiner Nähe bin." Er stand auf, ihr Gute Nacht zu sagen.

„Ist das einer der Sprüche, die du immer zu Frauen sagst?"

„Ich habe es schon zuweilen gesagt, aber ich glaube nicht, daß ich es je zuvor wirklich gemeint habe", antwortete er mit einem Lächeln. In ihren Augen war kein warmes Licht, nur ein verträumter abwesender Blick.

„Gute Nacht. Ich bete dich an. Schlaf gut", sagte er, küßte ihre Hand und ging weg.

Sie blieb zurück in einer Art Träumerei – wie benommen. Schritt für Schritt durchlebte sie nochmals jeden Augenblick, den sie mit Robert verbracht hatte, nachdem er durch die Tür von Mademoiselle Reisz getreten war. Sie rief sich seine Worte, seine Blicke ins Gedächtnis zurück. So spärlich und so kärglich waren sie für ihr hungriges Herz! Ein Bild – das übernatürlich verführerische Bild eines mexikanischen Mädchens stieg vor ihr auf. Sie wand sich vor Ei-

fersucht. Sie fragte sich, wann er wiederkäme. Er hatte nicht
gesagt, daß er wiederkäme. Sie war mit ihm zusammen gewesen, hatte seine Stimme gehört und seine Hand berührt.
Aber irgendwie war er ihr da unten in Mexiko näher gewesen.

XXXV

Der Morgen war voll Sonnenlicht und Hoffnung. Edna
konnte keine Zurückweisung vor sich sehen – nur das Versprechen unmäßigen Glücks. Sie lag mit offenen Augen im
Bett und grübelte. „Er liebt Sie, der arme Dummkopf."
Wenn sie diese Überzeugung nur fest in ihrem Kopf veran-
kern könnte, was würde dann noch eine Rolle spielen? Sie
empfand es jetzt als kindisch und unklug, daß sie sich am
Abend zuvor einer verzagten Stimmung hingegeben hatte.
Sie zählte sich die Gründe auf, die zweifellos Roberts Zurückhaltung erklären würden. Sie waren nicht unüberwind-
bar; sie würden nicht standhalten, wenn er sie wirklich
liebte; sie würden nicht standhalten angesichts ihrer eigenen
Leidenschaft, die er zu gegebener Zeit erkennen mußte. Sie
malte sich aus, wie er an diesem Morgen seinen Geschäften
nachging. Sie sah sogar, wie er angezogen war; wie er eine
Straße hinunterging und um die Ecke in eine andere einbog;
sah ihn über seinen Schreibtisch gebeugt, mit Leuten sprechen, die das Büro betraten, sah ihn zum Mittagessen gehen
und vielleicht auf der Straße nach ihr Ausschau halten. Am
Nachmittag oder Abend würde er zu ihr kommen, bei ihr
sitzen und sich eine Zigarette drehen, ein bißchen plaudern
und wieder fortgehen, wie er es am Abend zuvor getan hatte.
Wie schön wäre es, ihn überhaupt bei sich zu haben! Sie
würde kein schlechtes Gewissen haben, aber auch nicht versuchen, seine Zurückhaltung zu durchbrechen, wenn er
vorzöge, sie aufrecht zu erhalten.
    Edna frühstückte nur halb angekleidet. Das Mädchen
brachte ihr einen herrlichen, in Großbuchstaben gekrakel-

ten Brief von Raoul, in dem er ihr seine Liebe ausdrückte, sie um Süßigkeiten bat und ihr erzählte, sie hätten am Morgen zehn winzige weiße Ferkel in einer Reihe neben Lidies großem weißen Schwein gefunden.

Auch von ihrem Mann kam ein Brief, in dem stand, daß er hoffe, Anfang März zurück zu sein, und dann würden sie Vorbereitungen für die Überseereise treffen, die er ihr so lange schon versprochen hatte, aber sich erst jetzt voll und ganz leisten könne; er sei jetzt imstande, so zu reisen, wie es sich gehöre, nämlich ohne auf den Pfennig zu achten – dank seiner jüngsten Spekulation an Wall Street.

Sehr zu ihrer Überraschung erhielt sie eine Karte von Arobin, um Mitternacht im Club geschrieben. Er wünschte ihr einen guten Morgen, drückte die Hoffnung aus, daß sie wohl geruht habe, und versicherte sie seiner Liebe, die, wie er glaubte, von ihr, wenn auch noch so schwach, erwidert würde.

Über all diese Briefe war sie erfreut. Heiter gestimmt antwortete sie ihren Kindern, versprach ihnen Bonbons und gratulierte ihnen zu dem glücklichen Fund der Ferkel.

Sie antwortete ihrem Mann freundlich, aber ausweichend – ohne die bewußte Absicht, ihn zu täuschen, sondern nur, weil jeglicher Sinn für Realität aus ihrem Leben verschwunden war; sie hatte sich dem Schicksal überlassen und harrte der Dinge, die kamen, mit Gleichmut.

Auf Arobins Karte antwortete sie nicht. Sie steckte sie in Celestines Ofen.

Edna arbeitete einige Stunden mit großem Schwung. Sie sah niemanden außer einem Kunsthändler, der sie fragte, ob es wahr sei, daß sie nach Europa ginge, um in Paris zu studieren.

Sie sagte ja, möglicherweise, und er verhandelte mit ihr über einige Pariser Skizzen, die ihn rechtzeitig für das Weihnachtsgeschäft im Dezember erreichen sollten.

Robert kam nicht an diesem Tag. Sie war zutiefst enttäuscht. Er kam auch nicht am nächsten Tag, und auch nicht am übernächsten. Jeden Morgen erwachte sie voll Hoffnung, und jeden Abend fiel sie der Niedergeschlagenheit anheim. Sie war nahe daran, ihn aufzusuchen. Doch weit davon entfernt, diesem Impuls nachzugeben, vermied sie jede Gelegenheit, ihm in die Arme zu laufen. Sie ging weder zu Mademoiselle Reisz, noch schaute sie bei Madame Lebrun herein, wie sie es getan hätte, wenn er noch in Mexiko gewesen wäre.

Als Arobin sie eines Abends drängte, mit ihm auszufahren, fuhr sie mit – hinaus zum See, über die Shell Road. Seine Pferde waren feurig und sogar ein wenig störrisch. Sie mochte den schnellen Schritt, in dem sie entlanggaloppierten, und das knappe, scharfe Geräusch der Pferdehufe auf dem harten Pflaster. Sie machten nirgends halt, um zu essen oder etwas zu trinken. Arobin war nicht unnötig aufdringlich. Sie aßen und tranken erst, als sie Ednas kleines Speisezimmer wieder erreicht hatten – was verhältnismäßig früh am Abend war.

Es war spät, als er sie verließ. Für Arobin war es inzwischen mehr als ein flüchtiger Zeitvertreib geworden, sie zu sehen und bei ihr zu sein. Er hatte die Bedürfnisse ihrer Natur erfaßt und ihre verborgene Sinnlichkeit aufgespürt, die sich zu erholen begann wie eine matte, ausgedörrte empfindliche Blüte.

Sie war nicht niedergeschlagen, als sie in dieser Nacht einschlief; doch es gab auch keine Hoffnung, als sie am Morgen erwachte.

XXXVI

Draußen am Rande der Stadt gab es einen Garten – ein kleiner, schattiger Winkel mit ein paar grünen Tischen unter den Orangenbäumen. Eine alte Katze schlief den ganzen Tag auf der Steintreppe in der Sonne, und eine alte Mulattin verbrachte ihre müßigen Stunden schlafend in einem Sessel am offenen Fenster, bis jemand auf einen der grünen Tische klopfte. Sie hatte Milch und Frischkäse anzubieten, ebenso Brot und Butter. Niemand machte einen so hervorragenden Kaffee oder konnte ein Hähnchen so goldbraun braten wie sie.

Das Lokal war zu bescheiden, um die Aufmerksamkeit von Leuten der besseren Gesellschaft auf sich zu ziehen, und so ruhig, daß es dem Blick jener entgangen war, die Vergnügen und Zerstreuung suchten. Edna hatte den Garten eines Tages durch Zufall entdeckt, als das hohe Tor halb offen stand. Sie hatte einen kleinen, grünen Tisch erblickt, gesprenkelt vom Sonnenlicht, das durch das grüne, unruhige Blätterdach fiel. Drinnen hatte sie die schlummernde Mulattin, die dösende Katze und ein Glas Milch vorgefunden, die sie an die Milch erinnerte, die sie in Iberville zu trinken bekommen hatte.

Sie machte oft während ihrer Spaziergänge dort Pause; manchmal nahm sie ein Buch mit und blieb eine Stunde oder zwei unter den Bäumen sitzen, wenn sie das Lokal leer vorfand. Ein paar Mal nahm sie dort ungestört ihr Essen ein, wenn sie Celestine vorher angewiesen hatte, zuhause nichts für sie zuzubereiten. Es war der letzte Ort in der Stadt, an dem sie erwartet hätte, jemanden zu treffen, den sie kannte.

Dennoch war sie nicht überrascht, als sie eines späten Nachmittags, während sie eine bescheidene Mahlzeit zu sich nahm, ein offenes Buch vor sich, die Katze streichelnd, die sich mit ihr angefreundet hatte, – war sie nicht besonders erstaunt, Robert durch das hohe Gartentor kommen zu sehen.

„Ich bin dazu bestimmt, Sie nur durch Zufall zu treffen", sagte sie und verscheuchte die Katze von dem Stuhl neben sich. Er war überrascht, verwirrt, fast verlegen, sie so unerwartet zu treffen.

„Kommen Sie oft hierher?" fragte er.

„Ich wohne so gut wie hier", meinte sie.

„Ich bin früher oft hierher gekommen, um eine Tasse von Catiches gutem Kaffee zu trinken. Das ist das erste Mal, seit ich zurück bin."

„Sie soll Ihnen einen Teller bringen, und Sie können mein Essen mit mir teilen. Es ist immer genug für zwei – ja sogar drei."

Edna hatte vorgehabt, sich gleichgültig und so zurückhaltend wie er zu geben, wenn sie ihn treffen würde. Durch angestrengtes Nachdenken war sie in einer ihrer Phasen von

Niedergeschlagenheit zu diesem Entschluß gelangt. Doch ihre Entschlußkraft schmolz dahin, als sie ihn jetzt ansah, wie er neben ihr in dem kleinen Garten saß, als ob die Vorsehung selber ersonnen hätte, seine Schritte auf ihren Weg zu lenken.

„Warum haben Sie sich von mir ferngehalten, Robert?" fragte sie und klappte das Buch zu, das offen vor ihr auf dem Tisch gelegen hatte.

„Warum werden Sie so persönlich, Mrs. Pontellier? Warum zwingen Sie mich zu schwachsinnigen Ausreden?" rief er aus, plötzlich sehr erregt. „Ich nehme an, daß es keinen Sinn hat, Ihnen zu erzählen, daß ich sehr beschäftigt oder daß ich krank gewesen sei, oder Sie besuchen wollte, Sie aber nicht zuhause angetroffen habe. Bitte ersparen Sie mir solche Entschuldigungen."

„Sie sind der Egoismus in Person", sagte sie. „Sie bewahren sich etwas – ich weiß nicht was – aber irgendein egoistisches Motiv steckt dahinter, und während Sie sich schonen, nehmen Sie keine Sekunde lang Rücksicht darauf, was ich denke oder empfinde angesichts Ihrer Vernachlässigung oder Gleichgültigkeit. Ich nehme an, Sie werden das für unweiblich halten, aber ich habe mir angewöhnt zu sagen, was ich denke. Ich mache mir nichts daraus, und Sie können mich ruhig für unweiblich halten, wenn Sie wollen."

„Nein; ich halte Sie nur für grausam, wie ich neulich schon sagte. Vielleicht nicht absichtlich grausam, aber Sie scheinen mich zu Eröffnungen zwingen zu wollen, die zu nichts führen können; als ob Sie mich dazu bringen wollten, eine Wunde freizulegen aus bloßem Vergnügen sie anzusehen, ohne die Absicht oder Möglichkeit sie zu heilen."

„Ich verderbe Ihnen den Appetit, Robert; achten Sie nicht auf das, was ich sage. Sie haben noch keinen Happen gegessen."

„Ich bin sowieso nur auf eine Tasse Kaffee hergekommen." Sein empfindsames Gesicht war vor Erregung verzerrt.

„Ist dies nicht ein herrlicher Ort?" fragte sie. „Ich bin so froh, daß er niemals richtig entdeckt worden ist. Es ist hier so ruhig, so angenehm. Fällt Ihnen auf, daß man kaum einen Laut zu hören bekommt? Es liegt so weit ab von allem; und man läuft ein ganzes Stück von der Straßenbahn. Wie dem auch sei, ich gehe gerne zu Fuß. Ich bemitleide immer die Frauen, die nicht gerne spazieren gehen; sie versäumen so viel – so viele seltene Einblicke in das Leben; wo wir Frauen doch insgesamt so wenig vom Leben erfahren.

Catiches Kaffee ist immer heiß. Ich weiß nicht, wie sie das hier draußen fertigbringt. Celestines Kaffee wird schon auf dem Weg von der Küche zum Eßzimmer kalt. Drei Stück Zucker! Wie können Sie Ihren Kaffee nur so süß trinken? Nehmen Sie ein bißchen Kresse zu Ihrem Kotelett; sie ist so scharf und frisch. Außerdem hat man den Vorteil, hier draußen beim Kaffeetrinken rauchen zu können. In der Stadt dagegen – rauchen Sie nicht?"

„Nachher", sagte er und legte eine Zigarre auf den Tisch.

„Wer hat Ihnen denn die geschenkt?" lachte sie.

„Ich habe sie gekauft. Ich glaube, ich werde leichtsinnig; ich habe eine ganze Schachtel davon gekauft."

Sie war entschlossen, nicht wieder persönlich zu werden und ihn damit in Verlegenheit zu bringen.

Die Katze freundete sich mit ihm an und ließ sich auf seinem Schoß nieder, als er seine Zigarre rauchte. Er streichelte ihr seidiges Fell und sprach ein wenig über sie. Er sah auf Ednas Buch, das er schon kannte; und er erzählte ihr den Schluß, um ihr die Mühe zu ersparen, sich ganz hindurchzuquälen, wie er sagte.

Wieder begleitete er sie nach Hause und es war schon dunkel, als sie das kleine „Taubenhaus" erreichten. Sie bat ihn nicht zu bleiben, wofür er dankbar war, denn es erlaubte ihm, sich bei ihr aufzuhalten, ohne die Unbequemlichkeit, durch eine Entschuldigung stolpern zu müssen, die er ohnehin nicht in Anspruch zu nehmen gedachte. Er half ihr, die Lampe anzuzünden; dann ging sie auf ihr Zimmer, ihren Hut abzunehmen und Gesicht und Hände zu waschen.

Als sie zurückkam, studierte Robert nicht mehr die Bilder und Zeitschriften wie das letzte Mal; er saß abseits im Schatten, seinen Kopf im Sessel zurückgelegt, als würde er träumen. Edna blieb einen Augenblick am Tisch stehen und räumte die Bücher darauf zusammen. Dann ging sie durchs Zimmer, dahin, wo er saß. Sie beugte sich über die Sessellehne und rief seinen Namen.

„Robert, schlafen Sie?"

„Nein", antwortete er und sah zu ihr auf.

Sie beugte sich hinunter und küßte ihn – ein sanfter, kühler, zärtlicher Kuß, dessen sinnlicher Schauer sein ganzes Wesen durchdrang – und dann entfernte sie sich von ihm. Er folgte ihr und nahm sie in seine Arme, drückte sie einfach ganz nah an sich. Sie legte ihre Hand an sein Gesicht und hielt seine Wange gegen die ihre. Ihre Bewegungen waren voll Liebe und Zärtlichkeit. Er suchte wieder ihre Lippen. Dann zog er sie neben sich aufs Sofa und hielt ihre Hand in den seinen.

„Jetzt weißt du es", sagte er, „jetzt weißt du, wogegen ich seit letztem Sommer auf Grand Isle gekämpft habe; was mich von hier fortgetrieben und wieder zurückgetrieben hat."

„Warum hast du dagegen angekämpft?" fragte sie. Ihr Gesicht glühte in sanften Farben.

„Warum? Weil du nicht frei warst; du warst Léonce Pontelliers Frau. Ich hätte nicht anders gekonnt als dich zu lieben, auch wenn du zehnmal seine Frau wärst; doch solange ich vor dir weglief und nicht zurückkam, konnte ich mich wenigstens daran hindern, es dir zu sagen."

Sie legte ihre freie Hand auf seine Schulter und dann an seine Wange, streichelte sie sanft. Er küßte sie erneut. Sein Gesicht war warm und gerötet.

„In Mexiko dachte ich die ganze Zeit an dich und sehnte mich nach dir."

„Schriebst mir aber keine Zeile", unterbrach sie.

„Irgendetwas ließ mich glauben, daß du etwas für mich übrig hättest, und ich verlor den Verstand; ich behielt nichts im Kopf außer einen wilden Traum, daß du irgendwie meine Frau werden könntest."

„Deine Frau!"

„Religion, Loyalität, nichts würde für mich gelten, wenn du nur wolltest."

„Dann mußt du vergessen haben, daß ich Léonce Pontelliers Frau bin."

„Oh! Ich war von Sinnen, träumte von wilden, unmöglichen Dingen, erinnerte mich an Männer, die ihre Frauen
freigegeben haben; man hat von solchen Dingen gehört."

„Ja, man hat von solchen Dingen gehört."

„Ich kam zurück voll unbestimmter, wahnsinniger
Pläne. Und als ich ankam –"

„Als du ankamst, bist du nie auch nur in meine Nähe
gekommen!" Sie streichelte immer noch seine Wange.

„Ich erkannte, was für ein Schuft ich war, von so etwas
zu träumen, selbst wenn du es gewollt hättest."

Sie nahm sein Gesicht in ihre Hände und sah ihn an, als
ob sie ihre Augen niemals wieder von ihm nehmen wollte.
Sie küßte ihn auf die Stirn, die Augen, die Wangen und die
Lippen.

„Du bist ein sehr, sehr dummer Junge und hast deine
Zeit mit unmöglichen Träumen vergeudet, wenn du davon
sprichst, daß Mr. Pontellier mich freigeben würde! Ich bin
nicht mehr eines von Mr. Pontelliers Besitztümern, über die
man nach Belieben verfügt. Ich gebe mich dort, wo ich will.
Wenn er sagen würde, ‚Hier, Robert, nimm sie und werde
glücklich; sie gehört dir‘, würde ich euch beide auslachen."

Sein Gesicht wurde etwas blaß. „Was meinst du damit", fragte er.

Es klopfte an der Tür. Die alte Celestine kam herein,
um zu sagen, daß Madame Ratignolles Mädchen durch den
Hintereingang mit der Nachricht gekommen sei, daß es Madame schlecht gehe und sie Mrs. Pontellier bitte, sofort zu
ihr zu kommen.

„Ja, ja", sagte Edna und stand auf; „ich habe es ihr versprochen. Sag ihr, daß ich komme – sie soll auf mich warten.
Ich werde mit ihr hinübergehen."

„Laß mich dich begleiten", bot Robert an.

„Nein", meinte sie; „ich werde mit dem Mädchen gehen." Sie ging in ihr Zimmer, um ihren Hut aufzusetzen,
und als sie zurückkam, setzte sie sich noch einmal neben ihn
auf das Sofa. Er hatte sich nicht von der Stelle gerührt. Sie
legte ihre Arme um seinen Hals.

„Gute Nacht, mein lieber Robert. Sag mir Auf Wiedersehen.‟ Er küßte sie mit einer solchen Leidenschaft, wie sie sie in seinen bisherigen Liebkosungen noch nicht verspürt hatte, und zog sie an sich.

„Ich liebe dich‟, flüsterte sie, „nur dich; niemanden außer dir. Du warst es, der mich letzten Sommer aus einem lebenslangen, dumpfen Traum geweckt hat. Du hast mich durch deine Gleichgültigkeit so unglücklich gemacht. Ach, was habe ich gelitten, gelitten! Nun bist du bei mir und wir werden uns lieben, mein Robert. Wir werden alles füreinander sein. Nichts sonst auf der Welt ist noch von Bedeutung. Ich muß zu meiner Freundin gehen; aber du wirst auf mich warten? Gleich, wie spät es wird, du wirst doch auf mich warten, Robert?‟

„Geh nicht; geh nicht weg! Edna, bleib bei mir‟, flehte er. „Warum solltest du denn gehen? Bleib bei mir, bleib bei mir.‟

„Ich werde zurückkommen, sobald ich kann; ich werde dich hier wiedertreffen.‟ Sie verbarg ihr Gesicht an seiner Schulter und sagte noch einmal Auf Wiedersehen. Ihre verführerische Stimme und seine große Liebe zu ihr hatten seine Sinne in Bann geschlagen, hatten ihn jedes Antriebs beraubt und ihm nur die Sehnsucht, sie zu umarmen und festzuhalten, gelassen.

XXXVII

Edna warf zuerst einen Blick in den Laden. Monsieur Ratignolle war persönlich damit beschäftigt, eine Mixtur herzustellen, ließ mit großer Sorgfalt eine rote Flüssigkeit in ein winziges Glas tropfen. Er war dankbar, daß Edna gekommen war; ihre Gegenwart würde seiner Frau ein Trost sein. Madame Ratignolles Schwester, die ihr sonst immer in so schweren Stunden beizustehen pflegte, habe es nicht einrichten können, von der Plantage wegzukommen, und Adèle sei untröstlich gewesen, bis Mrs. Pontellier so freundlich versprochen habe, zu ihr zu kommen. Die Hebamme habe schon die ganze letzte Woche bei ihnen übernachtet, da sie weit entfernt wohnte. Und Doktor Mandelet sei den ganzen Nachmittag aus- und eingegangen. Auch jetzt erwarteten sie ihn jeden Augenblick.

Edna hastete hinauf, durch ein privates Treppenhaus, das vom hinteren Ende des Ladens nach oben in die Wohnung führte. Die Kinder schliefen alle in einem der hinteren Zimmer. Madame Ratignolle war im Salon, wohin sie in ihrer schmerzgetriebenen Unrast gewandert war. Sie saß auf dem Sofa, in einen weiten weißen Morgenmantel gekleidet, ihre Hand nervös um ein Taschentuch gekrampft. Ihr Gesicht war verzerrt und zerquält, ihre sanften blauen Augen blickten verstört und unnatürlich. All ihr schönes Haar war nach hinten gekämmt und geflochten. Wie eine goldene Schlange zusammengeringelt lag der lange Zopf auf dem Sofakissen. Die Hebamme, eine vertrauenerweckende *Griffe* in weißer Schürze und Haube redete ihr zu, ins Schlafzimmer zurückzugehen.

„Es hat keinen Sinn mehr, es hat keinen Sinn mehr", sagte sie sofort zu Edna. „Wir müssen Mandelet loswerden; er wird zu alt und vergeßlich. Er versprach, um halb acht hier zu sein; jetzt muß es schon acht sein. Sieh nach, wieviel Uhr es ist, Joséphine."

Die Frau war von heiterer Gelassenheit; sie ließ es sich nicht einfallen, irgendeine Situation ernster zu nehmen als sie es verdiente, besonders eine Situation, mit der sie so vertraut war wie der gegenwärtigen. Sie redete Madame gut zu, doch Mut und Geduld zu haben. Doch Madame biß sich nur fest auf die Unterlippe und Edna sah, wie sich auf ihrer weißen Stirn der Schweiß in Tropfen sammelte. Nach einer kleinen Weile gab sie einen tiefen Seufzer von sich und wischte sich das Gesicht mit dem zerknüllten Taschentuch. Sie machte einen erschöpften Eindruck. Die Schwester gab ihr ein frisches Taschentuch, das mit Kölnisch Wasser getränkt war.

„Das geht zu weit!" rief sie aus, „man sollte Mandelet umbringen! Wo ist Alphonse? Ist das die Möglichkeit, daß ich so alleine – so von allen im Stich gelassen werde?"

„Im Stich gelassen, in der Tat!" rief die Schwester. War

denn sie nicht da? und Mrs. Pontellier, die ohne Zweifel einen angenehmen Abend zuhause abgebrochen hatte, um sich ihr zu widmen? und kam nicht Monsieur Ratignolle in diesem Augenblick über den Flur? und Joséphine war fast sicher, daß sie Doktor Mandelets Coupé gehört habe. Ja, da stand es, unten vor der Tür.

Adèle willigte ein, zurück in ihr Zimmer zu gehen. Sie setzte sich auf den Rand einer kleinen niedrigen Couch neben dem Bett.

Doktor Mandelet schenkte Madame Ratignolles Vorwürfen keine Beachtung. Er war Vorwürfe in solchen Situationen gewöhnt und zu sehr von Madame Ratignolles Loyalität überzeugt, um sie jetzt in Zweifel zu ziehen.

Er war angenehm überrascht, Edna zu sehen, und wollte, daß sie mit ihm in den Salon ginge, um ihn zu unterhalten. Doch Madame Ratignolle erlaubte nicht, daß Edna sie auch nur einen Moment lang allein ließ. Zwischen den Anfällen größten Schmerzens plauderte sie gern ein bißchen und sagte, es lenke sie von ihren Qualen ab.

Edna begann sich unwohl zu fühlen. Ein unbestimmbares Gefühl des Grauens erfaßte sie. Ihre eigenen derartigen Erfahrungen schienen ihr weit weg, unwirklich und nur schwach im Gedächtnis. Sie erinnerte sich dunkel an eine Ekstase von Schmerz, den schweren Geruch von Chloroform, eine Betäubung, die jede Wahrnehmung abgetötet hatte, und dann, beim Erwachen, ein kleines, neues Leben, das sie hervorgebracht hatte, hinzugefügt hatte zu der riesigen, unzählbaren Menge von Seelen, die kommen und gehen.

Sie wünschte auf einmal, sie wäre nicht hergekommen. Ihre Anwesenheit war nicht erforderlich. Sie hätte einen Vorwand finden können, um wegzubleiben; sie könnte sogar jetzt noch einen Vorwand finden, um wieder zu gehen. Doch Edna ging nicht. Unter Seelenqualen, in flammender, offener Auflehnung gegen den Lauf der Natur wurde sie Zeuge dieses Akts der Folter.

Sie war wie gelähmt und sprachlos vor Erregung, als sie sich später über ihre Freundin beugte, sie zu küssen und leise

Lebewohl zu sagen. Adèle drückte ihre Wange, flüsterte mit ersterbender Stimme: „Denken Sie an die Kinder, Edna, denken Sie an die Kinder! Vergessen Sie sie nicht!"

XXXVIII

Edna fühlte sich immer noch benommen, als sie an die frische Luft hinaustrat. Das Coupé des Doktors war zurückgekommen und stand vor der *porte cochère*. Sie mochte nicht einsteigen und sagte Doktor Mandelet, sie wolle lieber zu Fuß gehen; sie sei nicht ängstlich und könne alleine gehen. Er wies seinen Kutscher an, ihn bei Mrs. Pontellier zu treffen, und schickte sich an, sie nach Hause zu begleiten.

Weit – weit oben über der engen Straße zwischen den hohen Häusern funkelten die Sterne. Die Luft umschmeichelte sie sanft, etwas frisch vom kühlen Hauch der Frühlingsnacht. Sie gingen langsam, der Doktor schweren, gemessenen Schrittes, die Hände auf dem Rücken; Edna, in Gedanken verloren, so wie in der Nacht auf Grand Isle, als ihre Gedanken vorauszueilen schienen und sie sich mühte sie einzuholen.

„Sie hätten nicht dabei sein sollen, Mrs. Pontellier", sagte er. „Das war nichts für Sie. Adèle ist unberechenbar in solchen Stunden. Sie kennt ein Dutzend anderer Frauen, die sie hätte bei sich haben können, Frauen, denen es weniger unter die Haut geht als Ihnen. Ich empfand es als grausam, ja grausam. Sie hätten nicht kommen sollen."

„Schon gut!" antwortete sie gleichgültig, „ich weiß nicht, ob das jetzt noch eine Rolle spielt. Irgendwann einmal muß man schließlich an die Kinder denken; je früher, desto besser."

„Wann kommt Léonce zurück?"

„Ziemlich bald. Irgendwann im März."

„Und dann reisen Sie nach Europa?"

„Vielleicht – nein, ich reise nicht. Ich lasse mich zu nichts mehr zwingen. Ich will keine Überseereise machen. Ich will in Ruhe gelassen werden. Niemand hat das Recht

– außer Kinder vielleicht – und sogar dann, scheint mir – oder schien es mir –" sie merkte, daß ihre Worte nur die Zusammenhanglosigkeit ihrer Gedanken widerspiegelten und hörte abrupt auf zu sprechen.

„Das Schlimmste ist", seufzte der Doktor, als ob er intuitiv verstanden hätte, was sie sagen wollte, „daß die Jugend Illusionen aufsitzt. Es scheint eine Vorkehrung der Natur zu sein; ein Köder, um der Menschheit Mütter zu sichern. Und die Natur zieht keine moralischen Konsequenzen in Betracht, nicht die willkürlichen Bedingungen, die wir schaffen und die wir uns verpflichtet fühlen um jeden Preis aufrechtzuerhalten."

„Ja", sagte sie. „Die vergangenen Jahre scheinen wie Träume – wenn man weiterschlafen und träumen dürfte – aber aufzuwachen und zu entdecken – aber nein! Vielleicht ist es besser, doch schließlich aufzuwachen, ja sogar Leid auf sich zu nehmen, anstatt das ganze Leben lang von Illusionen gefoppt zu werden."

„Ich habe den Eindruck, mein liebes Kind", sagte der Doktor, beim Abschied ihre Hand haltend, „ich habe den Eindruck, daß Sie Sorgen haben. Ich werde nicht um Ihr Vertrauen bitten. Ich möchte Ihnen nur sagen, daß, wann immer Sie sich danach fühlen, von alleine mir Ihr Vertrauen zu schenken, ich Ihnen vielleicht helfen könnte. Ich weiß, daß ich Sie verstehen würde, und ich sage Ihnen, es gibt nicht viele, die das könnten – nicht viele, meine Liebe."

„Irgendwie fühle ich mich nicht danach, über meine Sorgen zu sprechen. Denken Sie ja nicht, ich sei undankbar oder wüßte Ihre Sympathie nicht zu schätzen. Es gibt Phasen, in denen Niedergeschlagenheit und Leiden sich meiner bemächtigen. Aber ich verlange auch nichts, nur daß man mich meinen eigenen Weg gehen läßt. Das heißt natürlich eine ganze Menge verlangen, wenn man dabei Gefahr läuft, das Leben, die Gefühle, die Vorurteile anderer mit Füßen zu treten – aber das soll mir gleich sein. Jedoch das Leben der Kinder kann ich nicht mit Füßen treten. Ach, ich weiß nicht, was ich rede, Doktor. Gute Nacht. Nehmen Sie mir es nicht übel."

„Doch, ich werde es Ihnen übel nehmen, wenn Sie mich

nicht bald besuchen kommen. Wir werden über Dinge sprechen, von denen Sie sich nie im Leben träumen ließen, daß
man darüber sprechen kann. Es wird uns beiden gut tun. Ich
möchte nicht, daß Sie sich selbst etwas übelnehmen, was
auch immer kommen mag. Gute Nacht, mein Kind."

Sie trat durch das Tor, doch anstatt gleich ins Haus zu
gehen, setzte sie sich auf die Verandatreppe. Die Nacht war
still und beruhigend. All die Gefühle, die während der vergangenen Stunden an ihr gezerrt hatten, schienen von ihr zu
fallen wie ein dunkles, unbequemes Kleid, das sie nur zu
öffnen brauchte, um sich davon zu befreien. Sie kehrte in
Gedanken zurück zu jener Stunde, bevor Adèle sie rufen
ließ; und ihre Sinne entflammten erneut, als sie sich Roberts
Worte vergegenwärtigte, den Druck seiner Arme und das
Gefühl seiner Lippen auf den ihren. Sie konnte sich im Augenblick kein größeres Glück auf Erden vorstellen, als den
Geliebten zu besitzen. Seine Liebesbeteuerungen hatten ihr
ihn schon zu einem Teil gegeben. Als sie daran dachte, daß
er in greifbarer Nähe war, ja auf sie wartete, fühlte sie sich
betäubt vom Rausch der Erwartung. Es war schon spät;
vielleicht würde er schlafen. Sie würde ihn mit einem Kuß
wecken. Sie hoffte, daß er schliefe, damit sie ihn mit ihren
Zärtlichkeiten wecken könnte.

Doch sie hatte noch immer Adèles flüsternde Stimme im
Ohr: „Denken Sie an die Kinder; denken Sie an sie." Sie
wollte an sie denken; dieser Entschluß hatte sich wie eine
tödliche Wunde in ihre Seele gefressen – aber nicht heute
nacht. Morgen wäre Zeit genug, an alles zu denken.

Robert wartete nicht auf sie in dem kleinen Salon. Er
war auch sonst nirgends zu finden. Das Haus war leer. Aber
auf ein Stück Papier, das im Schein der Lampe lag, hatte er
gekritzelt:

„Ich liebe dich. Leb wohl – weil ich dich liebe."

Edna fühlte sich einer Ohnmacht nah, als sie diese
Worte las. Sie setzte sich aufs Sofa. Dann streckte sie sich
aus, ohne auch nur einen Laut von sich zu geben. Sie schlief
nicht. Sie ging nicht zu Bett. Die Lampe flackerte und ging
aus. Sie war noch wach, als Celestine am Morgen die Kü-
chentür aufschloß, um das Feuer anzuzünden.

XXXIX

Victor war damit beschäftigt, mit Hammer und Nägeln und Lattenstücken die Ecke einer Galerie auszubessern. Mariequita saß dabei, baumelte mit den Beinen, sah ihm beim Arbeiten zu und reichte ihm die Nägel aus dem Werkzeugkasten. Die Sonne schien unbarmherzig auf sie herunter. Das Mädchen hatte sich den Kopf mit einer Schürze bedeckt, die sie zu einem Quadrat zusammengefaltet hatte. Sie hatten eine Stunde oder länger miteinander geredet. Sie wurde nicht müde, Victor zuzuhören, wie er von dem Festessen bei Mrs. Pontellier berichtete. Er übertrieb jede Einzelheit und gab dem Ganzen den Anschein eines wahrhaft lukullischen Gelages. Die Blumen standen in Wannen, erzählte er. Der Champagner wurde aus riesigen Goldpokalen getrunken. Venus dem Meeresschaum entstiegen, hätte keinen bezaubernderen Anblick als Mrs. Pontellier bieten können, die vor Schönheit und Diamanten am Kopfende der Tafel erstrahlte, während alle anderen Frauen jugendliche Nymphen waren, von unvergleichlichem Liebreiz. Es war ihr in den Kopf gekommen, daß Victor in Mrs. Pontellier verliebt sei, und er gab ihr ausweichende Antworten, die dazu angetan waren, diese Annahme zu bestärken. Sie wurde verdrossen und weinte ein bißchen, drohte fortzugehen und ihn seinen feinen Damen zu überlassen. Auf der Chênière seien ein Dutzend Männer verrückt nach ihr; da es Mode sei, sich in verheiratete Leute zu verlieben, nun denn, sie könne, wenn sie wolle, jederzeit mit Célinas Mann nach New Orleans davonlaufen. Célinas Mann sei ein Dummkopf, feige und ein Schwein; um ihr dies zu beweisen, bekundete Victor die Absicht, ihm den Kopf einzuschlagen, wenn er ihm das nächste Mal über den Weg liefe. Diese Zusicherung war sehr tröstlich für Mariequita. Sie trocknete sich die Augen und erheiterte sich bei der Aussicht darauf.

Sie redeten immer noch über das Essen und die Verlokkungen des Stadtlebens, als Mrs. Pontellier selbst um die

Ecke des Hauses kam. Die beiden jungen Leute verharrten sprachlos vor Überraschung, als ob sie eine Erscheinung vor sich hätten. Doch sie war es leibhaftig, in Fleisch und Blut, sah müde und etwas mitgenommen von der Reise aus.

„Ich bin zu Fuß von der Landebrücke gekommen", sagte sie, „und hörte das Hämmern. Ich nahm an, daß Sie es sind, der die Veranda ausbessert. Das ist gut so. Ich bin im letzten Sommer immer über die losen Latten gestolpert. Wie traurig und verlassen das alles aussieht!"

Victor brauchte eine Weile, um zu begreifen, daß sie in Beaudelets Boot gekommen war, ganz alleine und mit keiner anderen Absicht als sich auszuruhen.

„Es ist eigentlich noch gar nichts hergerichtet. Ich gebe Ihnen mein Zimmer; das ist das einzig bewohnbare."

„Irgendeine Ecke genügt", versicherte sie ihm.

„Und wenn Sie Philomels Kocherei ertragen können –", fuhr er fort, „ich könnte allerdings versuchen, ihre Mutter zu bekommen, solange Sie da sind. Meinst du, daß sie dazu bereit wäre?" wandte er sich an Mariequita.

Mariequita meinte, daß Philomels Mutter vielleicht für ein paar Tage und genug Geld bereit wäre zu kommen.

Als Mrs. Pontellier auf der Bildfläche erschien, hatte das Mädchen sofort den Verdacht, es handele sich um ein Rendezvous. Doch Victors Überraschung war so echt und Mrs. Pontelliers Gleichgültigkeit so offensichtlich, daß sie diese beunruhigende Vermutung nicht lange aufrechterhalten konnte. Mit größtem Interesse betrachtete sie diese Frau, die die prächtigsten Festessen Amerikas gab und der alle Männer in New Orleans zu Füßen lagen.

„Wann werden sie zu Abend essen?" fragte Edna. „Ich bin sehr hungrig; aber machen Sie ja keine Umstände meinetwegen."

„Ich werde es in kürzester Zeit fertig haben", sagte er, hantierte herum und packte die Werkzeuge weg. „Sie können derweilen in mein Zimmer gehen, sich frisch machen und etwas ausruhen. Mariequita wird es Ihnen zeigen."

„Danke", sagte Edna. „Aber wissen Sie was? Ich habe Lust, vor dem Essen zum Strand hinunter zu gehen, mich dort gründlich zu waschen und vielleicht sogar ein bißchen zu schwimmen."

„Das Wasser ist viel zu kalt!" riefen beide aus. „Lassen Sie das."

„Nun ja, ich könnte hinuntergehen und es ausprobieren – mit den Fußspitzen zuerst. Warum eigentlich nicht, mir kommt die Sonne so heiß vor, daß sie die tiefsten Stellen des Ozeans erwärmt haben müßte. Könnten Sie mir ein paar Handtücher bringen? Ich gehe besser gleich, um rechtzeitig zurück zu sein. Wenn ich bis heute nachmittag warten würde, wäre es vielleicht doch etwas zu kühl."

Mariequita eilte hinüber in Victors Zimmer und kehrte mit einigen Handtüchern zurück, die sie Edna gab.

„Hoffentlich gibt es Fisch zum Essen", sagte Edna, als sie sich auf den Weg machte; „aber machen Sie keine Umstände, wenn keiner da ist."

„Renn los und such Philomels Mutter", wies Victor das Mädchen an. „Ich gehe in die Küche und sehe, was ich tun kann. Zum Teufel! Frauen sind rücksichtslose Geschöpfe! Sie hätte mir ja Bescheid geben können."

Edna lief fast mechanisch hinunter zum Strand, nahm außer der stechenden Sonne nichts um sich herum wahr. Sie dachte an nichts Bestimmtes. Sie hatte über alles, was nötig war, nachgedacht, nachdem Robert weggegangen war, als sie bis zum Morgen wach auf dem Sofa lag.

Immer wieder hatte sie sich gesagt: „Heute ist es Arobin; morgen wird es jemand anders sein. Für mich macht es keinen Unterschied; und ich mache mir auch keine Gedanken um Léonce Pontellier – aber Raoul und Etienne!" Erst jetzt verstand sie die volle Bedeutung dessen, was sie vor langer Zeit gemeint hatte, als sie zu Adèle Ratignolle sagte, daß sie das Unwesentliche aufgeben, sich jedoch nie für ihre Kinder opfern würde.

Schwermut war in jener durchwachten Nacht über sie gekommen und hatte sich nicht wieder verflüchtigt. Es gab nichts auf der Welt, wonach sie sich sehnte. Keinen Menschen wollte sie bei sich haben außer Robert; und sie sah sogar voraus, daß der Tag kommen würde, an dem auch er, auch der Gedanke an ihn, aus ihrem Bewußtsein weichen würde und sie alleine blieb. Die Kinder erschienen ihr als Feinde, die sie überwältigt hatten, die sich ihrer bemächtigt hatten und ihre Seele bis ans Ende ihrer Tage zu versklaven trachteten. Doch sie wußte einen Weg, ihnen zu entkommen. An all das dachte sie nicht mehr, als sie hinunter zum Strand ging.

Das Wasser des Golfs erstreckte sich vor ihr, funkelte in unzähligen Sonnenlichtern. Die Stimme des Meeres ist verführerisch, ohne Unterlaß flüsternd, tosend, leise raunend lädt sie die Seele ein, in Abgründen von Einsamkeit zu wandern. Den ganzen weißen Strand entlang war weit und breit kein lebendiges Wesen zu sehen. Über ihr in der Luft versuchte ein Vogel mit gebrochenem Flügel vergeblich, sich am Fliegen zu halten, wirbelte, flatterte, sackte in Kreisen entkräftet hinunter, hinunter aufs Wasser.

Edna hatte ihren alten Badeanzug gefunden, der verblichen noch an seinem gewohnten Haken hing.

Sie zog ihn an, ließ ihre Kleider in der Badekabine zurück. Doch als sie am Meer stand, vollkommen allein, warf sie das unangenehme, kratzende Kleidungsstück von sich, und zum ersten Mal in ihrem Leben stand sie nackt im Freien, der Sonne preisgegeben, dem Wind, der ihr entgegenschlug, und den Wellen, die sie einluden.

Wie sonderbar und erhaben es ihr vorkam, nackt unter dem Himmel zu stehen, wie herrlich! Sie fühlte sich wie ein neugeborenes Wesen, das in einer gänzlich unbekannten, doch vertrauten Welt die Augen aufschlägt.

Die schäumenden, kleinen Wellen umspielten ihre weißen Füße und ringelten sich wie Schlangen um ihre Knöchel. Sie ging voran. Das Wasser war kühl, doch sie ging weiter. Das Wasser war tief, doch sie hob ihren weißen Körper und holte mit weiten, rudernden Bewegungen aus. Die Berührung des Meeres ist sinnlich, sie umschließt den Körper in sanfter, fester Umarmung.

Sie schwamm weiter und weiter. Sie erinnerte sich an die Nacht, in der sie weit hinausgeschwommen war, an den Schrecken, der sie ergriff, als sie befürchtete, nicht mehr genug Kraft zu haben, den Strand zu erreichen. Sie sah jetzt nicht zurück, sondern schwamm weiter und weiter, dachte an die *blue-grass* Wiese, die sie als Kind durchquert hatte und die ihr ohne Anfang und Ende erschienen war.

Ihre Arme und Beine ermüdeten.

Sie dachte an Léonce und die Kinder. Sie waren ein Teil ihres Lebens, aber sie hatten zu unrecht geglaubt, daß sie sie besitzen könnten mit Leib und Seele. Wie würde Mademoiselle Reisz lachen, vielleicht sie auslachen, wenn sie wüßte! „Und Sie nennen sich eine Künstlerin! Welche Anmaßung, Madame! Der Künstler muß ein mutiges Herz besitzen, ein Herz, das wagt und trotzt."

Erschöpfung ließ ihre Glieder schwer werden und überwältigte sie.

„Leb wohl – weil ich dich liebe." Er wußte nichts; er verstand nichts; er würde sie niemals verstehen. Vielleicht hätte Doktor Mandelet sie verstanden, wenn sie ihn besucht hätte – doch nun war auch das zu spät; die Küste lag weit hinter ihr, und ihre Kraft war verbraucht.

Sie sah in die Ferne, der alte Schrecken flackerte für eine Sekunde auf, versank gleich darauf wieder. Edna hörte die Stimmen ihres Vaters und ihrer Schwester Margaret. Sie hörte das Bellen eines alten Hundes, der an die Sykomore gekettet war. Die Sporen des Kavallerieoffiziers klirrten, als er über die Veranda ging. Bienengesumm und der moschusartige Duft von Nelken erfüllten die Luft.

Anmerkungen

S. 13 oben
marais – Sumpfgebiet

S. 14 oben
patois – Dialekt der Akadier, altertümliches Französisch, durchsetzt mit englischen,

S. 22 unten
Night of south winds . . . – aus Walt Whitman, *Gesang von mir selbst*. In der deutschen Übersetzung von Hans Reisinger, Berlin 1946: „Südwindsnacht – Nacht der wenigen großen Sterne! / Still nickende Nacht". Dieser Text setzt sich übrigens so fort: „– toll nackte Sommernacht. / Lächle, o wollüstige, kühl überhauchte Erde / Erde der schlummernden, saftfließenden Bäume!"

S. 41 oben
Allez vous-en! Sapristi! – Weg da! Verdammt noch mal!

S. 41 unten
Grand Isle – eine Insel fünfzig Meilen südlich von New Orleans, zwischen dem Golf von Mexiko und Caminada Bay gelegen. Im frühen 19. Jhd. war sie eine Pirateninsel, gegen Ende des Jahrhunderts ein beliebtes Ferienziel der Kreolen. 1893 wurde sie von einem Wirbelsturm vollkommen verwüstet. Die Handlung des Romans spielt früher

S. 42 oben
Zampa – eine romantische Oper von Louis Hérold. Die Handlung: der Selbstmord eines unglücklichen Liebhabers durch Ertrinken im Meer

S. 42 Mitte
Chênière Caminada – eine Insel zwischen Grand Isle und der Küste von Louisiana

S. 42 unten
Quadroon – jemand mit einem schwarzen Vorfahren in der Großelterngeneration, zur rassischen Kastenbildung vgl. Anhang

S. 45 oben
Der Dichter und der Bauer – Operette von Franz von Suppé

S. 45 Mitte
Quartier Français – auch „Vieux Carré" genannt, der älteste Teil von New Orleans, wo sich zu Beginn des 18. Jhd. die Franzosen ansiedelten. Im 19. Jhd. war dies der Stadtteil, in dem die Mehrheit der kreolischen Bevölkerung von New Orleans lebte

S. 45 unten
blue grass – wildes Viehgras, das fast blau ist

S. 48 unten
Carondolet Street – die ,Wall Street' von New Orleans, an der sich die Baumwollbörse befand. Kate Chopins Mann hatte hier sein Büro

S. 52
Kreolen – jemand von französischer oder spanischer Abstammung. Im Roman für die französischsprechende Oberschicht von New Orleans gebraucht

S. 54 oben
Alphonse Daudet (1840–1887), französischer Schriftsteller

S. 54 oben
Par example! – Ich muß doch sehr bitten! *Passez!* – Machen Sie, daß Sie weiterkommen!

S. 54 unten
Blagueur – *farceur* – *gros bête, va!* – Witzbold – Komödiant – dummer Kerl, weg mit Dir!

S. 55 Mitte
Mais ce n'est pas mal! Elle s'y connait, elle a de la force, oui. – Gar nicht schlecht! Sie weiß, was sie tut, sie hat Talent.

S. 66 oben
Voilà que Madame Ratignolle est jalouse! – Sieh einer an, Madame Ratignolle ist eifersüchtig!

S. 67 Mitte
Biloxi – ein Ferienort an der Küste von Mississippi

S. 67 Mitte
Die Französische Oper in New Orleans gehörte zu den besten Opernhäusern der Vereinigten Staaten im 19. Jhd.

S. 68 oben
bon garçon – Wortspiel: guter Kellner/braver Junge

S. 69 oben
Edmond de Goncourt (1822–1896), frz. Schriftsteller

S. 69 Mitte
tête montée – Hitzkopf; hochnäsig, herrisch

S. 86 Mitte
Grande Terre – eine Grand Isle benachbarte Insel

S. 86 unten
Bayou Brulow – ein auf Pfählen errichtetes Dorf in der Nähe von Grand Isle, an einem der zahlreichen Arme des Mississippideltas gelegen

S. 88 unten
Akadier – Abkömmlinge der Frankokanadier, die 1755 aus Acadia oder Neu-Schottland in Kanada von den Briten vertrieben wurden. Sie besiedelten andere französische

Kolonien und behielten in ihren Siedlungen entlang der Küste von Louisiana die französische Sprache bei

S.93 oben
Baratarier – Piraten in der Gegend der Barataria Bay im Mississippidelta; ihre Raubzüge, Schmuggeleien und versenkten Schiffe gaben den Stoff ab für viele Legenden und Anekdoten

S. 95 oben
Ah! Si tu savais – „Wenn du wüßtest", Refrain eines Liedes mit demselben Titel, von Michael William Balfe (1808–1870)

S.98 oben
Tamales – Teigtaschen mit scharfer Fleischfüllung

S.108 oben
Esplanade Street – beste Wohngegend der kreolischen Oberschicht. Eine Straße mit palastartigen Häusern, umgeben von Eichen, Palmen und Magnolien

S.115 Mitte
porte cochère – Vorbau, unter den Kutschen gefahren werden können, um die Ein- und Aussteigenden vor Regen zu schützen

S. 117 Mitte
Besser ein Gericht Gemüse – Kate Chopin spielt hier auf Sprüche XV, 17 an: „Besser ein Gericht Gemüse mit Liebe als ein gemästeter Ochse mit Haß."

S.121 unten
régime – Zeit der spanischen Herrschaft in Louisiana (1766–1800); vgl. dazu im Anhang

S. 136 Mitte
Lecompte – berühmte Rennstallbesitzer in New Orleans; die Stadt war vor dem Bürgerkrieg Zentrum des Pferderennsports

S.141 Mitte
Ralph Waldo Emerson (1803–1882), amerikanischer Philosoph, Essayist und Dichter

S.142 unten
Jockeyclub – ein exklusiver Club in New Orleans, in dem nur die reichsten und angesehensten Bürger der Stadt die Mitgliedschaft erlangen konnten

S. 144 oben
Edvard Grieg (1843–1907), norwegischer Komponist

S.162 Mitte
mets, entre mets – Haupt- und Zwischengerichte

S.163 oben
Waco – Stadt in Texas

S.164 Mitte
soyez sage – Seien Sie brav!

S. 165 Mitte
There was a graven image . . . – „Ein Bild der Sehnsucht ward gemalt / Mit rotem Blut auf goldnem Grund", aus dem Sonett ‚A Cameo' von Algernon Charles Swinburne (1837–1909), englischer Dichter

S. 166 oben
ce que tes yeux me disent – . . . was deine Augen mir sagen

S. 174 unten
vingt-et-un – Kartenspiel

S. 193 Mitte
Griffe – Tochter eines mulattischen und eines schwarzen oder indianischen Elternteils, vgl. zu Quadroon und im Anhang

Anhang

Tod im Feuilleton –
Rezensionen von 1899

The Mirror, IX, 4. Mai 1899

Man sollte vielleicht nicht über den ersten Roman einer bereits erfolgreichen Schriftstellerin schreiben, wenn man noch direkt unter dem Eindruck des Buches steht. Man muß es erst einmal „überschlafen", wie ein Stück Hochzeitskuchen, das beim ersten Heiratsantrag Glück bringen soll, oder wie eine wichtige Entscheidung. Und weil wir Kate Chopins übriges Werk ungemein bewundern, weil wir uns über ihre ständig wachsende Berühmtheit freuen und stolz darauf sind, daß sie „eine von uns aus St. Louis" ist, gestehen wir ungern den Wunsch ein, daß sie diesen Roman besser nicht geschrieben hätte.

Nicht weil darin nicht der ihr eigene stilistische Charme glänzen würde, weil sie darin kein Talent für Effekte gezeigt hätte oder weil es ihren Beschreibungen an Schönheit fehlen würde – aber . . . es ist eines der Bücher, von denen wir sagen müssen – „cui bono"? [. . .]

Man würde die Götter aus purer Feigheit lieber um endlosen Schlaf bitten, als zu erfahren, welch ein häßliches, grausames und ekelhaftes Ungeheuer die Leidenschaft sein kann, wenn sie wie ein Tiger langsam ihre anmutige Gestalt reckt und streckt und gähnt und endlich erwacht.

[. . .] sie [Edna Pontellier] ist erwacht, um die veränderlichen, trügerischen, unbeständigen Tiefen ihrer eigenen Seele zu erkennen, in der, wachsam, stark und grausam der Teufel Leidenschaft liegt, der ganz animalisch ist und ganz irdisch, ganz der Erde zugehört. Da ist es besser, sich in die grünen Wellen fallen zu lassen und hinabzusinken in die mächtigen Arme des alten Ozeans, und das tut sie denn auch. Die Erzählweise der Geschichte ist kaum zu kritisieren, es ist kein Makel an ihrer künstlerischen Gestaltung, aber sie läßt einen zurück mit Überdruß an der menschlichen Natur, und so denkt man eben – cui bono.

St. Louis *Daily Globe-Democrat*, 13. Mai 1899

Das Erscheinen eines neuen Romans von Kate Chopin aus St. Louis ist für St. Louis ein Ereignis von Interesse. Ein Buch wie „The Awakening" von dieser Dame aus St. Louis ist von ganz besonderem Interesse, und dieses Interesse ist verbunden mit Überraschung. Ob angenehm oder unangenehm, das ist letztendlich abhängig vom Standpunkt des Lesers.

Es ist kaum die Sorte Buch, die einige Leute von ihr erwartet hätten. Es ist in erster Linie eine Romanze von heute – eine Liebesgeschichte mit einer Frau im Mittelpunkt, um die sich mehrere männliche Charaktere gruppieren, und der Gedanke an die sprichwörtliche Motte und das althergebrachte Licht drängt sich dem Leser in fast jedem Kapitel auf. Schon am Anfang der Geschichte fühlt man, daß die Heldin um Erlösung von der Versuchung beten sollte, und im Schlußabschnitt, als sie jedes Kleidungsstück abgelegt hat und „nackt in der Sonne steht", dann ins Wasser hineingeht, bis sie nicht mehr weiter kann, und weiter schwimmt in die Ewigkeit, hält man ihren Selbstmord für ein einziges Gebet um Erlösung von den Übeln, die sie bedrängen, und die sie sich doch alle selbst zu verdanken hat.

Es ist kein gesundes Buch. Wenn es irgendeine besondere Moral aufzeigt oder irgendeine Lektion erteilt, so ist dies nicht ersichtlich. Aber man kann die Tatsache nicht bestreiten, daß es sich mit bestehenden Verhältnissen befaßt, und ohne den Versuch einer Lösung ein Problem behandelt, das sich nur zu oft im gesellschaftlichen Leben von Leuten aufdrängt, für die Essen und Kleidung keine existentiellen Fragen darstellen. Mrs. Pontellier liebt ihren Mann nicht. Das Gift der Leidenschaft scheint sie mit der Muttermilch in sich aufgenommen zu haben. Daß sie in Robert Lebrun heftig verliebt ist, wird dem Leser im ersten Kapitel sehr deutlich gemacht, obwohl sie selbst diese Tatsache nicht zu erkennen scheint. Sie ist ganz Gefühl und völlig ohne Balance. [. . .]

Das Buch enthält einige hübsche Beschreibungen des Lebens der Kreolen in Louisiana, und zwei oder drei unwesentliche Charaktere sind mit geschickter Hand gezeichnet. Wenn man die Geschichte ausgelesen hat, kann man nicht sagen, daß irgendeine der Hauptfiguren einem Bewunderung oder Sympathie abgewinnen könnte. Es ist ein morbides Buch; und der Gedanke drängt sich auf, daß die Autorin, würde sie es selbst rezensieren, es am liebsten „in Fetzen reißen" würde, wenn jemand anders es geschrieben hätte.

St. Louis *Republic*, 20. Mai 1899

Der gleißende Mangel des Buches springt einem schon auf der Titelseite ins Auge [...]. Die Wissenschaft der menschlichen Seele und ihrer Operationen ist bei Kate Chopin instinktiv. In ihren Schöpfungen begeht sie unaussprechliche Verbrechen gegen die feine Gesellschaft, aber in der Handhabung ihrer künstlerischen Mittel macht sie nie einen Fehler. *The Awakening* ist jedoch, wie die meisten ihrer Werke, ein zu starker Trank für moralische Kleinkinder und sollte als „giftig" ausgezeichnet werden.

Chicago *Times-Herald*, 1. Juni 1899

Kate Chopin, Autorin solch köstlicher Skizzen wie „A Night in Acadie", hat mit ihrem Roman „The Awakening" eine neue Richtung eingeschlagen. Die vielen Bewunderer, die sie mit ihrer früheren Arbeit gewonnen hat, werden von diesem letzten Wagnis überrascht sein – vielleicht unangenehm. Daß das Buch seine Stärken hat und daß Miss[!] Chopin eine tiefe Kenntnis bestimmter Schichten des weiblichen Charakters besitzt, soll nicht bestritten werden. Aber eine Schriftstellerin von so großem Feingefühl und poetischer Anmut hätte es nicht nötig gehabt, das vielbeackerte Feld der Sexliteratur *(sex fiction)* zu betreten. [...]
Edna begeht Selbstmord. Dies ist keine erfreuliche Geschichte, aber der Gegensatz zwischen der Heldin und einer anderen Figur, die sich ihrem Ehemann und ihrer Familie widmet, rettet vor völliger Trübsinnigkeit und gibt dem

Leser einen Einblick in die wahre Miss Chopin, deren Stärke in Gestaltung freundlicher und liebenswerter Charaktere liegt.

Providence *Sunday Journal*, 4. Juni 1899

Miss Kate Chopin ist eine weitere kluge Frau, aber sie hat schlechten Gebrauch von ihrer Klugheit gemacht, indem sie „The Awakening" schrieb. Der Inhalt der Geschichte kann kaum in einer Sprache beschrieben werden, die zur Veröffentlichung geeignet ist. Wir sind geneigt zu glauben, daß Miss Chopin selbst nicht erkannte, was sie tat, als sie sie schrieb. Mit dürftigem Realismus [. . .] beschreibt sie, wie eine verheiratete Frau, die in gutem Einvernehmen mit ihrem Mann lebt, ohne sich viel aus ihm zu machen, der langsam wachsenden Bewunderung für einen anderen Mann anheimfällt. Dieser ist zu ehrenhaft, darüber zu sprechen, und geht fort; aber ihr Leben ist bereits zerstört, und sie sinkt in rein animalischer Triebhaftigkeit in die Arme des ersten besten Mannes, den sie trifft. Das schlimmste an solchen Geschichten ist, daß sie der Jugend in die Hände fallen, sie dazu verleiten, über Dinge nachzugrübeln, die nur gereifte Persönlichkeiten verstehen können, und lasterhafte Vorstellungen und schmutzige Gelüste fördern. Es ist ekelerregend, daran zu denken, daß diejenigen, die sich gegen die Biederkeit unserer älteren Schriftsteller wenden, den vergüldeten Schmutz dieser unserer Tage hinnehmen und rechtfertigen werden [. . .].

New Orleans *Times-Democrat*, 18. Juni 1899

In einer zivilisierten Gesellschaft ist das Recht des Individuums, all seinen Launen nachzugeben, vielen restriktiven Bestimmungen unterworfen und muß es auch sein. Es kann keinen Augenblick lang in Abrede gestellt werden, daß eine Frau, die willentlich die Liebe und Zuneigung eines Mannes angenommen hat, ohne selbst diese Liebe zu erwidern, die

seine Frau und die Mutter seiner Kinder geworden ist, eine
Verpflichtung eingegangen ist, die ihr unbedingt verbietet,
ihre Beziehung zu ihm zu lösen und offen die unabhängige
Lebensweise einer unverheirateten Frau anzunehmen. Es ist
ganz und gar nicht klar, ob dies die Doktrin ist, die
Mrs. Chopin zu predigen beabsichtigt, aber es ist genausowenig klar, daß sie sich davon distanziert. Sicherlich zieht
sich durch die ganze Geschichte ein Unterton von Sympathie für Edna, und nirgends findet sich ein einziger Satz der
Mißbilligung ihres völlig ungerechtfertigten Verhaltens.

Public Opinion, XXVI, 22. Juni 1899

[. . .] Wir bezweifeln stark die Möglichkeit, daß eine
Frau, die „einer soliden, alten presbyterianischen Familie
aus Kentucky" entstammt, überhaupt so sein könnte wie
Mrs. Edna Pontellier, die eine lange Liste minderer Lieb-
schaften und eine verzehrende Leidenschaft hat, sich aber
nur dem Mann hingibt, für den sie nicht die geringste Zuneigung verspürt. Hätte die Autorin Sympathie für diese unerfreuliche Person in uns erwecken können, wäre das kein geringer Sieg gewesen, aber wir sind vollauf befriedigt, wenn
Mrs. Pontellier entschlossen ihrem Tod in den Wassern des
Golfes entgegenschwimmt.

Los Angeles _Sunday Times_, 25. Juni 1899

[. . .] als Biographie eines Individuums aus der großen
Gruppe weiblicher Wesen, die man als „_fool women_" klas-
sifizieren könnte, ist das Buch ein starkes und ansprechen-
des Werk. Es ist wie eines von Aubrey Beardsleys gräßli-
chen, aber faszinierenden Bildern mit ihrem befremdlichen
Anflug von Sinnlichkeit, die aber dennoch eine eigentümliche Stärke, Anmut und Individualität in sich bergen. Das
Buch gibt einen tiefen Einblick in die Motive der „fool woman" als Exemplar ihrer Gattung, der Frau, die nichts durch
Erfahrung lernt und die keinen ausreichenden Horizont besitzt, um über ihre eigenen momentanen Bedürfnisse hinaus-

zublicken. Es ist in vieler Hinsicht unangemessen subjektiv und krankhaft in seiner Darstellung von Gefühlen, so wie es die Geschichte dieser Frauen zwangsläufig sein muß. Die offenkundigen Fähigkeiten der Autorin werden auf ein Thema verwandt, das ihrer unwürdig ist, und wenn sie ein anderes Buch schreiben sollte, kann man nur hoffen, daß sie ein gesünderes Thema von lieblicherem Duft wählen wird.

Book News, Philadelphia, 17, Juli 1899

Aims and Autographs of Authors: The Awakening. By Kate Chopin

Having a group of people at my disposal, I thought it might be entertaining (to myself) to throw them together and see what would happen. I never dreamed of Mrs. Pontellier making such a mess of things and working out her own damnation as she did. If I had had the slightest intimation of such a thing I would have excluded her from the company. But when I found out what she was up to, the play was half over and it was then too late.*

St. Louis, Mo., May 28, 1899.

---

* „Ich hatte eine Gruppe von Leuten zu meiner Verfügung und dachte, es könnte (für mich selbst) unterhaltsam sein, sie zusammenzuwürfeln und zu sehen, was geschehen würde. Ich hätte mir nie träumen lassen, daß Mrs. Pontellier das Spiel derart verderben und so auf ihren eigenen Untergang hinarbeiten würde, wie sie es schließlich tat. Hätte ich auch nur die leiseste Ahnung davon gehabt, dann hätte ich sie aus der Gesellschaft ausgeschlossen. Aber als ich herausfand, was sie vorhatte, war das Spiel halb vorbei, und es war schon zu spät."

The Dial, 27, 1. August 1899

„The Awakening" von Mrs. Chopin ist eine Geschichte, in der mit keinerlei Beiwerk außer den trivialen
Details des Alltagslebens in und um New Orleans eine ein-
dringliche spirituelle Tragödie geschaffen wurde. Die Geschichte ist uns vertraut genug. Eine Frau ist verheiratet,
ohne zu wissen, was es heißt zu lieben. Ihr Mann ist nett,
aber durchschnittlich. Er achtet übermäßig auf Konventionen; sie empfindet diese als Hindernis für die freie Entwicklung ihrer launenhaften Persönlichkeit und schüttelt sie ab,
als das „Erwachen" über sie kommt. Sie entdeckt zu spät,
daß sie den Anker weggeworfen hat, der allein sie vor dem
Schiffbruch hätte bewahren können. Es ist überflüssig zu
erwähnen, daß der Auslöser ihres Erwachens ein anderer
Mann ist. Aber er erweist sich als stark genug, der Versuchung zu widerstehen, während sie zu schwach ist, auch nur
daran zu denken, für ihre Schuld zu büßen. Ihrem zerrütte-
ten Gemüt erscheint Selbstzerstörung als der einzige Ausweg, und die Tragödie wird auf malerische Weise vollendet.
Die Geschichte ist einfach, nicht ohne Charme, aber insgesamt nicht heilsam in ihrer Tendenz.

The Nation, 69, 3. August 1899

„The Awakening" ist die traurige Geschichte einer
Dame aus dem Süden, die unbedingt tun wollte, was sie
nicht lassen konnte. Sie wollte nicht nur, sondern tat es denn
auch, mit verheerenden Folgen; aber als sie am Ende ins
Meer hinausschwimmt, ist zu hoffen, daß ihr Beispiel dort
für immer versenkt bleiben wird. Mit großen Erwartungen
öffnen wir den Band, eingedenk der guten Kurzgeschichten
der Autorin, und mit wahrer Enttäuschung schließen wir
ihn wieder. Der Rezensent vergießt Tränen über eine weitere kluge Autorin, die einen falschen Weg eingeschlagen
hat. Wir haben es hier mit Mrs. Chopins gewohnt solider
Kunstfertigkeit zu tun, ihren spärlich angedeuteten Effek-
ten, gut verwandten Beinamen und ihrem transparenten Stil;

und was die Konstruktion angeht, erweist sich die Autorin als ebenso kompetent, einen Roman zu schreiben wie eine Skizze. Stimmung und Flair des kreolischen New Orleans und der Küste Louisianas werden dem Leser mit großem Geschick vermittelt, und unter den zweitrangigen Charakteren sind einige recht lebensnah geraten. Aber wir vermögen nicht einzusehen, was für die Literatur oder die Lebenserfahrung durch eine detaillierte Geschichte der mannigfaltigen und gleichzeitigen Liebesaffären einer Ehefrau und Mutter gewonnen sein soll. Hätte sie nach dem Rat von Prof. William James* gelebt, zumindest eine Sache am Tag zu tun, die man nicht tun möchte (in der Gesellschaft der Kreolen wären vielleicht zwei angebracht), weniger geflirtet und mehr auf die Kinder aufgepaßt oder gar mehr Entbindungen beigewohnt – ihr Meisterstück an Selbstverleugnung –, dann hätten wir nicht die Unannehmlichkeit auf uns nehmen müssen, über sie und die Versuchungen zu lesen, die sie sich heraufbeschworen hat.

* William James (1842–1910), amerikanischer Philosoph und Psychologe, Mitbegründer des philosophischen Pragmatismus.

Die folgenden Ausführungen gehen auf ein Seminar über Kate Chopin und Probleme feministischer Literaturkritik zurück, das im Wintersemester 1976/77 am Amerika-Institut der Universität Frankfurt stattfand. Wir haben zusammen Kate Chopins Texte gelesen und versucht, uns die kulturellen, geographischen, sozial- und literaturgeschichtlichen Zusammenhänge zu erarbeiten, in denen diese Texte produziert und rezipiert wurden. Aus den theoretisch unbegrenzten Kontexten wählten wir solche, die uns aufgrund unseres Textverständnisses und eines allgemeineren Interesses an der Rekonstruktion unterdrückter weiblicher Geschichte wichtig erschienen. Wir haben die verschiedenen Teile miteinander diskutiert, aber einzeln geschrieben. Da wir in erster Linie Leser/inne/n Material anbieten möchten, das sie selbst mit den Texten in Verbindung bringen können, haben wir aus der Not kollektiver Arbeit eine Tugend gemacht und auf Abrundungen, Übergänge, Querverbindungen und Schlußfolgerungen weitgehend verzichtet.

Kate Chopin: biographische Notiz[1]

Kate O'Flaherty wurde am 8. Februar 1851 in St. Louis/Missouri geboren. Ihre Vorfahren mütterlicherseits waren als französische Siedler um 1700 nach Amerika gekommen und gehörten zur französisch-kreolischen Aristokratie der Stadt. Kates Vater stammte aus Irland und kam 1825 nach St. Louis; als erfolgreicher Kaufmann zählte er zur Elite.

In der Familie O'Flaherty wurde Französisch gesprochen – Französisch mit kreolischem Akzent, durchsetzt von dem weichen, melodischen Dialekt der Schwarzen, die als Sklaven bzw. nach der Sklavenbefreiung als Hausangestellte zahlreich im Hause O'Flaherty vorhanden waren. Dennoch scheint Englisch schon früh für Kate Chopin Umgangssprache gewesen zu sein, vor allem aber die Sprache, in der sie schrieb.

Der Vater, Thomas O'Flaherty, kam 1855 bei einem Zugunglück ums Leben; auch ihr Bruder starb früh. Kates Entwicklung wurde in der Folge stark von Frauen beeinflußt. Sie hatte eine enge Bindung zu ihrer Mutter, die streng katholisch war; bei deren Tod, 1885, war sie „vor Trauer buchstäblich zu Boden gestreckt".[2] Ihre Urgroßmutter, Madame Charleville, die wie die Großmutter ebenfalls im Haushalt der O'Flahertys lebte, erzählte ihr viel aus dem Legenden- und Anekdotenschatz Louisianas, insbesondere Geschichten über Liebesverhältnisse und Ehen lokaler Persönlichkeiten, über unkonventionelles Verhalten gegenüber scheinheiligen Moralvorstellungen, über starke und unabhängige Frauen.

1860 bis 1868 besuchte Kate Chopin die St. Louis Academy of the Sacred Heart, die Mädchen zu christlichen Ehefrauen und Müttern erziehen, ihnen aber auch die Fähigkeit, gebildete Konversationen zu führen, vermitteln wollte. Einer der Unterrichtsschwerpunkte war daher neben Hauswirtschaft Literatur. Kate las viel – englische, französische und deutsche Literatur, Klassiker und neue Bücher. Zwischen 1867 und 1870 schrieb sie bereits Gedichte, Aufsätze und Kommentare zu Gelesenem in ihr Tagebuch. Sie unterwarf sich nicht bedingungslos der katholischen Disziplin und weigerte sich, religiöse Bücher zu lesen, mit der Begründung, daß diese sie deprimierten. Sie las die Werke von Madame de Staël als einer Frau, die sich gegen Konventionen auflehnte und den Konflikt zwischen leidenschaftlicher Natur der Frau und ihren gesellschaftlichen Pflichten thematisiert hatte; später begeisterte sie sich auch für George Sand und nannte ihre Tochter nach der Heldin des gleichnamigen Romans dieser Autorin Lelia. Sie orientierte sich schon früh am Vorbild der literarisch gebildeten, intellektuellen und selbständigen Frau, teilte aber auch landläufige Vorurteile gegen ‚Blaustrümpfe‘ und besonders gegen organisierte Formen von Emanzipation, wie z. B. die zeitgenössische Frauenbewegung, aber auch jegliche andere der damals florierenden Reformbewegungen.

1869 lernte sie den fünfundzwanzigjährigen Oscar Chopin kennen, der aus einer begüterten kreolischen Familie stammte. Er hatte, um seinem autoritären Vater, einem berüchtigten Plantagenbesitzer, zu entgehen, seine Heimat, die französische Gemeinde Natchitoches im Nordwesten Louisianas, verlassen und arbeitete in einer Bank in St. Louis.

Kate und Oscar Chopin heirateten am 9. Juni 1870. Eine dreimonatige Hochzeitsreise führte sie über Philadelphia und New York nach Deutschland, in die Schweiz und nach Frankreich. In New York kam es zufällig zu einer Begegnung mit Victoria Woodhull,[3] die damals durch die Propagierung freier Liebe, ihre Börsenmaklerei, einen unkonventionellen Lebensstil und ihre Präsidentschaftskandidatur Aufsehen erregte. Zurück in Amerika zog das Paar nach New Orleans, eine von vielen ethnischen Minoritäten bewohnte Stadt, in der die Kreolen eine dominante Rolle innehatten. Hier ließ sich Oscar Chopin im Baumwollgeschäft nieder.

Ökonomisch stand Oscar Chopin auf der Seite des ‚Fortschritts‘, des kommerziellen Aufschwungs des Neuen

Südens nach dem Bürgerkrieg, und teilte nicht die Vorurteile vieler Kreolen gegen die zunehmend New Orleans be-
herrschenden Yankees; politisch aber kämpfte er während
der Rekonstruktionszeit für die Sache des alten Südens,
war sogar Mitglied der White League, einer radikalen be-
waffneten Organisation mit rassistischen, restaurativen Zielen. (Auch Kate war während des Bürgerkriegs für die Armee der Südstaaten, in der ihr geliebter Halbbruder
kämpfte, eingetreten: eines Tages verschwand die Fahne, die
die siegreichen Truppen der Nordstaaten auf der Veranda
der O'Flahertys gehißt hatten, und die Yankees suchten
Übeltäter und Flagge vergeblich.)

Kates Beziehung zu ihrem Mann wurde von Freunden
als offen und freundschaftlich beschrieben. Im Gegensatz zu
den meisten seiner Zeitgenossen war Oscar Chopin sehr tolerant und hatte Verständnis für unkonventionelles Verhalten seiner Frau – sie rauchte, kleidete sich leger, machte
lange Einkaufsbummel und Spaziergänge ohne Begleitung
etc. Da die Chopins zur Oberschicht gehörten, hatten sie
viele Hausangestellte, was Kate Zeit für sich selbst ließ. Sie
liebte Musik, spielte Klavier, ging ins Theater und in die
Oper. Die französische Oper in New Orleans war eine der
berühmtesten Opern der USA und brachte damals als erste
solche Werke wie *Lohengrin* und *Tannhäuser* von Wagner,
der Kate Chopin zeitlebens beeindruckte. New Orleans
wurde von einer regen Presse über die neuesten internationalen Entwicklungen auf dem laufenden gehalten. Der
Journalist und Schriftsteller Lafcadio Hearn schrieb in seinen Kolumnen über französische Literatur und brachte
Auszüge von Flaubert, Gautier, Maupassant und Baude-
laire. New Orleans selbst erhielt einen festen Platz in der
amerikanischen Literatur durch Skizzen wie George Washington Cables *Old Creole Days* (1879), in denen die Kreo-
lenkultur in der Phase ihres Verfalls festgehalten wurde.

1871 gebar Kate Chopin ihr erstes Kind; in den Jahren
darauf noch fünf weitere. Wie von einer kreolischen Frau
erwartet, war sie nicht nur Mutter einer großen Familie,
sondern auch kultivierte Hausherrin, unterhielt ihre
Freunde und Gäste gern durch Geschichten, die sie mit viel

Mimik zum besten gab. Anderen, formaleren Pflichten
folgte sie nicht so gern, z. B. ihrem wöchentlichen Empfangstag. Sie litt zuweilen unter Depressionen, die sie ihrer
Umwelt als unzugänglich und rätselhaft erscheinen ließen.
Aus Angst vor dem in Louisiana wütenden Gelbfieber zog
sie sich im Sommer mit ihren Kindern auf Grand Isle
zurück, eine Insel südlich New Orleans, die auch Schauplatz
von *The Awakening* ist.

Schlechte Baumwollernten zwangen Oscar Chopin,
sein Geschäft in New Orleans aufzugeben, und 1879 über-
siedelte die Familie nach Cloutierville im Bezirk Natchitoches im Nordwesten Louisianas, seiner Heimat, wo er einige
kleinere Plantagen und Großhandel betrieb. Als er 1883
starb, führte Kate die Plantagen erfolgreich in eigener Regie
weiter, gab aber schließlich dem Drängen ihrer Mutter nach
und zog 1884 zurück nach St. Louis. Ein Jahr später starb
die Mutter.

Der Hausarzt der Familie, der 1870 nach St. Louis emi-
grierte Österreicher Dr. Kolbenheyer, ein väterlicher
Freund und Ratgeber, beeinflußte Kates Ansichten und Le-
bensauffassungen in nicht zu unterschätzendem Maße. Er
war es auch, der in den Briefen, die sie ihm aus Louisiana
geschrieben hatte, ihr literarisches Talent entdeckte und ihr
empfahl, Geschichten zu schreiben – auch aus finanziellen
Gründen. Durch Kolbenheyer wurde sie mit der Evolu-
tionstheorie Darwins und der evolutionistischen Sozialphi-
losophie Herbert Spencers bekannt. Sie löste sich zunehmend vom Katholizismus, neigte später allenfalls zu einer
pantheistischen Naturverehrung. Auf dem Hintergrund ihrer evolutionistischen Auffassung von Geschichte und Gesellschaft lehnte sie alle Formen dessen, was sie ‚Idealismus'
nannte, allen Reformeifer und individuelles Perfektions-
streben ab. Unter diesem Aspekt kritisierte sie auch zeitgenössische Literatur, die sich offen gegenwartsbezogen und
sozialkritisch gab, als didaktisch und vergänglich, so z. B.
Ibsens *Volksfeind*.

1889 begann Kate Chopins literarische Karriere. Sie
schrieb Gedichte und Erzählungen, überwiegend Kurzgeschichten, die in lokalen Zeitschriften veröffentlicht wurden,

und übersetzte Erzählungen von Maupassant. Ihren eigenen Geschichten wurde zunächst nur regionale Bedeutung beigemessen; sie wurden der nach dem Bürgerkrieg aufblühenden Literatur des *local color* (‚Lokalkolorit‘) zugeordnet. Doch ging es ihr darum, wie ihr französisches Vorbild Flaubert oder auch die zeitgenössische amerikanische Schriftstellerin Sarah Orne Jewett, die sie bewunderte, in ihren Erzählungen einen universalen realistischen Anspruch zur Geltung zu bringen, gerade durch die detaillierte Wiedergabe regionaler und lokaler Besonderheiten. Ihre Ambitionen waren darauf gerichtet, in den großen Zeitschriften zu publizieren. Dies wurde erschwert durch die unkonventionellen Ansichten, die sie in einigen ihrer Erzählungen vertrat, die nicht in den literarisch-moralischen Kanon der Zeit paßten.

Ihr erster Roman *At Fault* (1890), der zum ersten Mal in der amerikanischen Literaturgeschichte Ehescheidung nicht moralisch abhandelte, wurde wegen seiner angeblich fehlerhaften Charaktere kritisiert. Chopins stilistische Fähigkeiten wurden dagegen hoch gelobt. Ein zweiter Roman wurde von allen Verlegern abgelehnt, worauf sie ihn vernichtete. Zwischen 1891–1894 schrieb sie 40 Kurzgeschichten, die allerdings nur in lokalen Blättern veröffentlicht wurden. 1894 kam ihre erste Sammlung von Kurzgeschichten, *Bayou Folk*, heraus; zwei Kurzgeschichten erschienen in diesem Jahr in überregionalen Zeitschriften. Damit war sie der von ihr angestrebten nationalen Anerkennung einen Schritt näher gekommen. In den Jahren 1894–1898 veröffentlichte sie 42 Geschichten, der Sammelband *A Night in Acadie* erschien 1897. Ihr Haus wurde zu einem bekannten Treffpunkt für Literaten und Künstler in St. Louis.

Kate Chopin schrieb ihre Geschichten nicht in einem Studierzimmer, sondern im Wohnzimmer, wo die Kinder um sie herumtobten. Sie schrieb spontan, die meisten Erzählungen entstanden innerhalb weniger Stunden. Es existieren keine Entwürfe oder Vorlagen zu einzelnen Erzählungen, allerdings ist der Einfluß literarischer Quellen, besonders zeitgenössischer französischer Erzählliteratur, in vielen ihrer Geschichten erkennbar. Auch feilte sie ungern an einmal niedergeschriebenen Texten herum, wenn man

ihre eigene Aussage beim Wort nimmt: „Ich verlasse mich
beim Schreiben ganz und gar auf intuitive Wahl des Ausdrucks. Das ist insofern nur zu wahr, als das, was man den
Prozeß des Aufpolierens nennt, sich auf meine Arbeit immer recht verheerend ausgewirkt hat. Ich vermeide es, wo
es nur geht, weil ich die Authentizität des rohen Ausdrucks
der Künstlichkeit des ausgefeilten vorziehe."[4]

1899 wurde *The Awakening* veröffentlicht. Der Roman
geriet gleich nach Erscheinen ins Kreuzfeuer der Kritik und
wurde kurze Zeit später aus öffentlichen Bibliotheken von
St. Louis verbannt; Kate Chopin selbst wurde die Mitgliedschaft im St. Louis Fine Arts Club verweigert. Entmutigt
durch den Mißerfolg schrieb sie bis 1901 nur noch wenige
Kurzgeschichten und vier Geschichten für Kinder. Die
Neuauflage der bereits veröffentlichten Sammelbände
wurde – meist mit formaler oder technischer Begründung –
abgelehnt. Sie wurde allenfalls als regionale Schriftstellerin
zur Kenntnis genommen und geriet schon zu Lebzeiten in
Vergessenheit. Trotz Krankheit und zunehmender Schwäche besuchte sie noch begeistert die Weltausstellung, die
1904 in St. Louis stattfand – im August dieses Jahres starb
sie nach einem anstrengenden Tag in der Ausstellung.

Louisiana:
Besiedelung, Bevölkerung, Kultur

Kate Chopins Kurzgeschichten und ihr Roman *The Awakening* sind ohne das historisch-soziale Lokalkolorit Louisianas kaum vorstellbar – das Land der „Bayous"[5] und Sümpfe des Unterlaufs, des Deltas des Mississippi und der Hafenstadt New Orleans.

Kate Chopin gehört mit ihrem Werk zu der Ende des 19. Jahrhunderts in den USA weitverbreiteten Richtung der *Local color*-Literatur, die sich in Stoff und Sprache auf die regionalen Eigenheiten verschiedener Landesteile bezog. Die Personen in Kate Chopins Erzählungen leben hauptsächlich im südwestlichen Teil Louisianas und in New Orleans. Hierbei handelt es sich um Gebiete, die ursprünglich keine anglo-amerikanische Kolonisierung erfahren hatten. Es war das traditionelle Siedlungsgebiet, in dem die Französisch sprechende und an französischer Kultur orientierte Bevölkerung lebte. Zu Kate Chopins Zeit jedoch befand sich diese Bevölkerungsgruppe in Louisiana schon entschieden in der Minderheit. Vor allem New Orleans war als größte Hafenstadt an der Mündung des Mississippi jahrzehntelang Anziehungspunkt für Menschen von vielerlei nationaler und ethnischer Herkunft, während sich in den Landgebieten südwestlich von New Orleans noch eine eher homogene, Französisch sprechende Bevölkerung hielt.

Da Kate Chopin in ihrem Werk auch Konflikte thematisiert, die erst durch den Bezug zur sozialen und geschichtlichen Entwicklung der Region verständlich werden, sind einige Bemerkungen zur besonderen Situation Louisianas wichtig.[6]

Spanier waren die ersten Europäer, die das Gebiet des heutigen Louisiana im 16. Jahrhundert entdeckten. Kolonisiert wurde es jedoch durch Frankreich. Ende des 17. Jahrhunderts erklärte es eine französische Expedition zum Eigentum der Krone Frankreichs und nannte es „Louisiana" zu Ehren Ludwigs XIV. Im frühen 18. Jahrhundert begann dann die eigentliche französische Besiedelung; auch die Gründung von New Orleans (1718) fiel in diese Zeit. 1762 kam Louisiana mit New Orleans durch einen Geheimvertrag zwischen Frankreich und Spanien unter spanische Herrschaft. Als Folge dieser bei den französischen Siedlern unpopulären Aktion revoltierten die Bewohner von New Orleans als erste in Nordamerika gegen eine europäische Kolonialmacht. Fast 40 Jahre spanischer Herrschaft in Louisiana endeten 1800 – wiederum zuerst vor den Einwohnern geheimgehalten – mit der kurzzeitigen Rückkehr zum französischen Imperium, bis dann 1803 Napoleon die Kolonie endgültig an die Vereinigten Staaten verkaufte: Im berühmten „Louisiana Purchase" erwarben die USA das Gebiet für 80 000 000 Francs.

Die zahlenmäßig geringe spanische Einwanderung wurde trotz spanischem Régime rasch von der kulturell vorherrschenden französischen Zivilisation aufgesogen. Die wichtigste Gruppe von Einwanderern bildeten im 18. Jahrhundert die Akadier, französische Siedler aus Kanada, die durch die Engländer von dort vertrieben worden waren. Die Akadier oder „Cajuns", wie sie in der englischen Sprechweise genannt werden, siedelten sich vor allem im südlichen Louisiana an. In späterer Zeit – so auch bei Kate Chopin – wird mit „Cajuns" die weiße Französisch sprechende Landbevölkerung bezeichnet, wobei diese in der Literatur als die ärmere Bauernschicht Louisianas beschrieben wird.

Schon die frühen französischen Siedler hatten auf dem fruchtbaren Boden entlang des Mississippi und der größeren „Bayous" Plantagen nach dem Vorbild der früher besiedelten südlichen Kolonien Nordamerikas – z. B. Virginia und South Carolina – bewirtschaftet.

In dem subtropischen Klima waren die Hauptprodukte Baumwolle, Zuckerrohr und Reis, die in Monokultur auf größeren Plantagen angebaut wurden. Die hier arbeitenden schwarzen Sklaven bildeten 1850 die Hälfte der Bevölkerung, später immerhin noch etwa ein Drittel.

Im Gegensatz zur öffentlichen Einstellung im übrigen Süden, die jede Rassenmischung kategorisch verurteilte, war

bis Mitte des 19. Jahrhunderts die Einstellung der franzö-
sisch-spanischen Einwohner Louisianas diesem Problem
gegenüber toleranter. Die Kinder aus solchen Beziehungen
waren in der Regel frei, sie bildeten eine neue Klasse zwischen schwarzen Sklaven und weißen Herren – die sog.
Freien Farbigen (free people of color). Vor dem Bürgerkrieg
war der Sozialstatus dieser Freien Farbigen relativ hoch; sie
waren zum Teil vermögend und besaßen sogar selbst Sklaven. In der Epoche vor dem Bürgerkrieg gab es zur Unterscheidung der Stufen von Rassenmischung eine differen-
zierte Terminologie; so wurden Nachkommen von
Schwarzen und Weißen Mulatten genannt; Quadroons waren Kinder von Weißen und Mulatten; Octaroons von Weißen und Quadroons etc.

Schwarze Frauen wurden im amerikanischen Süden
zusätzlich zu ihrer ökonomischen Ausbeutung als Sklaven
auch – wenn sie bestimmten Schönheitsvorstellungen entsprachen – sexuell ausgebeutet. Im Französisch sprechenden
Teil Louisianas, vor allem in New Orleans, hatten darüber
hinaus besonders junge weibliche Quadroons den Ruf, von
den weißen Männern als Konkubinen favorisiert zu werden.
Diese Frauen gehörten zu den „free people of color" und
genossen eine sorgfältige kulturelle Bildung, um als Jugendliche unter der Aufsicht ihrer Mütter auf den sogenannten
Quadroon-Bällen an junge wohlhabende weiße Männer
verkuppelt zu werden. Prostituierte waren diese Quadroons
nicht, eher glichen sie in ihrer akzeptierten gesellschaftlichen Stellung – sie wurden von ihren Liebhabern oft mit
einigem Luxus umgeben und erhielten eine vertraglich fest-
gelegte Rente – sowie ihrer Kultiviertheit den Kurtisanen
des französischen Ancien Régime.

Alle Privilegien, die Teile der schwarzen Bevölkerung
vor dem Bürgerkrieg genossen haben mögen, wichen jedoch
gegen Ende des 19. Jahrhunderts einer allgemeinen Diskri-
minierung aller Menschen mit dunkler Hautfarbe; in der
louisianischen Verfassung von 1898 wurde sogar das Wahlrecht für Schwarze wieder abgeschafft.

Dem Sieg der Nordstaaten im Bürgerkrieg und der Befreiung der Sklaven folgte in Louisiana nur ein geringfügiger

Wandel in der ökonomischen Struktur. Die großen Plantagen wechselten zwar teilweise die Besitzer, so übernahmen mehr Yankees ehemals kreolische Plantagen; durch das Pachtsystem wurde jedoch ein Weg gefunden, auf Rassendiskriminierung beruhende Macht- und Ausbeutungsstrukturen beizubehalten.

Die Nachkommen der weißen Siedler aus dem Mittelmeerraum, in Louisiana hauptsächlich aus Frankreich, werden „Kreolen" genannt. Vom 16. bis zum 18. Jahrhundert wurde mit dem spanischen Wort „criollo" bezeichnet, wer als Weißer in Amerika geboren war – im Gegensatz zu den europäischen Immigranten, den Schwarzen und den Indianern. Das Wort wird im gesamten ehemaligen Einflußbereich der spanischen Krone mit jeweils unterschiedlicher Bedeutung benutzt, vor allem was den Grad an Rassenmischung und Sozialstatus betrifft. Für Louisiana gilt, daß damit die weiße, Französisch sprechende Oberschicht bezeichnet wird. Eine Unterscheidung zwischen Kreolen und Cajuns kann nicht eindeutig getroffen werden; meist gelten jedoch Kreolen als Französisch sprechende Stadtbewohner, besonders aus New Orleans, Cajuns dagegen als Landbevölkerung. Für Kate Chopin sind die Akadier arme einfache Leute, während die Kreolen zur herrschenden Klasse gehören; dabei ist die Unterscheidung zwischen Land- und Stadtbewohnern nicht so eindeutig.[7]

Die katholischen Kreolen galten als lebensfroh, elegant und kultiviert; in ihren Verkehrsformen und ihrer Sprache pflegten sie Relikte feudaler Lebensart des französischen 18. Jahrhunderts, des Ancien Régime. Typisch für New Orleans und die kreolische Kultur waren gesellschaftliche Aktivitäten wie Bälle, Theater- und Opernbesuche. Wenn man noch die anderen ‚lasterhaften Amusements' der Kreolen hinzunimmt, das Glücksspiel und die schon erwähnten Quadroonbälle, sowie die Sitte der Männer, sich bei jeder Gelegenheit zu duellieren, ist zu ermessen, in welchem Widerspruch eine solche Gesellschaft zum übrigen Amerika stand. Für diese vom Puritanismus geprägten Amerikaner waren kreolische Kultur und kreolische Vergnügungen Teufelswerk. Hinzu kam noch der Vorwurf, auch in den höch-

sten Schichten der Gesellschaft nicht frei von der ‚Schande'
der Rassenmischung zu sein, was Kreolen selbst jedoch weit
von sich wiesen. Der Schriftsteller George Washington Cable, selbst aus Louisiana stammend, jedoch kein Kreole, beschrieb in den 70er Jahren des 19. Jahrhunderts die schon
heruntergekommene kreolische Gesellschaft mit impliziter
moralischer Kritik:

> „Die Kreolen von New Orleans und des die Stadt um-
> gebenden Deltas sind ein ansehnlicher, graziöser, in-
> telligenter Schlag von entschieden gallischem Typ;
> wiewohl in Zügen, Sprache und Haltung weicher und
> durch die enervierenden Einflüsse, die von den west-
> indischen Inseln und dem Meer her blasen, in ihren
> physischen und geistigen Energien etwas erschlafft.
> Den unangenehmen Nachweis gröblicher Rassenmi-
> schung bietet ihre bessere Klasse dem Auge nicht, wie
> die lateinamerikanischen Gemeinschaften an den
> Ufern der angrenzenden Meere, und der Name, den
> sie aus jenen Regionen geborgt haben, schließt ein Ab-
> weichen von einer reinen Abkunft auf beiden Seiten
> (des Stammbaums) nicht notwendig ein, ohne es indes
> auszuschließen."[8]

Bei allen Definitionsversuchen, wer oder was Kreolen
seien, ist festzuhalten, daß es keine eindeutige Definition
gibt, daß jedoch sich gegen Ende des 19. Jahrhunderts in der
amerikanischen Literatur bereits ein stereotypes Bild des
Kreolen herausgebildet und verfestigt hatte, auf das auch
Kate Chopin in ihren Geschichten zurückgriff.[9]

Nachdem Louisiana an die Vereinigten Staaten verkauft worden war, besonders aber seit etwa 1830, strömten
größere Mengen von Englisch sprechenden Amerikanern
in die nordwestlichen Teile des Landes. Die meisten siedelten sich in dem hügeligen Gebiet Louisianas an, das
für die großflächige Plantagenwirtschaft des Südens wenig geeignet war. Es handelte sich dabei meist um kleinere
Farmer, die im Zuge der Westwanderung aus den alten Süd-
oststaaten gekommen waren, obwohl auch Yankees, vor
allem später, zu den Besitzern großer Plantagen gehörten.
Während andere Einwanderergruppen von der dominieren-

den französischen Kultur rasch aufgesogen wurden, so die Spanier, Portugiesen und auch Deutsche, war das Verhältnis von Kreolen und Yankees von Anfang an gespannt. Zwei völlig entgegengesetzte Kulturen und Lebensarten trafen dabei aufeinander. Der kreolisch-amerikanische Gegensatz durchzog alle Lebensbereiche: Religion, Politik, Ökonomie, Kultur, Tradition und Loyalitäten. Auch Kate Chopin thematisiert in ihrem literarischen Werk Konflikte zwischen beiden Gruppen. Schon ein englischer oder französischer Name sagt dabei viel über den kulturellen Hintergrund und die Charakterstruktur der Personen aus. Die unterschiedliche Herkunft von Charakteren bestimmt ihre spezifischen Interaktionen und setzt fiktionale Entwicklungen in Gang – so z. B. in *The Awakening* Edna Pontelliers ‚Erwachen' durch die Konfrontation mit der sinnlicheren und freizügigeren Kultur der kreolischen Gesellschaft, in die sie eingeheiratet hat. Was zuerst als Lokalkolorit Louisianas erscheint, wird damit zum konstituierenden und strukturierenden Element dieser Literatur.

Die Situation der weißen Frau
in den Südstaaten

Die kreolische Kultur verdankte ihren legendären Glanz wesentlich der kreolischen Frau, bzw. dem Bild, das man von ihr entwarf.

„Kreolische Frauen sind von Natur aus künstlerisch veranlagt; sie malen, musizieren und singen. Sie sind redegewandt und schlagfertig. Sie sprechen für gewöhnlich mehrere Sprachen, Französisch als Muttersprache. Sie begleiten ihre Reden mit temperamentvollen Gesten und überraschen gelegentlich ihre Zuhörer durch ein *Mondieu!* oder *O ciel!*, ohne dies blasphemisch zu meinen. Es gibt keine besseren Ehefrauen als Kreolinnen; sie sind liebevoll und treu und äußerst selten in Eheskandale verwickelt."[10]

Bei allem kultivierten Temperament erwartete man von kreolischen Frauen kaum eigenständige Gedanken oder Aktivitäten. „Sie sind eher gebildet als intellektuell. Die Rechte einer Frau bestehen für sie im Recht, zu lieben und geliebt zu werden, und eher darin, Säuglinge zu benennen als den nächsten Präsidenten oder städtische Beamte."[11] Ihre Tugenden waren Anmut und Keuschheit, eine Vergeistigung ihrer sexuell attraktiven Erscheinung, die mit intellektuellen Interessen nicht zuviel zu tun haben durfte. Wenn auch künstlerisches und lebensfrohes Temperament der kreolischen Frau als Sonderfall, Erbe der feudalen französischen Kultur gelten kann, unterlag sie doch auch, je mehr diese Eigenschaften zum Stereotyp verkamen, den allgemeinen Restriktionen, die das Schicksal der amerikanischen Frauen im 19. Jhd. bestimmten.

Die Diskrepanz von Bild und Wirklichkeit des weiblichen Lebenszusammenhangs bestand nirgends so kraß wie in den amerikanischen Südstaaten; nirgends wurde die Frau so stark idealisiert wie in der aristokratisch-patriarchali-

Ideologie der Weiblichkeit:
Cult of True Womanhood

Während es in der Kolonialzeit wenig Sanktionen gegen Frauen gab, die außerhalb der häuslichen Sphäre einem Beruf nachgingen,[16] wandelte sich die Stellung der Frau entscheidend durch die Proletarisierung der Unterschichten und die damit verbundene Stratifikation der Gesellschaft in der ersten Hälfte des 19. Jhd. Die ärmeren Frauen waren häufig aus wirtschaftlicher Not zur Arbeit in den Fabriken gezwungen, ohne dabei von ihren Pflichten als Hausfrau befreit zu sein, ja ohne das Recht der Verfügung über ihren eigenen Lohn. Für die Mittelschichtsfrau dagegen brachte die fabrikmäßige Herstellung von Haushaltsgütern und die Erweiterung des Dienstleistungssektors eine qualitative Veränderung der Haushaltspflichten. Sie nahm nun nicht mehr direkt an dem häuslichen Arbeitsprozeß teil, sondern hatte meist die Aufgabe, den Haushalt zu überwachen und zu organisieren. Finanziell blieb auch sie von ihrem Mann vollkommen abhängig.

Je weniger die Frauen der Mittelschicht direkt am Produktionsprozeß teilnahmen, je mehr sie auch im Reproduktionsbereich von Hausangestellten entlastet werden konnten, desto mehr wurden sie zum Statussymbol ihrer Ehemänner. In dem Maße, in dem der Reichtum eines Mannes sich nicht mehr in Wäldern, Ländereien und Herden, sondern im Besitz von Aktienpaketen u. ä. manifestierte, benötigte man neue Zeichen, die den Reichtum nach außen demonstrierten. Von der Hausarbeit befreit, nach der neuesten Mode gekleidet, ein Schmuckstück des Heims – wie die ausgesuchten Möbel und Gemälde, die sie umgaben – wurde die Ehefrau der lebende Beweis für die ökonomische Tüchtigkeit ihres Mannes. In diesem Zusammenhang spricht Thorstein Veblen[17] von der „conspicuous consumption", dem demonstrativen Konsum, der in erster Linie von der Frau des Hauses geleistet wurde:

„Die Muße der Frau ist [. . .] nicht eine bloße Manife-
station der Faulheit; sie versteckt sich vielmehr fast
immer hinter der Maske irgendeiner Arbeit, entweder
hinter Haushalts- oder gesellschaftlichen Pflichten,
die bei genauerem Hinsehen allerdings keinen oder
kaum einen anderen Zweck verfolgen als den zu beweisen, daß die Frau es nicht nötig hat, sich mit irgendeiner gewinnbringenden oder nützlichen Arbeit
zu beschäftigen. [. . .] ist dies der Sinn der meisten
häuslichen Verrichtungen, für welche die Hausfrau
der Mittelklasse Zeit und Mühe opfert. Nicht daß die
Früchte solcher Aufmerksamkeiten – die übrigens
meist nur im Zieren und Schmücken, in gefälliger
Nettigkeit und Sauberkeit bestehen – dem im bürgerlichen Geschmack erzogenen Manne nicht gefallen
würden; doch bildet sich dieser Geschmack ja unter
dem selektiven Einfluß eines Kanons der Schicklich-
keit, der gerade eben diese Beweise nutzlos ver-
schwendeter Mühe verlangt.‟
Gerade in den 30er und 40er Jahren des 19. Jhd., als
sich für die Frauen der Unterschicht das Schicksal doppelter
Unterdrückung durch Haus- und Fabrikarbeit abzuzeich-
nen begann, wurde in Zeitschriften und Romanen das Bild
der ‚Lady‘, die sich ausschließlich ihrem Heim widmet, als
allgemein anerkanntes Ideal weiblicher Lebensform dargestellt. Es entfaltete sich als *Cult of True Womanhood*, als
Kult echter Weiblichkeit. Dieser betrog zwar die Mehrzahl
der Frauen um die Repräsentation ihrer Robustheit und Vi-
talität – Eigenschaften, die für die tatsächliche ökonomische
Funktion weiblicher Arbeitskraft unabdingbar waren – ge-
währte ihnen dafür jedoch eine feste Verankerung ihres
Selbstverständnisses in Familie und Gesellschaft, sofern sie
sich den Normen des *Cult of True Womanhood* entsprechend verhielten.

„Die Attribute echter Weiblichkeit, nach denen eine
Frau sich selbst beurteilte und nach denen sie von ihrem Mann, ihren Nachbarn und der Gesellschaft beurteilt wurde, konnte man in vier Kardinaltugenden
unterteilen – Frömmigkeit, Reinheit, Unterwürfigkeit

und Häuslichkeit. Wenn man sie alle zusammen-
nimmt, dann bedeuten sie Mutter, Tochter, Schwester,
Ehefrau – Frau. Ob eine Frau berühmt war, erfolgreich oder wohlhabend – verkörperte sie diese Tugenden nicht, so war sie niemand."[18]
Die moralisch-ethische Begründung der zentralen Stellung der Frau in Heim und Familie verbrämte ihre tatsächliche Rechtlosigkeit und finanzielle Abhängigkeit vom Mann;
gleichzeitig stärkte sie das Selbstbewußtsein der Frauen. Das
Argument von der höheren Sittlichkeit der Frau – die
‚theory of moral guardianship'[19] – verlief etwa folgender-
maßen: die Frau steht von Natur und von Gott aus moralisch höher als der Mann, dessen Fähigkeiten in seinen kör-
perlichen Kräften liegen, und der hauptsächlich von seinen
Trieben bestimmt ist, also einen schlechten Charakter
hat. Ihre höhere Sittlichkeit muß sie dazu nutzen, die Männer positiv zu beeinflussen. Da der Platz der Frau aber im
Haus ist, vollzieht sich dieser Einfluß nur in der Familie,
d. h. in der Privatsphäre, Frauen haben also die Aufgabe und
die Möglichkeit, indirekt, d. h. über die Einwirkung auf ihre
Männer, Söhne und Brüder den Gang der Welt zu überwachen und zu lenken.

Historisch kam die Betonung der weiblichen Sittlichkeit dem Bedürfnis entgegen, traditionelle Werte in einer
sich ständig ändernden Gesellschaft zu bewahren, denn die
Akzentuierung von Moralität in der Privatsphäre verdeckte
die Tatsache, daß die amerikanische Gesellschaft immer
mehr pragmatisch bestimmt wurde.

Für die Mittelschichtsfrau, die durch die fortschreiten-
de Industrialisierung mehr und mehr produktiver Tätigkeiten beraubt und zur Repräsentationsfigur des Haus-
halts reduziert wurde, hatte die ‚moral guardian theory'
die Funktion eines Identitätsangebots, über das sie ein
neues Selbstbewußtsein bilden konnte. Die Vorstellung
von der Frau als reinem Engel, der den unbeherrschten
Mann wieder auf den Pfad der Tugend zurückführt, wurde
umso williger von Frauen aufgegriffen, als die weitgehende
Trennung von Produktions- und Reproduktionssphäre den
Männern in größerem Maße sexuelle Befriedigung außer-

halb der Familie ermöglichte. Indem unzählige Publikationen die Männer davon überzeugten, daß sie zur Aufrechterhaltung ihres sittlichen Gleichgewichts dem Einfluß einer ,züchtigen' Hausfrau ausgesetzt sein müßten, diente der Topos von der moralischen Überlegenheit der Frau außerdem dazu, die Sicherheit der Ehen zu gewährleisten. Selbst die amerikanische Frauenbewegung benutzte das Argument der überlegenen weiblichen Sittlichkeit, um die Forderung nach dem Frauenwahlrecht zu untermauern.

Besonders folgenreich waren diese Vorstellungen für die im 19. Jhd. herrschende Sexualmoral; sie verfestigten die bestehende Unterdrückung weiblicher Sexualität und führten zu einer rigiden Doppelmoral, die das Viktorianische Zeitalter auch in den USA kennzeichnete. Die Negation der Sinnlichkeit wurde verdeckt durch das Ideal der romantischen Liebe, das die Anziehung zwischen Mann und Frau in die Seele verlegte und getreu der bürgerlichen Monogamie-Forderung nur eine lebenslange wahre Liebe kannte, die in der Ehe ihren institutionellen Ausdruck fand. Auch als gelegentlich die Forderung nach freier Liebe laut wurde, blieb man generell bei der Meinung, Frauen hätten kaum sexuelle Bedürfnisse.[20]

Trotz der Restriktionen, die der *Cult of True Womanhood* den Frauen auferlegte, gab die Idee der sittlichen Überlegenheit von Frauen mit den Anstoß für weitreichende Emanzipationsforderungen. Das Dilemma lag allerdings darin, daß die Förderung weiblicher intellektueller Entwicklung nicht als erstrebenswert an sich begriffen wurde, sondern ausschließlich als Mittel zum Zweck der positiven Beeinflussung der Familie. Dennoch entwickelten sich, besonders unter den von Hausarbeit relativ freigesetzten Mittelschichtsfrauen, Vorstellungen von einem unabhängigen und selbständigen Leben, die sich außerhalb der organisierten Frauenbewegung artikulierten. Um die Jahrundertwende verdichteten sich solche Vorstellungen unter dem Begriff der ,New Woman', der Neuen Frau, der von der Presse in den 90er Jahren geprägt worden war. Die ,New Woman'

„war entschlossen, ihr eigenes Leben zu leben und ihre eigenen Entscheidungen zu treffen. Sie war bemüht, in direkten Kontakt mit der Welt außerhalb des Heims zu treten. Sie hatte unabhängige Ansichten. Oft gelang es ihr, auch finanziell unabhängig zu werden, indem sie ihren Unterhalt selbst verdiente und sich vielleicht einer lebenslangen Karriere verschrieb. Sie war gebildet. Sie war physisch kräftig und energisch. Vor allem wollte sie eine neue Beziehung zum Mann herstellen, indem sie sich eher als Kamerad – als gleichberechtigt – denn als untergeordnet und abhängig verstand."[21]

Tatsächlich zeichnete sich in der Zeit bis hin zum Ersten Weltkrieg für Frauen der unteren Mittelschicht, besonders für die zunehmende Zahl weiblicher Büroangestellter, eine Existenzgrundlage unabhängig von Ehemann und Familie ab – ähnlich wie sich in den Unterschichten schon vor dem Bürgerkrieg durch weibliche Fabrikarbeit und allgemeine Proletarisierung die Familienstruktur verändert hatte. Für Frauen aus der oberen Mittelschicht hatte das Konzept der ‚New Woman' vor allem Bedeutung als Ausdruck der Unzufriedenheit mit alten Rollen. Als solches wurde es in der Literatur der 80er und 90er Jahre thematisiert, insbesondere bei den Autorinnen dieser Zeit.

Frauenliteratur im 19. Jahrhundert

Entwickelt und verbreitet wurde die Ideologie der Weiblichkeit in Frauenzeitschriften – z. B. der von Sarah Josepha Hale herausgegebenen Zeitschrift *Godey's Lady's Book*[22] und in Romanen, die in die amerikanische Literaturgeschichte als sog. „domestic" oder „sentimental novels" Eingang fanden. Autorinnen wie Susan Warner, Lydia Huntley Sigourney oder Harriet Beecher Stowe behandelten in ihren zahlreichen Romanen vorwiegend die häusliche Sphäre und am Beispiel ihrer jeweiligen Heldin die dazugehörigen weiblichen Tugenden. Mütterlichkeit und das „traute Heim", das die Heldin allein durch ihre charakterlichen Eigenschaften überall zu schaffen imstande war, waren von großer Bedeutung, ebenso ein unerschütterlicher Glaube an Gott, der die Heldin alle Fährnisse tapfer und demütig überstehen ließ. Frau sein bedeutete in diesen Romanen, die Erfüllung in der traditionellen Frauenrolle zu finden.

Erst auf den zweiten Blick fällt bei all diesen Romanen auf, daß die Männer – wenn überhaupt welche vorkommen – meistens als lebensuntüchtig dargestellt werden. Gegen diese kranken oder charakterlich schwachen Figuren heben sich die Frauen durch ihre Stärke und Unerschütterlichkeit ab. Im Rahmen einer seit etwa 1970 sich entwickelnden feministischen Literaturkritik haben einige Literaturhistoriker/innen daher versucht, in den „domestic" oder „sentimental novels" einen Unterstrom von Feminismus parallel zur ersten Welle der Frauenbewegung herauszuarbeiten.[23] Sie halten den Machtkampf zwischen den Geschlechtern und die archetypische Angst des Mannes vor der biologischen Übermacht der Frau für die impliziten Themen dieser Romane.

Die These des feministischen Potentials der „sentimental novel" begründen sie auch literatursoziologisch durch signifikante Merkmale im Leben fast aller dieser Autorinnen: Trotz Ehe und Kindern hatten sie die Schriftstellerei zum Beruf gemacht und ernährten teilweise ihre Familien. Sie waren ehrgeizig und aktiv, entwickelten unternehmerische Fähigkeiten und betätigten sich als Herausgeberinnen von Zeitschriften und Sammelbänden. Im Gegensatz zu einigen männlichen Autoren dieser Zeit, die wie Melville oder Hawthorne kaum in den literarischen Markt eindringen konnten und ihren Lebensunterhalt anderweitig verdienen mußten, waren die „scribbling women", die von Hawthorne verfluchten ,kritzelnden Frauen' finanziell sehr erfolgreich; ihre Romane waren die Bestseller der Periode vor dem Bürgerkrieg. Als Künstlerinnen wurden sie nicht anerkannt; sie selbst verstanden ihre Arbeit auch weitgehend nicht als individuell künstlerischen Ausdruck und bewußte Gestaltung – Harriet Beecher Stowe sagte z. B. von ihrem Roman *Onkel Toms Hütte*, Gott habe ihn geschrieben.[24]

Von ihrer öffentlichen Position her standen diese Schriftstellerinnen den großen Reformbewegungen ihrer Zeit nahe: sie vertraten religiöse Ansichten, die sich meist gegen den strengen Calvinismus richteten, waren Fürsprecherinnen der Sklavenbefreiung und unterstützten zum größten Teil die Frauenbewegung. In ihren Romanen setzten sich jedoch konservative Vorstellungen von Familie und Gesellschaft durch: da die Frau von ,Natur' aus rein, demütig und fromm ist, steht sie Gott näher als die Männerwelt; der Bezug zum Jenseits entschädigt für das in dieser Welt erlittene Unrecht und versöhnt mit den bestehenden Verhältnissen geschlechtsspezifischer Arbeitsteilung und Unterdrückung.

Nach dem Bürgerkrieg, der entscheidende sozioökonomische Veränderungen markiert, entwickelte sich in der amerikanischen Literatur die *local color*-Erzählweise, d. h. Romane und vor allem Kurzgeschichten, die um die Wiedergabe lokaler und regionaler Eigentümlichkeiten der Lebensweise und Sprache bemüht waren. In unserem Zusammenhang sind die weiblichen Autoren der *local color*-Tradition, die *Women local colorists*, von besonderem Interesse. Schriftstellerinnen wie Sarah Orne Jewett, Mary

Wilkins Freeman und auch Kate Chopin unterscheiden sich von ihren Vorgängerinnen, den Autorinnen der „sentimental novel", nicht nur durch ihre realistische Schreibweise, sondern vor allem in der von ihnen behandelten Thematik. Die Texte der *Women local colorists* kreisen immer wieder um den Bruch, der sich nach dem Bürgerkrieg zwischen dem traditionellen Idealbild von Weiblichkeit – ausgeprägt im *Cult of True Womanhood* – und der tatsächlichen Situation von Frauen aufgetan hat, die aus verschiedenen Gründen diesem Bild nicht mehr entsprechen konnten oder wollten.

Während die Frauenbewegung sich gegen Ende des 19. Jahrhunderts zunehmend auf die Erreichung des Wahlrechtes für Frauen beschränkte und radikalere feministische Überlegungen, der Kampf gegen die allgemeine Unterdrükkung der Frauen in kapitalistischen Gesellschaften, allenfalls in der Arbeiterbewegung zu finden waren, schlug sich die Unzufriedenheit, die Suche nach neuen Lebensformen deutlich in der Literatur nieder.

„[. . .] Liest man die populäre (fiktionale) Literatur dieser Zeit genauer, dann drängt sich die Erkenntnis auf, daß die sichtbare feministische Agitation nur das äußere Zeichen eines inneren Umbruchs war, der allgemein im Bewußtsein von Frauen – in ihren Gedanken, Gefühlen und den Vorstellungen von sich selbst – vor sich ging. Traditionelle Vorstellungen über die Natur und die Rolle der Frau erwiesen sich im Lichte veränderter sozialer und ökonomischer Bedingungen im späten 19. Jahrhundert als unzureichend. Material aus offiziellen Quellen deutet darauf hin, daß viele Frauen alte Standards ablehnten oder in Frage stellten und versuchten, neue Ideen und Lebensformen zu entwickeln, die ihrer veränderten kulturellen Umgebung und ihren neuen persönlichen Ansprüchen eher gerecht wurden."[25]

Sarah Orne Jewett und Mary Wilkins Freeman, die bekanntesten Autorinnen der *local color*-Tradition in Neuengland, zeigen in ihren Werken die Unmöglichkeit der Realisierung eines solchen Konzeptes in den wirtschaftlich

unterentwickelten Regionen, in denen sie lebten. Indem sie
u. a. alte und häßliche Frauen zu ihren Hauptfiguren machen und unverheiratete Frauen schildern, die nur noch die
mit dem traditionellen Frauenbild verbundenen Zeichen
produzieren können, illustrieren sie, wie stark gesamtge-
sellschaftlich immer noch der Sinn eines Frauenlebens an
Ehe und Mutterschaft gebunden ist. In ihren Werken wird
das Heim zum Gefängnis, aber auch zur Rückzugsmöglich-
keit aus einer sich bedrohlich ändernden Welt. Mütterlichkeit wird, wenn sie überhaupt darüber schreiben, als einen-
gend geschildert, was besonders in der Mutter/Tochter-Be-
ziehung eine Rolle spielt. Die strahlende Heldin der
„sentimental novel" wird zwar ab und zu als Figur benutzt,
aber das Aufgesetzte, Fassadenhafte der Weibchen-Rolle
wird deutlich gemacht. Auch die romantische Verklärung
der Liebe lehnen sie ab und zeigen die Unmöglichkeit echter
Gefühle dort, wo die Ehe für Frauen als Versorgungsinsti-
tution lebensnotwendig ist.

Die Kritik der *local colorists* ist nie explizit und sie entwickeln auch keine positive Alternative zu den traditionellen Werten. Aber sie haben den Glauben an deren indenti-
tätsverbürgende Kraft verloren und zeigen, wie Frauen
durch solche inadequaten Verhaltensnormen in ihrer Entwicklung gehemmt werden; Resignation und Stagnation
bilden deswegen den Unterton vieler Erzählungen der *Women local colorists*. Daher werden ihre Werke von heutigen
feministischen Kritikerinnen – z. B. Ann Douglas Wood
und Gail Parker – als ein Rückschritt hinter die „sentimental
novels" gesehen, die doch zumindest in die Kraft und Stärke
von Frauen vertrauten, wenn ihre Heldinnen auch nie den
von der Tradition abgesteckten Rahmen der Frauenrolle
durchbrachen. Nicht nur ist problematisch, was für ein Begriff von Feminismus hinter einer solchen Kritik steht; sie
scheint auch der literarischen und historischen Qualität der
Texte nicht angemessen. Die *Women local colorists* brachten
die Sprünge in der heilen Welt der Frauenliteratur zum Ausdruck und versuchten, in der Tradition des literarischen
Realismus, der sozialen und emotionalen Realität der
Frauen ins Auge zu sehen. Für sie gilt in besonderem Maß,

was Carolyn Forrey allgemein über die Schwierigkeiten fiktionaler Konzeptionen der „New Woman" schreibt:

> „Das fiktionale Problem dieser Autorinnen – ihre Unfähigkeit, sich irgendeine befriedigende neue Rolle für ihre neu entstandenen Heldinnen vorzustellen – spiegelt ein Problem wider, das auch außerhalb der Romane existierte. Es gab in der Tat keinen Platz für die New Woman in der amerikanischen Gesellschaft. Denn was auch immer ihre Ideale waren, sie war mit Institutionen konfrontiert, die sich in Bezug auf sie selbst wenig geändert hatten, obwohl sie durch ihr neues Bewußtsein in zunehmendem Maße unglücklich darüber war."[26]

Zur Rezeption von *The Awakening*

Um die negative zeitgenössische Reaktion auf *The Awakening* verständlich zu machen, erscheint es notwendig, zunächst kurz die literatur- und geistesgeschichtlichen Tendenzen in den USA der 90er Jahre des letzten Jahrhunderts zu skizzieren.

Diese Phase der amerikanischen Literaturgeschichte bis hin zum Ersten Weltkrieg war gekennzeichnet durch einen Umbruch von den literarischen Traditionen der *genteel tradition*[27] hin zu realistischeren Schreibweisen, wie sie von Schriftstellern wie William Dean Howells, Mark Twain und Henry James eingebracht wurden. Die Vertreter der *genteel tradition* orientierten sich an den Werten der vorindustriellen amerikanischen Gesellschaft und waren bestrebt, diese Werte trotz gesellschaftlichen Wandels aufrechtzuerhalten, wobei der Literatur eine wichtige Aufgabe zufiel. Dem aufkommenden Realismus dagegen ging es gerade um die immer deutlicher sichtbare Diskrepanz zwischen gesellschaftlicher Wirklichkeit und den überkommenen Werten und kulturellen Maßstäben. So mußte den Vertretern der *genteel tradition* schon die bloße Darstellung neuer, veränderter oder alter, verfallener Bereiche sozialer Wirklichkeit als Angriff auf die ‚amerikanische Kultur' vorkommen. Die Werte, die die *genteel tradition* in der Literatur gewahrt sehen wollte – Gerechtigkeit, Patriotismus, Selbstlosigkeit, Reinheit – hatten keine Grundlage in den tatsächlichen Entwicklungen, die die amerikanische Gesellschaft um die Jahrhundertwende kennzeichneten – die Verarmung ländlicher Gegenden und das Anwachsen der Industriearbeiterschaft in den Städten unter unzumutbaren Lebensbedingungen; sie entsprachen auch kaum Dimensionen psychischer Realität, die, unterstützt durch das Aufkommen der Psychoanalyse, sich zunehmend herkömmlichen Tabus widersetzten und nach Ausdruck verlangen. Die alten ethischen Werte fanden ihre zeitgenössischen Adressaten in der Mittelschicht, speziell bei den Frauen, auf jeden Fall in solchen Kreisen, die ein Interesse am Fortbestehen einer überalterten sozialen Ordnung hatten.

Es läßt sich wohl nur aus der tiefen Verankerung des Puritanismus und damit einhergehenden Moralvorstellungen im amerikanischen Leser erklären, daß die Vertreter der *genteel tradition* dennoch bis zum Ersten Weltkrieg größten Einfluß auf den literarischen Geschmack in Amerika ausüben konnten und es jüngeren, realistisch ausgerichteten Autoren handfest erschwerten, sich auf dem literarischen Markt durchzusetzen. Die großen Zeitschriften (*Harper's Monthly, The Century, The North American Review*) waren fast durchweg von Anhängern und Verfechtern der *genteel tradition* beherrscht, z. B. von R. W. Gilder, der *The Century* herausgab, wo Kate Chopin einige ihrer Kurzgeschichten veröffentlichte. Da die Zeitschriften die wichtigsten Publikationsorgane für Schriftsteller dieser Zeit waren, hatten ihre Herausgeber faktisch die Macht, den Publikumsgeschmack zu bestimmen, wie auch die Inhalte literarischer Werke zu zensieren und den Wertvorstellungen der *genteel tradition* anzupassen. Kate Chopin beispielsweise mußte mehrmals Geschichten umschreiben, bis sie Gilder im *Century* veröffentlichte. Um in einer der großen Zeitschriften erscheinen zu können, sollten die Autoren Themen wie Politik, Religion, Liebe, Alkohol u. a. in ihren Werken möglichst gar nicht und keinesfalls kritisch behandeln.

So engstirnig wie die Kriterien für die Publikation von Werken, so beschränkt waren auch die Standards der Literaturkritik dieser Zeitschriften, die sich an denselben Werten orientierten. Publikationen wurden danach beurteilt, ob sie der moralisch einwandfreien Erziehung der Leser dienten, bzw. in der Hauptsache der Leserinnen aus der Mittelschicht, die als Hauptkonsumenten von Zeitschriften und Büchern galten. „Jedes Buch oder Magazin, das auf dem Wohnzimmertisch erscheinen sollte, wurde so unschuldig rein wie Schnee gehalten. Amerikanische Frauen jeden Alters, besonders die unverheirateten, . . . wurden so dargestellt, als seien sie milchweiße Engel der Kunst, des Mitgefühls und der Kultur."[28]

Wenn wir daneben die Tatsache berücksichtigen, daß die Anhänger der *genteel tradition* nicht nur in den Zeitschriften, sondern auch in den amerikanischen Schriftstellerverbänden und an den Universitäten den Ton angaben, wird deutlich, wie stark diese Tradition die Entwicklung einer auch nur im weitesten Sinne realistischen Literatur in Amerika behinderte. Daß *The Awakening* vor einer solchen Literaturkritik nicht bestehen konnte, ist nicht verwunderlich, gehörte doch schon das Thema des Romans in einen für die *genteel tradition* tabuierten Bereich. Solchen moralisierenden Vorstellungen widersprach auch die Art und Weise, in der Kate Chopin den Bewußtwerdungsprozeß ihrer Heldin darstellte, nämlich als von unmittelbar sinnlich-körperlicher Erfahrung, nicht abstrakt-reformistischen Prinzipien ausgehende Emanzipation.

Die Rezensionen des Romans in zeitgenössischen Zeitschriften stimmen generell inhaltlich überein. Auffällig ist zunächst die fast durchweg auftretende Trennung von Form und Inhalt. Die stilistische Gestaltung des Romans wird fast immer für gelungen gehalten, und die lebensnahe Schilderung der kreolischen Lebensformen sowie einiger zweitrangiger Charaktere wird positiv hervorgehoben. Inhalt und Aussage des Werkes werden jedoch von vielen Rezensenten als ,ungesund' abgetan, der Roman wird als unglückliche Liebesgeschichte oder als analytische Studie einer ,fool woman', also einer verrückten, überspannten Frau interpretiert. Edna Pontellier wird mit moralisierenden Kategorien beurteilt, als wäre sie eine wirklich existierende Person; Versuche, einem fiktionalen Charakter Verhaltensvorschriften zu machen, verkennen völlig die literarische Dimension des Textes.

Analog zur Trennung von Form und Inhalt zeigt sich in der Kritik auch eine Trennung von Individuum und Gesellschaft. Da die Kritiker im Rahmen ihrer Denkweise das Individuum nicht in seinen gesellschaftlichen Zusammen-

hängen begreifen, verurteilen sie Edna Pontelliers individuelles Verhalten als schwach und unmoralisch und überse-
hen die in dem Roman vorhandene Kritik an gesellschaftlichen Verhältnissen, die Ednas Situation hervorgebracht
haben. Der im Roman enthaltene Angriff auf die den Frauen
aufgeherrschte Situation kann so nicht zur Kenntnis genommen werden.

In fast allen Rezensionen wird das Erscheinen von *The
Awakening* als negative Überraschung gewertet, und man
ist übereinstimmend der Meinung, daß Kate Chopin ihre
Fähigkeiten auf ‚Besseres' hätte verwenden sollen, eine Ein-
schätzung, die sich auf ihren guten Ruf als *local color*-Auto-
rin bezieht.

„Für Chopin bedeutete die Kritik an ihrem Roman, die
sie vollkommen unerwartet und – nach Aussagen von
Freunden – sehr tief traf, die Gewißheit, nicht mehr jene
Themen aufgreifen zu können, die sie bewegten."[29] Ihre re-
signativ-ironische Reaktion auf die Kritiken ist in ihrer eigenen Stellungnahme in den *Book News* (S. 211) belegt. Diese
Stellungnahme drückt nicht nur Enttäuschung und Resignation aus, sondern sie richtet sich sarkastisch gegen
eine Form der Literaturkritik, die auf fiktionale Charaktere
die moralisierenden Maßstäbe der *genteel tradition* an-
wandte.

Faktisch war Kate Chopins literarische Laufbahn mit
der Verurteilung von *The Awakening* beendet, und in der
amerikanischen Literaturgeschichte tauchte sie fast ein halbes Jahrhundert nur als Autorin von Kurzgeschichten der
local color-Tradition auf; ihr Roman wurde totgeschwie-
gen.[30] Erst in den 50er Jahren unseres Jahrhunderts wurde
Kate Chopin wieder mehr Beachtung geschenkt. *The
Awakening* wurde neu aufgelegt, und erst jetzt begann die
Literaturkritik, die künstlerische Qualität des Romans zur
Kenntnis zu nehmen. 1969 veröffentlichte Per Seyersted
eine Biographie und eine Gesamtausgabe ihrer Werke.
Literaturkritiker wie Robert Cantwell, Kenneth Eble und
Edmund Wilson richteten ihr Augenmerk auf die Darstel-
lung sexueller Freizügigkeit, die in der amerikanischen Lite-

ratur auch noch lange Zeit nach Erscheinen von *The Awakening* tabuiert blieb. Der Roman ist nach Wilson „recht freimütig" und „ein Vorläufer von D. H. Lawrence in der Darstellung ehelicher Untreue".[31] Diese Einordnung hebt den Roman zwar in seinem literarischen Rang, wird seiner Komplexität aber ebensowenig gerecht wie die zeitgenössische Rezeption. Problematisch daran erscheint die Perspektive männlicher Literaturkritik, die traditionelle Vorstellungen von den Beziehungen der Geschlechter unreflektiert in ihre literarkritischen Bewertungen einfließen läßt: nur durch den Mann und für den Mann kann die sinnliche Natur einer Frau erwachen.

Eine offenere Form sexistischer Beurteilung findet sich noch in jüngster Zeit in einer Rezension von Lewis Leary, der – gegen Seyersted – den feministischen Protestgehalt des Romans bestreitet. „Sie war meiner Meinung nach keine Reformerin in der Tradition von Margaret Fuller oder Victoria Woodhull.[32] Bei allem Aufsehen, das sie bei ihren Zeitgenossen erregte, war Mrs. Chopin ‚mit ihren ketzerischen Ansichten' nicht ‚gestrandet, eine weitere Margaret Fuller'. Margaret Fuller zeigte kein bißchen Humor, zumindest nicht in ihren Schriften. Würde ich schiffbrüchig, insbesondere auf einer einsamen Insel, hätte ich lieber Kate Chopin bei mir. Sie hat sich als lebhafte und gesellige Person erwiesen, mit der man gern zusammen gewesen wäre. . . . Sie war durch und durch weiblich, eine Ehefrau und Mutter und sie äußerte auch Protest. Aber sie war zu sehr Mensch, um Aktivistin zu sein."[33] Dieses Zitat ist typisch für das, was Mary Ellmann „phallische Literaturkritik" genannt hat: „Bücher von Frauen werden behandelt, als ob sie selber Frauen seien, und einer solchen Literaturkritik ist es das höchste Glück, in der intellektuellen Schönheitskonkurrenz nach Brust- und Taillenumfang zu entscheiden."[34]

Im Zuge der mit der zweiten Welle der Frauenbewegung entstandenen *women's studies*-Bewegung an den Universitäten der USA erfuhr *The Awakening* in den siebziger Jahren eine Neubewertung. Der Roman erhielt seinen Platz im Lektürekanon von *women's studies*-Seminaren. Feministische Literaturwissenschaftlerinnen unternahmen es auch, die „spezifisch sexistischen Aspekte heraus[zu]arbeiten, die die Rezeption des Romans so ungünstig beeinflußt hatten."[35]

Kate Chopin: Die Erzählungen

Wir fanden es wichtig, als Ergänzung zu *The Awakening* einige Erzählungen Kate Chopins abzudrucken, zumal sie in ihnen ähnliche Probleme weiblicher Identität aufgreift wie im Roman.

Einer der Themenkomplexe, die auftauchen, ist die Problematik der Institution Ehe, die unabhängig vom guten Willen des individuellen Ehemannes ist, und das Recht auf Selbstbestimmung der Frau. In *Geschichte einer Stunde* (1894) geht Chopin dieses Thema von zwei Perspektiven her an, einmal der gesellschaftlichen, repräsentiert durch die Freunde und Verwandten, andererseits der Perspektive der Frau. Dabei wird für den Leser die gesellschaftliche Perspektive als unangemessen dargestellt, vor allem durch den ironischen Schluß. Auf der anderen Seite steht die Befreiung der Frau, die durch den vermeintlichen Tod ihres Mannes erkennt, was für ein Leben sie in der Ehe geführt hat.

Wie in den meisten Erzählungen und auch in *The Awakening* läuft diese Erkenntnis über die Sinne. Über die Wahrnehmung der Natur wird das Innere der Frau angesprochen und ein Bewußtseinsprozeß eingeleitet.

Auch in der Erzählung *La Belle Zoraïde* (1893) geht es Kate Chopin um die Selbstbestimmung der Frau, wobei diese hier noch zusätzlich durch die Institution der Sklaverei erschwert wird, die wie die Ehe ein politisch-ökonomisches Verhältnis, d. h. unabhängig von der Güte oder Härte der Individuen ist.

La Belle Zoraïde ist die einzige Geschichte mit einer Rahmenerzählung: eine schwarze Dienerin erzählt ihrer Herrin die Geschichte Zoraïdes, eine kreolische Romanze, also scheinbar längst vergangen. Aber noch immer sprechen Dienerin und Herrin die gleiche Sprache wie damals. Die Kritik, die aus der Erzählung heraus an der Erzählsituation geübt wird, ist aktuell wie zuvor. Die Herrin nimmt diese Kritik nicht wahr, sie reduziert den Gehalt der Geschichte auf den ungefährlichsten Nenner.

Durch die ganze Erzählung hindurch zieht sich die Spannung, die sich aus dem Widerspruch zwischen der Situation der erzählten Geschichte, der Grausamkeit und Willkür der Sklaverei, und der scheinbar harmonischen Situation der Rahmenhandlung ergibt.

Um das Verhältnis Dienerin/Herrin noch deutlicher zu machen, verwendet Kate Chopin gängige Klischees, allerdings höchst ambivalent. So fällt auch die äußerst attraktive Beschreibung von Mézor in ein Klischee – einer weißen Frau wäre ein solcher Blick auf einen Mann wohl verwehrt. Damit wird aber auch das Klischee umfunktioniert – in dem Sinne, daß es eine unübliche Beschreibung des männlichen Körpers überhaupt ermöglicht. Die in der *sentimental fiction* des 19. Jahrhunderts gängige Formel, daß Sünde vor der Ehe in irgendeiner Form bestraft werden müsse, wird von Kate Chopin verkehrt: sie zeigt, daß Zoraïdes Wahnsinn nicht etwa die Folge des vorehelichen Geschlechtsverkehrs, sondern des Egoismus ihrer Herrin ist.

Wie die Entwicklung einer Ehe von einem patriarchalischen Herrschaftsverhältnis, das in die feudale Sklavenhaltergesellschaft zurückreicht, zu einer moderneren gleichberechtigten Beziehung aussehen könnte, beschreibt Kate Chopin in *Eine ehrbare Frau* (1894). Obwohl Mr. und Mrs. Baroda eine solche partnerschaftliche Ehe führen, kommt es doch zu Problemen, als ein Dritter hinzustößt. Mrs. Baroda ist stark irritiert dadurch, daß Gouvernail nicht das allgemein akzeptierte kreolische Flirtverhalten zeigt. Sie fühlt sich gerade deshalb zu ihm hingezogen, ist aber nicht in der Lage, ihren Bedürfnissen zu folgen, weil sie eine „ehrbare Frau" ist. Außerdem will sie trotz aller Partnerschaft nicht mit ihrem Mann über ihre Gefühle für Gouvernail sprechen. Der Schluß der Erzählung läßt ihre Entwicklung in der Schwebe und die Entscheidung der/m Leser/in.

Anders als in *Eine ehrbare Frau* findet in *Der Sturm* (1898) der Ehebruch tatsächlich statt und wird außerdem sehr offen beschrieben. Das dürfte wohl damit zusammenhängen, daß die weiblichen Hauptfiguren der beiden Erzählungen durch ihre Herkunft grundlegend unterschieden sind. Calixta, die Akadierin, deren Mutter Kubanerin war, werden Dinge zugestanden, die bei keiner Frau aus der kreolischen Oberschicht denkbar wären. Alcée Laballière, dem kreolischen Plantagenbesitzer, wird der Ausbruch seiner durch die Ehe verschütteten Sinnlichkeit durch das gesellschaftliche und ethnische Gefälle erleichtert.

In der Beschreibung Calixtas und der Darstellung des Liebesaktes bleibt die Erzählperspektive weitgehend die des männlichen Blicks; die Frau bleibt Objekt. Gerade darin sieht der Kritiker Per Seyersted die Qualität der Erzählung.[36] „Der Sturm behandelt die Spannung zwischen dem männlichen und weiblichen, dem bestimmenden und empfangenden Prinzip." In der Vereinigung Alcées und Calixtas miteinander und mit den elementaren Naturkräften schwingt für Seyersted das Mysterium des Kosmos. „Die organische Ausgewogenheit der Geschichte, ihre erotische Hochstimmung und ihre Offenheit machen die Autorin fast zu einem frühen D. H. Lawrence." Die Parallele zum Naturereignis des Sturms verleiht nach Seyersted der Darstellung der Mann-Frau-Beziehung „wahre Freiheit und echten Frieden", eine Objektivität und Ausgeglichenheit, die Kate Chopin erst habe erreichen können, nachdem sie sich in The Awakening allen Protest von der Seele geschrieben habe.

Wir finden Der Sturm für ihre Entstehungszeit erstaunlich darin, daß sie das Thema Ehebruch nicht moralisierend behandelt und bis dahin in der Literatur gewahrte Tabus durchbricht, z. B. daß überhaupt ein Schlafzimmer von innen beschrieben wird. Dagegen erscheint uns die Darstellung des Liebesaktes und die Beschreibung Calixtas eher konventionell, männliche Perspektiven des weiblichen Körpers bestätigend. Gerade wenn man The Awakening in Betracht zieht, wo weibliche Sinnlichkeit auch unabhängig vom Mann entwickelt wird, fällt Der Sturm hinter den Roman zurück.

In Ein Paar Seidenstrümpfe (1896) stehen Kinder in Konkurrenz zur Bedürfnisstruktur ihrer Mutter, wenn auch das Bedürfnis nach Konsum, dem Erwerb von Zeichen für ein besseres Leben ambivalent bleibt. Durch die Berührung mit den Seidenstrümpfen und dem damit einsetzenden

Konsumrausch erfährt Mrs. Sommers eine andere Seite ihrer sinnlichen Natur, die mit ihrer gesellschaftlich bestimmten Rolle als Mutter nichts mehr zu tun hat. Ähnlich wie in *The Awakening* wird deutlich, wie Mutterschaft der Entfaltung von Sinnlichkeit entgegenstehen kann und nicht etwa deren einzige Realisierungsmöglichkeit ist. Wenn auch die Geschichte von einer traumartigen Situation handelt und Mrs. Sommers in der Bewältigung ihrer Alltagsprobleme kaum geholfen ist, halten wir diese Erzählung im Vergleich zu *Der Sturm* für realistischer und in ihrer Widersprüchlichkeit für aktueller.

Kate Chopin: *The Awakening*

Der Roman soll hier nicht eigentlich interpretiert werden. Wir möchten ein paar Punkte ausführen, die uns für
eine Rezeption des Romans heute wichtig erscheinen. Dabei
versuchen wir, Ansprüche einer feministischen Literaturkritik einzubringen, welche historische und ästhetische Dimensionen literarischer Texte nicht vernachlässigt. Feministische Literaturkritik (und eine entsprechende, bislang
nur in Umrissen existierende Literaturtheorie) geht von einer allgemeinen feministischen Position aus, d. h. sie beschäftigt sich mit literarischen Texten und literarkritischen
Kategorien sowie mit deren produktions- und rezeptions-
geschichtlichen Kontexten unter dem Vorverständnis, daß
Frauen in patriarchalischen Gesellschaften unterdrückt
werden, und mit einem praktisch-konkreten Interesse an
der Aufhebung dieser Unterdrückung. „Feminist/inn/en
glauben, daß Frauen durch die herrschenden patriarchalischen Einstellungen und Verhaltensweisen unserer Gesellschaft in einem Zustand geringerer Realität gefangen gehalten wurden. In den Institutionen der Literatur und der
Literaturkritik begegnen wir diesen Einstellungen und Verhaltensweisen in verdinglichter Form. Feministische Litera-
turkritiker/innen – wie Feminist/inn/en in jedem anderen
Bereich – arbeiten daran, diese Verdinglichung aufzuhe-
ben.“[37]
Wenn in den folgenden Überlegungen zu *The Awakening* von ‚weiblicher Sexualität‘ die Rede ist, dann nicht in
dem eingeengten Sinn, in dem Literaturkritiker den Begriff
fast ausschließlich verwendet haben, nämlich als allein auf
den Mann bezogene, d. h. phallisch objektivierte Sexualität.
Weibliche Sexualität figuriert in *The Awakening* auf dreier-
lei Ebenen: tiefenpsychologisch – wie sie in Ednas Sozialisationsgeschichte angesiedelt wird; mythologisch – in den
Symbolen und Bildfeldern besonders des ersten Teils des
Romans; und auf der Ebene der Erzählhandlung, in der Ed-

nas verschiedenartige sinnlich-körperliche Erfahrungen in ein bestimmtes strukturelles Verhältnis zueinander gesetzt werden.

Ednas spirituelle Emanzipation, das Bewußtwerden ihrer selbst als Person und die Suche nach einer diesem Bewußtsein entsprechenden Identität, findet nicht losgelöst von diesen Ebenen statt; Ednas Bewußtseinsprozesse entstehen auf der Basis ihrer sich entfaltenden Sinnlichkeit. Kate Chopin stellt unmittelbare sinnliche Erfahrung vor die bloß intellektuelle Erkenntnis. Begriffliches Denken wird jedoch nicht irrationalistisch gegenüber intuitivem Vermögen herabgesetzt, wie man das bei einem Roman des ausgehenden 19. Jhd. durchaus erwarten könnte, sondern als notwendige Ergänzung begriffen: Edna weiß, daß zu ihren Gefühlen Gedanken gehören, die sie – wie z. B. nach dem Schwimmenlernen – einzuholen versucht. In ähnlichen Mustern vollziehen sich Denkprozesse den ganzen Roman hindurch – häufig dergestalt, daß Beobachtungen und Meinungen, mit denen die Erzählerin zu Anfang Ednas Situation kommentiert, nach und nach, in dem Maße, wie sich Edna ihre Erfahrung sinnlich aneignet, von ihr selbst artikuliert werden, vom Leser aus ihrer Perspektive wahrgenommen werden.

Obwohl Ednas Denkprozesse stark stimmungsabhängig sind, immer wieder von Phasen der Depression unterbrochen und mitgestaltet, zeichnet sich in ihnen eine allgemeine und politische Konsequenz ab, die ihr Mann im Gespräch mit Dr. Mandelet als feministische Agitation kolportiert. Sie haben nichts mit abstrakter aufklärerischer Rhetorik zu tun – und auch nichts mit dem sexualfeindlichen Reformismus, wie er für die organisierte Frauenbewegung in den USA von ihren Anfängen an bezeichnend war.

Edna bewegt sich unorganisiert und allein, gestützt auf ihre individuelle Erfahrung und die Präzision ihrer Sinne, mit wechselndem Erfolg und schwankender Stärke, durch zentrale Problemfelder weiblicher Identität: Sexualität, Ehe als sozioökonomische Institution, Mutterschaft.

Als auslösendes Moment für Ednas Befreiungsprozesse wird uns die Kultur der Kreolen vorgeführt, mit denen Edna die Sommerferien auf Grand Isle verbringt. Edna selbst ist Amerikanerin, geboren in Kentucky und mit den typischen Merkmalen einer puritanischen Erziehung versehen. Durch Heirat in die Gesellschaft der Kreolen geraten, erfährt sie deren Sensibilität, Ausdrucksweisen und Verhaltensformen als fremd und ungewohnt. Sie fühlt sich von Adèle Ratignolle und Robert Lebrun angezogen, die im Roman am reinsten alte kreolische Kultur verkörpern. Die Lebensfreude und Herzlichkeit der Kreolen, die Abwesenheit von Prüderie, ihre Offenheit und Toleranz verunsichern Edna, stellen die Aufspaltung ihrer Persönlichkeit in äußere, sozial angepaßte Existenz und privates, unterdrücktes ,inneres' Leben in Frage. Dieser Prozeß verleiht ihr die Kraft der Erinnerung und der Körperbeherrschung und ermöglicht ihr, sich gegen ihren Mann zu definieren. Damit verstößt sie jedoch gegen Normen und Standards eben dieser kreolischen Kultur, begibt sich selbst wiederum auf den Weg aus ihr hinaus.

Mit der sinnlich attraktiven Darstellung des kreolischen Lebens hat Kate Chopin einerseits ein Gegenbild zum puritanischen Norden der USA entworfen, dessen leistungsorientiert-repressive Lebensformen nach dem Bürgerkrieg im Zuge industrieller Expanison sich auch in den Südstaaten durchzusetzen begannen. Andererseits betreibt sie keine nostalgische Überhöhung der kreolischen Kultur, sondern zeigt auch deren Schranken, die sich besonders der Selbstverwirklichung von Frauen in den Weg stellen: die Unverbindlichkeit ihrer Minnerituale, die Kehrseite der Madonnenverehrung in den gesteigerten Mutterpflichten, die Doppelmoral, die z. B. den Männern freieren sexuellen Umgang mit Frauen niederer sozialer und anderer ethnischer Herkunft erlaubt (vgl. z. B. die Rolle Mariequitas oder Roberts Verleugnung der mexikanischen Frau, die ihm den Tabaksbeutel geschenkt hat).[38] Hinzu kommt, daß Ednas Mann nicht als romantischer Plantagenaristokrat erscheint, sondern als stromlinienförmiger Kapitalist – ganz im Sinn der Wirtschaftspolitik des New South betreibt er seine Geschäfte nicht nur in Louisiana, sondern national, und der kreolische Lebensstil, sein Haus, seine gesellschaftlichen

Beziehungen, seine Reisen dienen ihm ebenso als Statussymbol wie seine Frau. Die Besonderheit kreolischer Kultur gegenüber einer sich allgemein durchsetzenden ge-
samtamerikanischen hat Edna die Augen geöffnet; die
Beschädigung, die sie bereits in ihrer ‚amerikanischen‘
Kindheit erlitten hat, ist aber auch in dieser vergleichsweise
weniger repressiven Umgebung nicht heilbar – auch hier
wird der weibliche Lebenszusammenhang von allgemeinen
Zwängen und Tauschverhältnissen bestimmt.

Ednas Auflockerung wird im wesentlichen dem Einfluß einer Frau zugeschrieben, die für Kate Chopin die
ganze Ambivalenz kreolischer Kultur zu personifizieren
scheint – Adèle Ratignolle. Wenn eine Gestalt im Roman
den *Cult of True Womanhood* verkörpert, so ist es Madame
Ratignolle: sie näht, sorgt, empfängt, musiziert, existiert nur
für das häusliche Glück, ist – bei aller Koketterie – erhaben
keusch und züchtig und ihrem Mann in absolutem Einver-
ständnis zwanglos zugetan. Sie ist eine ‚Mutter-Frau‘ – was
Edna nicht sein kann und letztlich auch nicht sein will. Trotz
aller implizit geübten Kritik an ihrer Konventionalität ist
Adèle Ratignolle die sinnlich attraktivste Person des ganzen
Romans, insbesondere im ersten Teil. Sie vermag von ihrer
Zufriedenheit und in sich selbst ruhenden Schönheit ein für
Edna ungewohntes Maß an Wärme, an nährender Kraft abzugeben. Mit ihr macht Edna die ersten Erfahrungen kör-
perlicher Zuneigung und zärtlicher Berührung, wie sie ihr
aufgrund des frühen Todes ihrer Mutter, des schlechten
Verhältnisses zu ihren Schwestern und der Verschlossenheit
ihrer Freundinnen nicht zuteil geworden sind.

Doch beruht die Wirkung Adèle Ratignolles auf mehr
als ihrer Funktion im Rahmen der Erzählhandlung. Ihr Bild
als ‚sinnliche Madonna‘ verweist auf eine mythologische
Ebene des Romans, die besonders in den Bild- und Symbol-
feldern des ersten Teils gegenwärtig ist. (In den Märchen-
motiven, z. B. Ednas Dornröschenschlaf auf der Insel Chênière, kommt wiederholt der Traum eines Zeitsprungs aus
der wirklichen Geschichte in einen mythisch-utopischen
Zustand zum Ausdruck.) Die für ihre Schönheit und Reinheit verehrte, sexuell jedoch auf ihre Gebärfunktion redu-

zierte (durch die Assoziation der unbefleckten Empfängnis sogar völlig entsexualisierte) Mutter wirkt in ähnlicher Weise als Symbol verdrängter weiblicher Sexualität wie der Mond, das Meer, die Schlange, das Piratengold und andere, mythologisch weniger eindeutig vorbestimmte Bilder: in Adèles sinnlicher Attraktivität und märchenhafter Aura scheint das Verdrängte selbst noch hervor und trägt bei zu einer Atmosphäre, die seine Wiederkehr möglich erscheinen läßt. Die Wiederkehr des Verdrängten vollzieht sich in der Gestalt Ednas – der jährlich am 28. August zurückkehrende Meergeist aus Roberts Vorstellung hat sie zu seiner sterblichen Gefährtin erwählt.

Aus der Perspektive einer Interpretation mit orthodox-psychoanalytischem Ansatz ist *The Awakening* im großen und ganzen die Geschichte einer Regression und ihrer praktischen Unmöglichkeit:[39] Edna, mutterlos und vaterfixiert, erliege dem aus narzißtischer Kränkung sich speisenden Verlangen nach unendlicher Einheit von Ich und Welt, dem ‚ozeanischen Gefühl‘ (Freud), und regrediere auf eine Stufe frühkindlicher, oraler Sexualität – nicht umsonst wird nach dieser Interpretation im Roman laufend gegessen, und zwar nicht nur in Gesellschaft, sondern auch allein und zu schierem Genuß. Unfähig zu einer ‚echten genitalen Beziehung‘ liebe Edna auch Robert nur narzißtisch, habe sie ihre Phantasien stärker besetzt als den wirklichen Mann und sie verlasse ihn, bevor der Liebesakt tatsächlich vollzogen werden könne. Sie gehe zu Adèle, der lebenden Verkörperung ihres narzißtischen Einheitsbedürfnisses, weil sie in deren Niederkunft das Geheimnis des Übergangs von totaler Einheit zu einem Zustand des Individuiertseins zu erfahren hoffe. Desillusioniert über den traumatischen und widernatürlichen Charakter dieses Erlebnisses bleibe ihr nur noch der Ausweg in die symbolische Gebärmutter, das Meer. – In einem solchen Interpretationsverfahren wird ein fiktionaler Charakter aus seinem literarischen Medium auf die Couch eines noch dazu orthodoxen Analytikers gezwungen, für den männliche und weibliche Sexualität weitgehend einerlei sind und Regression allemal etwas schlechtes, unsoziales. So wird aus Ednas Scheitern im Roman das

moralisierende Fazit von Verzicht und Anpassung gezogen:
„Der Reichtum von Chopins Lebenssicht entspringt ihrer
Kenntnis der vielen Wege zur Selbstverwirklichung, zwischen denen man wählen kann, wobei jeder Kompromisse
und Verzicht erfordert." Und: „Das Leben bietet nur un-
vollständiges Glück und individuierte Erfahrung."[40] Aufgrund eines impliziten Begriffs von ‚normaler‘, ‚reifer‘ Persönlichkeit wird Edna zum abnormen Einzelfall gemacht,
müssen solche Literaturkritiker Kate Chopin unterstellen,
sie habe sich durch den Romanschluß von ihrem Charakter
distanziert und Edna für den Verlust jeglichen Realitätssinnes verurteilt.[41]

Ednas Sozialisationsgeschichte besitzt jedoch schon
aufgrund der Tatsache, daß sie literarisch vermittelt ist, all-
gemeinere Bedeutung, als in einer derartigen individualpsy-
chologischen Interpretation zum Ausdruck kommen kann.
Ednas Probleme – ihre Depressionen, ihre romantischen
Leidenschaften, der lebenslang verstellte Zugang zur Erfahrung des eigenen Körpers – lesen wir als einen Ausschnitt
weiblicher Sozialisationsproblematik in entwickelten patriarchalischen Gesellschaften, ihre Mutterlosigkeit z. B. als
literarisch ausgeformten Sonderfall der prinzipiell gestörten
Mutter-Tochter-Beziehung unter solchen Verhältnissen.[42]
Kate Chopin bietet keine Lösungen oder Perspektiven an;
sie beschreibt jedoch Ednas sinnliche Genüsse, ihre narzißtischen und homoerotischen Gefühle, ihre von Ehe und romantischer Liebe unabhängige sexuelle Beziehung zu Arobin sowie ihre problematischere Beziehung zu Robert als
gleichberechtigte Momente eines Prozesses, der eine freiere
Lebensmöglichkeit aufscheinen läßt.

Trotz des stellenweise ironisch-distanzierten Verhältnisses der Autorin zu ihrer ‚Heldin‘ setzt sich – ebenfalls
über das literarische Medium – eine positive Bewertung der
‚regressiven‘ Verhaltensweisen durch, und zwar über den
Stil. Ednas Mahlzeiten, ihr Einschlafen und Aufwachen, ihr
erstes und letztes Schwimmen werden so plastisch und ein-
fühlend beschrieben, daß der/m Leser/in eine spezifische
Art von Identifikation vermittelt wird. Diese Identifikation
unterscheidet sich von der, die Trivialliteratur Lesern ab-

verlangt, wenn sie in das Schicksal ihrer Held/inn/en hin-
einreißt: die stark selektive, überhöhte Darstellung der
Schlußszene z. B. erzeugt kein Mitgefühl für Ednas Sterben,
sondern unterstützt eher die durchgängige Identifikation
mit ihrem Emanzipationsinteresse, das unabhängig vom Erfolg oder Scheitern der ‚Heldin' besteht.[43]

Von der Literaturkritik wird Edna häufig der Verlust
jeglichen Realitätssinnes vorgeworfen. Abgesehen davon,
daß dies gegenüber einem fiktionalen Charakter nichts
fruchtet, ist die Haltung der Erzählerin in bezug auf das
Realitätsprinzip nicht so eindeutig wie die der Kritiker, auch
wenn sie selbst dessen völlige Aufgabe durch Edna konsta-
tiert und ihrem Charakter keine Zukunft in diesem Leben
beschieden hat. In Ednas Sozialisationsgeschichte tritt das
Realitätsprinzip zum ersten Mal in Erscheinung in Gestalt
des Vaters, dessen düstere Gottesdienste sie gegen das Glück
der Sommerwiese eintauschte, und der der Schwester Margaret. Im nächsten Schritt bemüht Edna selbst das Realitätsprinzip in Form der Ehe, um ihre uneinlösbaren Phantasien
zu bewältigen. Wie Léonce Pontellier ökonomische und so-
ziale Realität bewältigt (beispielsweise anläßlich des Um-
zugs von Edna), braucht nicht ausgeführt zu werden; er
scheitert jedoch an der emotionalen Realität seiner Frau, die
sich – in dem Maße ihres Bewußtwerdens – gegen ihre gesellschaftliche durchzusetzen beginnt. Gegen gesellschaftliche Verhältnisse, die vom sog. Realitätsprinzip regiert werden, stehen Bereiche psychischer Realität, die in ihrer
Entwicklung gerade von diesem gehemmt, verdrängt wurden. Auf Grand Isle, in einer Atmosphäre, die zur Befreiung des Verdrängten einlädt, erscheint Edna die ‚normale'
Umwelt als irreal und grotesk. Bald darauf verflüchtigt sich
aber diese Wahrnehmung in einen „schönen, grotesken, unmöglichen Traum", und Edna fühlt wieder die Zwänge all-
täglicher Wirklichkeit in ihre Seele dringen. Gerade weil die
Erzählerin die Zwänge und Grenzen dieser Wirklichkeit
ziemlich nüchtern und realistisch einschätzt, gesteht sie der
Phantasie, den nicht einlösbaren Wünschen und Träumen
einen eigenen, lebensnotwendigen Realitätsgehalt zu. Als
Edna beim Abendessen mit ihrem Vater umd Dr. Mandelet

die Geschichte einer Frau erzählt, die nachts mit ihrem Geliebten hinausgerudert und irgendwo zwischen den Baratarischen Inseln verschollen sei, weist die Erzählerin wiederholt darauf hin, daß diese Geschichte bloß erfunden sei. Der Traum, gespeist aus Erinnerungen an die Nacht auf Chênière und dem uneingelösten Wunsch, sich mit Robert zu vereinigen, gewinnt kraft Ednas Erzählung Wirklichkeit. Die literarische Ausformung des Wunsches befreit zumindest aus der – gesellschaftlich erzwungenen – Verdrängung und verschafft ihm in der Gesellschaft und gegen diese Gehör. Die Erzählerin versteht es, das Unbewußte ihrer Zuhörer als Zeugen für die Wirklichkeit des Erzählten zu aktivieren.

Den Gegensatz von innerer und äußerer Realität, die Identifikation der Erzählerin mit Ednas Träumen und Wünschen kennt man als Elemente romantischer Tradition;[44] uns interessiert eher, wie sie sich inhaltlich in Kate Chopins Darstellung von Ednas Regressions- und Emanzipationsprozeß niederschlagen. Wir möchten – wegen unserer Vorbehalte gegen psychoanalytische Deutungen – lieber nicht von ‚Regression‘ sprechen, sondern von einem ‚Zurückgehen‘, als einem „neuen Wieder-Leben eines Lebens, das falsch gelaufen war“.[45] Edna geht in Phasen ihres Lebens zurück, wo sich einmal äußere Geschichte und innere Erfahrung auseinander entwickelten, und durchlebt ähnliche Situationen und Prozesse von vorn, nur mit einer neuen Richtung. Unterstützt wird diese Bewegung dadurch, daß der ganze Roman auf Wiederholungsrituale und Leitmotive hin strukturiert ist, diese strukturellen Momente häufig nicht von Ednas individuellem Erleben zu unterscheiden sind: Mahlzeiten, Musikstücke, Besuche, Pferderennen usw., das Liebespaar, gefolgt von der Dame in schwarz (im zweiten Teil in das Liebestod-Motiv übergehend), Ednas neunmal wiederkehrende Depressionen, ihre romantischen Leidenschaften, ihre Flucht aus der Kirche, ihr Laufen- bzw. Schwimmenlernen, ihre Wiedergeburt.

Nehmen wir die Kindheitserinnerung, Ednas letzte Erfahrung von Freiheit und Einheit. Sie lief vor dem Gottesdienst des Vaters weg, um sich danach umso gefügiger der

Religion zuzuwenden. Mit Robert auf die Insel Chênière gefahren, verläßt sie wiederum einen Gottesdienst, weil eine lähmende Bedrückung sie überkommt – nur bestraft sie sich diesmal nicht mit Gefühlsunterdrückung, sondern entdeckt, in der Hütte von Madame Antoine, ihren Körper. In Kentucky versuchte Edna vor dem Vater davonzulaufen; ihre Befreiung aus der Vaterbindung scheint jedoch durch die defiziente Mutterbeziehung und wohl auch die possessive Zuneigung des Vaters blockiert. Der Vater, zu Besuch in New Orleans, wird von ihr nach wie vor idealisiert, was indirekt schon in der Beschreibung seiner Gestalt zum Ausdruck kommt: sein militärisches Auftreten, seine gepolsterte Jacke machen ihn zur imposanten, heldenhaften Erscheinung, und Edna genießt es, mit ihm zusammen auszugehen und ihn in einem Maße zu bemuttern, wie es ihrer Familie nie zuteil geworden ist. Sie erlaubt sich sogar die unbewußte mimetische Identifikation mit dem Vater, wenn sie später allein zum Pferderennen geht und eine weitere Kindheitserinnerung reaktualisiert.

Ihre gegenüber früher allgemein geringere Neigung zu verdrängen ermöglicht ihr jedoch, den Vater realistischer zu sehen: sie ist froh, als er abreist. Hier zeigen sich Ansätze zur Lösung aus der Vaterbindung – die ,Regression' ist unabdingbare Voraussetzung von Emanzipation.

Wesentlich problematischer als auf das direkte Verhältnis zum Vater hat sich dessen Idealisierung auf Ednas Beziehungen zu Männern ausgewirkt; von Kindheit an fühlte sie eine leidenschaftliche Neigung zu Männern, die ihr unerreichbar waren – ein würdevoller Kavallerieoffizier mit traurigem Blick, der Verlobte einer Freundin ihrer Schwester, ein berühmter Schauspieler. Durch ihre Heirat mit Pontellier glaubte sie diesen beunruhigenden Phantasien ein Ende bereitet zu haben. Ihre Liebe zu Robert ist der gefährlichste Schritt zurück in das alte Leben. Bezeichnenderweise erkennt sie die Symptome derselben Leidenschaft erst wieder, als er nach Mexiko geht, als sie erneut Versagung erfährt. Ihm vertrauter als allen früheren Geliebten und von Mademoiselle Reisz auch seiner Liebe versichert, ergibt sie sich dem Traum unendlichen Einsseins wie einer Sucht, jedoch ohne den Versuch, sich dabei nach außen zu tarnen wie früher. Nach seiner Rückkehr nimmt sie, zumindest ansatzweise, einen Unterschied zwischen dem wirklichen und dem von ihr idealisierten Robert wahr. Noch verharrt sie in passiver Abhängigkeit, gemildert durch die Zärtlichkeiten Arobins. Doch bei ihrem letzten Zusammensein mit Robert ist sie offen umd aktiv und frei genug, ihre Verpflichtung gegenüber Adèle wahrzunehmen. In der langen Nacht vor ihrem Tod vermag sie sogar das Ende ihrer Liebe vorauszudenken. Roberts besitzbürgerlich-konventionellen Vorstellungen über Ehe und Liebe haben der/m Leser/in vermittelt, daß Edna auch mit Robert ein begrenztes, gesellschaftlich determiniertes Verhältnis bevorstünde. Ihr Tod gewinnt einen ironischen, irrealen Aspekt dadurch, daß ihm die Erkenntnis von der Unmöglichkeit unendlichen Einsseins von Ich und Welt vorausgegangen ist – auf den Begriff gebracht im Erlebnis der Geburt, der Entmystifizierung der Mutter-Kind-Symbiose in der Gestalt Adèles. In der Schlußszene bleibt jedoch, jenseits aller Ironie, etwas von dem utopischen Glücksversprechen aus Ednas Traum bewahrt.

Die Entfaltung von Ednas Sinnlichkeit wäre weniger interessant, wenn sie sich unabhängig von ihrer gesellschaftlichen Rolle vollzöge. Im Verhältnis beider zueinander ist der Konflikt angelegt. Die gesellschaftliche Rolle einer Frau aus der oberen Mittelklasse wird im Roman in einem ökonomischen Abhängigkeits- und politischen Herrschaftsverhältnis begründet. Kate Chopin bewerkstelligt dies subtil, doch unmißverständlich. Vom ersten Kapitel an wird die Ehe der Pontelliers als Besitzverhältnis charakterisiert – Léonce betrachtet seine Frau wie ein wertvolles Stück persönlichen Eigentums – und am Schluß des Romans steht Ednas Feststellung: „I am no longer one of Mr. Pontellier's possessions . . .“ Die Frau ist Teil des öffentlich sichtbaren Wohlstands und trägt zu dessen sozialer Stabilisierung durch Empfänge und ordentliche Haushaltsführung bei. Sie wird dafür mit Geld, Geschenken und einer gesellschaftlichen Identität entlohnt. Dieser Tausch hat sie – historisch – vom gesellschaftlichen Produktionsprozeß ausgeschlossen und beschränkt sie auf die häusliche Sphäre; doch selbst da ist Edna von produktiven wie reproduktiven Tätigkeiten weitgehend entlastet. (Die Pflicht zur Kindererziehung erfährt sie als Unterdrückungsinstrument ihres Mannes und findet erst einen glücklicheren Bezug zu den Kindern, als sie sich schon aus dem Familienzusammenhang hinausbegeben hat.) Ednas Problem liegt gerade in ihrer Freisetzung, ihrem Ausschluß von jeglicher sinnlich-produktiven Tätigkeit. (Ihre Malerei wird als dilettantisch bezeichnet und von ihr selbst nicht so recht ernst genommen; erst als sie sich finanziell selbständig gemacht hat und teilweise vom Verkauf ihrer Bilder lebt, kommt dieser Beschäftigung auch der Charakter von Arbeit zu.)

Kate Chopin bricht in dieser Hinsicht radikal mit der Vorstellungswelt der *,sentimental'* oder *,domestic novel'*, die – gemäß dem *Cult of True Womanhood* – die häusliche Sphäre überhöht und ausgeschmückt und damit die Frau zur Trägerin moralischer Werte schlechthin gemacht hatte. Edna hat von Anfang an ein Mißverhältnis zu typisch weiblichen Tätigkeiten und Rollen und verweigert sie schließlich ganz. So nimmt Kate Chopin einerseits der weiblichen Sphäre ganz und gar ihren moralischen Schein; andererseits vermittelt sie durch die attraktive Gestaltung Adèles auch ein Bewußtsein davon, daß die Produktivkraft der Frauen nach wie vor notwendig und unersetzbar ist, sich gesellschaftlicher Entfremdung stärker widersetzt als die der Männer.

Die strukturelle Gewalt der Ehe als einem gesellschaftlich institutionalisierten Tauschverhältnis macht die Auseinandersetzung zwischen Edna und ihrem Mann zu mehr als einem Kampf zwischen zwei Einzelpersonen verschiedenen Geschlechts, die zufällig disharmonieren. Léonce Pontellier wird als Individuum genausowenig verurteilt wie andere Charaktere im Roman: er gilt nach allen verfügbaren Standards als der beste Ehemann der Welt und wird darüberhinaus von der Erzählerin als tolerant und aufgeklärt dargestellt – im Gegensatz zu Ednas Vater, dem Patriarchen, der nach Léonce' Vermutung seine Frau ins Grab gebracht hat. Seine zweckrationale Lebensauffassung, z. B. seine unsinnliche Art zu essen, und seine Unfähigkeit, in Ednas Entwicklung etwas anderes als eine krankhafte Verhaltensstörung zu sehen, werden ihm nicht persönlich angelastet, sondern im Rahmen seiner ökonomischen und sozialen Existenz begriffen. Edna erfährt auch keine individuellen Sanktionen wegen ihres Verhaltens, weder von seiten ihres Mannes noch der Gesellschaft. Die gewohnheitsmäßige Unterordnung ihres Willens unter den ihres Mannes erscheint im Roman als zweite Natur, die Auflehnung dagegen als prinzipiell politischer Akt, als Recht auf Selbstbestimmung. Als Edna schwimmen gelernt hat und eine große Kraft in sich fühlt, leistet sie Léonce zum ersten Mal bewußt Widerstand, weigert sich ins Ehebett zu kommen. Das Recht auf Selbstbestimmung der Frau aber steht und fällt mit dem ehelichen Besitzverhältnis; so trennt sie sich schließlich von Haus und Einkommen ihres Mannes. Diese Position vertritt sie auch gegenüber Robert, der zunächst nicht versteht, was sie meint.

Dieser Begriff von Freiheit und Selbstbestimmumg – wie er auch in *Geschichte einer Stunde* ausgedrückt wird – erinnert an die radikale naturrechtliche Begründung der Frauenemanzipation, welche die bürgerliche Frauenbewegung in den USA in ihren Anfängen zugrunde gelegt hatte, die sie aber, als *The Awakening* entstand, längst zugunsten reformistischer, partikularer, auf das Wahlrecht fixierter Argumemtationen aufgegeben hatte. Der Verankerung in bürgerlich-revolutionären Vorstellungen entspricht bei Kate Chopin ein Begriff vom Individuum, der jedoch spätestens mit dem Ende des 19. Jhd. problematisch geworden ist. In der Beschreibung der Mutter-Frauen zu Anfang des Romans heißt es satirisch, daß sie es als „heiliges Privileg" auffaßten, „sich selbst als Individuen auszulöschen"; Kate Chopin läßt Edna diese Perspektive übernehmen, als sie einem Besuch bei den Ratignolles deren häusliche Harmonie, Adèles völliges Aufgehen in der Verbindung mit ihrem Mann, als einen deprimierenden Zustand abschreckender, hoffnungsloser Langeweile empfindet, für den sie ihre Freundin nur bemitleiden kann. Hier, wie auch an anderen Stellen des Romans, mischt sich in die emphatische Begründung des Rechts auf Individualitätsbildung der Frau ein Zug von Verachtung für das alltägliche, bescheidene Glück, der

Kate Chopins Beeinflussung durch Ideologien des späten 19. Jhd. zeigt: die evolutionistische Konzeption eines heroischen Individuums, wie sie schon zu Beginn des Romans anläßlich Ednas beginnender Emanzipation angedeutet wird.

Das heroische Individuum, symbolisiert als Vogel mit den starken Flügeln, verkörpert Mademoiselle Reisz, die Pianistin. Wie Adèle Ratignolle für den ersten Teil des Romans, stellt sie im zweiten Teil für Edna eine Art Bezugsperson dar, unmittelbar zunächst aufgrund ihrer Freundschaft zu Robert. Sie ist das Gegenstück zu Adèle: deformiert, verhutzelt, streitsüchtig, egoistisch, giftig, widernatürlich – eine Hexe, die durch ihre Kunst die magische Kraft besitzt, in Ednas Innerstes vorzudringen. In der Beziehung zu Mademoiselle Reisz – durch den Objektbezug auf die Kunst – erfährt Ednas sexuelle Emanzipation eine Erweiterung auf der Ebene ihres (Selbst-)Bewußtseins. In den Gesprächen mit ihr entwickelt Edna eine offenere, authentischere Art zu kommunizieren als im Umgang mit Adèle oder Robert. Darüberhinaus bedeutet die Existenz der Künstlerin – von der Umwelt zwar für verrückt erklärt, nichtsdestoweniger aufgrund ihrer außergewöhnlichen Leistung geduldet – eine Möglichkeit gesellschaftlicher Identität, die Edna durch die professionellere Malerei und ihren Auszug zu verfolgen scheint. Für ein größeres Maß an Selbstverwirklichung nimmt sie einen – zunächst nur empfundenen – Verlust an sozialem Status in Kauf.

Der Preis für die Identifikation mit Mademoiselle Reisz' Künstlerexistenz sind Egoismus und Einsamkeit. Der Roman sollte ursprünglich *A Solitary Soul* (Eine einsame Seele) heißen, und Einsamkeit in verschiedenen Erscheinungsformen ist ein Leitmotiv in Ednas Entwicklung. Wenn auch ihre Vereinzelung ein wichtiges Moment ihres Scheiterns ausmacht, so heißt dies noch nicht, daß Ednas Wahl der Einsamkeit von der Erzählerin als unsozial oder sonstwie negativ beurteilt wird; dagegen spricht ihr autonomer Tod – die Stimme des Meeres lädt die Seele ein in Abgründe von Einsamkeit – dagegen spricht auch der historische Kontext, in dem der Roman steht. Zu einer Zeit, als die Identität von Frauen noch wesentlich durch ihre familiären Bindungen definiert war, bedeutete Ednas Einsamkeit nur eine folgerichtige Umkehrung der Beziehungslosigkeit, die sie gerade inmitten solcher Verflechtung erfahren hat. Daß es ihr nicht gelingt, jenseits aller konventionellen und verdinglichten Beziehungen neue zu entwickeln und auszubauen, ist nicht ein Problem des Romans, etwa seiner erzähltechnischen Unzulänglichkeit, die einige Kritiker zu beweisen versuchten, sondern der historischen Wirklichkeit. Ednas Dilemma ist das der „New Woman": eines aus der Unzulänglichkeit alter Rollenmuster entstandenen Entwurfs einer neuen weiblichen Identität, für den es in der zeitgenössischen amerikanischen Gesellschaft kaum Verwirklichungsmöglichkeiten, auch kein subkulturelles Bezugssystem mehr gab. Daß Edna am Ende des Romans auch die Künstlerexistenz nach dem Vorbild von Mademoiselle Reisz als Identitätsangebot verwirft, wäre demnach nicht die persönliche Schwäche eines entstrukturierten Charakters, sondern die realistische Konsequenz der Erzählerin angesichts gesellschaftlicher Verhältnisse, in denen die Darstellung erfolgreicher Emanzipation einer Mittelklassefrau ein Moment falscher Versöhnung beinhaltet hätte.

Die desillusionierende Ironie, die Ednas letzten Schritt in Einsamkeit und Selbstverwirklichung färbt, trifft aber auch das literarische Konzept von Identitätssuche und jenseits gesellschaftlicher Zusammenhänge errungener Individualität. Im Rahmen der amerikanischen Erzähltradition sind Charaktere, die sich aus der Gesellschaft hinausbegeben und in der Erfahrung unbearbeiteter, primitiver Natur eine neue, heilere Identität suchen, nicht selten *(Lederstrumpf, Moby Dick, Huck Finn)*. Auch Ednas Entwicklung beginnt im Kontakt mit dem Meer, Sinnbild elementarer, noch nicht vergesellschafteter Natur. Doch gibt es für sie als Frau weder eine eindeutige Möglichkeit der Reise noch die einer Wiederkehr: die Selbstverwirklichung einer weiblichen Heldin nach dem Muster einer auf das männliche Individuum zugeschnittenen literarischen Tradition scheitert an ihrer gesellschaftlich determinierten, als biologische Unausweichlichkeit firmierenden Mutterrolle.

Der widersprüchliche Zusammenhang von weiblicher Natur und Mutterschaft ist schließlich eines der zentralsten Probleme in *The Awakening*. Die gesellschaftliche Bestimmung der Mutterrolle hindern eine Frau an der Entfaltung ihrer sinnlichen Natur und damit ihrer vollen Individualität – dies ist der Standpunkt der Erzählerin, der später auch von Edna gegenüber Adèle vertreten wird. Erst in der Nacht nach Adèles Niederkunft versteht sie die volle Bedeutung ihres Arguments. Adèle hat sie in ihrer Erschöpfung an die Kinder erinnert und Edna nimmt sich dies mit tödlicher Entschlossenheit zu Herzen. Die Verwirklichung weiblicher Sexualität ist unausweichlich mit Mutterschaft gekoppelt – in der fatalistischen Position des Dr. Mandelet zeigt sich die naturalistisch verkommene Kehrseite einer naturrechtlichen Begründung von Frauenemanzipation: die biologisch determinierte, ewige Polarität der Geschlechter.

Noch eine andere Wendung erhält die Problematik der Mutterschaft im Roman. Edna verläßt Robert, als dieser sich in ihrer Unterhaltung als männlich im konventionellsten Sinn gezeigt hat; sie geht zu Adèle, die von der Zeit auf Grand Isle an eine Anziehung auf Edna ausgeübt hat, die diese nach wie vor in Bann hält – trotz aller Kritik an der Häuslichkeit der Ratignolles. Adèles den ganzen Roman durchziehende Schwangerschaft, das Bild narzißtischer Harmonie, wenn die Kinder sie umgeben, halten Edna bis zum Schluß die Möglichkeit eines Zustands vorgesellschaftlicher, ‚natürlicher' Einheit von Ich und Welt vor Augen, den sie weder in der Beziehung zu ihren Kindern noch in ihrer eigenen Kindheit erfahren hat – mit Ausnahme des glücklichen Augenblicks auf den Sommerwiesen, in Kentucky. Bei der Niederkunft zerbricht das schöne Bild Adèles, ihr sozialer Charme verläßt sie. Die Natur selbst zerstört die Illusion ursprünglicher Harmonie. Die Vergesellschaftung weiblicher Sexualität durch Mutterschaft vollzieht sich in jeder Geburt aufs neue: Adèles Niederkunft unterscheidet sich in dieser Hinsicht nicht von Ednas eigenen, die ihr nur entfernt und unwirklich ins Gedächtnis treten.

Durch ihren Tod läßt Edna alle gesellschaftlichen Erwartungen hinter sich. Doch das zentrale Problem weiblicher Identität, die Mutter-Kind-Beziehung, bleibt in seiner ganzen Ambivalenz bestehen. In der Ausgestaltung der Figur Adèles hält Kate Chopin einerseits archaisch-utopische Momente der weiblichen Produktionsweise fest, die sich den Zwängen der patriarchalisch-kapitalistischen Gesellschaft widersetzen. Andererseits war zu ihrer Zeit die Vergesellschaftung von Mutterschaft, ihre ideologische Verankerung im *Cult of True Womanhood* zu gegenwärtig, zu sehr mit der Entpersonalisierung und Fremdbestimmung der Frau verknüpft, als daß sie diese Momente als unproblematisch oder gar verbindlich hätte darstellen können. Das Mißlingen von Mutter-Kind-Beziehungen, die beschädigte weibliche Sozialisation ist der Ausgangspunkt des Romans. Daß weder das eine noch das andere Schicksal zur Regel erhoben wird, macht die Liberalität des Romans aus, die unaufgelösten Widersprüche weiblicher Identität seine Aktualität.

Anmerkungen

1 Folgende Notizen beziehen sich auf Per Seyersted, *Kate Chopin: A Critical Bio-graphy* (Oslo, Baton Rouge, La., 1969).
2 Daniel S. Rankin, *Kate Chopin and Her Creole Stories* (Philadelphia, 1932), S. 105.
3 Victoria Woodhull war eine Einzelkämpferin und hatte wenig Rückhalt in der zeitgenössischen Frauenbewegung. Ihr Angriff auf das liberale Establishment im sog. Beecher-Tilton-Skandal von 1873, der die Woodhull für 4 Wochen ins Gefängnis brachte, löste zwar eine kurzfristige Solidarisierung der offiziellen Frauenbewegung aus, doch grundsätzlich distanzierte sich diese von einer Person und einem Konzept, welche die Grundideen der gesamten Reformbewegung, ihre Ausrichtung auf Vergeistigung und Bändigung animalischer Triebe in Frage stellten. Vgl. Marion Meade, *Free Woman: The Life and Times of Victoria Woodhull* (New York, 1976).
4 Zit. bei Rankin, S. 183.
5 „Bayou" kommt von dem Wort *bayuk*, das in der Sprache der Choctaw-Indianer Fluß oder Bach bedeutet. Mit „Bayou" werden Zuflüsse der großen Flüsse Louisianas, z. B. des Mississippi oder Red River bezeichnet, die einerseits die Sumpfgebiete entwässern, andererseits auch wieder Überschwemmungen an die Sümpfe verteilen.
6 Im folgenden dienten zur Information: *Louisiana: A Guide to the State*, Compiled by Workers of the Writers' Program of the Work Projects Administration in the State of Louisiana (New York, 1941); Tommy W. Rogers, „Origin and Cultural Assimilation of the Population of Louisiana", *Mississippi Quarterly*, 25 (1971/72), 45–67; „Louisiana", *The New Encyclopaedia Britannica, Macropaedia*, Bd. 11 (1974).
7 Vgl. z. B. die Kurzgeschichte *Der Sturm* in diesem Band.
8 G. W. Cable, „Creoles", *Encyclopaedia Britannica* (1884), zit. nach H.-J. Lang, „Nachwort" zu Cables *Die Grandissimes: Eine Geschichte aus dem tiefen Süden* (Zürich, 1976), S. 519f.
9 Zum literarischen Bild des Kreolen vgl. Merrill Maguire Skaggs, *The Folk of Southern Fiction* (Athens, Ga., 1972), bes. S. 154ff.
10 Mary L. Shaffter, „Creole Women" (1892), abgedruckt in: Kate Chopin, *The Awakening*, A Norton Critical Edition, hg. Margaret Culley (New York, 1976), S. 119–21; 120.
11 Ebd., S. 121.
12 Wilbur Fisk Tillett, „Southern Womanhood as Affected by the Civil War" (1891), tw. abgedruckt in: Norton Critical Edition, S. 122–27; 122.
13 Die folgende Darstellung bezieht sich auf: Anne Firor Scott, *The Southern Lady: From Pedestal to Politics 1830–1930* (Chicago, London, 1970).
14 Thomas Nelson Page, *Social Life in Old Virginia Before the War* (1897); zit. bei: William R. Taylor, *Cavalier and Yankee: The Old South and American National Character* (London, 1963), S. 163.
15 Irving Bartlett/C. Glenn Cambor, „The History and Psychodynamics of Southern Womanhood", *Women's Studies*, 2/1 (1974), 9–24; Ronald F. Walters, „The Erotic South: Civilization and Sexuality in American Abolitionism", *American Quarterly*, 25 (1973), 177–201.

270

16 Der relativ gesehen bessere Status der Frauen in bäuerlichen Gesellschaften trifft allgemein auch auf die Entwicklung in Europa zu; in den USA hat sich dieser Zustand allerdings durch die Kolonialisierung länger hinausgezögert. Vgl. Gisela Bock/Barbara Duden, „Arbeit aus Liebe – Liebe als Arbeit: Zur Entstehung der Hausarbeit im Kapitalismus", in *Frauen und Wissenschaft: Beiträge zur Berliner Sommeruniversität für Frauen – Juli 1976*, hg. von der Gruppe Berliner Dozentinnen (Berlin, 1977), 118–199.

17 Thorstein Veblen, *The Theory of the Leisure Class: An Economic Study in the Evolution of Institutions* (New York and London: Macmillan, 1899), deutsch: *Theorie der feinen Leute: Eine ökonomische Untersuchung der Institutionen* (Köln, Berlin: Kiepenheuer und Witsch, o. J.), S. 90, 91. Zu den Pflichten einer Frau der guten Gesellschaft gehörte z. B. die Organisation eines allwöchentlichen Besuchstags; dazu heißt es in *The Ladies Book of Etiquette and Manual of Politeness* von Frances Hartley (Boston, 1875): „Lassen Sie sich durch nichts, höchstens dringenste Pflichten daran hindern, Ihren Empfangstag abzuhalten. Ihre Besucher sind sozusagen geladene Gäste und es würde als höchst beleidigend und unhöflich empfunden, wenn sie sich zu Ihnen bemühten, ohne Sie anzutreffen. Sie können sich auch nicht entschuldigen lassen – außer im Krankheitsfall."

18 Barbara Welter, „The Cult of True Womanhood", *American Quarterly*, 18 (1966), 152.

19 Diesen Begriff prägte Glenda Gates Riley in ihrem Aufsatz „The Subtle Subversion: Changes in the Traditionalist Image of the American Woman", *The Historian*, 32 (1970), 210–227.

20 Carl Degler zitiert in seinem Aufsatz „What Ought to Be and What Was: Women's Sexuality in the Nineteenth Century", *American Historical Review*, 79 (1974), 1467–90, mehrere solcher Stimmen. Er schreibt: „Andere Autoren, die medizinische Themen behandelten, bezeugten noch direkter die Existenz sexueller Gefühle bei Frauen. ,Leidenschaft ist bei Frauen absolut notwendig', schrieb Orson S. Fowler, der Neurologe, 1870. ,Erotik wird in dem weiblichen Gehirn ebenso erzeugt wie im männlichen [. . .]. Daß weibliche Leidenschaft existiert ist so offensichtlich wie die Sonne scheint', schrieb er. Ohne weibliche Leidenschaft, so behauptete er, könne es keine erfüllte Liebe geben. Beide Geschlechter genießen die sexuelle Vereinigung, erklärte 1871 Henry Chevasse, ein weiterer populärer Autor; aber bei den Menschen wie allgemein bei den Tieren ,ist der Mann feuriger und hitziger, und [. . .] die Bedürfnisse der Frau erreichen niemals ein Ausmaß, das sie dazu treiben könnte, Verbrechen zu begehen.' Das Vergnügen der Frau, obwohl es ,weniger feurig' sein kann, dauert länger an als das des Mannes, sagte Chevasse." (S. 1469f.)

21 Carolyn Forrey, „The New Woman Revisted", *Women's Studies*, 2 (1974), 38.

22 Riley, „The Subtle Subversion", S. 211.

23 Ann Douglas Wood, „The Literature of Impoverishment: The Women Local Colorists in America 1865–1914", *Women Studies*, 1 (1972), 3–34; *The Oven Birds: American Women and Womanhood 1820–1920*, Hg. Gail Parker (Garden City, New York, 1972), S. 1–16; Vorläuferin dieser Theorie ist Helen Waite Papashvily, *All the Happy Endings: A Study of the Domestic Novel in America, the Women Who Wrote It, the Women Who Read It, in the Nineteenth Century* (New York: Harper & Brothers Publisher, 1956).

24 James Hart, *The Popular Book* (New York: Oxford University Press, 1950); Ann D. Wood, „The ,Scribbling Women' and Fanny Fern: Why Women Wrote", *American Quarterly*, 23 (1971), 3–24; 8.

25 Forrey, „The New Woman Revisted", S. 38.

26 Ebd., S. 53.

27 Der Begriff *Genteel Tradition* wurde von George Santayana ursprünglich als De-

finition des amerikanischen philosophischen Idealismus geprägt, dann aber zur Charakterisierung der Literatur- und Kulturkritik einer ganzen Epoche in den literaturgeschichtlichen Kontext übernommen. Vgl. John Tomsich, *A Genteel Endeavor: American Culture and Politics in the Gilded Age* (Stanford, Ca., 1971).

28 Malcolm Cowley, *After the Genteel Tradition* (1936), zit. bei Tomsich, S. 5.

29 Hanna-Beate Schöpp-Schilling, „Produktions- und Rezeptionsbedingungen amerikanischer Schriftstellerinnen: Neue Ansätze einer feministischen Literaturkritik", in *Frauen und Wissenschaft*, S. 240.

30 Noch in der 1953er Auflage der *Literary History of the United States*, dem Standardwerk der amerikanischen Literaturgeschichte, wird zwar Kate Chopin mit ihren Kurzgeschichtensammlungen, nicht aber *The Awakening* erwähnt.

31 Edmund Wilson, *Patriotic Gore: Studies in the Literature of the American Civil War* (New York, 1962), S. 590.

32 Margaret Fuller (1810–1850) war eine der bedeutendsten Feministinnen des 19. Jahrhunderts. Sie gehörte zu dem Kreis der amerikanischen Transzendentalisten, vertrat und lebte die Ansprüche einer politisch bewußten, intellektuellen Frau und nahm am italienischen Freiheitskampf teil. Sie fand ihren Tod bei einem Schiffsunglück vor Fire Island als sie mit Mann und Kind von Italien zurückkehrte. Vgl. Ann Douglas, „Margaret Fuller and the Search of History: A Biographical Study", *Women's Studies*, 4/1 (1976), 37–86. Zu Victoria Woodhull s. o., S. 269, Anm. 3.

33 Lewis Leary, „Kate Chopin, Liberationist?", *Southern Literary Journal*, 3 (1971), 138–144; 143.

34 Mary Ellmann, *Thinking About Women* (New York, 1968), S. 29.

35 Schöpp-Schilling, S. 241.

36 Seyersted, *Kate Chopin*, S. 166–169.

37 Josephine Donovan, „Afterword: Critical Revision", in *Feminist Literary Criticism: Explorations in Theory*, hg. J. Donovan (Lexington, Ky., 1975), S. 74. Zur amerikanischen Diskussion vgl. u. a.: Elaine Showalter, „Literary Criticism", *Signs: Journal of Women in Culture and Society*, 2 (1975), 435–460; Annis Pratt, „The New Feminist Criticism", *College English*, 32/8 (1971), 872–878; Lillian Robinson, „Dwelling in Decencies: Radical Criticism and Feminist Criticism", ebd., 879–889; Anette Kolodny, „Some Notes on Defining a ,Feminist Literary Criticism'", *Critical Inquiry*, 2/1 (1976), 75–92, 2/4 (1976), 821–832; Susan Koppelman Cornillon, Hg., *Images of Women in Fiction and Feminist Perspective* (Bowling Green, Ohio, 1973).

38 Chopins realistisch-ambivalente Haltung gegenüber der kreolischen Kultur tritt z. B. bei einem Vergleich der beiden großen Essenszeremonien auf Grand Isle (IX, XV) zutage: erscheint die Gesellschaft der dort versammelten Kreolen das erste Mal als Bild einer „ideal community" so stellt sie sich – nicht nur aus der Perspektive Ednas – das zweite Mal als dessen Verzerrung, als Tollhaus, als Marktplatz von gemeinen Vorurteilen dar.

39 Am ausführlichsten ist hierzu der Aufsatz von Cynthia Griffin Wolff, „Thanatos and Eros: Kate Chopin's *The Awakening*", *American Quarterly*, 25 (1973), 449–471. Die folgenden grob skizzierten Gedanken sind diesem Aufsatz entnommen.

40 Suzanne Wolkenfeld, „Edna's Suicide: The Problem of the One and the Many", Norton Critical Edition, S. 218–224; 223; Wolff, S. 471.

41 Dies behaupten auch traditionelle Interpretationen wie George Arms, „Kate Chopin's *The Awakening* in the Perspective of Her Literary Career", *Essays on American Literature in Honor of Jay B. Hubbell*, Hg. Clarence Gohdes (Durham, N. C., 1967), S. 215–228; George Spangler, „Kate Chopin's *The Awakening*: A Partial Dissent", *Novel*, 3 (Frühj. 1970), 249–255.

42 Vgl. hierzu etwa Marina Moeller, „Emanzipation macht Angst", *Kursbuch*, 47 (1977), 1–25; Ulrike Prokop, *Weiblicher Lebenszusammenhang: Von der Beschränktheit der Strategien und der Unangemessenheit der Wünsche* (Frankfurt, 1976), S. 128–145; Janine Chasseguet-Smirgel, Hg., *Psychoanalyse der weiblichen Sexualität* (dt. Frankfurt, 1974).

Gegen die Behauptung, daß Mutter-Tochter-Beziehungen in patriarchalischen Verhältnissen allgemein gestört seien, steht eine sozialhistorische Untersuchung über Beziehungen zwischen Frauen in den USA von 1760 bis 1880: Caroll Smith-Rosenberg, „The Female World of Love and Ritual: Relations between Women in Nineteenth-Century America", *Signs*, 1/1 (1975), 1–29. Smith-Rosenberg beschreibt ein Netz von vielfältigen, stark libidinösen Beziehungen zwischen Frauen, innerhalb dessen die Mutter-Tochter-Beziehung als Lehrverhältnis eingebunden war.

43 Daß der Roman dennoch einige trivial-pathetische Passagen enthält, soll damit nicht bestritten werden. Doch meistens handelt es sich dabei um triviale Versatzstücke, die die Erzählerin mit bewußt ironischem Genuß einsetzt. Beispielhaft, wenn auch eindeutiger als im Roman, ist dies in der Kurzgeschichte *La Belle Zoraïde* der Fall.

44 Donald A. Ringe, „Romantic Imagery in Kate Chopin's *The Awakening*", *American Literature*, 43 (1972), 580–88.

45 David Cooper, *Von der Notwendigkeit der Freiheit* (dt. Frankfurt, 1976), S. 139. Das Kapitel „Leben – wieder gelebt" beginnt mit einer Kritik am Freudschen Regressionsbegriff: „Freud zieht Regression als Charakteristikum ‚psycho-neurotischer Zustände‘, die jeweils auf ‚zeitlich frühere Entwicklungsstufen zurückgreift‘ und an anderer Stelle schreibt er über Regression, sie habe den ‚allgemeinen Sinn, den einer Rückkehr von einer höheren zu einer niedrigeren Stufe der Entwicklung‘. Schon früher hatte er Regression als abhängig von zwei Faktoren definiert: Fixierung und Versagung. Dieses Verständnis von Regression als Versagen muß radikal überworfen werden. Sicher steht Regression in Widerspruch zur ‚gesellschaftlichen Realität‘ – es muß aber die Möglichkeit in Betracht gezogen werden, *daß gesellschaftliche Realität versagt hat.*"